# DIE BLOU VAN ONTHOU

## MARITA VAN DER VYVER

Tafelberg

Tafelberg,
'n druknaam van NB-Uitgewers,
Heerengracht 40, Kaapstad 8001

Bandontwerp deur Laura Foley
Skrywersfoto op agterplat deur Lien Botha
Tipografiese versorging deur Etienne van Duyker
Geset in 11 op 14 pt ITC New Baskerville
Gedruk en gebind deur Interpak Books, Pietermaritzburg
Eerste uitgawe 2012

ISBN: 978-0-624-05518-1
Epub: 978-0-624-05520-4

# COLETTE SE SWYGSTORIES

*Yea, from the table of my memory*
*I'll wipe away all trivial fond records.*

William Shakespeare, *Hamlet*

# BRIEF UIT PORTUGAL

D is dalk die belangrikste brief wat sy nog ontvang het. Dis moontlik dat dit alles in haar lewe kan verander.

Maar wat is álles as jy amper vyf-en-sewentig jaar oud is?

Sy staan op van haar bed, moeisaam, want sy was nog nooit so bewus van haar ouderdom soos op hierdie oomblik nie. Langs die venster in haar slaapkamer staan 'n outydse ovaalvormige vollengte-spieël met 'n houtvoetstuk, die glas al 'n bietjie dof, wat sy lank gelede van haar ma geërf het. Of dalk is dit net haar oë wat dof geword het. Elke keer as Mammie vir haar klere gemaak het, kon Colette die resultaat in hierdie spieël bekyk, bewonder, kritiseer. Gewoonlik darem bewonder.

Sy onthou 'n voorskoolse kind met 'n pruik van gladde swart hare en 'n rooi strikkie op die pruik en 'n mond so rooi soos die strikkie geverf, asemloos opgewonde oor die Sneeuwitjie-uitrusting wat sy op haar eerste kostuumpartytjie gaan dra. Sy onthou 'n tiener met krullerige blonde hare en blosende wange in 'n dinner dress wat Mammie uit glimmende donkerblou lap geknip het, Dior se New Look, asemophoustyf om die middel met 'n lang wye romp, haar eerste grootmensrok vir haar eerste aandpartytjie. En sy onthou die rooi-wit-en-blou going-away outfit wat haar soos 'n Franse vlag laat voel het, asof sy nie vir haar geliefdes op die kaai hoef te waai nie, asof sy maar net daar op die dek van die Union Castle-skip kon staan en wapper.

Maar wat sy nou in die spieël sien, is 'n bejaarde vrou met 'n netjiese silwergrys kapsel, geklee in 'n sober swart linnelangbroek en beige toeknooptrui. Winkelklere. 'n Deftige

7

winkel se duur klere. Hoe teleurgesteld sou haar spaarsamige en vlytige ma vandag weer gewees het.

Wat sy veral sien, selfs sonder die leesbril wat aan 'n silwerkettinkie om haar nek hang, is plooie. Diep kepe oral op haar gesig uitgekerf soos 'n boombas wat deur 'n vandaal met 'n mes bygekom is. Swaar sakke onder haar oë. Pap vel onder haar ken.

Wat het geword van Colette Cronjé wat 'n halwe eeu gelede met soveel jubelende oorgawe haar eie lyf in Lissabon ontdek het? *Prys my lyf daar's blye galme. Daar's 'n roering in die bed daar binne. Daar's 'n roering in my lyf hier buite. My minnaar word wakker. Dis die mooiste sin wat ek al ooit geskryf het. My minnaar word wakker.* Frases uit haar Portugese reisjoernaal, woorde wat soms soos flenters papier teen haar vaswaai, asof sy dit toe tog reggekry het om elke bladsy uit daardie boek op te skeur en in die wind weg te gooi.

Anders gestel, wat bly oor vir die bejaarde mevrou Niemand? Kyk net hoe hang haar skouers. Sy trek haar skouers moedig agtertoe, maar dit laat haar nie jonger lyk nie, miskien net 'n klein bietjie minder bang. Sy soek al soveel jare lank. En noudat die soektog oplaas iets opgelewer het, voel sy te oud en te bang vir al die veranderinge wat dit kan meebring.

En tog.

Op daardie winderige vroegherfsdag vyf maande gelede, toe haar kleinkind haar die eerste keer gebel het, het sy weer begin lewe. Versigtig, voetjie vir voetjie, een skuifelende treetjie agtertoe na alles wat gebeur het, een skuifelende treetjie vorentoe na alles wat opnuut moontlik geword het, agtertoe, vorentoe, 'n wiegende dans op 'n droewige deuntjie. *Stadig, stadig oor die klippertjies. Die reën val sulke wonderlike druppeltjies.* Afrikaanse fado?

*Saudade,* het haar Portugese minnaar lank gelede vir haar verduidelik, is 'n soort ewig verlangende liefde. Die liefde wat bly ná die voorwerp van die liefde verdwyn het. Sy was te jonk en ongeskonde om te begryp, maar nadat sy eers haar kind en toe haar kleinkind verloor het, het *saudade* vir haar 'n lewenslange toestand geword.

Sy draai weg van die ou vrou in die spieël en stap terug na die skootrekenaar op die bed. Staar 'n paar oomblikke hulpeloos na haar hande op die toetsbord, die vel dun en droog soos kreukelpapier, die donker vlekke wat die tyd op die papieragtige tekstuur geverf het, die blou are wat onder die oppervlak uitbult. Hoe het haar dogter dit nou weer in haar afskeidsbrief gestel? *'n Vel is mos maar net die papier waarin die present toegedraai is?* Dan begin haar stram vingers beweeg.

Skryf en vertel als, tik sy vir haar kleindogter in Portugal, waar hierdie storie vyftig jaar gelede begin het.

# OSSEWAENS

Maar eintlik het haar storie lank voor Lissabon begin. Dit sou immers nie vir haar moontlik gewees het om haar lewe in 'n leuen te verander as sy nie van jongs af deur leuens omring was nie. Grotes en kleintjies. Swartes en wittes. Stiltes en gapings.

Só probeer Colette Niemand (née Cronjé) haarself op haar oudag verskoon.

Sy sit aan Deddie se voete in die voorkamer en luister na die digter Totius se krakerige stem oor die radio. *Ons het gerieeeken die jaarsyfer is negentienhonderd-agt-en-dertig. Nou sal ons gaan fieees vier* . . . Mammie bak koek in die kombuis. Gewoonlik help sy graag vir Mammie, maar die laaste ruk raak Deddie so opgewonde oor die ossewaens en die ooms met die baarde en die tannies met die snaakse kappies dat hy gereeld na die toesprake oor die radio luister. Kom, Lettie, nooi hy haar, kom hoor wat aangaan in hierdie land van ons. Die meeste van die toesprake is vir haar amper so vervelig soos Sondae se gepreek in die kerk, maar darem 'n bietjie beter, want sy kan op die mat met haar papierpoppe speel terwyl sy maak of sy luister.

Sy het haar geliefde Shirley Temple uit die plat kartondoos vol cut-outs gehaal. Die poppie met die goue lokke en die oulikste kuiltjies op aarde is geklee in 'n wit frokkie en broekie, wit sokkies en skoene. Colette pas vir haar die een pragtige papierrok na die ander aan, vou die papierstrokies versigtig oor die papierskouers, geduldig op soek na die regte uitrusting. *Maar onse barmhartige God het nie 'n fieees gegee nie, maar hun herlieeewing* . . .

Deddie het sy pyp in sy hand – sy skoon, sagte huisdoktershand, soveel sagter as oupa Gert se eelterige plaashande – maar hy is so geboei deur die radiostem dat hy vergeet om te rook. Hy sit effens vooroor gebuig, sy swart skoene blink gepoets en sy swart hare ewe blink geolie. 'n Djentilmin, dis wat Mammie hom noem, and a gentle man too. Die twee gaan nie altyd saam nie, Colette. Sy kop is skuins gedraai om beter te hoor, sy oë vol van 'n vreemde lig, soos wanneer hy saans vir haar en haar broers die sterre wys.

"Kyk, Deddie, Mammie het vir Shirley Temple 'n Voortrekkerrok gemaak. En die kappie ook. Ek het dit self ingekleur en uitgeknip."

Hy hoor haar nie. Sy lippe beweeg onder sy stomp swart snorretjie. Hy prewel die woorde van die volksdigter agterna: "Dit is 'n wonder in ons oë. Ons sien dit, maar ons deurgrond dit nie."

Dalk is dít waarom sy hierdie oomblik so helder onthou, haar pa wat 'n onverstaanbare frase herhaal, fluisterend asof hy haar 'n geheim vertel, voordat sy stem uitgedoof word deur duisende singende stemme oor die radio. *En hoor jy die magtige dreuning? Oor die veld kom dit wyd gesweeeef.*

Want dit kan tog nie werklik haar eerste herinnering wees nie. In die lente van 1938 was sy darem al amper ses jaar oud. Van haar vierde of vyfde jaar onthou sy flitse, glimpe en geure, klanke en kleure. Die reuk van tuisgekookte seep op oupa Gert se plaas, die naam van die plaas teen 'n hek op 'n grondpad, *Somerverdriet,* so mooi, so hartseer, so onverklaarbaar. Hoe kan somer verdrietig wees? Winter, ja, dit kan sy kleinkry, winter is koud en nat soos trane. Maar somer beteken son en heeldag buite speel en vakansie by die see. Wat sy ook onthou, vaagweg, is die sneeuwit pieke van 'n Bolandse berg in 'n besonder koue winter, sneeuwit lakens wat soos baldadige hanslammers aan 'n wasgoedlyn ruk, die wind wat waai en waai, lang wit rokke wat opwarrel, 'n wit kappie met fladderende linte wat soos 'n ballon wegwaai,

11

bebaarde jong mans wat laggend agterna hardloop en in die lug spring om die linte te vang.

Nee. Die warrelende rokke en die fladderende linte hoort ook in haar sesde jaar, toe vroue op die dorp nagte lank agter naaimasjiene sit en stik het om outydse rokke en kappies te maak. Amper soos vir 'n konsert, soos toe Mammie die keer 'n Kerskonsert op die plaas gereël het en tot laat snags moes stik om 'n stapel deurgeskifte lakens in klede vir 'n leërskare jubelende engele te omskep. Colette se boeties en nefies en niggies het die praatrolle gekry en die heel kleintjies soos sy is saam met die volk se kinders in die engelekoor gedruk, maar hulle hoef nie te gesing het nie. Daar is genoeg hemelse stemme in daardie koor, het Mammie gesug, hémels. Maar die volgende jaar het oom Kleingert op die plaas gesê ag, nee wat, los dit liewer, dit gee die hotnots net idees.

Mammie het dit gelos. Ook nie in Colette se sesde jaar saam met die buurvroue aan Voortrekkerrokke gestik nie. Net die papierrok en die papierkappie vir Shirley Temple, dis al wat Colette uit haar kon kry, en daarvoor moes sy twee weke soebat.

Ja, soos 'n konsert, dis hoe die Ossewatrek gevoel het, net beter, want hierdie konsert het dae, weke, máánde lank aangehou. Van die dag teen die einde van die winter toe die eerste waens uit Kaapstad vertrek het, met die plate varkblomme langs die pad so wit soos die vroue se kraaknuwe kappies, terwyl die skares op elke dorp groter en geesdriftiger word, jong mans met woeste Voortrekkerbaarde en huilende ou tannies in wye Voortrekkerrokke, verliefde paartjies wat sommer net daar in die veld langs die waens trou en wie weet hoeveel babadogtertjies wat Eeufesia gedoop word, so het dit die hele roete noordwaarts gegaan, deur Stellenbosch, Worcester, Graaff-Reinet, Bloemfontein, Johannesburg, sin-gend en juigend in winterkoue en lentesonskyn en somerse donderstorms, *dis die lied van 'n volk se ontwaaaking, van harte wat sidder en beeeef,* al hoe meer stemme wat saam sing en saam juig, *van Kaapland tot bo in die Noooorde,* tot in Pretoria waar die hoeksteen van 'n toekomstige monument op 16 Desember 1938 voor 'n singende juigende skare van honderdduisende mense gelê is.

Dingaansdag, het Deddie vir haar verduidelik, om die Slag van Bloedrivier te gedenk, toe 'n klein groepie wit gelowiges 'n oormag van derduisende Zoeloes verslaan het. Op hierdie dag honderd jaar gelede het die Voortrekkers besef God is aan hulle kant. Maar op hierdie dag in 1938 het Colette besef haar ma en pa is nie altyd aan dieselfde kant nie.

Dis 'n Vrydag en 'n openbare vakansiedag, die ideale dag vir 'n partytjie, het Mammie gedog, om Colette se sesde verjaardag te vier. Sy verjaar eintlik eers die volgende week, maar dan sal hulle reeds by die see of op die plaas vakansie hou, soos elke jaar. Shame, sê Mammie, die kind het nog nooit 'n regte partytjie gehad met maatjies wat mooi aantrek en presente bring nie. Met 'n versierde tafel en ballonne en speletjies. Waarom hou ons nie 'n fancy dress nie? In for a penny . . .

Mammie pak die organisasie met groot geesdrif aan, amper so opgewonde soos toe sy 'n jaar of twee tevore daardie eerste en laaste Kerskonsert op die plaas gereël het. Pos handgeskrewe uitnodigings aan 'n tiental maatjies en hulle mammas, bak dosyne kleinkoekies en 'n groot sjokoladekoek, knip en meet tot laatnag aan Colette se Snow White-kostuum vir die fancy dress, met kopspelde tussen haar lippe vasgeknyp en die wiel van die Singer wat soos 'n wilde wind in 'n bloekombos klink wanneer sy die slinger driftig draai.

*Sneeuwitjie,* vermaan Deddie, sy het mos darem 'n Afrikaanse naam ook.

Nee, Deddie, stry Colette, *Snow White.* Soos in die prent wat ek en Mammie in die bioskoop gaan kyk het. Met Grumpy en Sneezy en Dopey . . .

*Someday my prince will come,* tralala, neurie Mammie agter die Singer.

Sy en Colette is albei versot op Walt Disney se eerste

vollengte-animasiefilm. Dis soos om 'n hele koek vir aandete te kry in plaas van net 'n sny met koffietyd. Die lekker hou soveel langer aan as wanneer jy net 'n kort comic voor die hooffilm kan kyk. Maar dis nie maklik om Snow White se rok te maak nie. Darn difficult, sug Mammie, al is sy knap met naald en gare. Die noupassende donkerblou bostuk, ligter blou pofmoutjies met rooi insetsels, 'n wye geel romp en – moeilikste van alles, sê Mammie; belangrikste van alles, soebat Colette – die gestyfde wit kraag wat soos 'n varkblom se kelk om Snow White se nek moet oopvou.

Mammie leen selfs iewers 'n swart pruik om oor Colette se blonde krulhare vas te steek. Bo-op die pruik kom Mammie se final touch, die rooi Alice band met die strikkie. Colette staar verwonderd na die vreemde swartkopmeisietjie in die spieël terwyl Mammie vir haar met rooi lipstiek 'n roosknopmond verf. Sy lig die kante van die lang geel romp met haar vingerpunte op, kniebuig 'n paar keer, draai giggelend rondomtalie sodat die romp 'n wye bolling maak. Dis die mooiste kostuum in die hele wêreld, sê sy vir Mammie. Nou moet hulle net wag vir die gaste om op te daag.

Drie van die meisiemaatjies kom in outydse Voortrekker-rokke, met kappies en al, en twee van die seuns dra vals baarde en speelgoedgewere. Die een sê hy's Piet Retief, die ander een Dirkie Uys. Die meisies sê nee, hulle het nie name nie, hulle is net Voortrekkervroue. Beatrix lig die lang rok se soom op om haar kaal voete te wys. "My ma sê hulle het kaalvoet oor die Drakensberge getrek." Dadelik trek die ander twee Voortrekkervroue ook hulle sokkies en skoene uit. Dis wárm so kort voor Kersfees op 'n Bolandse dorp, veral as jy nie gewoond is om 'n lang rok te dra nie. Colette besluit dat Snow White seker ook maar kaalvoet kan loop, al is sy eintlik 'n prinses in vermomming.

"Kom ons gaan sny die sjokoladekoek," sê Mammie vir die maatjies en die mammas wat in die voorkamer saamdrom, waar Deddie na die radio probeer luister.

"Maar dis die hoeksteenlegging!" protesteer Beatrix se ma, die plomp tannie Bea. "Dít wil ek nie mis nie, nie vir al die sjokoladekoek op aarde nie!"

"Die kinders hoort eintlik ook te luister," sê Deddie. "Dis iets wat hulle vir die res van hulle lewe sal onthou."

"Maar wat van Colette se partytjie?" vra Mammie.

"Sy sal nog baie partytjies hou," troos Deddie met sy pyp in sy hand, "maar 'n dag soos vandag sal sy nie gou weer belewe nie. Dis die ontwaking van 'n volk, my vrou."

"Dis nes Dokter daar sê," beaam tannie Bea en skraap die vyf Voortrekkers op die fancy dress nader en plak hulle op die mat voor die radio neer.

Mammie gee die tannie 'n snaakse kyk, klap haar hande om die oorblywende maatjies se aandag te trek – 'n seerower en 'n boemelaar, twee prinsesse en 'n meermin wat aanmekaar oor haar stertvin struikel – en nooi hulle om solank in die eetkamer te kom koek eet. Héérlike sjokoladekoek, glimlag Mammie. Skielik laat sy Colette dink aan die heks wat Snow White met 'n glansende rooi appel wil verlei. Die maatjies kyk onseker na mekaar voordat hulle haar volg na die eetkamer wat met ballonne en papierlinte versier is.

"Ek gaan nou die kersies op die koek aansteek en dan sing ons vir Colette," sê Mammie. Uit die voorkamer hoor hulle hoe derduisende stemme oor die radio sing. *Van Kaapstad tot bo in die Nooooorde ruis dawerend luid die akkoooorde.* Colette wonder hardop of hulle nie eerder moet wag tot die Eeufees oor is voor hulle die kersies aansteek nie. "Tot die volk klaar ontwaak het?" vra Mammie met 'n skerp stem. "Nee wat. Jy kan altyd wéér 'n keer die kersies doodblaas as die klomp daar binne moeg word van die magtige dreuning."

Colette kyk na die kwaai rooi kolle op haar ma se wange en wag tot die kersies behoorlik brand voordat sy haar asem diep intrek en bláás vir al wat sy werd is. Vyf vlammetjies gaan dadelik dood, maar die sesde bly flikker terwyl sy al hoe desperater blaas. Dan word die meermin langs haar

15

ongeduldig en help haar om die laaste vlammetjie poefff dood te blaas. Colette kyk verskrik na haar ma. "Is dit nie kroek nie? Kan ek nog altyd 'n wens wens?"

"Jy't haar mos nie gevra om jou te help blaas nie," troos Mammie. "Wens jou wens terwyl ons vir jou sing." En dan val Mammie in met haar stem wat vir Colette mooier is as enige stem wat sy al ooit in die bioskoop gehoor het. "Happy birthday to you, happy birthday to you . . ."

Die meermin sing hard en vals saam, die ander maatjies skameriger. Happy birthday, dear Colette . . . Maar uit die voorkamer hoor sy steeds die dawerende akkoorde van "Die lied van jong Suid-Afrika", en die twee wysies so bo-oor mekaar laat haar skoon vergeet wat sy wou wens. Dat sy haar eie hondjie kan kry? Dat haar twee boeties sal ophou om haar te terg oor haar melktande wat uitval? Dat sy eendag so mooi soos Mammie en so slim soos Deddie sal wees?

"Waarom sing Mammie vir my in Engels?" vra sy toe haar ma by die laaste uitgerekte *to youoo* kom.

Mammie se glimlag val kaboem van haar gesig af. Haar wange vlek weer rooi. "Ek het nog altyd vir jou in Engels gesing. Dis hoe my moeder vir my gesing het. My vader was Engels, Colette, onthou dit. Jy het hom nooit geken nie, maar jy het 'n Engelse oupa. There were no Voortrekkers on my side of the family." En sy sny die sjokoladekoek so on-geduldig dat die gestyfde linnetafeldoek vol bruin krummels gestrooi word.

Colette wonder hoe sy dit regkry om Voortrekkers amper soos 'n lelike woord te laat klink. In Deddie se mond klink dit altyd so groot en deftig. Onder Deddie se stomp swart snorretjie word dit 'n wonder vir die oor, soos *herlieeewing* of *deurgrond*.

My liefkind, dis verstaanbaar dat jy nog te jonk en ongeskonde voel vir Fernando Pessoa se *Livro do Desassossego*. Onthou, dit het byna vyf dekades ná sy dood eers verskyn, en ek het die Engelse vertaling laat in die jare negentig gelees, toe ek al 'n betreklik bejaarde vrou was wat haar kind én haar kleinkind verloor het. Toe ek lankal die wonde gedra het "van al die veldslae wat ek vermy het".

Dáárdie aanhaling het soos 'n vuis om my hart gevou die oomblik toe ek dit lees. Toe ek jonger was, het ek gedog as ek net die oorlog op 'n veilige afstand kon hou, as ek die vieslike veldslae van persoonlike passie aan dapperder siele kon oorlaat, sou ek ongeskonde anderkant uitkom. Anderkant wát, wonder ek nou.

Dis hoekom ek vanaand vir jou wil sê dit maak nie saak as jy nie vind wat jy in Portugal gaan soek het nie. As jy net iets van jouself daar kan vind, my liefste klein vuurvissie, sal jou reis reeds die moeite werd wees. En dit klink vir my of dít klaar begin gebeur het. Hou vas daaraan, hoor, moet dit nóóit weer los nie.

Ek is ook mos indertyd oorsee "om myself te vind". Ek het my eie stem gevind, ek het gehoor hoe ek werklik klink, en dit het my so groot laat skrik dat ek huis toe gevlug het en my tong uit my mond gesny het. Stilbly is ook 'n antwoord, het ek kleintyd by Mammie geleer. Ná my oorsese swerfjare het dit my leuse geword, my verskoning om alle verdere veldslae te vermy. As jy stom is, word jy nie 'n soldaat of 'n deelnemer nie, jy word 'n toeskouer.

Maar jý is nie 'n toeskouer nie, lieweling. Jy het al genoeg verliese in jou jong lewe gely om jou veel wyser te maak as wat ek op jou ouderdom was. (Al verstaan jy nog nie alles wat Pessoa kwytraak nie.) Jy het jou ma se veglus geërf – maar darem ook genoeg van jou ouma se versigtigheid om jou teen selfvernietigende dapperheid te beskerm. Nee wat, ek het volle vertroue in jou. Soek en jy sal vind.

Liefde uit die Kaap

# OORLOG

Mammie het haar opgetof vir die uitstappie na die stad, haar mond so rooi soos 'n brandweerwa geverf, haar blonde hare gekartel en vasgesteek onder 'n klein blou hoedjie wat amper soos 'n soldaat se stywe keppie lyk. Sy dra handskoene en hoëhakskoene en haar laaste paar ongeleerde sykouse. Haar rok het groot skouers en 'n dun wit beltjie om die middel en 'n romp wat nogal baie van haar bene wys. Dis nie dat sy haar bene wíl wys nie, moes sy vir ouma Trui op die plaas verduidelik, maar met die oorlog het lap skaars geword en roksome korter, dis nou maar hoe dit is.

Colette kan nie ophou om na haar ma te kyk nie, al die pad van Rondebosch tot in Kaapstad, terwyl hulle so wiegwieg in die elektriese trein ry. Dis warm en die donkergroen leerbank voel taai teen die waaie van haar bene. Moenie so kriewel nie, vermaan Mammie, jy kreukel jou rok. Want Colette is ook uitgedos vir die stad. Haar rok is geknip uit 'n ou rok van Mammie, maar jy sal dit nooit raai nie, want die blou blommetjieslap lyk nog mooi nuut en Mammie is mos knap met naald en gare. Sy het die lyfie bo gesmok en 'n ronde wit kragie aangewerk en 'n ry blou Bakelite-knopies agter. Make do and mend, sê Mammie, dis deesdae die leuse van alle patriotiese vroue.

Colette vermoed sy word miskien 'n bietjie te oud vir gesmokte rokkies, maar Mammie sê nonsies, dink aan die arme dogtertjies in Europa wat glad nie eens meer rokkies het om te dra nie. Nie eens meer 'n dak oor hulle koppe het nie. Colette kan nie verstaan hoe haar gesmokte rok die Europese dogtertjies gaan help om 'n dak oor hulle kop te kry nie, maar sy besef dit het iets met patriotisme te doen, daarom dra sy maar die rok sonder om te kla.

Hulle gaan inkopies doen, nuwe kouse en 'n steppien vir Mammie en 'n papierpop vir Colette en 'n mooi bont kopdoek vir Sina, die klimeidjie wat Mammie vroeër vanjaar op die plaas gaan haal het om by hulle te kom werk. Siestog, sy mis haar mense vreeslik, sê Mammie, sy's eintlik nog bogkind. Skaars 'n paar jaar ouer as Colette. Dit moet ááklig wees, sê Colette, om weggevat te word van jou huis en jou familie om by vreemde mense in 'n vreemde huis te gaan werk. "Ek weet nie wát ek sal doen as dit met my moet gebeur nie!" "Dit sal nie, my skat," troos haar ma. "Jy's 'n wit kind."

Colette is nie seker of daar nog papierpoppe oor is in die stad nie, want met die oorlog is dit nie net lap wat skaars geword het nie. Maar Mammie sê aanmekaar ons kan nie kla nie, want hierdie sonskynland van ons is 'n paradys in vergelyking met oorsee. In Engeland is daar glad nie meer kouse te koop nie, nie sykouse of rayonkouse of nylonkouse of enigiets nie, die arme Engelse meisies smeer hulle bene bruin met gravy. Colette hoop rêrig dat hulle vandag kouse sal opspoor, want sy gril haar dood as sy dink dat Mammie dalk die sous vir hulle Sondagmiddaghoender aan haar lyf sal wil smeer.

Ná die inkopies gaan hulle in Stuttafords se restaurant in Adderleystraat koek en tee bestel, en dan gaan hulle nog bioskoop toe ook voordat hulle vanmiddag die trein terug huis toe kry. In for a penny, sê Mammie en lag opgewonde. Dis nie aldag dat ons twee meisies stad toe gaan nie, nè. Colette lag saam met haar. Dis vir haar vreeslik lekker as haar ma van "ons twee meisies" praat, asof Colette baie ouer is as net nege jaar.

Dis waar dat hulle min stad toe gaan, al woon hulle nou baie nader as toe sy kleiner was. Mammie sê dis almal se plig om minder te koop en minder rond te jakker in hierdie donker dae. *Don't STRAIN the trains,* lees hulle op groot plakkate op die stasies, met snaakse prente van reisigers in waentjies wat deur olifante en kamele getrek word. Mammie brei saans serpe en musse vir die soldate, want haar jonger broer veg in Noord-Afrika. Colette probeer ook 'n serp brei, maar sy weet nie of enige soldaat so 'n skewe serp vol gate sal wil dra nie. Deddie terg haar en sê: Wat Uncle David in Noord-Afrika nodig het, is 'n vlieëplak, nie 'n warm serp nie.

Dan raak Mammie vies en sê dit gaan nie oor Uncle David nie, dit gaan oor die stryd teen die Nazi's. Elkeen moet sy deel doen en sy doen haar deel met haar breipenne. Dan druk Kleinboet 'n opgerolde stuk koerantpapier in sy mond om Churchill se vet sigaar voor te stel en maak sy stem dik: "We shall fight them on the beaches, we shall fight them in the fields, we shall fight them behind our knitting neeldles, we shall NEVER surrender!" Altyd die hanswors in die familie, sê Mammie mos.

Maar haar pa vra wat het die Engelse al ooit vir ons gedoen? Waarom sal ons hulle help in hulle oorlog? Deddie is in die jaar 1900 gebore, terwyl 'n klein groepie Boere teen die magtige Britse Ryk baklei het, soos hy gereeld vir sy kinders vertel. En vandat hy by die groot nuwe hospitaal in die stad werk en hulle tussen die Engelse in Rondebosch kom woon het, is hy tog te prekerig oor Afrikaans.

"Besef jy, Lettie, dat ons taal kort voor jou geboorte eers amptelik erken is? Weet jy hoe lank ons teen die Engelse moes stry om dít reg te kry? Toe ek op skool was, is ek gestraf as ek Afrikaans praat. Ek moes in die hoek gaan staan met 'n papierhoed op my kop waarop *Dunce* geskryf staan."

"Wat beteken 'dunce', Deddie?"

"Gaan soek dit op in 'n woordeboek. Dis belangrik dat jy goeie Engels ook leer praat. We shall speak the language of the conqueror as well as the conqueror," sê Deddie met 'n deftige Engelse aksent en knipoog vir haar. "Dis ons wraak, Lettie-lief."

"Maar Deddie . . ."

"En jy kan gerus ophou met hierdie ge-Deddie. Dit was

oulik toe jy klein was, maar jy word nou groot. Noem my Pappie of Pa of Vader of wat ook al vir jou die maklikste is."

Sy probeer nou al maande lank, maar Vader klink vir haar soos bid, en Pa so kortaf, soos 'n hond wat blaf, en aan Pappie kon sy nog nie gewoond raak nie. Deddie bly maar die maklikste. As sy onthou, noem sy hom Deddie-Pappie. Of Pappie-Deddie.

Maar al is Deddie ook hoe vies vir die Engelse, hy is darem nog nie aan die Nazi's se kant soos sy broer op die plaas nie. Laas toe hulle op Somerverdriet gaan kuier het, het haar pa en oom Kleingert kwaai gestry. Oor die oorlog, oor Mammie se Engelse familie, en sommer ook oor Mammie se rokke wat so kort geword het.

Terug by die huis het haar pa hulle almal verstom deur sy kort swart snorretjie af te skeer.

"Net sodat niemand ooit weer sal dink ek bewonder vir Adolf Hitler nie," het hy aangekondig. "My vyand se vyand is nie noodwendig my vriend nie."

Colette se hart klop kadoefkadoef van afwagting toe die trein in Kaapstad stilhou. Sy voel darem nie meer heeltemal so plaasjapierig soos toe hulle nog in Wellington gewoon het nie, maar die baie mense wat so vinnig stap en die toetende karre en die besige strate en die groen-en-roomgeel trembusse maak haar steeds 'n bietjie bang. En nou is hier boonop soldate van oral in die wêreld, allerhande uniforms wat sy nie ken nie, mans in Skotse rompies met lelike knieë wat haar laat gril, seuns wat vir haar jonger as haar sestienjarige Ouboet lyk, ou ooms met rye blink medaljes op die bors, selfs tannies in uniform!

Sy hou haar ma se handskoenhand styf vas en gee vinnige klein treetjies om by haar ma se klikkende hoëhakskoene by te hou. Haar eie swart bandjieskoene is so blink gepoets dat sy haar weerkaatsing daarin kan sien as sy ver genoeg vooroor buig.

"Colette!" raas haar ma toe sy haar amper disnis stamp teen 'n lamppaal. "Lig jou kop en kyk waar jy loop. Moenie vir jou so niksgewoond hou nie."

Maar Mammie stap darem nou 'n bietjie stadiger, wat Colette kans gee om die advertensies op busse en teen geboue behoorlik te bekyk. *Burlington Shirts and Sportswear*, lees sy bo 'n prent van 'n seun met 'n skitterwit glimlag in skitterwit krieketklere wat haar aan Kleinboet herinner. Hoe mooi moet die stad nie saans wees wanneer die slagspreuke teen geboue verlig word nie! Dis iets wat sy nog net op foto's in koerante en tydskrifte gesien het.

In die begin van die oorlog het hulle black-out curtains vir die huis gekry, soos almal in die Kaapse voorstede, en die donker strate snags was vir Deddie amper soos 'n present. Hy't elke aand met sy teleskoop gevroetel. Vir 'n sterrekyker is 'n gitswart naghemel mos iets wonderliks. Noudat die oorlog al drie jaar aan die gang is, glo niemand eintlik meer dat Kaapstad aangeval gaan word nie, en die meeste geboue word weer verlig. Dis net Mammie wat meen mens moet liewers saans tuisbly en brei. Colette sal dit natuurlik nie vir haar ma sê nie, maar soms geniet sy ook nogal die oorlog. By die skool word die kinders gedril vir moontlike bomaanvalle, dan moet hulle onder hulle houtlessenaars induik en hulle arms bo hulle kop hou, wat gewoonlik 'n gegiggel en 'n grapmakery afgee. Baie lekkerder as somme of Bybellesse.

*Fletcher & Cartwrights for Fashion and Foods*, lees sy op 'n gebou op die oorkantse hoek, maar Mammie trek al weer aan haar arm om Adderleystraat vinnig oor te steek voordat die verkeerslig rooi word. Sy is nog nie gewoond aan rooi-oranjegroen ligte wat jy moet gehoorsaam nie, ook nie aan die elektriese drade bo die strate waaraan die trembusse hang nie, ook nie aan Kleurlingmans in deftige pakke klere nie, sy vergaap haar aan alles. Maak toe jou mond voor jy 'n vlieg insluk, sê Mammie toe Colette met haar kop ver agteroor probeer tel hoeveel verdiepings die enorme winkelgebou van Stuttafords het. Vier, vyf, ses . . . Sy kom nie verder nie, want haar ma kry haar aan die skouers beet en stuur haar tussen 'n klomp ander mense by die groot deur in.

In die winkel hang haar mond éérs oop. Nou gee sy nie eens meer om as sy dalk 'n vlieg insluk nie. Nie dat sy haar kan voorstel dat jy ooit 'n vlieg in so 'n smart winkel sal sien nie. Selfs Mammie, wat nie graag "niksgewoond" wil lyk nie, stap so stadig soos 'n trapsuutjies na die hysbak sodat hulle alles langs die pad kan bekyk en bewonder, die wonderlike ware wat in blink glaskaste uitgestal word, die netjiese verkoopsdames agter glansende houttoonbanke, en natuurlik ook die deftige klante. Die vrou wat saam met hulle voor die hysbak wag, dra 'n swart pelsjas saam met lang rooi naels en 'n knewel van 'n diamantring. Colette wonder of sy nie vreeslik sweet nie, want die lentedag is gans te warm vir so 'n jas, maar sy ruik nie sweet nie, sy ruik net 'n swaar scent met heeltemal 'n ander soort geur as Mammie se oliekolonie.

"As jy so om jou rondkyk, sal jy nooit sê dis oorlog nie, nè," sê Mammie met 'n sug. Colette kan nie agterkom of dit 'n gelukkige sug of 'n ontevrede sug is nie. Dan skuif die traliedeur van die hysbak krakend oop. Die omie wat die knoppies druk, groet die pelsjasvrou soos 'n ou bekende. Hy dra ook 'n uniform, 'n wynrooi baadjie met 'n keppie op die kop, maar hy lyk te oud en te vrolik om 'n soldaat te wees, meer soos iemand wat in 'n sirkus werk. Elke keer as die hysbak se deur so ruk-ruk oopskuif, kondig hy die verdieping aan asof dit iewers is waar hy nog altyd wou wees, 'n wit strand met palmbome of 'n ander planeet, en dan beur die klante almal 'n bietjie gretiger by die deur uit. Toe Colette en Mammie by *Ladies' Lingerie* uitklim, knipoog hy vir Colette en sy druk haar hand vinnig voor haar mond om haar grinnik weg te steek, netnou dink Mammie weer sy's niksgewoond.

"Kan ek nie solank na die speelgoed gaan kyk nie?" vra sy

terwyl haar ma die hoeveelste steppien bestudeer. Mammie hou die snaakse affêre in die lug, voel-voel aan die streppies vir die kouse, trek aan die materiaal om te sien hoe goed dit rek, wonder hardop of sy wit of vleeskleur moet kies. Colette gril haar dood as sy dink dat sy oor 'n paar jaar ook so 'n ding sal moet dra.

"Nee, nie alleen nie, netnou verdwaal jy," sê Mammie. "En ons moet vir jou bloomers koop, joune is almal deurgeskif."

Colette word sommer dadelik ilkmond. Sy het nie stad toe gekom om stupid bloomers vir skooldrag aan te pas nie, sy het gekom vir die Judy Garland-papierpop wat sy met 'n seer hart begeer. Shirley Temple was eers veronderstel om Dorothy se rol in *The Wizard of Oz* te speel, maar toe vervang Judy Garland haar mos – nie net in die film nie, maar sommer ook in Colette se hart. Sy was gek oor *The Wizard of Oz*, hoe-wel Mammie voorspel dat sy dalk ná vandag se matinée 'n nuwe gunsteling gaan hê. Hulle gaan in die Alhambra 'n animasieprent oor 'n bokkie met die naam Bambi kyk.

Eintlik maak dit nie saak wát hulle gaan kyk nie, enige film is fantasties in die Alhambra, wat soos Aladdin se sprokieskasteel lyk. Die balkonne en die versierde pilare aan die goue buitekant, die reusagtige saal met die sagte fluweelsitplekke binne, die nagemaakte bome wat kompleet nes regte bome lyk en die plafon wat jou aan 'n donkerblou naghemel met miljoene flonkerende sterretjies laat dink, alles is 'n wonder in Colette se oë. Maar nou moet sy ongelukkig eers bloomers koop.

Ure later, of so voel dit vir Colette, het hulle eindelik die onderklere en haar cut-out doll en Sina se kopdoek aan-geskaf. Hulle sit in Stuttafords se restaurant, op die balkon wat oor Adderleystraat uitkyk, en Mammie bestel skons met aarbeikonfyt en room. Colette kies die hoogste, vetste sny sjokoladekoek wat sy nog ooit gesien het. Terwyl hulle wag dat die kelnerin die skinkbord bring, bewonder Colette haar

Judy Garland-papierpop en blaai deur die boekie met al die klere wat sy by die huis gaan uitknip. Sy is die blyste oor die *Wizard of Oz*-uitrusting, 'n ligblou pinafore oor 'n wit bloesie met pofmoue, 'n rooi strikkie vir die kop nes Snow White s'n, ligblou sokkies en natuurlik die glansende rooi skoentjies. Ai, om darem so 'n paar rooi hakskoene te hê!

"As ek ooit weer 'n fancy dress hou, wil ek soos Dorothy aantrek," sê sy met 'n dromerige sug.

"Hmmm," sê haar ma. "Hopelik kom die helfte van die kinders nie weer in Voortrekkerdrag nie."

"Mammie hoef nie daaroor te worry nie. Waar ons nou woon, weet die meeste kinders nie eens hoe lýk Voortrekkerdrag nie. Gelukkig is my naam darem Engelserig, anders sou die buurdogtertjies nie met my wou speel nie."

"Colette is nie Engels nie," sê Mammie met haar neus in die lug. "Dis Frans."

"Waarom het julle vir my 'n Franse naam gegee?"

"Omdat dit by Cronjé pas. Omdat ek en Deddie albei Hugenote as voorvaders het."

"Maar waarom Colette? Eerder as . . ." Sy probeer vinnig aan nog Franse name dink en onthou van die koningin wat haar kop verloor het. "Eerder as Antoinette of Suzette of so iets?"

"Ek het eenkeer 'n storie gelees deur 'n Franse skryfster met die naam van Colette en dit was vir my mooi . . ." Mammie glimlag 'n bietjie verleë, wat haar soos 'n jong meisie laat lyk. Dan vat sy aan haar opgedoende hare onder die soldatekeppie en vra: "Jy sou tog seker nie verkies het dat ons jou na een van jou oumas noem nie? Gertruida Aletta of Johanna Magdalena?"

"Nee." Colette giggel agter haar hand. "Ek sal liewers Colette wil wees. Ek wou maar net . . ."

Sy skrik haar woorde skoon weg toe 'n kanon naby hulle bulder. Die Nazi's, is haar eerste wilde gedagte, terwyl honderde duiwe van die vensternisse en dakke van die geboue om hulle opfladder. Sy verwag dat die restaurant se klante almal onder die tafels gaan induik met hulle hande oor die kop, soos die kinders by die skool geleer is, maar tot haar verstomming gebeur iets selfs vreemder. Pleks daarvan om op te spring en plat te val en rond te skarrel, versteen almal. Niemand beweeg nie, selfs die kelnerin wat die skinkbord met hulle tee en skons en sjokoladekoek bring, gaan doodstil staan asof sy in 'n standbeeld verander het. Dit word tjoepstil om hulle. Colette kyk af na Adderleystraat en besef dat al die voetgangers daar ook versteen het.

Dis die vrééémdste gesig.

Sy maak haar mond oop om te vra wat aangaan, maar haar ma beduie sjuut met haar vinger voor haar mond en staar aandagtig na die tafeldoek. Die meeste mense kyk af, asof hulle diep ingedagte is. Of met oop oë aan die slaap geraak het?

Dan begin almal weer gelyk gesels en eet en drink – so onverwags soos toe hulle versteen het – en die voetgangers in Adderleystraat kry ook weer lewe. Die kelnerin werskaf rondom hulle om die teekoppies op die tafel te rangskik en binne oomblikke is daar soveel stemme en stadsgeraas in Colette se ore dat sy wonder of sy alles gedroom het.

"Mammie?" vra sy verdwaas.

"Dit was die twaalfuurkanon, Colette." Haar ma se dun geplukte wenkbroue maak twee hoë brûe op haar voorkop. "Moenie vir my sê jy het dit nog nooit gehoor nie?"

Colette skud haar kop. "Maar hoekom het almal daarna in standbeelde verander?"

"O, dis die tweeminute-stilte," verduidelik haar ma terwyl sy vir hulle tee skink, "om te dink aan almal wat dood is in die oorlog."

Colette trek die yslike sny sjokoladekoek nader met 'n snaakse hol gevoel in haar maag. "Net ons dooies? Of die Nazi's se dooies ook?"

"Ek weet nie of mens van 'ons' en 'hulle' kan praat as dit by die dood kom nie, my skat. Dood is dood."

Skielik weet sy nie of sy so 'n groot stuk koek alleen kan opeet nie. "Ken Mammie iemand wat in die oorlog dood is?"

"Nog niemand na aan my nie, dank die hemel." Mammie knip haar oë vinnig en vat 'n sluk tee. Sy dink seker aan Uncle David in Noord-Afrika. "Kom ons hoop en bid dis alles verby voordat Ouboet oud genoeg is om te gaan baklei."

"Hy sal nie," troos Colette. "Ek het gehoor hoe sê hy vir Kleinboet hy sal nie vir Engeland gaan baklei nie. Hy't gesê dalk is oom Kleingert reg, dalk is die Nazi's nie die vyand . . ."

Mammie se hande fladder van haar teekoppie na haar wange wat wasbleek geword het en sy maak haar oë toe asof sy iets sien wat te erg is om te aanskou.

En skielik sou Colette alles wou prysgee – haar nuwe Judy Garland-papierpop, *Bambi* in die Alhambra, selfs hierdie hele uitstappie stad toe – as sy tog net haar woorde kon terugtrek. Sy sal moet leer om 'n wag voor haar mond te plaas, soos Mammie haar gereeld vermaan. Soms is stilbly ook 'n antwoord.

Stilte?
■ Colette Niemand 9/8/2007
To ?

Soms is stilbly ook 'n antwoord? Ag, liefkind, ek wil vir jou skryf, ek wil sê
nee, ek ken nie Lissabon se lieflike Metro-stasies nie, ook nie die lang
sierlike brug oor die Tagus nie, dis alles ná my tyd opgerig. Soos ook
die standbeeld van Fernando Pessoa by sy buitelug-kafeetafeltjie. Toe
ek daar was, het die melankoliese digter nog nie uit die dode verrys om
toeriste te vermaak nie. Niemand het eintlik nog van hom geweet nie,
behalwe ander melankoliese siele soos my geliefde gids.

Maar nou voel dit asof daardie gids ook uit die dode verrys. En dit
maak my so beangs dat ek van nuuts af met stomheid geslaan word.
Ek kan tog nie vir jou skryf dat ek nie jou soet drome deel nie, dat ek
die afgelope paar nagte weer deur spoke uit die verlede gepla word
nie? Portugese spoke, natuurlik, maar ook veel ouer dwalende geeste.
Deddie in die dae toe hy nog sy Hitler-snorretjie gedra het; Mammie wat
aanmekaar fluister sjjt, wat sal die mense sê; my mooiste oom wat na
Australië gevlug het; almal van hulle het laas nag my slaap kom verdryf.

Uncle David het 'n stuk sjokoladekoek in sy vuis verkrummel en
die bruin versiersuiker oor die letsels op sy gesig gesmeer, sy eens
aantreklike gesig so liederlik vermink dat ek hom slegs aan sy soldate-
uniform kon herken. "Ek dra die wonde van die veldslae wat ek geveg
het," het hy verwytend opgemerk. "Maar die ergste wonde is dié wat jy
nie kan sien nie." Ek het my oë toegeknyp en my ore toegedruk, maar
ek kon hom steeds soos 'n stem in my eie kop hoor praat. Noudat ek
dood is, het hy gesê, is ek spyt oor alles wat ek gemis het.

Ek het sopnat gesweet wakker geskrik, my vel aan die brand,
koorsig. Ek vermoed ek is besig om siek te raak. Is dit moontlik om siek
te raak van onthou?

Nee, dít kan ek nie met jou deel nie, lieweling, jy is nog te jonk om
soveel spoke te hanteer. Miskien was my ma tog reg. Miskien moet mens
soms eerder stilbly. Hierdie briefie sal ek liewers nie vir jou stuur nie.

Maar van ver oorkant die water, uit 'n winterse Kaap van Storms,
wens ek jou glansende goue somerdrome toe.

# AFSKEID

*E*migreer. Sy het die woord al meermale gehoor, maar die afgelope maand het dit 'n werklikheid geword. Soos 'n oulike troeteldiertjie waaroor jy droom en op 'n dag staan 'n skreeulelike straatbrak wat versorg wil word voor jou agterdeur.

Mammie se broer, Uncle David die dapper soldaat, het teruggekeer van die oorlog met die nuus dat hy na Australië wil emigreer. En van die oomblik dat Mammie sy brief ontvang het tot vanmiddag, terwyl sy saam met hom in die voorkamer sit en wag dat Sina vir hulle tee bedien, vloei Mammie se trane selfs makliker as gewoonlik. Ek was so bang ek gaan hom in die oorlog verloor, snuif sy aanmekaar, en nou verloor ek hom nadat die oorlog verby is.

Ouboet het laas week gesê hy vermoed Mammie sou dit verkies het as haar broer in die oorlog dood is, dan kon sy minstens spog oor watse groot held hy was. In Mammie se vriendekring word emigrasie ongelukkig nie as 'n heldedaad beskou nie – veral nie na so 'n onbeskaafde koloniale outpost soos Australië nie. As dit Engeland was, meen Ouboet, sou Mammie in haar noppies gewees het. Sy en Uncle David met hulle Engelse Father glo mos van kleins af "there'll always be an England". En dan neurie Kleinboet die opswepende lied wat Vera Lynn so mooi sing, sy bruin oë blink van die terglus, en Mammie maak asof sy hom nie hoor nie.

Colette dink Ouboet is sommer net onnodig wreed omdat Mammie dwarsdeur die oorlog so 'n ophef gemaak het van "my brave brother the officer" wat teen die Nazi's baklei.

En almal in hierdie huis weet tog Ouboet is gegrief oor die verdomde Engelse al wéér as oorwinnaars uit die stryd tree. Hy praat nie die Duitsers goed nie, skerm Ouboet elke keer as iemand na die gruwels van die konsentrasiekampe verwys, maar onthou net wie het die eerste konsentrasiekampe in hierdie einste land begin.

En wie was die eerste slagoffers van hierdie soort volksmoord.

Dan vlóéi Mammie se trane weer van voor af.

Maar vanmiddag is Ouboet nie hier om nare aanmerkings oor die Rooinekke te maak nie, ook nie Kleinboet om almal te terg nie, hulle is in hulle seunskoshuis in die Paarl, by die skool waar Deddie ook lank gelede was. En Deddie is aan diens by die hospitaal, dus kan Mammie en Uncle David rustig oor 'n koppie tee gesels. "A confidential chat," dis wat Mammie dit noem, terwyl sy betekenisvol na Colette kyk. Colette maak asof sy nie die betekenisvolle blik raaksien nie. Sy vermy haar ma se oë en kyk af na haar rooi Sloppy Joe-trui en haar sonbruin bene en haar wit Bobby socks, want dis vir haar tog te lekker om langs haar aantreklike offisier-oom in die deftige voorkamer te sit.

"Colette." Mammie maak keel skoon. "Wil jy nie vir Sina gaan help om die tee-skinkbord mooi te rangskik nie?"

"Dis nie nodig om haar te help nie, Mammie het haar mos mooi geleer," antwoord sy en glimlag vir Uncle David.

"Om te dink jou jongste gaan oor 'n paar maande hoërskool toe, Liz," sê Uncle David en skud sy kop. "Waar vlieg die jare heen?"

"Vra dit," sug Mammie en vat aan haar opgedoende blonde hare. Sy het vanoggend meer tyd as gewoonlik voor die spieël bestee om die twee victory rolls bokant haar slape reg te kry, want sy wou op haar beste lyk vir haar "klein boetie". Sy dra selfs 'n nuwe rok wat sy nou die dag gemaak het, wit kolletjies op 'n donkerblou agtergrond, rayon of viscose of een of ander glansende sintetiese soort lap. Ongelukkig vat dit elke jaar 'n bietjie langer om op haar beste te lyk, het sy gekla terwyl sy haar rooi lipstiek aansmeer.

Colette vergaap haar aan die diep duik wat die kuiltjie in haar oom se ken maak wanneer hy glimlag. Voor die oorlog was hy amper té mooi vir 'n man, soos sy al vir Mammie hoor opmerk het, maar nou het hy rêrig dashing geword. Sy gesig is goudbruin gebrand deur die woestynson in Noord-Afrika en daar's 'n fantastiese litteken op sy wang wat deur glasskerwe in 'n bomontploffing veroorsaak is en hy stap effens mank omdat sy linkerbeen in dieselfde ontploffing beseer is.

Maar dit bly vreemd om hom sonder 'n uniform te sien, in 'n wit oopnekhemp en 'n gestreepte sportbaadjie en 'n wye beige langbroek met plooitjies onder die belt. Nie dat Colette hom al dikwels in haar lewe gesien het nie, want hy het nog altyd ver van hulle in Natal gewoon. Tussen die Rooinekke, volgens Ouboet. En die laaste paar jaar was hy bloot 'n byna onbekende soldaat in 'n uniform op 'n foto wat Mammie pal in haar handsak gedra het. Dis hoe Colette aan hom leer dink het. The unknown soldier.

"Colette," herhaal Mammie, dié keer dreigend. "Moenie dink omdat jy amper op hoërskool is, gaan ek jou toelaat om tande te tel as grootmense wil gesels nie. Van nuuskierigheid is die tronk vol en die kerk leeg."

Sy staan gedwee op en loop sleepvoet kombuis toe.

"Jy was net so nuuskierig toe jy haar ouderdom was," hoor sy haar oom geamuseerd opmerk.

"En ek is geleer nuuskierige agie brand sy magie. Dis wat Moeder altyd gesê het."

"And Father said curiosity killed the cat," sê Uncle David en lag, maar dan kan sy nie verder hoor nie, want die kombuisdeur swaai agter haar toe.

Sy kyk hoe Sina die kookwater versigtig oor die teeblare in die fynste wit porseleinpot skink, presies nes Mammie haar geleer het, en gaps 'n tuisgemaakte gemmerkoekie uit die bakkie wat klaar op die silwerskinkbord met die ge-borduurde lappie gerangskik is.

"Sie jy op hou om so aspris te wees," brom Sina met 'n kwaai frons onder haar geblomde kopdoek. "Daar's winkelkoekies in die kas vir jou. Hierdies het jou ma-goed gister vir master David gebak."

"Hierdie hele groot sjokoladekoek het sy ook vir 'master David' gebak," sê Colette en gaan sit met haar boude op die kombuistafel langs die tee skinkbord. Sy sprei haar trein-bankgroen dirndl-rompie wyd uit oor die tafel en swaai haar voete in haar wit sokkies verveeld heen en weer. "Jy sou sweer sy dink daar's nie sjokoladekoek in Australië nie."

"Nie wat jou ma gebak het nie," sê Sina baie beslis.

Colette hou vir Sina dop terwyl sy 'n paar laaie ooptrek om teelepeltjies en koekvurkies uit te haal en die silwer-teesiffie te soek, so klein en seningrig skraal dat dit moeilik is om te glo sy is al sestien. Die spierwit gestyfde voorskoot wat sy bo-oor 'n verbleikte werkrok vasgebind het, vou amper reg rondom haar dun lyf – nie net 'n voorskoot nie, spot sy self, maar sommer ook 'n agterskoot – en hang tot op haar enkels. Onder die soom steek 'n paar ou wit tennisskoene uit wat lankal te klein geword het vir Colette, maar steeds effens te groot gaap aan Sina se voetjies. En tog, elke keer as Colette onthou hoe tingerig en teruggetrokke die meisietjie was wat hulle drie jaar gelede op Somerverdriet gaan haal het, besef sy dat Sina al 'n hele paar duim moes gegroei het en tien keer meer selfvertroue gekry het.

Partykeer voel dit vir Colette asof Sina – al sal sy seker altyd die kleinste in die huis bly – lankal die oudste in die huis geword het. As sy so vir jou gluur met haar swart kraalogies in haar geelbruin gesiggie, lyk sy sweerlik ouer as Tafelberg, slimmer as Jan Smuts. Boesmanbloed, sê Pappie, gemeng met Slamaaier. En natuurlik iewers langs die pad ook 'n bietjie melk by die koffie.

Colette het maar onlangs eers agtergekom wat Pappie

bedoel as hy so van melk en koffie praat. Sekere dinge word eenvoudig nie by die naam genoem nie, dit het Colette ook al op amper dertien geleer, nie in hierdie huis nie. Vermoedelik ook nie eintlik in die res van die land nie.

"Wat wil hy in elk geval in Australië gaan soek?" mompel sy so half vir haarself.

"Dis nie wat hy gat soek nie. Hy't klaar gesoek, nou gat hy net sy prys haal," antwoord Sina en begin met 'n onverwagse kekkellaggie sing: "En ek wil ek wil ek wil by my noientjie gaan vry, sy is so mooi en so liefies vir my . . . Hy't mos die nursie van daai land in die oorlog leer ken."

Asof dit alles verklaar.

"Ek dog sy't 'n ambulans bestuur," sê Colette, sommer vies vir hierdie onbekende Australiese meisie wat haar oom afgerokkel het.

"Sal nie kan sê nie. Weet net dis iets met 'n hospitaal te doen, dis mos hoe hulle ontmoet het, ná hy seergekry het in die ontploffing."

Sina staan 'n tree terug om die tee-skinkbord met 'n skewe kop te bestudeer. Dan knik sy, blykbaar tevrede dat miesies Lizzie tevrede sal wees.

"Maar vir wat wil hy nou agter haar aan foeter na 'n ander land toe? Hoekom bring hy haar nie hierheen nie?"

"Jou ma-goed sê hy wil ''n nuwe lewe in 'n nuwe land' begin."

Colette swaai haar hangende voete al hoe driftiger. "Ek het ook gehoor sy sê vir my pa jy sou sweer Uncle David skaam hom vir sy familie in Afrika."

Sina kyk op 'n vreemde manier na haar, so asof sy dink Uncle David het dalk 'n punt beet, voordat sy weer prakties word. "Dra jy die tjoklitkoek in, dan bring ek die skinkbord met die res van die goete."

Colette tel die enorme koek op 'n silwerbord op en balanseer dit versigtig op een hand terwyl sy die kombuisdeur met haar ander hand optrek.

"Dis nie 'n sy nie, Liz, dis 'n hy," hoor sy haar oom in die voorkamer sê.

"Jy bedoel . . ." Die skrik in haar ma se stem laat Colette in die deurkosyn versteen.

"Ek gaan Australië toe agter 'n man aan."

Colette kyk oor haar skouer na Sina wat met die swaar gelaaide skinkbord aangestap kom, skud haar kop benoud en beduie sjuut met haar vinger voor haar mond, terwyl sy terselfdertyd geluidloos agteruit probeer tree.

"Ek het altyd vermoed . . ." sê haar ma, haar stem verslae. "Maar ek het gehoop . . ."

"Lizzie, I'll never be myself in this country. You'd probably die of shame if I tried. As ek weggaan, hoef niemand ooit te weet nie, nie jou skoonfamilie of jou kinders of . . ."

"Verskoon my, David, dis net . . . die skok . . ." sê haar ma en spring op en skarrel by die vertrek uit.

"Hier kom sy!" fluister Colette paniekbevange en gee so 'n vinnige tree agtertoe dat sy amper vir Sina onderstebo stamp. Jy hoor net silwer en porselein rinkel en 'n enkele oneindige oomblik lank lyk dit asof die skinkbord op die vloer gaan beland en Mammie se mooiste teepot in skerwe gaan spat. Colette gryp met een hand na die skinkbord om vir Sina te help en voel hoe die sjokoladekoek van die silwerbord in haar ander hand afgly. Magteloos kyk sy hoe die koek op die swart-en-wit teëlvloer val. Dan hoor sy haar ma se voetstappe op die trap, seker op pad na haar slaapkamer om haar neus te blaas en te poeier, en sy wonder wanhopig of daar nie 'n manier is om die bruin pappery op die vloer bymekaar te skraap en die koek weer reg te dokter voor Mammie terugkom nie.

"Shame." Sina sit die skinkbord op die tafel neer en buk om die oorblyfsels van die koek op te tel. "Nóg 'n skok vir arme miesies Lizzie."

En skielik begin Colette giggel. Miskien is dit net van skrik en senuweeagtigheid, maar die gedagte dat 'n verwoeste

34

sjokoladekoek vir haar ma ewe erg kan wees as die nuus dat Uncle David op 'n man verlief geraak het, is meteens vir haar baie snaaks.

"Sie jy ophou om so verspot te wees," sis Sina. "Gee vir my die skoppie en die besempie aan, gou-gou, voor jou ma kom."

"Kan jy glo my oom is 'n *homoseksualis?*" fluister Colette met haar oë wyd gerek terwyl sy op die vloer hurk om vir Sina te help.

"Toe nou, dis ook nie só erg nie," mompel Sina sonder om op te kyk. "Selfs op die plaas is daar diere wat . . . anders is."

"*Moffie*diere? Mannetjies wat mekaar . . .?"

"Mannetjies wat enigiets bykom wat beweeg. Tot hulle eie kleintjies ook. En ek praat nie net van diere nie."

Sina spoeg die woorde uit met so 'n bitter trek om haar wye mond dat Colette haar verstom aangaap. Sy het al voorheen gewonder waarom Sina nooit oor haar kinderjare op die plaas praat nie.

"Maar as Ouboet dit moet hoor . . ." fluister sy benoud. "Hy hou klaar nie van Uncle David nie oor hy dink hy's aan die Engelse se kant!"

"Hy hoef dit nie te hoor nie." Sina staar stip na haar, haar stem sissend sag. "Niemand anders in die huis hoef dit te hoor nie. Verstaan ons mekaar, Lettie?"

Colette knik. Die wete dat daar nou nóg iets is wat nooit by die naam genoem gaan word nie, laat haar keel toetrek. Uncle David sal emigreer en Mammie sal hartseer wees, want sy weet nie wanneer sy hom ooit weer sal sien nie, maar sy sal vir niemand vertel wat haar broer haar vanmiddag vertel het nie. Dalk nie eens vir Deddie nie.

En wat, wonder Colette, moet sý met al hierdie ongewenste inligting maak? Oor melk en koffie en haar mooi oom die moffie en Somerverdriet se mense wat hulle soos diere gedra en wie weet wat nog alles. Iewers in haar agterkop sal sy plek moet inruim vir alles waaroor sy nie mag praat nie, 'n soort solder waarin sy al die skaamtes en skandes van haar huis en haar familie en haar land kan wegsteek. Ja, dís wat sy nodig het, besef sy daar op die swart-en-wit teëls van die kombuisvloer terwyl Sina opstaan om die morsige oorblyfsels van die koek in die vullisdrom te gaan gooi. 'n Denkbeeldige solder waar al hierdie geheime in die donker kan lê en stof vergaar tot die tyd eendag ryp is om 'n lig daarop te skyn. Wanneer dit sal gebeur, óf dit ooit moontlik sal wees, daaraan durf sy nie nou al dink nie.

■ Colette Niemand 11/8/2007
To vuurvis@iafrica.com

Toe maar, dis net 'n nare griep wat my 'n paar dae platgetrek het, niks
om oor bekommerd te wees nie. En dis heerlike inniebedblyweer, hoor.
As dit so koud en nat is buite, voel dit mos amper soos bederf om onder
'n donsduvet na die reën teen die ruit te lê en luister. En Sina sorg vir my,
soos altyd. Ons twee ou tannies sorg vir mekaar.

Goed, dis heeltemal genoeg oor my gesondheid, kom ons keer
terug na Sintra! Ek hoef net my oë toe te maak, dan sien ek die dorp
voor my. Ek onthou die paleis van Pena hoog op die heuwel, die Moorse
balkonne met die uitsig op die see, die vergeelde ou foto's van die
laaste Portugese koningsgesin. Soveel vergange glorie, nè. Dit het my
destyds al melankolies laat voel, al was ek amper so jonk soos jy. Maar
nou ja, teen dié tyd het jy ook al agtergekom dat jy jou in 'n land bevind
waar melankolie maklik vastrapplek in jou siel kry.

Ek is nie 'n teenstander – of 'n voorstander – van koninklike krone
nie. Net nog iets waaroor ek nooit werklik 'n mening gevorm het nie? Of
miskien het ek soveel kere van mening verander dat ek nie meer mooi
weet wat dit oorspronklik was nie. Ek onthou wel dat ek en Mammie
nogal opgetrek was toe die ou Engelse koning George en sy statige
vrou en die twee pragtige prinsesse deur die Unie kom toer het. Sestig
jaar later is die jongste prinses lankal saliger en die oudste sussie 'n
bejaarde koningin van 'n ryk wat al hoe kleiner krimp en die Unie 'n
onafhanklike demokratiese land met 'n swart president. En al wat ek
eintlik voel as ek aan al hierdie omwentelinge dink, is oud.

Nee wat, liefkind, moet jou nie aan my skete en my stiltes steur nie.
Hou asseblief tog aan om vir my te skryf, al antwoord ek nie altyd nie, en
moenie ophou soek nie. Jou hart sal vir jou die pad wys. Dit bly maar die
beste kompas. As ek myne 'n halfeeu gelede gevolg het, sou ek nie nou
so verdwaal gevoel het nie. Miskien ook nie so verdomp óúd nie.

Liefde van jou bedlêende beskermengel (maar môre is ek weer op
die been, belowe).

# PRINSES

"Seën, Heer, wat ons eet en laat ons nimmer U vergeet," bid Deddie aan die Sondagmiddagtafel, elke woord van die versie stadig en duidelik uitgespreek, asof hy dit net daar sit en uitdink. Hy herinner sy kinders gereeld dat die eerste Afrikaanse Bybel eers ná Colette se geboorte verskyn het. Vir hulle is dit vanselfsprekend om in Afrikaans te bid; vir hom bly dit 'n voorreg.

Dan rol hy sy hempsmoue op, wikkel sy skouers soos 'n dirigent net voordat hy sy stokkie lig, tel 'n vlymskerp mes en 'n groot vurk op – hier verbeel Colette haar altyd sy hoor die eerste dawerende note van Beethoven se Vyfde Simfonie – en begin die gebraaide beesvleis sny.

Mammie dink omdat hy 'n dokter is, kan hy beter vleis sny as enigiemand anders wat sy ken. Deddie sê alles wat hy van die sny van vleis weet, het hy op die plaas by sy pa en sy oupa geleer, nie in die mediese skool nie. Nonsies, sê Mammie, hy het 'n dokter se hande, nie 'n slagter se hande nie. Dan grinnik Deddie en sê hy is bevrees Mammie was maar nog altyd 'n snob.

Saam met die rosbief en gravy is daar ook hoenderpastei op die tafel, en pampoenmoes en soetpatats en blomkool met witsous en sousboontjies en beetslaai. En rys en aartappels, natuurlik. Mammie skep solank die ander kos op en hou elke bord voor Deddie sodat hy 'n sny vleis daarop kan rangskik, so half bo-oor die ander kos, want teen daardie tyd is die borde propvol. In baie huise is witbrood en goeie vleis twee jaar ná die einde van die oorlog nog skaars, maar danksy ouma Trui wat gereeld vrugte en groente, tuisgebakte brood

38

en heuning, botter en eiers, slaghoenders en rooivleis van Somerverdriet af stad toe stuur, ly die Cronjés van Rondebosch nooit honger nie. En wanneer Colette se broers naweke van hulle koshuise kom kuier, word daar geëet asof die oordeelsdag môre aanbreek.

"Is die rosbief ter ere van die Britse koning?" spot Ouboet toe hy sy bord aanvat.

Mammie klik haar tong vies. "Asof ons nooit roast beef geëet het voordat die koning kom kuier het nie."

"Ek vra maar net. Colette het die laaste ruk so aangegaan oor die prinsesse dat ek gedog het . . ."

"Ek het nie 'aangegaan' nie," protesteer Colette. "Ek sal dit nie waag as jy by is nie. Almal weet jy hou nie van die Royals nie!"

"Kinders," vermaan Mammie.

"Would Her Royal Highness graciously accept to pass me the salt?" vra Kleinboet vir Mammie met 'n hele aartappel in sy kies gedruk, sy Britse aksent so oordrewe dat hulle almal uitbars van die lag.

Dankie tog vir hierdie broer wat so snaaks kan wees, dink Colette al hoe meer, want die oudste een word al hoe moeiliker. Kleinboet is in matriek, in Deddie se ou skool in die Paarl, en Ouboet het laas jaar 'n Matie geword. So trots op sy maroen gestreepte kleurbaadjie dat hy dit selfs naweke by die huis dra. 'n Skrander student, sê almal, 'n natuurlike leier, 'n jong man vir wie daar 'n Blink Toekoms voorspel word. Maar vir Colette is hy bowenal 'n beterweterige spoil sport. Vandat koning George en sy gesin twee maande gelede in Kaapstad aan wal gestap het, het hy nog nie opgehou om haar te treiter nie. En dit net omdat sy en Mammie daardie dag saam met derduisende ander mense op die sypaadjie staan en wag het vir die koninklike optog.

Goed, sy wás miskien 'n bietjie te opgewonde oor die lang swart kar met die Union Jack waarin hulle so stadig deur die strate van die stad gery het. En die snaakse manier waarop die koningin vir die skares wuif, so met die agterkant van haar hand soos 'n bejaarde ballerina. En sy hét seker nogal baie gebabbel oor prinses Elizabeth en prinses Margaret en hulle hoede en handskoene en hare en alles wat vir haar so onvergeetlik mooi was. Maar dit maak haar nog nie 'n Rooinek of 'n volksverraaier nie!

"Ek was Maandag by die Youth Rally," sê sy, "en dit was glad nie net 'n Engelse affêre nie. Daar was tot 'n groep wat Volkspele gedoen het. Hulle het 'Jan Pierewiet' gesing, en 'Sarie Marais' en . . ."

"Alles tot eer van die magtige Britse Empire," sê Ouboet kopskuddend.

"Nee, tot eer van die prinses se 21ste verjaardag. Almal het vir haar 'Happy Birthday' gesing en die orkes het 'For she's a jolly good fellow' gespeel en daar was Kleurlingkinders wat in wit rokke gedans het, die oulikste klein klimeidjie wat heel voor op haar toontjies getrippel het, ek het so gewens Mammie kon dit sien!"

"Was Mammie nie daar nie?" Ouboet klink verbaas. "Moeg geraak vir die koninklikes?"

"Dit was 'n Youth Rally, Ouboet," sê Mammie. "Ek tel ongelukkig nie meer onder die jeug nie."

Sy glimlag koketterig en vee oor haar blonde krulle, wat sy deesdae kleur om die grys drade weg te steek, en kyk afwagtend na Deddie. Hy is nou veronderstel om iets te sê soos: ag, my vrou, vir my sal jy altyd jonk en mooi bly. Maar Deddie kyk na sy bord en kou aan sy vleis, sy gedagtes op 'n ander plek.

Dis waar dat Mammie eintlik nog goed lyk vir iemand wat al oor die veertig is. Plomper as toe Colette kleiner was, maar niks wat 'n goeie steppien nie kan wegsteek nie, soos sy gereeld vir Colette verseker terwyl sy steun en kreun om die hakies van haar inklimgordel vas te kry. Vandag dra sy 'n blou-en-grys geruite oorvourok met 'n breë belt in die styl van die Amerikaanse ontwerper Claire McCardell, wat sy soos gewoonlik self gemaak het. Meisies soos ons kan maar elke dag blou dra, sê sy vir Colette, dit bring die blou in ons oë uit. Dis nou nie meer vir Colette so oulik as haar ma van "ons meisies" praat nie. Vandat sy laas jaar hoërskool toe is, beskou sy haarself as groot genoeg om 'n meisie te wees, maar Mammie is mos darem lankal nie meer 'n meisie nie. Mammie is 'n tannie, en soms wens Colette sy wil haar 'n bietjie meer soos 'n tannie gedra, en 'n bietjie minder soos die lawwe *flapper* wat sy twintig jaar gelede was. En tog vermoed sy dat Mammie eendag op tagtig steeds diep in haar hart 'n *flapper* sal wees. 'n Patetiese gryskopvroutjie wat met 'n tandelose glimlag wag dat haar man haar verseker dat sy vir hom altyd jonk en mooi sal bly.

Colette raak so benoud dat sy sommer met haar mond vol rosbief verder praat. "En die prinses het 'n toespraak gemaak ook. Sy praat die móóiste Engels!"

"I am very glaaad to see so many young people heaahr todaaay." Kleinboet boots die prinses se hoë stemmetjie en koninklike aksent so goed na dat almal weer aan die lag raak.

"Wel, ék is baie bly sy het nou op die skip terug Engeland toe geklim," sê Ouboet net voordat hy 'n yslike hap hoenderpastei vat. "Nou kan ons hopelik van die Britse koningshuis vergeet en weer 'n slag op ons eie probleme in die Unie konsentreer."

"Tot sy weer kom," terg Colette. "Sy't gesê sy wil gou weer kom kuier."

"Ons sal sien," sê Ouboet op 'n onheilspellende toon. "Dit sal afhang van wie die land vorentoe gaan regeer. Of hoe sê ek, Pa? Pa!"

Deddie knip sy oë asof iemand skielik 'n skerp flitslig daarin skyn. "Jammer, ek kan net nie ophou wonder oor Peers se grot waar ons gister was nie. Die Vishoekman se brein was soveel groter as wat ons tot dusver geglo het. Ons weet eintlik nog só min van ons prehistoriese voorouers, nè."

"Ai, my man, jy kan tog so wroeg oor wat ons weet en

wat ons nie weet nie. Al wat ék weet, is dat die uitsig van die grot af my asem weggeslaan het. Die hele Skiereiland en al twee die oseane. Wie die Vishoekman ook al was, hy was slim genoeg om 'n fantastiese uitsig vir sy huis te kies."

"Wat ék graag wil weet," sê Kleinboet, "is hoe Pa dit reggekry het om vir Mammie en Colette om te praat om tot daar bo by die grot te klim. Het hulle nie heelpad gekla nie?"

"Nogals nie," glimlag Deddie. "Ek het hulle nie omgepraat nie, sien, ek het hulle eintlik omgekoop. Belowe as die prinsesse weer kom kuier, sal ek saam met hulle in die warm son staan en waai vir die optog. So, kom ons hoop jy's reg, Ouboet. As óns mense aan bewind kom, sal die prinsesse nie gou weer genooi word nie."

Deddie en Ouboet grinnik vir mekaar, kompleet nes twee skelms wat 'n komplot smee.

"Wie's óns mense?" vra Colette.

"Kom ek gaan haal die poeding," sê Mammie en staan haastig op. Klaar gepraat.

Ná ete moet Colette en Kleinboet die skottelgoed afdroog en wegpak terwyl Mammie was, want Sina werk nie vandag nie. Colette is nogal nuuskierig oor wat Sina op haar vry Sondae doen. Die ander inslaap-bediendes in die buurt is almal ouer en praat Engels, wat Sina sukkel om te verstaan, of 'n Bantoetaal, wat Sina nie eens probeer verstaan nie. Colette vermoed dat sy meestal maar in haar buitekamer bly en deur die ou tydskrifte blaai wat Mammie vir haar versamel. Toe Colette laas in die buitekamer was, het sy vir Sina gehelp om mooi kleurprente van natuurtonele uit te knip en teen die kaal mure te plak, maar Deddie het 'n stokkie daarvoor gesteek. Hou jou by jou soort, Lettie. Deddie is nooit naar met Sina nie, hy behandel haar altyd beleef, maar hy beskou haar klaarblyklik nie as van dieselfde soort as die Cronjés nie.

Colette pak die skoon glase al fluitend weg, "Jan Pierewiet" se deuntjie wat sedert die Youth Rally in haar kop bly draai, tot Mammie agter die wasbak waarsku dat meisies wat fluit by die deur uitgesmyt word. Om die vrede te bewaar neurie sy dan maar verder, hoewel sy nog nooit kon verstaan waarom meisies mag neurie maar nie mag fluit nie. Toe sy buk om 'n stapel borde in 'n lae kas te pak, piets Kleinboet haar met 'n nat vadoek op die boud.

"Aitsa! Hoe lyk dit dan vir my of my maer klein sussie besig is om lekker stewige Boesmanstêre te kry? Pla die kêrels jou nog nie, Lettie-lief?"

"Moenie vir jou laf hou nie," giggel Colette.

"Wel, as hulle lastig word, onthou jy't twee ouer broers wat jou eer sal beskerm. Dis meer as wat die arme prinses Elizabeth kan sê."

"Sy't nie broers nodig nie, sy't lyfwagte. Wat haar beter behandel as wat my broers my nog ooit behandel het."

"Hoor net daar, Ma! Het ons haar nie nog altyd soos 'n prinses behandel nie?"

"Soos 'n prinses," glimlag Mammie vir die skuimwater in die wasbak. "Ons eie prinses Lettie-lief."

"Maar as ouma Trui moet sien hoe styf daai langbroek oor prinses Lettie-lief se boude span, sal sy die stuipe kry."

"Op die plaas sou ek nie op 'n Sondag 'n langbroek mag gedra het nie, al het dit ook soos 'n streepsak aan my lyf gehang."

"En op ander dae word dit ook maar erg onwillig verduur," sug Mammie. Vandat Deddie en oom Kleingert oor die Ossewabrandwag begin baklei het, gaan Mammie met 'n verdrietige winterse hart op Somerverdriet kuier. "Julle ouma en oupa is oud, hulle weet nie van beter nie, mens kan verstaan dat hulle nie die moderne wêreld verstaan nie. Maar daai broer van julle pa het wraggies nie 'n verskoning om so uit die oude doos te wees nie!"

"Tannie Wilma is nog erger," kla Colette. "Daar's so baie dinge wat mens op Sondae nie daar mag doen nie. Jy mag nie brei of naaldwerk doen nie, dan steek jy die naald in die Here se oog, jy mag nie lag of grappies maak nie, want ná vrolikheid kom olikheid, jy mag nie langbroek of lipstiek dra nie, moenie my vra hoekom nie, jy mag dan nie eens papierpop speel nie! Nie dat ek nog papierpop wil speel nie," voeg sy vinnig by voordat haar broer haar weer terg. "Ek sê maar net. Voel vir my al wat mens mag doen, is om handjies gevou te sit en wag dat die dag verbygaan."

"Terwyl die volk al die werk moet doen," sê Kleinboet gemaak sedig. "Dan kan hulle mos in ons Blankes se plek hel toe gaan omdat hulle die Sabbat onteer."

"Haai nee, Kleinboet, só kan jy darem nie sê nie!" maak Mammie beswaar.

"Is Mammie bang Ouboet hoor my?"

Mammie skrop so kwaai aan 'n kastrol dat die skuimwater tot op die vloer spat. Gelukkig het sy 'n voorskoot bo-oor haar nagemaakte Claire McCardell-rok vasgebind. Hulle hoor Ouboet se ontstoke stem op die stoep, seker weer besig om te praat oor dinge wat Mammie nie wil hoor nie, terwyl Pappie swyend aan sy pyp sit en suig.

Colette rangskik die swaar silwermessegoed wat hulle net Sondae gebruik in die oopklapboks met die koningsblou fluweelvoering en loer onderlangs na haar broer. In sy kakielangbroek en wit hemp, kraag oopgeknoop en moue opgerol, donker hare blink geolie en agtertoe gekam, lyk hy heelwat ouer as 'n matriekseun. Kleinboet is nie juis wat sy dashing sal noem nie, hy is te kort en stewig gebou, sy vel is te blas, sy neus te groot. En tog behaal hy baie meer sukses met die teenoorgestelde geslag as Ouboet wat gans te ernstig is om te flankeer, te besig om sy Briljante Toekoms te bou. Die pad na 'n meisie se hart loop deur haar lagspiere, beweer Kleinboet. Hy katrol die nooiens in, die een na die ander, met humor. Soos hy van kleins af sy ma en sy sussie ingekatrol het.

Maar Colette wonder waar hy deesdae aan sommige van sy ernstiger idees kom. Voorheen het hy hulle ouer broer as 'n held beskou – sy ook, natuurlik, dis moeilik om nie geïmponeer te word deur iemand van wie daar omtrent van geboorte af Groot Dinge verwag word nie – maar toe sê Ouboet op 'n dag miskien is oom Kleingert tog reg oor die Ossewabrandwag, en dat Pappie miskien net te lief vir die Engelse is omdat hy 'n Engelse skoonpa het. Toe word Kleinboet soos 'n hond wat omswaai om sy baas te byt. En jy't 'n Engelse oupa, het hy vir Ouboet toegesnou, en 'n half-Engelse ma! Skáám jy jou nie? Van daardie dag af kyk Kleinboet anders na sy ouer broer.

Dis amper asof hy soms die vreemdste dinge sê net om vir Ouboet vies te maak.

"Ouboet is nie soos oom Kleingert nie." Dit klink of Mammie met haarself staan en praat. Sy skrop nou stadiger en staar deur die venster na die vrugtebome in die agterplaas wat hulle herfskleure begin wys. "Ek stem nie altyd saam met sy idees nie. Maar hy behoort darem nou ook nie aan die Ossewabrandwag nie, nè."

"Nie sover ons weet nie," mompel Kleinboet.

Wat Colette weet, en Mammie seker ook, is dat Ouboet brand om lid te word van 'n ander geheime organisasie vir Afrikaanse mans, die een of ander bond, maar daar kan jy nie sommer net gaan aansluit nie, jy moet wag tot jy gevra word. Deddie is nooit gevra nie. Blykbaar iets met sy half-Engelse vrou te doen, maar sy kan nie seker wees nie, want dis iets waaroor daar nooit gepraat word nie. Nie in hierdie huis of in enige ander Afrikaanse huis nie. Dis 'n geheime organisasie, onthou. Mens praat nie oor geheime nie.

Coimbra . . . Jinne, kind, jy lei my hart soos 'n steeks perd terug na soete waters. Al wat ek hoef te doen, is om my kop te laat sak en diep te drink.

Maar ek sou nie daar geaard het nie. Nie in Coimbra of Sintra of Lissabon of enige van die ander oorde langs jou Portugese roete nie. Daarvan probeer ek myself immers al 'n lewe lank oortuig. En nou kom flikflooi jy oor aälwyne en bloekoms en dergelike plante wat op meer as een plek kan wortelskiet, ai tog, en ek sak weer weg in vertwyfeling en selfverwyt.

Soete waters? Altemit. Maar vir my is daar geen rus langs daardie waters nie. Mag soet en stil wees, maar onder draai die duiwels rond. Moenie dink ek weet nie waarvan ek praat nie. My wreedste duiwel se naam is onthou en die afgelope week martel hy my weer soos lanklaas.

Ek vermoed dis nog 'n briefie dié wat ek liewers nie vir jou sal stuur nie.

My verlede is voorwaar alles wat ek gefaal het om te wees. Nee, dis nie ek wat so sê nie, dis al weer Pessoa. En moenie my vra waarom ek dan aanhou skryf as ek nie vir jou wil wys wat ek skryf nie. Sou dit nie ironies wees as ek hier op my oudag weer 'n joernaal begin hou nie? Asof die vorige een nie genoeg verwoesting gesaai het nie! En die vorige keer het ek 'n goeie verskoning gehad. Ek was jonk en verward. Vyftig jaar later is ek oud en verward. Hoe meer dinge verander?

Die onthouduiwel bring geen helderheid nie, net verlange en deurmekaar drome. Ek verlang nou al dae lank na my familie, na Deddie en Mammie en Kleinboet en Ouboet, ja, selfs na Ouboet! Ek wens ek kon hom nog net één keer sien, hom laat verstaan dat ek altyd vir hom lief gebly het, al het ons mettertyd niks meer vir mekaar te sê gehad nie. Bloed bly bloed, nè. Soos jy ook onlangs agtergekom het, liefkind.

Maar meer as enigiets anders verlang ek na 'n tydperk in my lewe, na daardie sorgelose paar weke in Portugal toe ek die twee Fernando's leer ken het, die dooie digter en sy besonder lewendige naamgenoot wat my minnaar geword het. Ek verlang na die moedige jong vrou wat ek vyftig jaar gelede was. Here, ek het nie geweet dis moontlik om so na jouself te verlang nie!

# OORWINNING

Colette bekyk haarself in die vollengte-spieël in haar ouers se kamer. Dis wat die heldinne in die liefdesverhale wat sy deesdae verslind altyd iewers in die boek doen. Die maklikste manier om die leser te wys hoe die heldin lyk, en sommer ook hoe sy oor haarself voel. Dis een van die wenke wat sy opgetel het sedert sy self 'n paar stories probeer skryf het. Nie liefdesverhale nie – van die liefde weet sy op die ouderdom van vyftien-en-'n-half helaas nog heeltemal te min – sommer net stories. Soms ook gediggies, aangevuur deur *Belydenis in die skemering* van Elisabeth Eybers, wat haar pa laas jaar vir haar present gegee het.

Die grootste verrassing van hierdie nuwe skryfstokperdjie is dat amper alles in Afrikaans uitkom – hoewel sy amper net Engels lees. Dalk iets te doen met Elisabeth Eybers, die eerste vrou van wie sy weet wat 'n Afrikaanse digbundel uitgegee het, en vir wie sy amper soveel vurige bewondering koester as vir Edna St Vincent Millay. (Millay se gediggie oor die kersie wat aan albei kante brand en nie die hele nag sal hou nie, bly darem nog vir haar die heel mooiste.) Of dalk is die Afrikaanse skrywery te danke aan haar goeie Afrikaanse onderwysers in haar goeie Afrikaanse hoërskool in die stad. Maar dis waarskynlik meer as enigiets anders haar pa se invloed. Deddie, vir wie sy nou al jare lank vergeefs probeer Pappie noem, met sy ewige opgewondenheid oor hierdie jong taal wat sommer nou die dag nog hier aan die suidelikste punt van Afrika ontstaan het.

"Pretty as a picture," sê haar ma agter haar in die spieël. En hoe meer Afrikaans haar pa word, so voel dit soms vir haar, hoe meer aspris-Engels word haar ma. "Wat sê jy, Sina?"

"Ek kan nie glo dis onse klein Lettie nie," sê Sina, nou ook sigbaar in die spieël, haar hande saamgeslaan in bewondering. Colette het jare gelede al by Sina verbygegroei, maar Sina maak asof sy dit nie sien nie en hou eenvoudig aan om haar klein Lettie te noem.

"Ek lyk . . . groot."

"Is dit nie wat jy wou hê nie?" sê Mammie en lag. "A dinner dress to make you look grown-up?"

Sy het inderdaad vir Mammie gevra om vir haar 'n "grootmensrok" te maak vir die aandpartytjie wat een van haar klasmaats die naweek hou. Maar sy het nooit gedroom dat 'n rok en hoëhakskoene só 'n verskil kan maak nie. Sy is gewoond om haarself in 'n skooluniform te sien, die gestreepte kleurbaadjie en wit hemp en das, die dik swart kouse en lelike swart veterskoene, haar blonde hare in twee kort, vet koeksister-vlegsels, haar een skouer altyd effens skeef getrek deur die swaar skoolkoffer vol boeke. Of anders naweke in Bobby socks en plat skoene en 'n gemaklike romp en 'n Sloppy Joe-oortrektrui, of in een van die langbroeke waarvan sy so baie hou en wat ouma Trui steeds so diep ongelukkig maak. Dis die Colette wat sy ken, met wie sy tuis voel, 'n skoolmeisie wat tussen 'n skare ander skoolmeisies sal wegraak.

En nou staan hier 'n vreemde jong vrou voor haar, in 'n rok van glansende middernagblou satyn met 'n stywe bolyfie – wat haar borste in 'n nuwe inklimgordel-buustelyfie soos twee tregters laat lyk – en 'n romp wat oordadig wyd uitklok van die perdebymiddeltjie af tot laag teen haar kuite. 'n Lieflike jong vrou, dit kan sy nie ontken nie, maar bowenal 'n onbekende jong vrou. Haar enkels lyk ballerina-dun in 'n paar van Mammie se blinkswart hakskoene, haar nek lank en skraal en vreeslik wit teen die donkerblou satyn. Veral noudat Mammie haar hare oplig en teen haar agterkop stapel.

"Hmm, ek dink ons moet dit krul en vassteek, wat dink julle? En daardie nek kort iets. 'n Stringetjie pêrels?"

"Nee, ek dink nie so nie," keer Colette, haar stem amper

paniekbevange, en skud haar kop om haar hare weer tot op haar skouers te laat val. "Ek wil nie só anders lyk dat die kinders in my klas my nie môreaand herken nie."

"Jy's nog dieselfde Lettie-lief," troos Mammie. "Net mooier en groter. Wag, ek dink ons kan die middellyf nog so 'n klein bietjie invat." Mammie knyp aan die materiaal en vra vir Sina om haar speldekussing op die dressing table aan te gee.

"Nee, asseblief, Mammie, ek voel klaar of ek nie behoorlik kan asemhaal nie."

"Ek het ook so gevoel toe ek die eerste keer 'n steppien gedra het. Jy sal gewoond raak daaraan."

"Ek weet nie hoe ek môreaand enigiets geëet gaan kry nie!"

"Het jy dan nie geweet nie?" terg Mammie. "Deel van die doel van 'n steppien is om meisies te dwing om soos voëltjies te eet. Kyk, hier's nog so 'n halwe duim speling om die middel . . ."

"En as ek 'n halwe pond optel, sal ek nooit weer my dinner dress kan dra nie, dan was al Mammie se moeite verniet!"

"Jy's nie veronderstel om 'n halwe pond op te tel nie," terg Mammie weer. Hoewel iets in haar stem vir Colette meer soos raas as soos terg klink. "Nie tot jy eendag my ouderdom is nie. Ai, wat ek darem sal gee om weer so 'n perdebylyfie te hê . . ."

"Toe Mammie jonk was, was perdebye nie in die mode nie. Julle *flappers* wou plat en regaf wees. Ag, hemel, ek wens ek kon eerder 'n *flapper* wees. Kyk net hierdie belaglike punte wat my brassière maak!"

"Ons moes ook maar in stilte ly om so plat en regaf te wees. Borste styf vasbind, alles vasbind, dis nie 'n grap in die bloedige son van Afrika nie." Mammie kry 'n veraf trek in haar mooi blou oë. "Nee, dit was nog nooit 'n grap om 'n vrou te wees nie. Veral nie in Afrika nie. Of wat sê ek, Sina? Kom ons los maar die halwe duim vir haar hier om die middel."

49

"Nes Miesies daar sê." Sina knik 'n paar keer vinnig. Colette wonder waaroor sy so innig saamstem, oor die lot van vroue in Afrika, of oor die halwe duim speling om die middel. Dan kyk al drie van hulle gelyk na die radio langs die dressing table, want die Andrews Sisters en Danny Kaye het daardie verspotte liedjie "Bongo, Bongo, Bongo" begin sing wat Mammie en Colette altyd laat lag.

"Draai gou harder, Sina," beveel Colette en swaai haar lyf op die maat van die musiek en voel hoe die wye rok om haar bene swiep, tog te mooi lyk sy so dansend in die spieël, ai, sy hoop daar word môreaand darem ook 'n bietjie gedans op daardie partytjie. "So bongo, bongo, bongo, I don't wanna leave the Congo," sing sy en Mammie vrolik saam met die Andrews Sisters, en selfs Sina, wat steeds nie eintlik Engels praat nie, val in toe hulle by "oh no no no no no" kom en trek haar rug hol en knak haar knieë om haar wikkelende boude te laat boep staan. "I'm so happy in the jungle," sing al drie uit volle bors saam.

"Vergeet van die Andrew Sisters, hier kom die Cronjé Girls!" roep Mammie uit.

Colette hap kortasem na lug. "Ek voel soos Sneeuwitjie toe die heks daai stywe lint om haar middel vasgebind het. Kan ons nie eerder die materiaal bietjie uitlaat en dan dra ek dit sonder die steppien nie?"

"A nee a, Colette," sê Mammie streng. "Die hele idee van Dior se New Look is dat die middel so klein as moontlik moet wees en die heupe so wyd as moontlik. Anders is dit maar net die gewone Old Look wat ons dwarsdeur die oorlog gedra het."

"As ek geweet het ek sal so moet ly vir die New Look, het ek eerder by die oue gebly." Nou het sy te ver gegaan, kan Colette dadelik aan haar ma se gesig sien. "Ek kla nie oor die rók nie, Mammie, dis sowaar die mooiste rok in die Kaap, dis net die bloeming steppien wat my onderkry. Voel of al die suurstof na my brein afgesny word."

"As 'n meisie só mooi lyk, het sy nie 'n brein ook nog nodig nie."

En weer eens vermoed Colette dat daar 'n wrede waarheid agter haar ma se spottende woorde wegkruip. Dat haar ma vir haar iets probeer meedeel, maar nie weet hoe om dit te doen nie.

"Deddie sê met my brein hoef ek nie té haastig te wees om te trou en kinders te kry nie."

"Aag, jong, hy's maar net bang vir die dag wanneer sy oogappel 'n ander man bo hom gaan verkies. Soos enige pa."

"En Ma? Wil Ma dan nie hê ek moet verder gaan leer ná skool nie?"

Haar ma bly haar 'n antwoord skuldig, want op daardie oomblik hoor hulle hoe Ouboet by die voordeur inbars, in die portaal opgewonde na hulle roep en by die trap ophardloop na die boonste verdieping. "Ma? Colette? Is hier dan nie mense in hierdie huis nie?" Dan verskyn hy in die deur van die slaapkamer met 'n glimlag wat sweerlik tot by sy agterkop strek. "Middag, Ma! Middag, Lettie!"

"Middag, Kleinbaas," sê Sina en gee haastig pad uit die vertrek, met skuifelvoetjies by die trap af, ondertoe, kombuis toe. Vir Colette en Kleinboet noem sy op die naam, met hulle maak sy grappies of raas oor hulle slordigheid, maar Ouboet was nog altyd Kleinbaas, vir hom behandel sy met 'n oordrewe respek, dalk selfs iets soos vrees. Toe sy pas van die plaas af gekom het, het sy vir Deddie Baas genoem en vir Mammie Noi, maar Mammie het haar geleer om eerder Master en Miesies te sê. Klink darem nie so kru nie, meen Mammie. Deddie skud sy kop geamuseerd en vra wat maak 'n Engelse Master minder kru as 'n Afrikaanse Baas?

Ouboet kry sy ma om die middel beet en lig haar van haar voete af en swaai haar in die rondte.

"A nee a, Ouboet, moenie vir jou laf hou nie, wat gaan aan met jou?" protesteer Mammie laggend, haar oë op skrefies van pure plesier. Sy is waarskynlik jare laas deur iemand opgetel.

"Wat gaan aan met my? Dis die gelukkigste week van my lewe, dis wat aangaan met my! Die regering het geval, ons mense is aan bewind, alles wat ek wou hê, het Woensdag waar geword!"

"O, jy't nog nie oor die verkiesing gekom nie." Mammie hou aan met glimlag, maar dis nie meer so 'n lekkerkry-glimlag nie.

"Dis nie iets waaroor mens sommer net so kom nie. Dis Geskiedenis, Ma! Geskiedenis met 'n hoofletter! Ons vier nou al twee nagte en twee dae lank aanmekaar fees op Stellenbosch."

Hy val op die dubbelbed neer en grinnik vir hulle met sy hande agter sy kop gevou. Hy het glad nie eens haar New Look opgemerk nie, besef Colette. Hy sien haar waarskynlik nie eens ráák nie, skoon beswymeld van vreugde soos hy daar lê, amper soos iemand wat dronk is. Toe hy hulle Woensdagnag van Stellenbosch af bel, nadat die uitslae van die laaste vyf kiesafdelings bekend gemaak is en die ganse land met verstomming besef het dat doktor Malan se Herenigde Nasionale Party en die Afrikanerparty die verkiesing gewen het, het hy ook dronkerig geklink. Vermoedelik meer van blydskap as van drank, sy weet mos haar oudste broer is nie 'n drinker nie, maar op so 'n Geskiedkundige nag was enigiets seker moontlik. "Ons dans in die strate van Stellenbosch!" het hy oor die telefoon uitgeroep, sy stem hees gejuig. Dit was vir Colette moeilik om haar slim en sedige broer in sy gestreepte Matie-baadjie en sy netjiese das dansend in 'n straat voor te stel. Selfs op 'n dansbaan dans hy nie graag nie. "Smuts is in sy eie kiesafdeling op Standerton verslaan! Is dit nie wonderlik nie, Pa?"

"Wie sou dit nou kon dink," het Deddie geprewel.

"Ek het julle mos gesê ons gaan wen en julle het almal gedink ek is van my kop af!"

Deddie se vreugde was net so diep soos Ouboet s'n, maar meer beskeie, stiller. Skoon bewoë van blydskap, dis hoe haar pa daardie nag vir Colette gelyk het. Sy was saam met hom bly, en die volgende dag was die opgewondenheid van baie van haar klasmaats aansteeklik, en sy het saam met hulle gejubel oor "ons mense" gewen het. Oor die Afrikaanse volk 'n Afrikaanse regering gaan kry. Is dit nie wonderlik nie?

En tog is sy heeltyd bewus van iets wat haar blydskap belemmer. Soos wanneer 'n splinter in jou voet vassteek, 'n byna onsigbare klein voorwerpie wat jou verhinder om behoorlik te loop. Haar splinter is die wete dat almal in haar gesin nie ewe gelukkig is oor hierdie Geskiedkundige oorwinning nie.

Mammie, vermoed sy, het vir generaal Smuts se Verenigde Party gestem. Natuurlik sonder dat sy dit ooit teenoor haar man sal erken. En Kleinboet het laas naweek luidkeels aangekondig dat dit domonnosel sal wees om vir doktor Malan te stem, ons kan nie die ander bevolkingsgroepe almal eenkant toe stoot nie, dit sal 'n ramp veroorsaak. Wat amper tot 'n vuisgeveg tussen hom en Ouboet gelei het. Ons moet eers ons eie mense help, het Ouboet ontstoke uitgeroep, voordat ons ander mense kan help! Mammie moes vrede maak, soos altyd.

"Waar is Kleinboet?" vra Mammie besorg. "Het julle nie op dieselfde trein gekom nie?"

"Wie wil nou saam met volksverraaiers treinry? Ek grap sommer, Ma," voeg Ouboet vinnig by, maar Mammie lyk nie geamuseerd nie. "Ons het saamgery tot in die stad, maar hy wou eers by een van sy Engelse nooiens gaan vlerksleep. Soek seker 'n skouer om op te huil."

"Haal jou voete van die bed af," sê Mammie, "jy bederf die bedsprei."

Kleinboet het nie Woensdagnag gebel nie. Eers gistermiddag, terwyl Colette verwonderd deur die koerante blaai – *Die Burger* wat Afrikaanse lesers se vreugde uitbasuin en *The Argus* wat soos 'n begrafnisrede klink – het hy van hom laat hoor. Welwetende dat sy pa by die hospitaal sou wees, dat net die vroumense smiddae by die huis is.

"Dis 'n geheime oproep dié," het hy met 'n dramatiese fluisterstem aangekondig toe Colette die foon antwoord. "Ek bel van 'n ondergrondse skuilplek waar al Smuts se ondersteuners op Stellenbosch moet laaglê om nie op straat gestenig te word nie. Ek weet nie of ek dit durf waag om die naweek huis toe te kom nie. Sal jy jou lelike swart skoolkouse by jou kamervenster uithang as jy dink dis veilig?"

Wat beskou hy as veilig? wou sy giggelend weet. Hy gee nie om as sy pa vir hom preek nie, het hy haar verseker, hy wil net nie hê sy broer moet heeltyd aangaan oor watter wonderlike toekoms nou op die Afrikaner wag nie. Want dit gaan nie so wonderlik wees nie, het hy voorspel. Daar is iets kleinliks in die siel van die Afrikaner wat besig is om kop uit te steek, het hy gesê, skielik ernstig.

"Is jy dan nie 'n Afrikaner nie?" het Colette gevra.

"Natuurlik. Dis hoekom hierdie kleinlikheid my so bang maak."

Dis toe die beeld van 'n splinter die eerste keer by Colette opgekom het, 'n splinter wat 'n sweer kan veroorsaak as mens nie betyds daarvan ontslae raak nie.

Sy kyk na Ouboet wat steeds uitgestrek op die bed lê – met sy voete darem nou op die vloer – en kou aan 'n appel wat hy uit sy maroen streepbaadjie se sak gehaal het. Omdat sy ses jaar jonger as hy is, kon hulle nooit werklik maats word nie, maar kleintyd het sy hom soos 'n onbereikbare storieboekheld bewonder. Sy blou oë, dieselfde kleur as haar en Mammie s'n, was vir haar soveel mooier as haar en Mammie s'n, soveel treffender saam met sy swart hare en sy swart wenkbroue. Maar dit was voordat daardie koue lig in sy oë begin skyn het. Wanneer het dit gebeur? wonder sy nou. Wat het daardie lig aangeskakel?

"Het jou ma jou nooit geleer dat jy horings gaan kry as jy lê en eet nie?" vra sy voordat sy terugdraai na die spieël.

Hy kom oordrewe verbaas regop. "En wie is hierdie beeld-skone jong dame wat my so vrypostig aanspreek?"

Nou ja, as doktor Malan se oorwinning haar ouboet in 'n grapjas gaan verander, sal dit miskien tog iets wonderliks wees. Elke gesin het 'n nar nodig. En dit klink hoeka of haar jonger broer moeg geword het van hierdie rol.

"Ons Afrikaners was edel toe ons die Boereoorlog verloor het," het Kleinboet gister oor die foon gesê. "Maar nou het ons gewen. En dis baie makliker om 'n edel verloorder te wees as 'n edel oorwinnaar. Jy sal sien, sussie, jy sal sien."

Sy het gewag vir die onvermydelike grappie, die punch line wat haar moes laat lag, maar al wat sy kon hoor, was iets tussen 'n steun en 'n sug. Amper 'n dierlike geluid, anderkant woorde, soos 'n soldaat op 'n slagveld as hy besef hy is gewond. Sy het gewonder of sý nou veronderstel was om iets snaaks te sê, maar toe vra hy haar om vir Mammie te roep. En toe jaag Mammie haar kombuis toe, om vir Sina te help groente skil, voordat sy met hom begin praat. "Van nuuskierigheid is die tronk vol en die kerk leeg, Colette." En Mammie het dit nie as 'n grappie bedoel nie.

En nog stilte
■ Colette Niemand 15/8/2007
To ?

Speak now or forever hold your peace. Waarsku jy my? Wel, ek vind
dit interessant dat jy juis dié woorde gebruik, hierdie frase wat aan
die trouformulier herinner, want die laaste paar dae tob ek onverpoos
oor troues. Myne was 'n haastige seremonietjie in 'n Londense
magistraatshof op 'n tipiese Engelse hertsdag, triestig en klam, asof die
lae grys lug namens my wou huil. Asof die wolke al die trane wou stort
wat ek myself so streng verbied het.

En dis omtrent al wat ek van my huweliksdag onthou. Dat dit gereën
het, dat ek wou opgooi, dat ek gewens het ek was in Portugal. Dis nie
iets wat ek juis wil oorvertel nie.

Jammer, liefkind, maar dis nog 'n briefie wat jy nie gaan lees nie.

Waarom onthou ek Ouboet se troue soveel helderder as my eie?
Omdat dit soos gewoonlik makliker was om 'n toeskouer eerder as 'n
deelnemer te wees? Ek weet nie, my ou vuurvissie, ek weet nie.

Maar ek vermoed soms kan stilbly seker ook 'n manier van
praat word.

# TROUE

Nou almal saam, roep die mank fotograaf-mannetjie met die eienaardige aksent uit: "Say cheeeeza." En vir die hoeveelste keer herhaal die groep voor die kamera almal laggend "cheeeeza".

"Ek sal nooit in my lewe weer kaas kan eet sonder om aan my troudag te dink nie," kla Ouboet kastig.

Hulle poseer al amper 'n uur lank vir Mister Giuseppe; eers net die bruidspaar terwyl die res toekyk, daarna die bruidspaar saam met hulle ouers, en nou die hele boksemdais, strooimeisies, strooijonkers, blommemeisie en hofknapie ook. Die amptelike troufoto's word in die roostuin van 'n Bolandse spogplaas geneem, teen die agtergrond van 'n dam met eende, 'n witgepleisterde slaweklok en 'n Kaaps-Hollandse gewelhuis. Te mooi vir woorde, sê die bruidegom se bewoë moeder elke nou en dan met 'n sug. Ouboet se bruid het in hierdie gewelhuis grootgeword, oudste dogter en oogappel van 'n welgestelde wynboer wat deesdae ook Lid van die Volksraad is. Vir doktor Malan se party, natuurlik.

"Jou broer het omtrent met sy stert in die botter geval toe dié nooi vir hom ja gesê het," het die hoofstrooijonker gister teenoor Kleinboet opgemerk terwyl die bruidspaar en hulle gevolg in die NG kerk op die dorp vir die seremonie gerepeteer het. Aikôna, het Kleinboet gesê, my broer is nie die soort wat ooit val nie. Nie eens in die botter nie. Alles word sorgvuldig beplan.

Colette was nogal geskok deur sy aanmerking. Só koelbloedig is Ouboet darem nie, het sy ná die repetisie met Kleinboet geraas. Enigeen kan sien hy's dolverlief op Elsa!

"Natuurlik," het Kleinboet gepaai. "Kom ons sê maar net dit was vir hom makliker om dolverlief te raak op 'n meisie met 'n ryk en vername pa as op enige ander meisie."

Maar Ouboet het nie 'n ryk of vername skoonpa nodig nie, meen Colette. Daar word tog al van kleins af vir hom 'n Blink Toekoms voorspel. Hy was elke jaar 'n presteerder in sy regskursus op Stellenbosch, die laaste jaar ook in die Studenteraad, almal op die kampus ken sy naam. Soos sy gou agtergekom het toe sy laas jaar begin studeer het. Selfs noudat Ouboet weg is van die kampus, besig om naam te maak as briljante jong prokureur in die stad, gooi sy Blink Toekoms 'n swaar skaduwee oor haar en Kleinboet.

Kyk net hoe staan en grinnik hy daar in sy swaelstertpak met sy stralende bruid aan sy arm, sy vername skoonouers en sy trotse ouers en sy groot gevolg soos 'n waaier oopgesprei rondom hom, die strooijonkers almal ook in swaelstertpakke, die strooimeisies in kuikengeel brokaat en sy. Colette hou nie van geel klere nie; dit bring die geel in haar blonde hare en bleek vel uit en laat haar soos iemand met nierversaking lyk. Maar as derde strooimeisie, saam met die bruid se beste vriendin en die bruid se jonger suster, het sy nie eintlik 'n sê nie. Elsa is gek oor geel, dit pas goed by haar gebronste vel en goudbruin hare, en op hierdie heuglike dag wou sy haarself met geel omring. Selfs die strooimeisies se satynskoene en lang handskoene is liggeel. Kleinboet is ook 'n strooijonker, saam met twee van Ouboet se studentemaats, Pietman en Hannes, en voel sekerlik net so ongemaklik in sy swaelstertpak as sy suster in haar kuikenuitrusting. Een swaeltjie maak nie 'n somer nie, so troos Colette haarself, nes een kuiken nie 'n bruilof kan bederf nie.

Elsa se trourok is 'n mirakel van brokaat en tulle en kant, 'n hartvormige bolyfie en 'n noupassende baadjie van deurskynende kant en pêrelknopies wat haar kaal skouers en arms bedek en tog ook vertoon – ordentlik genoeg vir die kerkseremonie, maklik genoeg om die baadjie later by die onthaal uit te trek – en 'n romp so uitspattig wyd dat sy op pad kansel toe amper in die kerkpaadjie vasgesit het.

Daar was 'n absurde oomblik terwyl die eerste orrelnote van die troumars deur die kerk dreun en die gaste in die kerkbanke almal afwagtend omkyk en die bruid versteen bly staan omdat sy skielik besef het dat haar rok aan die ewe uitspattige ruikers teen die kante van die kerkbanke kan vashaak. Dít het niemand voorsien nie! Vir die sorgvuldige repetisie gister het die bruid natuurlik nie haar trourok gedra nie. En die ruikers van pienk en geel rose uit die plaas se tuin was nog nie teen die kerkbanke vasgemaak nie. Toe die bruid dus onverwags in haar spore vassteek, het die tweede strooimeisie in die eerste strooimeisie vasgeloop, waarna albei van skone senuweeagtigheid aan die giggel geraak het. Colette, heel agter in die ry, het gewonder hoeveel etiketreëls sy sou breek en of haar ma haar ooit sou vergewe as sy vorentoe skarrel om vir die bruid 'n pad deur die blomme te probeer baan.

Gelukkig het 'n praktiese plaastannie in een van die agterste rye die situasie gered deur die roosruiker naaste aan haar weg te trek en vir die gaste vorentoe te beduie om dieselfde te doen. Die boodskap is fluisterend van een kerkbank na die volgende gedra en die blomme het voor die bruid en haar gevolg padgegee soos die Rooi See voor Moses en die Israeliete, 'n rare spektakel wat Colette vir die res van die seremonie teen 'n onbedaarlike lagbui laat stry het. Elke nou en dan het sy die stryd verloor en haar skouers voel skud van die lag, daar waar sy saam met die res van die gevolg voor die kansel moes staan. Sy kon maar net hoop die gaste agter haar sou dink sy huil. Bewoënheid is tog seker 'n bewonderenswaardige emosie vir 'n bruidegom se suster?

Die eerste twee strooimeisies, teen dié tyd herstel van hulle eie kortstondige giggelbuitjie, het haar 'n paar verontwaardigde kyke gegee. Kleinboet het sy wenkbroue besorg gelig. Net Hannes, die tweede strooijonker, het gelyk of hy ook dik van die lag is. Blykbaar was dit bowenal die derde strooimeisie se desperate poging om nie te lag nie wat hom so geamuseer het.

Of so het hy pas teenoor haar bely, terwyl hulle onder 'n peperboom staan en kyk hoe die bruidspaar nog vir oulaas alleen vir Mister Giuseppe poseer. Colette probeer haar verleentheid wegsteek deur na haar geel satynskoene te staar. Een van haar papierpoppe het presies net so 'n paar skoene gehad. Judy Garland? Vivienne Leigh? Sy hou die plat kartondoos met die versameling cut-outs steeds onder haar bed by die huis.

En nou vir die heel laaste keer, roep Mister Giuseppe uit, *beeeg cheeeeza*. Die donker mannetjie met die mank been het glo as Italiaanse krygsgevangene in Suid-Afrika beland en ná die oorlog besluit om hier vir hom 'n toekoms te bou. Baie meer geleenthede as in die armoedige suide van Italië waar hy gebore is, so het hy tussen die fotonemery deur vir Kleinboet vertel – die enigste lid van die bruidspaar se gevolg wat 'n geselsie met hom aangeknoop het. Meer geleenthede vir 'n wit man, dis gewis, het Kleinboet gesê.

"Wel, ek sal nooit-ooit weer oor 'n wye trourok droom nie," sê Colette. "Dis goed vir 'n papierpop of 'n prinses in 'n katedraal, maar dit werk nie vir 'n gewone bruid in 'n NG kerk nie. Dit het ek vandag geleer."

"Wat ek uit die afgelope twee dae se repetisies en gedoentes geleer het," sê Hannes, "is dat dit dalk beter is om stil-stil in 'n landdroshof te trou."

"Ná die afgelope twee dae," sê Kleinboet, "dink ek dis beter om glad nie te trou nie."

"Nie eens as jy in so 'n pragtige troukar kan ry nie?" Hannes beduie na die glansende swart Jaguar met roomkleurige leersitplekke – spesiaal vir die troue iewers geleen – waarin die bruidspaar binne enkele oomblikke na die onthaal op die dorp vervoer sal word. Soos die lenige roofdier wat hom sy naam gegee het, staan die ryding daar om deur almal bewonder te word, sy neus hoog en rond, sy stert laag en plat, chroomwerk skitterend in die laatmiddagson.

"Daar moet makliker maniere wees om 'n rit in so 'n kar te verdien," sê Kleinboet met 'n sug.

Die twee strooijonkers staar 'n paar oomblikke smagtend na die motor. Colette wonder, nie vir die eerste keer in haar lewe nie, waarom die meeste mans makliker 'n mooi meisie as 'n mooi ryding kan weerstaan. Nie dat sy wil hê Hannes – of enige ander jong man op hierdie troue – moet haar onweerstaanbaar vind nie. Maar darem.

Pappie-Deddie word oud, besef Colette toe haar pa later op die onthaal 'n amptelike heildronk instel. Toe hy ná die oorlog besluit om weer 'n snor te kweek, het dit silwergrys uitgekom. Nou dra hy dit weliger as voorheen, niks wat jou naastenby aan Hitler sal laat dink nie, eerder aan 'n afgetrede Britse lugmagoffisier. Sy staalgrys hare pleister hy steeds plat teen sy kop met olie. Anders as Mammie, word hy nie plomper met die jare nie, net al hoe gryser. Selfs sy vel begin 'n vae grys skynsel kry.

Hy is sowaar al in die vyftig. Vir Colette, wat op hierdie eerste naweek van April 1952 skaars negentien is, voel dit onvoorstelbaar oud. Almal moet oud word en doodgaan, so probeer sy haarself oortuig, geen uitsondering nie. Behalwe natuurlik dié wat jonk doodgaan. Nie juis 'n vertroostende gedagte nie. Dan maar liewers oud word. Skaars twee maande gelede het die Engelse koning omgekap, nou is die jong prinses Elizabeth die koningin van die magtige Britse Ryk. Hoewel Ouboet oortuig is dat die Unie nie veel langer 'n lid van hierdie Empire sal bly nie. Dis die Afrikaner se Godgegewe bestemming, so glo Ouboet, om 'n onafhanklike vaderland met 'n eie vlag en 'n eie volkslied te hê.

"Maar ek hóú van die Union Jack," protesteer Mammie. "Ek hou daarvan om dit bo geboue te sien fladder!" Wapper, korrigeer Deddie, altyd gesteld op keurige Afrikaans. 'n Vlag wapper, 'n vlinder fladder. "En ek hóú daarvan om 'God save the King' te sing," gaan Mammie ongestoord voort. "Ag, ek bedoel 'God save the Queen'."

Ouboet se nuwe skoonpa, die vername LV wat ná Deddie opstaan om ook 'n toespraak te lewer, glo net so vas soos Ouboet aan die Godgegewe bestemming van die Afrikaner. Jy kan sommer dadelik hoor dis 'n man wat gewoond is daaraan om voor groot skares op politieke vergaderings en landbouskoue te praat. Sy stem dra soveel beter as Deddie s'n, sy toon is soveel jovialer en meer selfversekerd, en hy onderbreek sy frases kort-kort met sulke afwagtende stiltes, seker om die gehoor kans te gee om vir hom hande te klap.

"Dis vir ons almal 'n *besonderse* naweek dié," sê Frans Louw LV met sy luide stem, voordat hy eers 'n rukkie stilbly. "Nie net omdat ons die bruilof van twee *besonderse* jong mense vier nie, maar ook omdat ons 'n *besonderse* dag gedenk." Nog 'n kort stiltetjie. "Die dag toe Jan van Riebeeck die lig van die Europese beskawing na hierdie donker vasteland gebring het." Langer stilte. "Môre, 6 April 1952, sal dit presies drie-honderd jaar gelede wees dat die drie skepe uit Holland hier anker gegooi het." Swaar gewyde stilte.

Mammie staar amper oopmond van bewondering na die spreker. Sy is tog te opgetrek met die nuwe skoonfamilie, nie oor die verbintenis met die regerende party nie, net oor die pragtige ou plaas en die "fyn beskaafdheid" van die mense. Mammie word steeds plomper met die jare, maar vandag het sy haar bulte en haar bondels in 'n moordende inklimgordel ingedwing sodat sy 'n noupassende rok van hemelblou sjantoeng kan dra. Met enkele geel aksente, ter wille van die bruid. Sy lyk stylvol en waardig, moet Colette erken, in teenstelling met die bruid se moeder, wat seker ook eens op 'n tyd 'n mooi meisie was, maar nou soos 'n sak aartappels met 'n donkerblou hoed en handskoene lyk. Dik nek, dubbelken en geswolle enkels. Siestog, dink Colette, as dit waar is dat meisies eendag soos hulle ma's gaan lyk, is sy *besonder* dankbaar sy is nie Elsa nie.

"Vele van ons het die afgelope maand deelgeneem aan die feestelikhede in Kaapstad," praat die bruid se pa verder. "Ons het die imposante Feesterrein besoek." Stilte. "Die *besonderse* vlotoptogte bewonder."

Colette vang Kleinboet se oog oorkant haar aan die tafel waar die bruidspaar se gevolg geplaas is en sien hoe sy wenkbroue in konsternasie lig. Hy het vroeër die week taamlik teensinnig vir haar en twee studentevriendinne stad toe vergesel om na die vlotoptog deur die strate te gaan kyk. Die enigste rede waarom hy dit gedoen het, was omdat haar twee vriendinne albei buitengewoon aantreklik is, een lank en donker en atleties, die ander een petiet en blond soos 'n poppie. Sy ken mos haar broer. Hulle drie meisies het gedink die optog is fantasties, die geskiedkundige taferele wat deur verskillende dorpe uitgebeeld is, die geskiedkundige figure soos Jan van Riebeeck en Piet Retief en Paul Kruger wat deur regte lopende, pratende mense voorgestel is, alles het 'n groot indruk op hulle gemaak. Vir Kleinboet was alles 'n groot grap. Toe die dorp Worcester se vlot by hulle verbyvaar, het hy gekraai van die lag. Die tafereel het iets met Piet Retief se Manifes te doen, dit was duidelik aan die spul jong meisies in Voortrekkerrokke met kappies, maar heel voor op die vlot het 'n paar blonde kêrels met gespierde kaal bolywe 'n paal in die lug gehou. Dit was nie duidelik waarom hulle halfkaal was of wat hulle met die paal wou doen nie.

"Hoop seker om een van die meisies daarop te sit," het Kleinboet swak van die lag gesê.

Colette was nie seker of hy bedoel wat sy dink hy bedoel nie. Sy het vinnig na die volgende vlot gekyk en gehoop haar twee vriendinne het nie haar onbeskofte broer gehoor nie. Maar toe sê Vera, die atletiese ene: "Nee, man, dis nie 'n paal nie, dis 'n fakkel! Seker simbolies van die lig van die beskawing wat die Voortrekkers dieper in Afrika ingedra het." Doodernstig.

Toe lag Kleinboet éérs.

Noudat sy daaraan terugdink, word dit vir haar ook snaakser as wat dit aanvanklik was. Of dalk is dit die soet pienk vonkelwyn wat alles snaakser as gewoonlik maak. Sy vat nog 'n paar vinnige slukke. Net om te kyk of dit nie miskien nog snaakser kan word nie.

"Die Van Riebeeckfees het ons tróts op ons land gemaak," sê Frans Louw LV, "tróts op die fyn beskawing wat 'n klein groepie wit setlaars in 'n donker onbeskaafde vasteland kon vestig, tróts om Afrikaans te wees!"

"Hoor, hoor!" roep 'n paar jong mans uit.

Die oom is nou behoorlik op dreef. Sy frases word langer, sy stiltes minder. Hy vertrou dat hierdie *besonderse* egpaar ons in die jare wat kom nog trótser gaan maak om deel te wees van 'n *besonderse* volk met 'n Godgegewe bestemming. Hy voorspel 'n *besonderse* blink toekoms vir hulle en hulle kinders . . .

"Kinders by die dosyne!" roep 'n stuitige jong man uit, wat almal laat lag en die bruid laat bloos.

Colette hoor haar maag grom van die honger en sluk die res van die vonkelwyn in haar glas af. Die tweede strooijonker skink haar glas weer vol. Elke keer as hy na haar kyk, kry hy dieselfde geamuseerde uitdrukking as in die kerk. Dis rêrig nie die reaksie wat sy by haar broer se ouer en meer wêreldwyse vriende op hierdie bruilofsfees wou uitlok nie.

Die bruid se vader het oplaas klaar gepraat en almal het nog 'n keer hulle glase gelig. Nou nog net die bruidegom se toespraak, dan kan hulle begin eet en dans. Hoewel sy nie weet met wie die armsalige derde strooimeisie veronderstel is om te dans nie. Haar pa sal met haar ma moet dans, daarvoor sal haar ma sorg, en haar oudste broer is mos nie 'n danser nie. Hy sal net die verpligte eerste wals met sy bruid so vinnig moontlik agter die rug kry en daarna met kamtige groothartigheid vir al die ander mans in die saal 'n kans gee om met die bruid te dans. Kleinboet dans lekker, maar daar is soveel mooi meisies in hierdie saal dat hy beslis nie sy tyd met sy sussie gaan mors nie. En sy het nie veel hoop dat enige ander aantreklike jong man haar sal vra nie, nie in hierdie strooimeisierok wat haar soos 'n kuiken met geelsug laat lyk nie.

Die oomblik toe Ouboet opstaan, verander die atmosfeer in die warm saal. 'n Vlaag opgewondenheid trek deur die jonger gaste soos 'n wind deur 'n koringland. Ouboet het skaars sy mond oopgemaak of Pietman begin bulderend sing: "Hy lyk vir my so baie soos tant Koek se hoenderhaan," en onmiddellik word die liedjie deur 'n koor van manstemme verder gesing. Ouboet wag geduldig, met 'n gedwonge glimlag, voordat hy weer probeer.

"Almal het my gewaarsku dat dit die moeilikste toespraak van my lewe gaan wees . . ."

Niemand hoor 'n woord verder nie, want Pietman het weggeval met "Bobbejaan klim die berg". Dié keer probeer Ouboet verder praat voordat die laaste stemme wegsterf. Dadelik word die koor weer 'n keer herhaal: "O, moenie huiiil nie, o, moenie treuuur nie, die Stellenbosse boys kom weer." En weer en wéér. Elke keer as Ouboet 'n frase uitkry, kom die Stellenbosse boys weer met hulle dawerende koor. Party kap met hulle hande op die tafels en ander stamp met hulle voete op die vloer en die lawaai word heeltemal oorverdowend.

Oorkant Colette sing Kleinboet uit volle bors saam. Moet seker nogal salig wees om sy beterweterige ouer broer 'n slag stil te kry. Langs haar verkneukel Hannes hom ook in Ouboet se penarie. Die tweede strooijonker is nie 'n lelike kêrel nie, nie so voorbarig soos Pietman nie en nie so vroom soos Ouboet nie. Al wat eintlik teen hom tel, is dat hy Ouboet se vriend is. Die enigste mens in die saal wat skynbaar vir Ouboet jammer kry, is Mammie. Sy sit aan die hooftafel, effens weggesteek agter 'n bos geel en pienk rose, en kyk na Ouboet met die benoude uitdrukking wat sy gewoonlik kry wanneer sy 'n groot nood het. Of dalk het sy inderdaad 'n groot nood. In daardie geval is daar niemand in die saal wat die bruidegom bejammer nie.

Uit die hoek van haar oog, heel agter teen 'n muur, sien Colette vir Sina in 'n ou geblomde rok van Mammie langs die mank Mister Giuseppe met sy swaar kamera staan. Dit tref haar dat die Italiaanse mannetjie donkerder van kleur is as Sina met haar gelerige vel. En sy wonder onwillekeurig wat hierdie twee weglêhoendertjies, hierdie rare voëls van anderste vere, van die Godgegewe bestemming van die Afrikaner sou dink.

Re: Kontak!
■ Colette Niemand 17/8/2007
To vuurvis@iafrica.com

Ek dink aan jou, my skat, ek dink heeltyd aan jou. Terwyl ek die koue Kaapse winter verduur, ry ek saam met jou in Lissabon se vrolike geel trems. Dan vergeet ek sommer van die koue en die ouderdom en kry ek dit amper weer reg om jonk en hoopvol te voel. Tot ek die reën teen my kamervenster hoor tik en die blaarlose bome in die tuin sien. Dan onthou ek weer waar ek is en hoe laat dit geword het. Dan klim ek uit die trem en kom lê op my bed en dink aan lank gelede, aan hoe graag ek wou wegkom voor dit te laat was, en dan wonder ek waarom ek teruggekom het. En dan dink ek weer aan jou. Ek dink heeltyd aan jou, lieweling.

# JUFFROU

Die reuk van bordkryt en blou ink en tienersweet hang swaar in die bedompige klaskamer. Dis die warmste, lomerigste uur van die skooldag, kort voor die laaste klok lui, in die warmste, luiste week van die jaar, die laaste week voor die lang somervakansie.

Die enigste geluide is die gegirts van vulpenne op papier, bladsye wat omgeblaai word, 'n brommer wat hoog in 'n hoek naby die plafon vasgekeer is. Buite, in die bewende wit lig, die jillende stemme van laerskoolkinders wat vroeër mag huis toe gaan. Hier binne so nou en dan 'n selfbejammerende sug van 'n leerling wat half aan die slaap aan sy lessenaar hang, soos 'n drenkeling wat met sy laaste bietjie krag aan 'n drywende plank vasklou.

Siestog, dink Colette, as die hitte vir haar in 'n koel somerrok hier voor in die klaskamer so erg is, hoe on-draaglik moet dit nie vir hulle in 'n skooluniform wees nie. Die stywe dasse en die lang grys sokkies van die seuns, die dik en donker materiaal van die meisies se jurke, die beklemmende veterskoene om sweterige tone en skurwe hakskene. Hierdie kinders van koringplase en plattelandse stofstrate word kaalvoet groot, hulle kan skoenloos deur 'n veld vol duwweltjies draf, soos haar neefs en niggies kleintyd op Somerverdriet, hulle voetsole soos leer gebrei.

Maar hulle moet darem seker meer gewoond wees aan die versengende hitte as hulle jong "Engelse juffrou" wat haar skooljare in 'n milder klimaat deurgebring het. Laerskool aan die reënerige agterkant van Tafelberg, hoërskool in die beskermende bakhand van die moederstad. Soos 'n ma wat oor 'n bord kos blaas voordat sy dit vir haar kind voer, so blaas die sagte seebriese in Kaapstad altyd die kwaaiste hitte weg. Behalwe natuurlik wanneer die Suidoos van agter die berg opstoot om jou heeltemal van jou voete af te waai. Niks moederliks aan die Kaapse dokter nie.

Op sulke snikhete windstil dae tussen die witgeel koringlande is die verlange na Kaapstad soos 'n maagsweer wat haar van binne af verteer. 'n Hartsweer, mymer sy terwyl haar ooglede al hoe swaarder word. Hoewel sy eintlik na veel meer as Kaapstad verlang. Sy smag na kosmopolitaanse wêreldstede wat sy nog net op foto's gesien het, na oorsese kunsskatte en katedrale waarvan sy nog net gelees het, na vreemde tale en onbekende kosse, na opwinding en avontuur. Storieboekplekke, dis waarna sy al die hele jaar lank hunker, terwyl sy in 'n losieshuis op Piketberg tuisgaan en vir plaaskinders probeer Engels leer.

'n Onverwagse knal ruk haar regop, uit haar dagdrome, terug na die werklikheid van 'n plattelandse klaskamer met prente van Shakespeare en Edna St Vincent Millay en albei die koninginne Elizabeth, die eerste en die tweede, teen die mure geplak. Op die swartbord agter haar, in haar eie netjiese bordkrytskrif, die onderwerp waaroor die standerd-agts vandag 'n paar sinne moet skryf: *I shall always remember 1955 as the year when . . .*

"Sorry, Miss Cronjé," sê 'n gespierde lummel grinnikend in die agterste ry. "I had to make dead this fly." En terwyl almal onderlangs proes, hou hy sy groot palm met die groenblink brommer wat hy pas vermorsel het na haar toe uit.

Op sulke oomblikke wonder sy waarom sy nog bodder. 'n Jong man soos Leendert van Niekerk, minstens twee jaar ouer as die meeste van sy klasmaats omdat hy al minstens twee standerds gedop het, gaan nooit leer om Shakespeare se taal te waardeer nie. En waarom sou hy ook? Hy gaan binnekort die boerdery by sy pa oorneem, begin vry na 'n meisie van die distrik tot haar maag boep staan en hulle haastig moet trou – moontlik een van die skoolmeisies wat nou hier sit en giggel vir sy streke – en dan gaan hulle saam 'n klomp kinders grootmaak wat oor 'n paar jaar ook in hierdie klaskamer sal sit en vlieë doodklap. Waar sou Leendert van Niekerk en sy toekomstige gesin ooit Engelse gedigte nodig kry? Sekerlik nie in die kerk, die kroeg of die koöperasie nie, en ook nie wanneer hulle een keer 'n jaar op Strandfontein gaan seevakansie hou nie.

"You didn't have to 'make it dead', Leendert," sê sy. "You could have simply killed it. But please warn me next time you want to kill anything."

Nou lag die res van die klas hardop, fluister vir mekaar, maak aanmerkings en grappies, 'n algemene oproerigheid wat dreig om handuit te ruk as dit nie dadelik in die kiem gesmoor word nie. "Quiet!" roep sy uit met haar strengste stem, slaan met 'n liniaal teen die tafel, marsjeer soos 'n wafferse sersant-majoor tussen die rye lessenaars. "You have fifteen minutes to finish your essay." Dis vir haar moeilik om kwaai met die kinders te wees, sy wil hulle nie met vrees beheer soos soveel onderwysers in haar eie skooldae gedoen het nie, sy sou eintlik vreeslik graag wou hê hulle moet van haar hou. Maar in hierdie eerste jaar as hoërskolonderwyseres het sy gou geleer dat dit bitter moeilik is vir 'n jong juffrou om respek af te dwing as daar nie ook 'n mate van vrees betrokke is nie. Al is dit dan nou net die ewige dreigement van die skoolhoof se kantoor. Die swiep van sy kweperlat en die dowwe slag wanneer sagte boudvel getref word, dáár's nou vir jou klanke wat respek afdwing. Nog een van die vele ontnugterings van die onderwys vir Miss Cronjé.

Nie dat sy danig hoë verwagtinge gekoester het nie. Om eerlik te wees, het sy eintlik maar 'n "Engelse juffrou" geword omdat sy nie geweet het wat anders om te word nie. Behalwe huisvrou en moeder – en daarvoor is sy nog nie gereed nie. Eers wil sy iets van die wyer wêreld sien. Maar die enigste min of meer respektabele werk wat 'n jong meisie met universiteitsopleiding (B.A. Manvang, soos dit op Stellenbosch genoem word) deur die wye wêreld kan laat reis, is die opwindende nuwe beroep van lugwaardin – en dis helaas nog nie respektabel genoeg in haar ouers se oë nie. Toe word sy maar 'n juffrou, terwyl sy spaar om die wye wêreld oor 'n jaar of drie te gaan verken.

Soveel makliker om te spaar op die platteland ook, weg van versoekings soos winkels met die jongste modes en plate van The Platters of Bill Haley en sy komete, ver weg van onweerstaanbare bioskoopsale soos die Alhambra of die Plaza, van musiekkonserte met oorsese kunstenaars en onvergeetlike toneelstukke soos *Yerma* met Lydia Lindeque. Hier's niks om jou geld op uit te gee nie, behalwe buskaartjies na Kaapstad elke vakansie.

Soms, net soms, wanneer die stof en die stilte en die honger vir haar ma se kos te swaar word om te verduur, vlug sy ook vir 'n naweek huis toe.

Haar pa se familieplaas is iewers in hierdie geweste, maar sy was nog nooit honger genoeg om vir 'n naweek dáár te gaan kuier nie. Vandat haar oupa en ouma kort na mekaar dood is, gaan haar pa ook nie eintlik meer plaas toe nie. Oom Kleingert se seun, Gerhard, wat blykbaar sy pa se bewondering vir Hitler deel, het die boerdery oorgeneem en 'n spoggerige supermoderne platdakhuis vir hom en sy gesin laat bou. So Spaanserig, volgens tannie Heilige Wilma, tog te pragtig, hoor. En die beskeie familie-opstal wat amper honderd jaar oud is, waarin haar pa en vele ander Cronjés gebore is, staan nou leeg met gebreekte ruite en gapende deure en vlermuismis op die vloere. So het Deddie kom verslag lewer nadat hy die laaste keer op Somerverdriet was.

Colette het besluit sy wil dit eerder nie sien nie. Van haar aangenaamste kleintydherinneringe kom uit daardie huis met die plat pampoene op die sinkdak. Die breë stoep met die diamantvormige gekleurde glasvenstertjies in die symure, die skitterende verskuiwende patrone wat op die

71

blink gepoleerde vloer gevorm word wanneer die son deur die glas gloei, groen en geel en blou en rooi . . .

Sy marsjeer met regop rug en streng blik tussen die lessenaars en probeer haar gedagtes hokslaan, soos skape terug na die kraal in haar kop jaag, terwyl sy hier en daar iets oor haar leerlinge se skouers lees. Dis om van te ween. Nie net die verminking van Shakespeare se taal nie – daaraan behoort sy teen dié tyd gewoond te wees – maar hoe klein hulle wêreldjie is, hoe min enige internasionale of selfs nasionale nuus hulle raak. Sy het vroeër die week 'n stapel ou *Time-* en *Life-*tydskrifte klas toe gebring, in die vae hoop dat 'n paar van hulle geprikkel sou word om oor iets belangrikers as 'n skooluitstappie na Zebrakop of 'n rugbywedstryd teen 'n buurdorp te skryf. Nou beskaam selfs hierdie vae hoop. Sover sy kan agterkom, was daar vanjaar net een gebeurtenis buite Piketberg wat op sommige 'n indruk gemaak het: Drie meisies en een van die seuns sal 1955 altyd onthou as die jaar toe die tienerheld James Dean so tragies dood is in 'n motorongeluk.

Nie dat Miss Cronjé immuun was teen die dierlike aantrekkingsdrag van dié jong rolprentster nie. Natuurlik nie. Een van die redes waarom sy haar nou al maande lank die hof laat maak deur 'n jong boertjie van die distrik, is juis omdat hierdie Janneman Diederiks haar aan James Dean laat dink. Groter, growwer, meer Afrikaans as Amerikaans, maar daar is ongetwyfeld ooreenkomste. Benewens hulle voorletters en 'n voorliefde vir vinnige motors, deel die twee JD's 'n soort voor-op-die-wa-seksualiteit wat Miss Cronjé se wange warm maak. En meer verborge dele van haar lyf ook.

Sy voel aan dat sy dopgehou word en vang Leendert se oog, sy blik 'n bietjie te uitdagend vir haar gemak, asof hy raai in watter rigting haar gedagtes nou weer gedraai het. Leendert is 'n agtienjarige kêrel wat elke oggend moet skeer, en hy is lank nie die enigste hardebaard in hierdie standerdagt-klas nie. Selfs in die jonger klasse is daar seuns van veertien, vyftien, wat moontlik meer seksuele ervaring as hulle kamtig gesofistikeerde Engelse juffrou het. Is dit die uitgestrekte blou lug en die eindelose koringlande wat die knape so onbelemmerd laat groei, sulke groot voete, sulke gespierde bobene, die harde boude wat die grys skoolbroeke so styf laat span? Miskien die hitte wat hulle so vroegryp hitsig maak? Of dalk net die aanhoudende nabyheid van diere, skape, beeste, perde, bokke, varke, honde, katte, die gedurige gepaar en gebaar, gepaar en gebaar, van geboorte tot dood?

"Anneke!" Sy hou haar hand uit vir die skelm briefie wat Anneke Benade vir Leendert probeer aangee. Anneke oorhandig die flenter papier pruilend. Miss Cronjé prop dit in haar rok se borssak sonder om dit te lees. Dis erg genoeg dat sy hulle swak opstelle moet lees. Die hemel behoed haar teen hulle intieme liefdesverklarings en ander gekrabbel. "Come and see me after class if you want it back."

Die meisies lyk net so ryp, Anneke en 'n paar ander al amper oorryp soos waatlemoene wat op die land agtergebly het, die skuddende borste wat uit die skooljurke wil bars, die swaaiende heupe en plomp wit dye, maar hulle is darem meer bedees as die seuns. Of miskien net meer skynheilig. Hulle word so grootgemaak, hierdie toekomstige volksmoeders. Preutsheid is hulle leuse, preutsheid en vroomheid en sedelikheid en al die ander heide van ordentlikheid, 'n hele landskap van bloemryke skynheiligheid, maar daar onder draai die duiwels rond. Daar onder, dáár onder, woel die wellus. Sy wat Miss Cronjé is, self ook 'n toekomstige volksmoeder, wéét mos.

Vat nou maar die mooie Marietjie Pretorius in die voorste ry. Die ene sestienjarige maagdelikheid met haar bleek vel en blosende wange en lang swart vlegsel, jy sou sweer sy's Sneeuwitjie soos sy daar diep ingedagte vooroor gebuig sit en krabbel. Maar wat Marietjie bowenal van die jaar 1955 sal onthou, as Miss Cronjé moet oordeel aan haar opstel tot dusver, is 'n vakansieromanse op Dwarskersbos. Intieme wandelinge saam met 'n aantreklike kêrel terwyl die son oor die see sak. 'n Swymelende beskrywing van die sonsondergang (Marietjie het literêre pretensies, het Miss Cronjé al agtergekom), elke *noun* bygestaan deur minstens drie *adjectives* soos 'n bruid met te veel strooimeisies, *and then* . . .

Marietjie se bleek hand is in die pad, Miss Cronjé kan nie verder lees nie. Maar dis hoogs onwaarskynlik dat Marietjie enige aksie ná sonsondergang sal beskryf. Knyp die kat in die donker, dis 'n gesegde wat Marietjie en haar meisiemaats maar te goed ken. Nee wat, Marietjie se opstel sal wees soos die liefdesromannetjies waarop sy so versot is, vol hunkerende erotiese suggesties, maar enigiets verder as 'n kuise soen word eenvoudig met drie klein kolletjies aan die verbeelding oorgelaat. Puntjie, puntjie, puntjie.

Ai tog, dink Miss Cronjé as sy haar eie tienerjare aan 'n vooraanstaande stadskool onthou, genade, hoe óúd laat dit haar nie voel nie. *Hoor jy die magtige dreuning van hormone? Oor die veld kom dit wyd gesweeeef.* Dít behoort die nie-amptelike skoollied van Afrikaanse hoërskole te wees. Maar toe sy op hoërskool was, ses, sewe jaar terug, was sy tog meer bestand teen die golwe van wellus wat dreig om haar hier in haar plattelandse bannelingskap van haar voete af te slaan.

Of dalk was dit net omdat sy destyds nog groen koring was. Die afgelope maande voel sy geil, ryp gebak deur die son, asof haar are wil oopbars. Op die vooraand van haar drie-en-twintigste verjaardag voel die Engelse juffrou reg om geoes te word. Janneman Diederiks kan maar sy sekel kom swaai. A nee a, betig sy haarself, waar kom hierdie stuitigheid vandaan?

Wat sal Mammie sê!

Want die feit dat sy nie met Janneman Diederiks wil trou nie – nog minder met enige van die ander boertjies wat vanjaar na die jong blonde skooljuffrou in die losieshuis kom vry het – word vir Mammie 'n saak van ernstige kommer.

Op byna drie-en-twintig behoort 'n meisie se trousseau-kis klaar propvol te wees en haar kop kansel toe te staan, dis nou maar hoe dit is, anders bly sy altemit op die rak agter. En wat wil Colette nou meer hê as 'n oulike boerseun uit 'n vooraanstaande familie met 'n pragtige plaas? As hy boonop 'n bietjie boekgeleerdheid ook het, soos Piketberg se eie James Dean, 'n klavier of 'n kitaar kan tokkel, 'n lagie "fyn beskawing" soos 'n parfuum oor homself kan spuit, well, really, Colette, what more do you want? vra Mammie met groeiende ongeduld.

En Colette weet nie wat om te antwoord nie. Sy weet net sy wil méér hê. Meer as wat sy hier kan kry. Miskien, as sy eers oorsee was, as sy 'n wyle gereis het en iets van die wêreld gesien het, vreemde tale gehoor het en onbekende geure geruik het en eksotiese smake geproe het, miskien sal sy dan tevrede wees om met 'n jong boer soos Janneman Diederiks te trou en op Dwarskersbos te gaan vakansie hou? Maar nie nou al nie, Mammie, verstaan tog, asseblief?

"Wakey, wakey, Leendert!" Sy klap met haar liniaal teen Leendert van Niekerk se lessenaar en hy ruk vervaard regop, wat weer eens 'n rimpeling van giggelende genot deur die klas laat trek.

"But I'm finished, Miss!" kla hy.

"I *have* finished," korrigeer sy outomaties. Vir wat bodder sy nog?

Nie nou al die huweliksbed nie, Mammie. Dáárvan is sy seker. Waarvan sy glad nie meer seker is nie, is of sy haar Afrikaanse James Dean se smeulende seksualiteit veel langer sal kan weerstaan sonder om saam met hom in 'n bed te beland. Of dalk nie eens 'n bed nie. Sê nou sy swig een donker nag op die voorste sitplek van sy rooi-en-wit Chevrolet Bel Air met die afslaandak en die punt-in-die-wind stertvinne? Ai, ai, ai, die skande. Sy kry al hoe warmer en die leerlinge vroetel en fluister al hoe meer agter haar rug. Ook maar goed die Kersvakansie begin volgende week. Dankie tog sy kan weer 'n slag stad toe vlug, terug na die beskerming van haar ordentlike familie, weg van die hitsigheid van haar losieshuiskamer en die spulsheid van 'n kêrel met 'n sportmotor.

Sy tel 'n *Time* van haar tafel op en wikkel dit soos 'n waaier voor haar gloeiende gesig. Calm down, Miss Cronjé. Op die voorblad pryk prinses Margaret se bloesende portret in pastelkleure geskilder, nog 'n jong vrou wat vanjaar gepla is deur haar hormone – maar op die ou end tog die tradisionele, rasionele weg gekies het en vir Group Captain Peter Townsend afgesê het. Siestog.

'n Vragmotor dreun verby in Van der Stelstraat, genoem na die goewerneur wat drie eeue tevore naby die huidige dorp deur 'n renoster bestorm en byna verpletter is. Nou se dae is daar nie meer renosters in hierdie geweste nie, almal uitgewis deur die boere met hulle roere, die koloniale grootwildjagters, die genadelose mars van die wit beskawing in Afrika. Hoor sy Kleinboet se spottende stem in haar ore? Hier is wel nog 'n magdom slange en skerpioene, harige spinnekoppe en vieslike vlieë en ander goggas wat die Engelse juffrou uit die stad tot in haar tone laat gril. Iewers het sy gelees dat daar nie slange in Engeland is nie. Of is dit Ierland? Hoe wonderlik moet dit nie wees om op 'n sagte groen slanglose eiland te lewe nie . . .

So droom Miss Cronjé die laaste martelende minute van die skooldag om terwyl sy teen die muur agter in die klaskamer leun. Oor haar linkerskouer gluur Elizabeth I; oor haar regterskouer die hedendaagse Elizabeth, ousus van die prinses met die hormone; voor haar kriewel die leerlinge soos perde wat die stal geruik het, niks kan hulle nou meer beteuel nie. Slegs Samuel Levy, die skrander Boerejoodjie twee rye van agter, buig steeds met volle konsentrasie oor sy opstel. Omdat hy erg bysiende is, ondanks sy swartraambril, raak sy lang neus amper aan sy lessenaar, wat dit moeilik maak om te sien waaroor hy so vlytig skryf. Miss Cronjé skuifel ongemerk nader. Hy is die enigste kind in die klas wat die Rooitaal met gemak kan rondgooi. Wel, hy sou kon, maar hy is heeltemal te skugter en te lomp om enigiets te gooi, nie 'n bal nie en ook nie 'n taal nie.

Dan merk sy twee woorde op wat soos vlamme van die papier af spring en sy deins terug asof sy bang is dat sy gebrand sal word. *Emmett Till,* lees sy. En, met ingehoue asem, 'n paar reëls laer: *gouging out his eye before shooting him.* Byna aan die einde van die bladsy, net voordat Samuel Levy omblaai, kry sy dit reg om 'n volle sin te lees. *His mother decided to have an open coffin funeral because she wanted the world to see what white men had done to a 14-year-old black boy.*

Hier kom moeilikheid, voel Miss Cronjé aan haar bloed wat skielik hoorbaar deur haar kop suis. Sy weet wie Emmett Till is. Was. Sy het iewers gelees van die Negerseun wat in Mississippi deur wit mans gemartel, vermoor en in die Tallahatchierivier gegooi is omdat hy glo op 'n parmantige manier met 'n wit vrou gepraat het. Nie in die *Time*-eksemplare wat sy klas toe gebring het nie, nee, sy weet nie of *Time* se gerespekteerde joernaliste enigsins oor Emmett Till se moord verslag gedoen het nie. Waarom sou hulle? Dis die soort ontstellende berig wat wit middelklas-lesers in Amerika nie werklik wil lees nie. In Suid-Afrika nog minder, natuurlik.

Dis nie 'n mooi storie nie, dis 'n stink storie, en waarom sou die skrander en skugter Samuel Levy nou so 'n vrot eier hier onder haar neus kom oopbreek? Dit onthuts haar, dit ontstig haar, dit ontstel haar, nie omdat dit in die verre Mississippi gebeur het nie, maar omdat sy haar kan voorstel hoe maklik dit hiér kan gebeur. Piketberg of Potchefstroom, Pretoria of Port Elizabeth, van die stowwerigste gehuggie tot die grootste stad, oral in hierdie land is daar woedende wit mans wat niks daarvan sal dink om 'n hansgat hotnotjie of 'n kordaat kaffertjie op die wreedste moontlike manier te straf nie.

Die Nasionale Party se beleid, hierdie aanhoudende

opeenhoping van wette, wette, wette wat apartheid genoem word, dis ook 'n eier met 'n reuk wat al hoe meer verdag word. Die Verbod op Gemengde Huwelike en die Ontugwet en die Groepsgebiedewet en die Bevolkingsregistrasiewet en die wet wat strande en sportgeriewe en bioskoopsale skei en die wet wat Bantoes dwing om na aparte skole te gaan en die onsmaaklike manier waarop die regering besig is om die Senaat te vergroot sodat Kleurlinge van die Kaapse kieserslys verwyder kan word en, en, en, alles in skaars sewe jaar! En met dié dat die bejaarde doktor Malan nou opgevolg is deur die vurige Leeu van die Noorde, noudat Strydom baas van die plaas geword het, gaan die eiers sweerlik net nog vrotter word.

Wáár gaan dit eindig? wonder Miss Cronjé in haar stink-warm klaskamer met 'n hart wat al hoe wilder klop en 'n kop wat draai asof sy gaan omkap. As al hierdie eiers gelyk breek, gaan dit mos tot in die hemel geruik word. Sy haal so hard asem dat Samuel Levy oor sy skouer opkyk na haar, sy oë knippend agter sy dik brillense. Verbeel sy haar, of betrag hy haar nou op 'n parmantige manier?

Calm down, Miss Cronjé. Sy het daarvoor gesoek, het sy nie? *I shall always remember 1955 as the year when*, staan daar in haar eie pedagogiese sierskrif op die swartbord geskryf, gevolg deur drie suggestiewe puntjies soos in 'n goedkoop liefdesroman. Sy hét tog die vae vlammetjie van hoop ge-koester dat party van die leerlinge oor iets meer as hulle eie eng plattelandse lewetjies sou skryf. Het sy nie?

En nou voel sy asof sy 'n brandende vuurhoutjie in 'n hooimied laat val het. Die vlamme lek hoog die lug in, niks wat sy daaraan kan doen nie, behalwe om hulpeloos toe te kyk en te wonder waar dit gaan eindig.

Sy sluk swaar aan haar spoeg en knik vir Samuel Levy, byna ongemerk, 'n suggestie eerder as 'n werklike beweging van haar kop. Nie om te sê sy stem saam met hom nie, eerder 'n bedekte waarskuwing. Trap in jou spoor, Samuel, wil sy hom meedeel, want van hierdie oomblik af gaan ek jou dophou. Sy staar stip na die blink lagie sweet tussen sy sensuele bolip en sy neus, na die ernstige knippende oë agter die swaar swart brilraam, na die skraal vingers wat die pen vasklem. Hy is al 'n jaar lank in haar klas, maar dis die eerste keer dat sy hom werklik sién.

Dan stap sy vinnig terug na haar tafel. Nog net twee minute voordat die klok lui. Sy klap haar hande om die onrustige klas tot bedaring te bring. Sy wonder of Samuel weet van Rosa Parks – van wie sy self laas week eers gehoor het – 'n Negervrou van Montgomery, Alabama, wat vroeër die maand geweier het om haar sitplek in 'n bus aan 'n wit man af te staan. 'n Eenvoudige gebaar van 'n moeë werkende vrou, maar weer eens 'n klein vlammetjie wat 'n hooimied aan die brand gesteek het. Die Negers van Alabama is almal aan die staak en die oproerigheid is besig om na die res van die land te versprei. En as so iets hier moet gebeur? As Mammie se dierbare Sina van Somerverdriet op 'n dag moet weier om Pappie se hemde te stryk of beddens op te maak of skottelgoed te was omdat sy doodgewoon moeg is? As al die ander Sinas in al die ander wit huise, van Piketberg tot Potchefstroom, opstandig moet raak, oproerig, rebels?

Nee, sy moet wegkom, besluit Miss Cronjé toe die laaste skoolklok van die dag oplaas lui om haar en haar leerlinge se marteling te beëindig. Sy moet na ander lande reis, wyer gaan kyk, meer gaan ervaar, sodat sy kan verstaan wat in die wêreld aangaan. Hoe gouer, hoe beter. Staak die gevryery met plaaslike boertjies. Sê vir Janneman Diederiks af voordat sy op die sitplek van sy Chevrolet Bel Air swig. Anders gaan sy hier vasgevang word. Anders staan sy binnekort voor die kansel met 'n broodjie in die oond. Die broodjie én die oond versteek deur 'n wye wit rok.

"Miss, can I have my paper, please, Miss?" vra Anneke meteens vlak voor haar terwyl die leerlinge in 'n ongeduldige bondel by die deur uitbeur.

"Your paper?" Sy onthou die onderskepte brieﬁe in haar rok se sak, haal die verkreukelde stukkie papier uit en oorhandig dit afgetrokke aan hierdie kind wat waarskynlik lank voor haar Engelsjuffrou 'n broodjie in die oond gaan hê. Anneke lyk 'n oomblik oorbluf omdat sy nie gestraf word nie, maar prop dan die brieﬁe bo by haar skooljurk in en wikkel haar stewige boude om so gou moontlik te ontsnap.

Nee, Mammie, ek gaan *nie* trou en kinders kry voor ek oorsee was nie, nee, nee, nee, prewel Miss Cronjé terwyl die agterosse ook uit die klaskamer skuifel. Heel agter is die Boerejoodjie wat haar 'n vreemde kyk gee – parmantig? kordaat? hansgat? – toe hy sy opstel op die tafel neersit, maar sy maak asof sy dit nie opmerk nie. Al word Mammie ook hoe bekommerd dat sy op die rak gaan bly sit. En miskien is dit ook nie só erg nie, bespiegel sy, solank die rak in 'n ander land is. 'n Rak waarop sy 'n vreemde taal kan praat.

Toe maar, Pappie, moenie bekommerd wees nie. Ek het 'n Engelse juffrou geword, ek sal graag 'n Latynse taal ook wil leer praat, maar vir jou sal ek altyd in Afrikaans bly skryf. *O soetste taal, jou het ek lief bo alles.*

Só moedig Miss Cronjé haarself aan in haar leë klaskamer terwyl sy die frase op die swartbord uitvee. *I shall always remember 1955 as the year when . . .*

Dankie vir die bel, my ou vuurvissie. Dit was wonderlik om weer 'n slag jou stem te hoor, so jonk en so asemlooos opgewonde. Dis iets waarvan ek nooit genoeg sal kan kry nie omdat ek so lank daarsonder moes lewe.

Maar wat jy my vertel het, klink nie vir my so wonderlik nie. Probeer tog verstaan. Jy is op 'n ouderdom waar jy sonder te veel wroeging jou hele lewe kan verander, in 'n vreemde land kan gaan woon, 'n onbekende taal kan leer praat, as 't ware 'n nuwe mens kan word. Ek is op 'n ouderdom waar enige verandering in my saai weeklikse roetine van eet en slaap en lees en stap onthutsend kan wees. Glo my, toe ek so oud soos jy was, het ek nooit kon droom dat ek so 'n vervelige ou vrou sou word nie.

Ek was altyd versigtig – oor wat ek sê en wat ek eet, hoe ek klink en hoe ek lyk, later selfs oor wat ek dink – en mettertyd het die versigtigheid seker maar in verveligheid verander. So geleidelik dat ek dit nie eens agtergekom het nie. Tot ek op 'n dag in 'n spieël gekyk het en glad nie die bang en bejaarde tannie voor my herken het nie.

Maar selfs toe ek jou ouderdom was, toe my skip eindelik gekom het, toe ek die kans gekry het om my hele lewensloop te verander, het my voete so koud geword dat ek dit nie kon doen nie. My hart het noord gemik en my voete het suid geloop. Dis die storie van my lewe.

Nou vra ek jou, lieweling, as ek toe al 'n ou bangbroek was, wat dink jy het ek vyftig jaar later geword? 'n Samoerai? Nee wat, kom ons maak so: ek moedig jou aan om na hartelus te verander, om 'n splinternuwe wese te word as jy wil, en jy gun my my koue voete en my voorspelbare lewe as die weduwee Niemand.

Verlange, ook van Sina en Kolletjie en die res van die Kaapse familie.

# SKIP

Mens weet nooit watter oomblikke in jou lewe jy gaan onthou as jy eendag oud is nie. Daar is al die Groot Dae, mymer Colette terwyl sy die leergespes van haar swaar bruin reiskoffer vasmaak, die verjaardae en roudae, begrafnisse en troues, wat soos rotse langs jou lewenspaadjie uittroon. Bakens wat jy beswaarlik kan miskyk as jy eendag terugkyk. Maar tussen hierdie rotse lê die paadjie besaai met al die blink klippies van "gewone" onbenullige oomblikke wat om die een of ander rede hulle glans behou, 'n treinrit saam met jou ma, 'n Sondagmiddagete saam met jou gesin, 'n piekniek op 'n plaas naby Piketberg. Die raaisel is watter van hierdie klippies dekades later steeds gaan blink.

Die vraag is seker of enige van hierdie oomblikke gedenkwaardig genoeg is om op jou sterfbed te onthou.

Maar oor vandag het Colette geen twyfel nie. Hierdie Donderdag in 1957 sal sy nooit vergeet nie, feesdag en roudag ineengestrengel, opgewondenheid en droefheid deurmekaar geklits. 'n Dag waaroor sy al soveel jare droom dat sy aanmekaar bang is sy gaan wakker skrik.

"Wat nou nog nie ingepak is nie, sal maar net moet agterbly," kondig sy aan met 'n sug wat sy hoop nie té tevrede klink nie.

Want dis swáár vir Mammie, kamtig in die kamer om Colette te help inpak, maar eintlik sit sy net op die bed langs die massiewe reiskoffer en staar na haar enigste dogter asof sy haar nooit weer gaan sien nie. Selfs Sina, wat heeloggend rondgeskarrel het om 'n laaste paar kledingstukke te stryk voordat dit in die koffer verdwyn, snuif kort-kort en vee met haar plathand oor haar oë. Dis nie nodig nie, Sina, het Colette probeer keer, alles gaan in elk geval kreukel in die koffer. "En daar oorkant die water gaan ek nie iemand soos jy hê om sulke dinge vir my te doen nie, Sina, ek sal self moet sien kom klaar."

"Juistemint," was Sina se antwoord. "Lat ek dit vir oulaas ordentlik doen."

Sina se vierjarige "voorkind" – wat Colette se naam gekry het, maar kort ná haar geboorte sommer net Kolletjie geword het – hurk in 'n hoek van die vertrek met haar duim in haar mond en hou die buitengewone bedrywigheid met groot swart oë dop. Colette glimlag vir haar, maar dis asof die kind haar nie vandag herken nie. Sy kan Kolletjie seker nie kwalik neem nie. Sy sukkel om haarself te herken in haar splinternuwe going-away outfit, 'n rooi rok met 'n noupassende lyfie en driekwartmoue en 'n wye romp, waaroor sy nou 'n donkerblou jakkie toeknoop. Daarna steek sy 'n bypassende blou-en-wit hoedjie windmakerig skeef teen haar kop vas, en laaste maar nie die minste nie dwing sy haar vingers met moeite in 'n paar kort wit handskoentjies. 'n Dame wat sonder handskoene uitgaan, meen Mammie, is nie 'n dame nie. En vandag wil Colette graag vir Mammie behaag. Hierdie hele rooi-wit-en-blou uitrusting, wat Colette soos die Franse of die Hollandse vlag laat voel, is deur Mammie beplan en op haar Singer aanmekaargestik.

"My getroue ou Singer," soos Mammie altyd sê. "My getroue ou Sina." Wat van Mammie sal word sonder haar Singer en haar Sina, wil Colette eerder nie weet nie.

Haar ma sou verkies het om 'n going-away outfit vir 'n wittebrood te maak, maar aangesien Colette steeds weier om aan trou te dink voordat sy oorsee was, is 'n uitrusting vir 'n oorsese reis seker 'n aanvaarbare tweede prys. Hopelik sal Colette die reisery gou agter die rug kry en tot bedaring kom. Tot trou kom, dis wat Mammie eintlik bedoel. Sy wil tog só graag haar kleinkind sien voor sy sterwe. As Colette haar ma herinner dat sy blakend gesond is, waarskynlik nog dekades gaan lewe, en buitendien klaar twee kleinkinders het met 'n derde op pad, danksy Ouboet se patriotiese voortplantingsdrang, sê Mammie nee, dis nie dieselfde nie. As jou seun 'n kind kry, is sy vrou se ma die koninginby. As Mammie die koninginby wil wees, moet sy wag tot haar dogter eindelik eendag swanger word.

Terwyl sy steeds met die stywe handskoene sukkel, kyk Colette om haar rond om seker te maak dat sy niks vergeet het nie. Sy voel sommer by voorbaat nostalgies oor die Dolly Varden-spieëltafeltjie met die frillerige pienk gordyntjie en die glasblad waaronder kiekies en koerantknipsels uit haar skooldae uitgestal is, die enkelbed met 'n ietwat verbleikte blommetjiesdeken, die boekrakkie met drie rye boeke wat sy deur die jare liefgekry het, van kleintyd se *Anne of Green Gables* en die klein prinsie op sy planeet met die roos en Anne Frank se dagboek wat haar as náoorlogse tiener so diep ontroer het, tot die digbundels van Elisabeth Eybers en Edna St Vincent Millay (wat deesdae vir haar voel soos 'n rok wat 'n bietjie te knap sit, asof sy die kersie ontgroei het wat so aan albei kante brand) en 'n paar romans van Colette, aan wie sy haar Franse naam te danke het, maar wie se lewenstyl nie Mammie se morele goedkeuring geniet nie. Te Fráns, meen Mammie. Langs *Gigi* pryk Jack Kerouac se *On the Road*, wat nou die dag eers gepubliseer is en beslis nie deur Mammie goedgekeur sou word indien sy dit ooit sou waag om dit te lees nie. Te Amerikááns, sou Mammie beweer. Langs die boekrak staan haar platespeler met 'n stapeltjie plate, van Beethoven se simfonieë tot Elvis se *Jailhouse Rock*, en teen die muur bo die bed twee afdrukke van blomskilderye: Van Gogh se goudgeel sonneblomme en Monet se pastelkleurige waterlelies.

Dis ek, dink sy, hierdie kamer wys wat ek was en wat ek besig is om te word en miskien selfs wat ek eendag gaan wees as ek op my oudag terugkyk na vandag.

Dan hoor sy Ouboet se Opel Rekord voor die huis stilhou en kyk deur haar venster hoe die gesinnetjie met die tuinpaadjie langs na die voordeur stap. Ouboet, soos gewoonlik in 'n donker pak met 'n das geklee, vorm die voorhoede. Twee tree agter hom volg skoonsus Elsa, in 'n helderpienk jas wat tot barstens toe om haar hoogswanger lyf span, met die twee kleuters weerskante van haar. Die vierjarige Willie is gebaadjie en gedas met die haartjies plat geolie, nes sy pa, en die tweejarige Sanet se jassie is dieselfde kleur en snit as haar ma s'n.

Mammie se gesig helder onmiddellik op toe sy haar kleinkinders se stemme hoor. Sy loer vinnig in die spieël, vryf oor haar grysblonde krulle, rangskik die stringetjie pêrels om haar nek en steek haar hand uit na Colette. "Kom ons gaan groet hulle. Hier's niks verder hier te doen nie."

"Ek weet," sê Colette, maar sy talm nogtans. Sy wil graag op haar eie afskeid neem van haar kamer, weg van Mammie se verwytende oë. "Ek kom nou-nou."

"Ouboet het die middag afgevat by die werk om jou te kom afsien," herinner Mammie haar. Inderdaad 'n sonderlinge gebaar vir so 'n ambisieuse werkslaaf soos haar prokureurbroer. Hoekom moet die skip nou op 'n Donderdagmiddag vertrek? wou hy oor die telefoon weet. Sou dit nie makliker wees oor 'n naweek nie?

"Die Union Castle-skepe vertrek altyd op 'n Donderdagmiddag," het Colette hom meegedeel. "Jy verwag tog seker nie dat die skip in die hawe moet lê en wag tot dit vir jou geleë is om my te kom afsien nie?"

Mammie het haar sarkastiese antwoord gehoor, dié dat sy nou by voorbaat pleit: "Probeer tog om nie met hom te stry nie?"

"Wel, as Kleinboet nie hier is om met hom te stry nie, sal iémand dit moet doen, anders gaan ons mos vreeslik verveeld wees aan tafel. Ek terg net, Ma," voeg sy vinnig by, voordat haar ma se wye blou oë weer wasig word van trane.

Kleinboet het belowe hy sal by die hawe wees wanneer haar skip vanmiddag wegvaar Engeland toe, maar hy wou nie vooraf saam met hulle kom eet nie. Vermoedelik omdat hy nie sy nuwe nooi met sy gesin wil bespreek nie. Elena kom uit 'n Griekse familie wat tussen die twee wêreldoorloë na Suid-Afrika geëmigreer het. Kafeegrieke, volgens Mammie die ou snob. Buitelanders wat Afrikaners se werk kom afvat, volgens Ouboet die patriot. Die meeste Afrikaners wat hy ken, sê Kleinboet ontstoke, is gans te lui om dag en nag in 'n kafee te werk. Hulle sal eerder op plase krepeer en dag en nag oor die weer kla! Die Afrikaanse volk het nou eenmaal nie die ondernemingsgees of die sakevernuf van die Grieke of die Jode nie, beweer Kleinboet. Dís waarom hy ekonomie aan 'n Afrikaanse universiteit doseer! Om die Volk te leer om geld te maak! En dan grinnik hy so breed dat niemand hom kan glo nie.

Hoewel Elena se familie deesdae nogal welgesteld is, danksy die ondernemingsgees en die sakevernuf wat Kleinboet so bewonder, is dit vir Mammie swáár om te aanvaar dat haar potensiële skoondogter agter 'n kafeetoonbank grootgeword het. "Mens sou dink Ma sou bly wees dat ek opgehou het om 'agter alles wat rok dra' aan te loop," kla Kleinboet. "Dat ek eindelik 'n trouvrou gevind het!"

Aag, jy weet mos hoe's Ma, het Colette probeer troos, g'n vrou sal ooit goed genoeg vir haar seuns wees nie. Jy moet hoor hoe skinder sy soms oor Elsa.

"Die voorbeeldige Elsa?" wou Kleinboet verbaas weet. Colette het hom met 'n snorklag geantwoord en Kleinboet het kopskuddend opgemerk dat sy sussie sowaar net so sinies soos hy begin word.

Maar Colette hoop haar broer trou met sy beeldskone Kafeegriek – al is dit dan net om haar ma 'n les te leer. En 'n bietjie bloed van buite af kan nie juis sleg wees vir die Cronjés nie. Dis noodsaaklik dat die genepoel so nou en dan vergroot word, beweer Deddie, anders word die

Afrikaners soos die Britse koninklikes. Kyk net die lang perdegesigte en die groot ore, dís wat jy kry van die ewige ondertrouery tussen verlangse familie. Deddie hou steeds nie van die Royals nie.

Sina kom by die trap op met die twee kleinkinders, Willie aan haar hand en Sanet op haar heup, om te sê dat baas Ouboet en noi Elsa en Master onder in die sitkamer vir hulle wag. Klein Kolletjie spring op uit die hoek waar sy so tjoepstil gehurk het dat Colette skoon van haar vergeet het en gaan skuil agter Sina se bene en loer nuuskierig na die wit seuntjie met sy das en sy baadjie en sy blink gepoetste swart skoentjies. Kolletjie is kaalvoet, soos altyd.

"Wag," keer Colette en draai terug na haar bed. Sy buk laag af, trek 'n plat kartondoos onder die bed uit, en oorhandig dit plegtig aan Kolletjie. "Dis my papierpoppe. Pas hulle vir my op tot ek terugkom."

"Maar Colette . . ." sê haar ma verslae. "Die kind is te klein, sy gaan die cut-outs skeur, en jy't altyd gesê dis jou kosbaarste . . ."

"Sina sal sorg dat sy mooi met hulle speel. Jy sal mos, nè, Sina?" Sina knik oorbluf en kyk vraend na Colette. "En as party van hulle skeur, nou ja, dis tog net papier, Mammie."

"Willie sien," sê Willie en probeer die kartondoos by Kolletjie afvat, maar Kolletjie klou verbete daaraan vas. Sanet, wat nou in Mammie se arms sit, steek ook haar plomp handjies nuuskierig uit en begin huil toe Mammie haar nie wil neersit nie.

"Kyk net wat het jy nou begin," verwyt Mammie. "En jy't altyd gesê jy wil die cut-outs eendag vir jou dogter gee."

"Wie weet wanneer ek eendag 'n dogter gaan hê. Óf ek eendag 'n dogter gaan hê." Mammie lyk al hoe ongelukkiger en Sanet huil al hoe harder. "Sina het vir haar kind my naam gegee, Ma. Ek kan seker vir my naamgenoot 'n paar papierpoppe gee om mee te speel?" Colette tel die spartelende Willie op voordat hy vir Kolletjie seermaak en vryf vlugtig oor Kolletjie se kop. Die verwondering in die kind se swart oë ontroer haar meer as enigiets anders wat sy nog op hierdie vreemde dag ervaar het. "Kom ons gaan eet. Ek het 'n skip om te haal."

Ouboet gedra hom verstommend goed aan tafel. Hy praat nie politiek nie. Hy prys nie sy nuwe held, die Leeu van die Noorde, nie. Hy probeer nie eens vir Mammie terg oor sy nooit weer "God Save the Queen" hoef te sing nie. Hy glimlag goedig vir Colette en vertel vir Elsa hoe oulik sy klein sussie was toe sy ses jaar oud was en die eerste keer skool toe gegaan het met 'n koffer wat hopeloos te groot vir haar was.

"Dit het meer soos 'n reiskoffer as 'n skoolkoffer gelyk," skerts hy. "Asof sy toe al eerder wou reis as skoolgaan."

"En hoekom het jy nooit vir my gesê hoe oulik ek is nie?"

"Het ek nie?" vra Ouboet opreg verbaas.

"Nee. Jy was my grootste held. Ek sou énigiets doen om jou te imponeer. Maar meeste van die tyd was jy nie eens bewus van my bestaan nie."

Ouboet lyk al hoe verbaser. "Is dit eerlikwaar hoe jy gevoel het?"

Dis hoe ek nou nog voel, wil sy antwoord. Maar nou maak dit nie meer saak nie. Sy knik en krap met haar vurk deur die tamatiebredie op haar bord, te opgewonde om honger te wees. "Ons het almal soms nodig om te hoor ons is oulik."

"Maar jy't dit mos geweet!"

"Hoe moes ek dit weet as niemand dit ooit vir my gesê het nie! Nie jy of Mammie of Deddie of enigeen van julle nie." Sy lag verleë en voeg spottender by: "G'n wonder ek het so 'n gebrek aan selfvertroue nie."

"Sonder selfvertroue sou jy nie hierdie reis op jou eie kon aanpak nie," sê Deddie aan die hoof van die tafel. "Nee wat, Lettie-lief, ek weet nie wat ons alles verkeerd gedoen het toe ons jou grootgemaak het nie, maar dit lyk of ons darem 'n paar dinge reggekry het ook."

"Hoor-hoor," sê Ouboet. "Ek kan steeds nie verstaan wat sy tussen die Rooinekke in Engeland wil gaan soek nie, maar ek weet dat sy jare lank vir hierdie reis gespaar en gewerk het. Daarvoor bewonder ek haar."

En hy lig sy glas rooiwyn glimlaggend in haar rigting.

"Sjoe." Die knop in haar keel voel so groot soos een van die aartappels in Sina se tamatiebredie. "As jy so gaaf is met my net oor ek weggaan, sal ek dit meer gereeld moet doen."

"Solank jy net nie op 'n uitlander gaan staan en verlief raak nie," waarsku Ouboet. "Dis erg genoeg dat ek nou 'n Griekse skoonsuster gaan kry. Ons hoef die genepoel nou ook nie só drasties te vergroot nie."

En hy grinnik so onskuldig dat sy haar nie eens vir die aanmerking oor die Griekse skoonsus kan vererg nie.

"Nee wat, ek gaan nie oorsee om 'n man te soek nie," verseker sy haar familie voordat sy haarself dwing om nog 'n hap tamatiebredie af te sluk. "Ek gaan om myself te soek."

Wat haar Afrikaanse skoonsus laat lag asof sy iets vreeslik verspot kwytgeraak het.

Hoeveel keer het sy nie al so 'n poskaart bewonder nie. Die Union Castle-passasierskip wat Kaapstad verlaat, die onmiskenbare ligpers lyf, die vet rooi skoorsteen met die swart rand bo, die blou see op die voorgrond, die plat berg teen die blou lug soos 'n tweedimensionele verhoogversiering op die agtergrond, al die kleure ietwat oordrewe soos 'n prentjie wat 'n kind geteken het.

En nou bevind sy haar sowaar binne-in die poskaart, soos Alice wat deur 'n wonderbaarlike spieël getree het. Sy staan op die skip en kyk na die waaiende skare op die kaai. Die passasiers op die dek en hulle geliefdes daar onder op die kaai gooi lang papierlinte na mekaar, dun draadjies van liefde tussen see en land, 'n laaste verbintenis wat binnekort verbreek gaan word.

Haar skip het gekom, eindelik.

Dis 'n wonderskone wolklose winterdag. Skaars 'n briesie wat deur haar hare onder die skewe hoedjie blaas. Tafelberg, wat dikwels haar asem wegslaan, het sweerlik nog nooit só mooi gelyk nie. Dis natuurlik moontlik dat dit net die afskeid is wat alles mooier maak, selfs die mense op die kaai. Sy fokus op haar eie groepie geliefdes, Deddie so rustig soos altyd met sy hoed op sy kop en sy pyp in sy mond, Mammie deftig en diep aangedaan, hoed en handskoene en hoë hakke. Ouboet met 'n stywe rug en klein Willie op sy skouers, Elsa met die ronde maag onder die pienk jas – van hier af lyk sy soos 'n pienk ballon wat enige oomblik gaan bars – en die babastootwaentjie met die stywe afslaankap waarin Sanet so tevrede soos 'n prinses in 'n koets sit. Kleinboet wat met sy DKW tot op die punt van die kaai gery het en saam met die mooie Elena op die bonnet sit, sy arm om haar skouer, sy aandag klaarblyklik meer by haar as by die skip waarop sy sussie terstond gaan wegvaar. Sina en Kolletjie staan ook langs die DKW, Sina in 'n ou bont rok van Mammie met 'n nuwe bont kopdoek, Kolletjie in 'n ou rokkie van Colette en 'n paar blinkswart skoene wat spesiaal vir hierdie afskeid op die hawe aangeskaf is.

Die mense wat sy liefhet, al hou sy nie aldag van almal van hulle nie.

Sy moet nou net nie staan en hartseer raak nie. Vandag is nie 'n dag wat sy deur 'n waas van trane wil belewe nie, sy het te hard gewerk hiervoor, te lank gewag. As sy dink hoe sy moes spaar, elke pennie en sjieling drie keer omdraai, al haar kêrels afsê, soveel plesiere prysgee . . .

Die enigste man behalwe haar pa en haar broers wat sy die afgelope jaar naby haar toegelaat het – net as vriend, niks meer as 'n vriend nie – is Hannes wat destyds Ouboet se tweede strooijonker was. Sy het hom laas jaar weer by 'n troue raakgeloop. "Ons sal 'n ander manier moet vind om mekaar te ontmoet," het hy gespot, "voor al ons gemeenskaplike kennisse getroud is." Gelukkig was nie hy óf sy dié keer deel van die bruidspaar se gevolg nie; g'n geposeerdery of ander pligte nie, hulle kon net ontspan en gesels en dans. Sy het verras opgemerk dat hy baie beter dans as laas. Hy het verleë erken dat hy lesse geneem het. 'n Diplomaat moet blykbaar kan dans, en dis wat hy wil word. 'n Diplomaat.

Dis hoe hulle oor die buiteland begin gesels het. Hy het dadelik belang gestel toe sy hom vertel van haar planne om vir 'n paar jaar oorsee te gaan werk en reis. Vir die eerste keer het 'n mansvriend haar Wanderlust verstaan, seker omdat hy self ook aan dié vreemde kwaal ly. Hulle korrespondeer nou al maande lank en nog nooit het hy haar gevra of sy dan nie wil trou en kinders kry nie.

Hy het 'n paar jaar by die Departement van Buitelandse Sake in Pretoria gewerk en onlangs sy eerste oorsese aanstelling gekry, by die ambassade in Londen, nes hy gehoop het. Nou werk hy in South Africa House langs die National Gallery en St Martin-in-the-Fields aan Trafalgar Square, die plein met die klipleeus en die fladderende duiwe en admiraal Nelson se standbeeld op 'n hemelhoë voetstuk, al die befaamde toeriste-besienswaardighede wat Colette nog altyd net op poskaarte en tydskriffoto's kon bewonder. Vir Hannes het die poskaart 'n werklikheid geword, soos die Union Castle-poskaart vandag vir haar werklik word. En ná hierdie skeepsvaart gaan sy ook die Londense poskaart binnestap. Colette Cronjé op Trafalgar Square! O, as Miss Cronjé se oudleerlinge haar dáár kon sien!

Dis natuurlik ook moontlik dat sommige van haar oudleerlinge nie sal weet wáár Trafalgar Square is nie.

Vir Mammie en Deddie is dit 'n riem onder die hart dat Colette darem iemand sal ken as sy in die sondige wêreldstad aankom. Somebody from home, soos Mammie dit stel. Iemand met wie sy Afrikaans kan praat, sê Deddie dankbaar.

Die feit dat Hannes haar broer se tweede strooijonker was – al het die studentevriendskap deur die jare verflou – beteken baie vir haar ouers. As die voorbeeldige Ouboet sy vriend geword het, moet hy mos ook voorbeeldig wees. Hy sal vir Colette help om 'n respektabele blyplek en 'n ordentlike werk te kry, dalk selfs by South Africa House, soos hy in sy vorige brief geskryf het. Hulle soek gereeld tydelike tiksters, sekretaresses, vertalers, het hy laat weet.

Laat my sóveel meer gerus voel, het Mammie gisteraand weer sugtend verklaar.

Mammie sal sekerlik minder gerus voel as sy weet dat Colette van plan is om 'n paar weke in Hannes se woonstel in Kensington te bly. Dit was sy praktiese voorstel – terwyl sy 'n plek van haar eie soek – en sy het die aanbod dankbaar aanvaar. Maar besluit om eerder nie vir Mammie te vertel nie. Dit sal haar net onnodig ontstel, die gedagte dat haar ongetroude dogter 'n woonstel met 'n man deel, al is die man ook hóé voorbeeldig.

Die skip begin oplaas beweeg, met motors wat op die kaai toet en mense wat juig en wuif en nog papierlinte vir mekaar gooi. Colette waai vir al wat sy werd is met haar een wit handskoentjie. Haar ander hand hou sy teen haar kop, want noudat hulle beweeg, pluk die seebries aan die skewe hoedjie, en haar oë hou sy stip op haar skoonsuster se helderpienk jas, maklik om raak te sien in die skare wat al hoe kleiner krimp in die verte. Mammie waai nie meer nie, sy het haar kop teen Deddie se bors gedruk en snik nou seker haar hart uit.

Colette sluk haar eie hartseer weg en bly na hulle kyk tot sy nie meer die pienk jas kan sien nie. 'n Vryer, oper, eerliker lewe, neem sy haar voor, dís wat sy oorsee wil lei. Sy bly kyk tot die skaretjie wegraak in 'n dynserigheid en die klein stadjie steeds kleiner word. En as sy aanhou om sommige dinge van haar familie hier in Afrika weg te steek, sal dit bloot wees om hulle te beskerm. Sy kyk tot sy niks behalwe die plat blou berg oorkant die gladde blou see kan sien nie. Só moes hierdie mooiste Kaap honderde jare gelede vir die eerste Europeërs op hulle seilskepe gelyk het. Presies nes dit nou vir haar lyk, Colette Cronjé wat in 'n teenoorgestelde rigting vaar, terug na Europa.

Dan skep sy diep asem en draai haar rug op haar verlede. Dit voel asof haar lewe eintlik eers vandag begin.

Brief aan my jonger self
■ Colette Niemand 24/8/2007
To niemand@mweb.co.za

Dankie tog ek kan op my skootrekenaartjie sit en tik, want ek bewe so dat ek nie hierdie brief met die hand sou kon skryf nie. Ek weet nie eens of ek dit 'n brief kan noem nie. Of miskien moet ek dit beskou as 'n brief aan die jong vrou wat ek vyftig jaar gelede was?

Siestog, Colette Cronjé, toe jy daardie dag op die dek van die Union Castle vir jou familie staan en waai het, sou jy nooit kon raai waarheen jou skip op pad was nie, nè. Soos Pessoa sê (ja, al weer hy, wie anders?), daar is skepe wat na vele hawens vaar, maar nie 'n enkele een gaan na 'n bestemming waar daar nie pyn wag nie. En daar is geen hawe waar dit moontlik is om te vergeet nie.

Nog minder sou jy kon voorspel wat nog alles vir jou en jou familie in Afrika voorlê. En ek sluit Sina en Kolletjie doelbewus by jou familie in – al het jy hulle destyds nog nie as familie beskou nie. Jy wou jou Europese wortels gaan uitgrawe, jy wou "vryer" en "eerliker" verder lewe. Verskoon my as ek skepties klink. Jy het dit reggekry, meer uit domheid as dapperheid, om nog 'n bietjie Europese bloed by jou familie se interessante brousel in te klits. Maar wat vryheid betref, wel, twee jaar later is jou lot op 'n parkbank in Londen verseël. En nog 'n jaar later het jy vinnig voor 'n magistraat getrou. Toe is jou vryheid én jou eerlikheid daarmee heen.

Wat tussen die parkbank en die magistraatshof gebeur het, waarskynlik die belangrikste ding wat ooit met jou gebeur het, daaroor sou jy die res van jou lewe swyg. Daardie maand in Portugal wat alles verander het, sou jou skuldige geheim bly. Of so het jy gedog.

Siestog, Lettie-lief, siestog.

En noudat jy die bejaarde weduwee Colette Niemand née Cronjé geword het, nou haal jou stiltes en jou leuens jou eindelik in. Dalk het dit tyd geword om jou versigtigheid en jou koue voete te vergeet. (Is dit daardie eerste wrede winters in Europa wat jou voete so laat verkluim het dat hulle nooit weer heeltemal kon ontdooi nie?) Dalk moet jy nou 'n slag na jou hart luister. Praat, Colette, práát.

Dis nog nie te laat nie, is dit?

# SNEEU

"Dis wat ek vir Kolletjie vir Kersfees wil koop." Colette staan met haar palms en haar voorkop teen 'n winkelvenster in Oxfordstraat en kyk met kinderlike bewondering na 'n uitstalling van speelgoed. Slaappoppe en teddiebere en teestelletjies van porselein en pophuise met miniatuurmeubels wat presies nes regte meubels lyk. "Een van hierdie nuwe poppe met die groot tieties en die klein voetjies. Hulle word *Barbie dolls* genoem."

Hannes skud sy kop geamuseerd en slaan die kraag van sy reënjas hoër op om sy nek teen die koue te beskerm. "En wat van jou broer se dogtertjies?"

"Wat van hulle?"

"As jy vir die bediende se kind die nuutste pop uit Amerika wil koop, moet jy seker iets soortgelyks vir jou broerskinders koop?"

Kolletjie is meer as net "die bediende se kind", wil Colette sê. Maar hoe sê sy dit? Daarom sê sy net: "Hulle is nog te klein." Ouboet se jongste was nog nie eens gebore nie – bloot 'n onbekende aanwesigheid onder Elsa se pienk jas – toe Colette twee jaar terug op die dek van die skip vir hulle staan en waai het. "En Ouboet het genoeg geld om vir hulle tien Barbie-poppe elk te koop as hulle groter word. Kolletjie sal so 'n present baie meer waardeer."

"Jy's al weer besig met liefdadigheidswerk," terg hy en slaan sy arm om haar skouer. "Kom ons stap verder voordat ons verkluim."

Haar asem kom in klein wolkies by haar mond uit en vorm 'n wasigheid teen die winkelruit, 'n sluier waaragter

95

die ry Barbie-poppe amper onsigbaar word. Wat's verkeerd met liefdadigheid, wil sy vra, maar dis die soort vraag wat sal lei tot die soort stryery wat hulle al tot vervelens toe gestry het sonder om mekaar ooit van enigiets te oortuig. Hannes is lief vir haar, daarvan is sy oortuig, en sy word al hoe liewer vir hom, dit kan sy nie langer ontken nie, maar daar is onderwerpe waaroor hulle altyd sal verskil. Dáároor stem hulle saam. Sy dink byvoorbeeld nie die nuwe eerste minister, Hendrik Frensch Verwoerd, gaan hulle land in die regte rigting lei nie, maar Hannes glimlag sy skewe glimlag en sê gee hom 'n kans, hy's 'n slim Kaaskop. Die probleem met Hannes is dat hy altyd spot, selfs wanneer hy ernstig is. Altyd die skewe glimlag, die geamuseerde uitdrukking waaragter hy sy ware gevoelens wegsteek, die onpartydige kalmte van 'n gebore diplomaat.

Sy laat hom toe om haar weg te lei van die venster met die speelgoed. Hulle drentel deur Oxfordstraat, stil op hierdie winterse Sondagmiddag met die winkels toe, maar Sondae bly vir haar die lekkerste tyd vir lanterfanter en windowshopping. (Twee woorde wat haar altyd na haar ouers laat verlang. Deddie is die enigste mens wat sy ooit van "lanterfanter" hoor praat, en Mammie bly die mees toegewyde windowshopper wat sy ken.) Sy kan in elk geval nie die meeste van die ware in die meeste van die vensters bekostig nie. En in die week herinner die skares en die verkeer en die geraas haar te veel aan die kere toe sy kleintyd saam met haar ma in Kaapstad gaan inkopies doen het – die opwinding, maar ook die angstigheid van daardie uitstappies met die trein. Sy moes tog die afgelope twee jaar in Europa meer wêreldwys en selfversekerd geword het, maar soms vermoed sy dat sy bloot geleer het om wêreldwysheid en selfversekering na te boots. In haar binneste bly sy 'n kind van Afrika, meer op haar gemak in leë stofstrate as in die besige teerstrate van 'n wêreldstad soos Londen.

Sy gaan staan stil voor 'n volgende venster, dié keer een

met vroueklere, waarin Hannes net so min belang stel soos in dogtertjiespeelgoed, maar hy wag geduldig terwyl sy die lewensgrootte-winkelpoppe in die jongste modes bestudeer. Uitklokrompe bo-oor valletjiesrige onderrokke vir pronkende ruk-en-rol-danse op die maat van Elvis Presley se musiek. Die venster is soos 'n Amerikaanse restaurant versier, die soort waar tieners hamburgers eet en Coca-Cola drink, met 'n juke box in die middel tussen die poppe. "Jailhouse Rock". "Blue Suede Shoes". "Rock Around the Clock". Miskien word die poppe snags lewend – soos in watter sprokie nou weer? – om tot dagbreek te ruk en te rol en jolyt te hou.

So droom sy terwyl sy na haar en Hannes se weerkaatsing in die blink glas kyk. Twee jong mense wat amper soos 'n verliefde paartjie lyk. Amper, maar iets makeer. Hulle kan ook broer en suster wees, of bloot hegte vriende. Die man is lank en donker en aantreklik met 'n vilthoed en 'n beige reënjas bo-oor 'n pak en 'n das, die vrou ook nogal mooi met blonde hare wat onder 'n wolmus uitsteek, net jammer haar bruin jas is so swaar en vormloos lelik soos 'n ou soldatejas. Wel, dit ís 'n ou soldatejas wat sy laas maand in 'n liefdadigheidswinkel aangeskaf het. Mammie sal die stuipe kry as sy hoor dat Colette deesdae dooie soldate se klere dra, maar Colette gee lankal nie meer om wát sy dra nie, solank dit goedkoop is en haar warm hou.

Ná twee bibberende Europese winters – waarin niks wat sy uit haar geboorteland saamgebring het ooit naastenby warm genoeg was nie – het sy geleer dat elegansie 'n keuse is, maar hitte 'n noodsaaklikheid. En dat die een dikwels die ander uitsluit. Noudat sy nóg 'n Europese winter moet aandurf, kies sy hitte. Mammie wat altyd so aangaan oor die wonderlike Engeland het beslis nog nooit 'n winter in Engeland deurgebring nie.

"Sneeuweer," bespiegel Hannes terwyl hy die lae grys lug van onder sy hoed se rand bestudeer en 'n sigaret aansteek. "Ek dink die eerste sneeu van die seisoen gaan voor môreoggend val."

Twee jaar gelede het die eerste sneeu van die seisoen – die eerste sneeu van haar lewe – haar heeltemal onverwags oorrompel. Sy het nog nie die tekens leer lees nie, die hemel wat so bleek van koue word, die seldsame stilte asof die mensdom en die natuur saam asem ophou net voordat die vlokkies begin neersak. Sy het die oggend slaperig tee gemaak in 'n eenkamer-woonstelletjie onder die grondverdieping van 'n huis in Earls Court, 'n goedkoop woonplek wat sy 'n paar maande met 'n Australiese meisie gedeel het, en soos elke ander oggend deur die venster staan en staar na die voete van verbygangers op die ooghoogte-sypaadjie buite. Probeer raai hoe die res van hulle lywe lyk, of hulle oud of jonk is, mooi of lelik, Brits of buitelands, haar daaglikse wakkerword-ritueel. Dalk het sy gehoop dat sy eendag mede-Suid-Afrikaners aan hulle skoene of hulle manier van stap sal herken? Maar daardie oggend was daar iets anders, iets wat vir haar soos dwarrelende donsveertjies gelyk het, waarna sy sekondes lank onbegrypend gekyk het.

Toe dit tot haar deurdring dat dit *sneeu* is, het sy haar woonstelmaat wakker gegil en laggend buitentoe gehardloop, by die trap op tot op die straatvlak, en eers toe sy 'n omie met 'n swart sambreel en 'n swart bolhoedjie vinnig sien wegkyk, het sy besef dat sy steeds haar kamerjas en pantoffels aanhet. "It's my first snow!" het sy uitgeroep, maar die omie het steeds geweier om na haar te kyk. Toe lig sy haar gesig en maak haar mond oop en sprei haar arms uit, palms boontoe, om sneeu teen haar vel te voel. Vir die eerste keer.

Die meeste voetgangers het gemaak asof hulle haar nie sien nie, asof daar niks buitengewoons is aan 'n jong vrou wat in haar slaapklere op 'n Londense sypaadjie staan en lag nie. Dis wat Londenaars doen, het Colette intussen geleer, wanneer enigiets buitengewoons gebeur. Van Hitler se bomaanvalle gedurende die Blitz tot die Beatniks wat deesdae in die parke sit en kitaar speel, die deursnee-Londenaar kyk eenvoudig weg en gaan eenvoudig voort met sy lewe. Dit was haar bevrore tone in haar dun pantoffels eerder as enige verbyganger se reaksie wat haar gou weer binnetoe laat vlug het. Sy het nooit-ooit besef sneeu is so *koud* nie.

Net nog een van die episodes uit haar oorsese lewe wat sy liewer nie vir haar ma sal vertel nie. Of in elk geval nie in 'n ongesensorde weergawe nie. Sy het huis toe geskryf dat sy straat toe gehardloop het om die sneeu teen haar vel te voel. Sy het verswyg dat sy nie behoorlik geklee was nie. Nes sy steeds verswyg – in haar briewe huis toe asook in haar gesprekke met haar ouers toe hulle laas jaar Londen besoek het tydens hulle eerste en waarskynlik laaste Groot Europese Toer – dat sy soms naweke in Hannes se woonstel oorslaap. Nie net in sy woonstel nie, maar in sy slaapkamer. In sy bed.

Mammie en Deddie dink steeds Hannes is die beste ding wat met Colette kon gebeur in haar nuwe lewe oorsee, maar Colette verkies om hulle te laat glo dat die verhouding nog nie verder as 'n hegte vriendskap gevorder het nie. Anders word daar agterdog en verwagtinge geskep, vrae gevra, drome gedroom. Anders word alles te ingewikkeld.

Eén ding is seker en dis dat sneeu haar nooit weer so uitspattig opgewonde sal maak soos daardie eerste keer nie. Die eerste winter het sy saam met Hannes deur Skotland gereis, waar sy genoeg sneeu ervaar het om haar vir die res van haar lewe van spierwit herinneringe te voorsien. Die volgende winter het sy saam met 'n vriendin in Frankryk en Switserland getoer en 'n paar beroemde ski-oorde besoek – nie om te ski nie, daarvoor was hulle begroting gans te beperk, net om te kyk hoe daar geski word. Die sneeubedekte pieke van die Alpe is vir altyd in haar geheue ingebrand, die ysige lug so skerp soos glas in haar neusvleuels, die kraakgeluid wat 'n dik laag vars sneeu vroegoggend onder haar stewels maak. En haar stewels se sole wat nooit dik genoeg was om haar voete warm te hou nie. Haar geelwit, morsdooie, verkluimde tone en vingers, dít sal sy nooit vergeet nie.

Daarom sien sy nie uit na hierdie derde winter in Europa

nie. Die enigste manier om dit te oorleef, het sy klaar be-
sluit, is om soos die swaels te maak. Suidwaarts te trek, weg
van koue en donkerte, op soek na warmte en lig. Miskien
Griekeland. Of Spanje of Portugal. Of dalk selfs verder suid?

"Ek begin dink daaraan om terug te gaan," bieg sy teenoor
Hannes. Hulle drentel met hulle arms by mekaar ingehaak
en hulle hande diep in hulle jassakke gedruk in die rigting
van Marble Arch en Hyde Park. Dalk sal hulle verder stap,
na een van die ander parke, iewers waar hulle tee en skons
met room kan bestel. "Miskien voor die einde van die winter.
Sodat ek nog 'n stukkie somer by die huis kan proe."

"En wat gaan ek hier in Londen maak sonder jou?" vra
Hannes met sy spottende glimlag onder sy hoed en sy sigaret
in die hoek van sy mond. Sy weet nie of sy haar verbeel nie,
maar dis asof hy haar eensklaps stywer teen hom trek met sy
arm wat by hare ingehaak is. "Ek het gewoond geraak aan
jou."

"Is dit 'n liefdesverklaring?" spot sy saam.

"Sal 'n liefdesverklaring jou langer laat bly?"

"Wel, ek sal dit eers moet hoor voor ek besluit, nie waar
nie?"

"Jy wil hê ek moet hier voor 'n winkelvenster in Oxford-
straat my ewigdurende liefde verklaar?"

Waarom, wonder sy, moet hulle altyd sulke sarsies spot-
tende vrae op mekaar afvuur? Waarom is hulle albei so bang
vir 'n eenvoudige stelling, waarom moet hulle elke frase met
'n vraagteken belas, waarom vermy hulle 'n liefdesverklaring
asof dit 'n doodstyding is?

"Dit hoef nie ewigdurend te wees nie. En jy kan wag tot
ons in die park is. Maar jy sal beslis iets beters moet uitdink
as 'ek het gewoond geraak aan jou'." Sy kyk skuins op na
sy geamuseerde gesig, hou haar toon so speels en spottend
soos syne. "Of jy kan saam met my huis toe kom?"

"Jy weet ek moet nog 'n jaar hier werk voor ek weer 'n
aanstelling by die huis kan kry."

"'n Jaar is nie so lank nie."

"Presies. Hoekom bly jy nie nog 'n jaar nie? Wat wil jy by die huis gaan doen wat jy nie hier kan doen nie?"

Hy grinnik vir haar en skiet sy sigaretstompie met sy duim weg voordat hulle Park Lane oorsteek. In die noordoostelike hoek van die park drom daar soos elke Sondagmiddag 'n skaretjie nuuskieriges saam om na die toesprake van onbekende profete of egoïste of grapmakers of waansinniges te luister. Dit bly vir Colette 'n merkwaardige verskynsel, hierdie algehele vryheid van spraak, 'n plek waar enigiemand enigiets voor enigiemand kan sê, so skreiend anders as haar eie land waar al hoe meer monde op al hoe meer maniere gesnoer word. Selfsensuur, sê Kleinboet mos, is ons Afrikaners se grootste sonde. So het hy vroeër vanjaar beweer toe Colette hom en sy Griekse bruid tydens hulle wittebroodsreis na Speakers' Corner gebring het. Voordat hy homself gekorrigeer het. "Een van ons grootste sondes. Daar is so baie."

Hannes was nie daardie Sondag saam met hulle nie. En sy het hom ook nie vertel wat haar broer gesê het nie. Dalk is dit wat haar broer bedoel met selfsensuur.

Terwyl sy haar staan en vergaap aan 'n fors, bebaarde man in 'n soldatejas (wat nogal soos hare lyk) wat 'n hartstogtelike toespraak in 'n onverstaanbare taal afsteek, slaan Hannes weer sy arm om haar skouer en fluister in haar oor: "Sou jy sê hierdie Fidel Castro-kloon is 'n meer romantiese agtergrond vir 'n liefdesverklaring as die kapitalistiese winkelvensters van Oxfordstraat?"

"Jy hoef nie rêrig 'n liefdesverklaring te maak nie," verseker sy hom laggend.

"Nee, ek wil," sê hy. "Of liewers, ek het meer as 'n liefdesverklaring in gedagte. Kom ons gaan soek 'n bank om op te sit."

En waarom, wonder sy terwyl hulle hand aan hand verder deur die park stap, sou haar hart skielik so onbedaard in haar bors klop? Wil sy werklik 'n liefdesverklaring hê van 'n liewe man wat lankal vir haar meer as 'n vriend geword het en tog steeds minder as 'n vaste minnaar bly? Nie dat sy ander minnaars het nie. Hy is haar eerste en haar enigste en as sy hierdie dreigende liefdesverklaring aanvaar, dalk ook haar laaste. Is dít wat sy wil hê?

Nadat hulle 'n onbesette parkbank naby die Serpentine-meer gevind het, verstom hy haar deur 'n klein fluweeldosie uit sy baadjie se binnesak te haal en in haar hand (skielik bewend) te druk. Dis sy liefdesverklaring, sê hy toe sy die diamantring uit die dosie haal.

"Maar . . ." sê Colette.

"Dade praat harder as woorde, nie waar nie?"

"Maar . . ." sê Colette.

"Ek's verlig om te sien dit pas. Ek moes jou vinger in jou slaap meet."

"Maar . . ." sê Colette met oë wat brand van trane.

"Sal jy aan my verloof raak, Colette?"

"Het jy heeltyd beplan om my vandag te vra? Hier in Hyde Park?"

"Nee." Hy steek weer 'n sigaret aan en blaas die rook soos 'n stadige sug uit. "Ek dra die ring al weke lank saam met my rond. Op soek na die perfekte plek, die geskikte atmosfeer, die regte oomblik om dit vir jou te gee. En toe besef ek vandag al wat ek eintlik soek, is verskonings. Omdat ek bang is jy sal nee sê. As ek nie my litte roer nie, sal jy lankal terug wees in Suid-Afrika terwyl ek nog steeds verskonings soek. Daar is nie iets soos die regte oomblik nie. Of dalk is enige oomblik die regte oomblik. So, waarom nie nou nie?"

Colette is van voor af sprakeloos. Oor die onverwagse gebaar, die buitengewone toespraak, die vreemde erns waarmee hy na haar kyk. Sy vermy sy oë, staar stip na twee swane op die meer vlak voor hulle.

"Maar dit beteken . . ."

"Dis net 'n ring, Colette. Dit beteken nie jy sweer ewig-durende trou aan my nie. Beskou dit as 'n proeflopie vir 'n ernstiger verhouding. As dit nie werk nie, haal jy die ring af, dis al."

"Dis nie die mees romantiese manier om 'n verlowing te begin nie, is dit?" En tog kan sy nie anders as om die ring aan haar vinger te bewonder nie. Eenvoudig, klassiek, 'n enkele skitterende steen en 'n dun goue bandjie. Sy kyk hoe die swane sierlik weggly om plek te maak vir 'n klomp kwetterende en kwakende eende. "As dit nie werk nie, haal jy dit af?"

"Dis realisties, is dit nie? En jy hoef dit nie terug te gee as jy dit nie meer wil dra nie. Dis joune, jy kan daarmee maak wat jy wil. Smelt die goud en stop jou tande daarmee as jy wil."

Sy merk met verligting dat sy mondhoeke weer tergend boontoe trek.

"As ek met hierdie ring huis toe gaan," waarsku Colette hom, "sal my ma onmiddellik begin om die troue van die jaar te beplan. Sy sal nie verstaan van proeflopies en 'as dit nie werk nie'."

"Net nog 'n rede om nie nou al huis toe te gaan nie. Bly hier – en as die proeflopie werk, kan ons sommer hier trou ook. As jy nie kans sien vir 'n Kaapse troue van die jaar nie."

Sy begin dankbaar lag, onnodig uitbundig, met haar kop agteroor gegooi. Dis toe sy die eerste wit vlokkies op haar wange voel land.

"Soen my," beveel sy hom, haar stem skielik dringend.

Is dit dan nie wat sy wou hê nie? Vra sy haarself af terwyl haar verloofde haar lank en innig soen en die sneeu geluidloos om hulle neersif. Hulle is lief vir mekaar. Selfs belangriker, vermoed sy reeds op haar jeugdige leeftyd, hulle hóú van mekaar. Hulle hou van dieselfde dinge, van reis en stap en lees, hulle voel gemaklik by mekaar, hulle kom uit dieselfde agtergrond. Boonop is hy 'n aantreklike en ambisieuse jong man met 'n belowende loopbaan in die diplomatieke diens wat hom na wie weet watter opwindende bestemmings kan lei. Eksotiese stede en vreemde tale wat hulle saam kan leer ken. Alles wat sy wou gehad het!

Sy ril en druk haar lyf stywer teen syne, trek hom nader aan haar, soen hom met 'n groeiende gevoel van wanhoop.

"Hokaai," sê Hannes uitasem, "anders gaan ons van openbare onsedelikheid aangekla word."

"So ja." Sy sug met haar kop teen sy bors. "Nou kan ek eendag vir ons kinders en kleinkinders vertel hoe romanties ons verlowing was. 'n Park met swane en 'n soen in die sneeu."

Want sy weet sommer nou al sy sal die storie dikwels vertel, en elke keer sal die swane witter en mooier word, die sneeu warmer en sagter, die soen teerder en hoopvoller, tot die storie oplaas werkliker as die werklikheid sal word.

Blou soos in onthou
■ Colette Niemand 26/8/2007
To vuurvis@iafrica.com

Wat kan ek sê, lieweling? Dat ek nou al nagte lank lê en wroeg oor wat om vir jou te skryf? Dat ek die afgelope maand weer alles onthou wat ek 'n lewe lank probeer vergeet het?

Blou is die kleur van onthou, dit weet ek nou. Blou soos die teëls in Portugal, waar ons almal se stories begin het, myne en my dogter en my kleindogter s'n. Teen dié tyd is ek van kop tot tone blou van al die onthou. Ek voel soos die Toearegs van die Sahara, daardie geharde swerwers wat ook die Blou Mense genoem word. Ek sal nooit 'n samoerai wees nie, dit weet ons mos nou, maar 'n Toeareg is tog ook op 'n ander manier dapper. 'n Toeareg kan verdra en verduur. Ek het vandeesmaand geleer om my eie verlede te verdra en te verduur.

Dis waarom ek nou wil sê: Doen wat vir jou reg voel, my liefste kind. Dis al. Die res van my storie kan wag tot ons mekaar in lewende lywe sien. Miskien, wie weet, kan jy my selfs help om die einde te skryf.

Verlange van jou blou ouma

# REISJOERNAAL 1960

Lissabon, Donderdag 4 Augustus

Kleure! Was daar altyd soveel kleure in die wêreld, dat ek dit voorheen net nie raakgesien het nie, of is hierdie stad meer kleurvol as ander stede? Waarom voel ek soos 'n bysiende wat vir die eerste keer 'n bril present gekry het? Dit kan tog nie net die bont *azulejos* wees nie – die handgeverfde geglasuurde keramiekteëls teen die buitemure van geboue, in stasies en kerke, rondom vensters en deure, spatsels onmoontlike kleure net waar jy kyk – of kan dit?

Douvoordag sit ek op die balkonnetjie van my hotelkamer in die Baxia-distrik en luister hoe die strate om my wakker word, te opgewonde om te slaap, heelnag wakker gelê en wonder wat alles vandag kan gebeur. Gister was daar nie tyd om te skryf nie, gister was 'n dag van praat, praat, praat met my nuwe vriend, praat oor teëls, dis waar alles begin het, by die teëls in die kerk van São Roque, maar van teëls het ons gebokspring – bo-oor al die gewone vrae soos wat is jou naam – na skrywers en skilders, na kos en musiek, na ons kinderjare en ons toekomsdrome en melankolie en triestigheid. Ná ons ure lank deur die stad gewandel het, terwyl ons eenstryk deur gesels, het ons besef dat ons nog nie mekaar se name ken nie.

Dis toe hy sê sy naam is Fernando soos in Pessoa en ek sê Pessoa? En hy sê jy ken nie vir Pessoa nie? En hy lag, nie 'n uitlag-lag nie, eerder 'n lag van vreugde soos wanneer jy vir iemand 'n present gee wat jy weet innig waardeer gaan word, en hy begin my vertel van die manjifieke Portugese skrywer wat in Suid-Afrika grootgeword het – soos jy, het hy gesê –

en amper 'n honderd verskillende heteronieme gebruik het. Skuilname, behalwe dat dit veel meer as blote skuilname was, eerder afsonderlike persoonlikhede wat verskillende skryfstyle gehad het. 'n Verkleurmannetjie! het ek uitgeroep. 'n Verkleurman in die stad van kleure. Geen ander stad sou iemand soos Pessoa kon oplewer nie, het my nuwe vriend bevestig. En sy jeugjare in Suid-Afrika moes tog seker gehelp het om sy seldsame karakter te vorm? My bespiegeling. Daar is immers 'n ou-ou band tussen Portugal en die suidelikste punt van Afrika?

Wag, wag, wag, my pen vlieg te vinnig oor die papier, 'n atleet wat weggespring het voordat die skoot geklap het, my gedagtes hol agterna, maar kan nie byhou nie, hokaai, asem skep, Colette, begin by die begin. By die teëls in die kerk. Ek moet dit neerskryf om seker te maak dat ek dit nie vergeet nie. Al beteken dit dat ek later my woorde moet opskeur, verbrand, in die wind strooi. Dis die begin van iets. Dis al waarvan ek vanoggend seker is. Al my vorige sekerhede wankel rondom my, asof ek 'n aardbewing belewe, ek weet hierna gaan alles anders wees.

Aardbewing! Natuurlik het ons daaroor ook gesels, oor die katastrofiese aardbewing wat Lissabon in 1755 getref het, dis blykbaar een van die redes waarom daar soveel *azulejos* teen die fasades van geboue pryk. Toe die ganse stad ná die natuurramp herbou moes word, is godsdienstige teëlpanele op baie geboue aangebring as 'n soort hemelse versekeringspolis teen toekomstige rampe. En het dit gewerk? wou ek weet. Wel, daar was nog nie weer so 'n ramp in Lissabon nie, het my selfaangestelde gids met 'n skouerophaling en 'n lakoniese glimlag geantwoord.

Maar wag. Die begin van alles – of minstens die begin van iets – was die kerk van São Roque in die Barrio Alto. Ek sal seker nooit weet waarom die skildery in die vergulde en geteëlde kapelletjie van sint Rochus my so ontroer het nie. Ek het nog nooit voorheen eens gehóór van sint Rochus en die wonderbaarlike manier waarop hy die Pes oorleef het nie, die hond wat die wond op sy been gelek het en vir hom brood gebring het nie, wat weet ek met my Protestants-Calvinistiese agtergrond nou van Katolieke heiliges. Maar ek het daar gestaan asof ek versteen was, kon myself eenvoudig nie wegskeur nie. Eers net na die sestiende-eeuse skildery gestaar, die man wat so oorstelp opkyk na die engel met die manjifieke vlerke, en die maer hond, soos 'n soort windhond het dit vir my gelyk, met die ronde brood in sy bek. Van daar af het my oë gedwaal na die houtbeeld in die middel van die kapel, dieselfde man met dieselfde wond aan die been, dieselfde hond met dieselfde brood in die bek.

En toe tref die teëls teen die mure van die kapel my. Die geelgoue skakerings, die diep bloue, die glinstering van die geglasuurde oppervlakke in die lig van flikkerende kerse. 'n Man op 'n siekbed en iemand wat hom versorg, geraam deur blomme en blare, krulle en kartels, engele en skulpe en die hemel weet wat nog alles. Ek dink ek het dalk ophou asemhaal.

Tot ek oplaas bewus geword het van 'n man wat met dieselfde intensiteit as ek na die teëls staan en staar. Kort, donker, stewig gebou, breed geskouer, kort swart krullerige en ongekamde hare, swartbruin oë, wye mond, ek moet dit neerskryf, ek moet dit onthou. My oog het syne gevang, ek is seker ek het gebloos want ek is nie die soort meisie wat na vreemde mans kyk nie, nie eens in 'n kerk nie, en hy het opgemerk, sag, amper asof hy met homself praat, dat dit een van die heel vroegste gedateerde *azulejo*-komposisies in Portugal is. Azu-wat? wou ek weet. Hy het 'n oomblik verbaas gelyk – seker gedog ek's 'n kenner van Portugese teëls en hier weet ek nie eens wat die teëls in Portugees genoem word nie! – en toe word die verbasing vervang deur iets soos – wat? Bewondering? Tog seker nie. En toe verduidelik hy vir my wat is *azulejos* en dat hierdie spesifieke komposisie in 1584 deur ene De Matos geskep is. Ek het dit neergeskryf, later terwyl ons koffie gedrink het, al die name en die datums, want ek wil dit onthou.

Daarna het ons nie weer ophou gesels nie, of nee, dis nie waar nie, soms was daar lang stiltes terwyl ons deur nou stegies en agterstrate gestap het, maar dis asof ons heeltyd telepaties aan die gesels gebly het. Ag nee, dit klink verspot, skrap dit, Colette. Dit was amper middernag, my bene bewerig van moegheid, toe hy my by die voordeur van my goedkoop hotel afsien met die belofte dat hy my vanoggend weer hier sou kom haal, en toe kon ek heelnag nie slaap nie, en nou sit en kyk ek hoe dit dag word en wag dat hy my kom haal.

Fernando soos in Pessoa.


LISSABON, VRYDAG 5 AUGUSTUS

Sint Rochus, São Roque in Portugees, Saint Roch in Frans, is die beskermheilige van teëlmakers, so het my nuwe vriend die teëlmaker my ingelig, hoewel hy nie godsdienstig genoeg is om aan beskermheiliges te glo nie. Dis weer vroegoggend op die balkonnetjie van die hotel, g'n kans gister gekry om te skryf nie, te besig om te belewe. Of bloot net te lewe. Nog nooit voorheen het ek met soveel bewende intensiteit geléwe nie.

Sint Rochus is ook die beskermheilige van grafgrawers en mense wat tweedehandse ware verkoop en mense wat vals beskuldig word, kan jy nou meer, en van ongetroude mans en pelgrims en honde en wie weet wat nog alles. Ek voel soos 'n pelgrim, het ek vir Fernando gesê. Ek voel soos 'n ongetroude man, het hy vir my gesê. Is jy dan nie, het ek gevra, maar ek dink ek het reeds die antwoord geken en ek wou dit nie hoor nie. Nie nou al nie. Daarom het ek weggekyk toe hy sy kop stadig skud.

Ons het weer heeldag gestap en koffie gedrink en

gesels. In die tuin van die kasteel van São Jorge, met die asemrowende uitsig op die stad en die Tagusrivier, het twee dogtertjies met blinkswart oë soos nuwe verf en hoë swart toerygskoentjies soos polio-slagoffers in Suid-Afrika dra, wydsbeen op 'n kanon gesit asof dit 'n perd is waarop hulle hemel toe wou ry. Fernando het drie weke vry, dis hoe hy dit gestel het, "vry", asof hy 'n gevangene op parool is, terwyl sy gesin in die suidelike platteland by sy skoonfamilie kuier, en hy wil hierdie vryheid gebruik om in sy kombi rond te toer agter teëls aan. Wil jy saamkom, het hy gevra asof dit die natuurlikste ding op aarde is om te vra vir 'n jong vrou wat jy die vorige dag in 'n kerk ontmoet het. Ja, het ek geantwoord. Ek wil. Asof dit die enigste moontlik antwoord was.

En mag sint Rochus ons beskerm.

As alles maar altyd so ongekompliseerd kon wees.

Vryheid, dis wat ek in Londen vir Hannes gevra het. 'n Paar weke van vryheid om "vir oulaas" op my eie te reis, vir oulaas as vry vrou, ongebonde, sonder verloofring, dié het ek in Spanje al afgehaal, hoewel ek dit nie vir Hannes sal sê nie, hy verstaan baie, maar ek kan nie verwag dat hy álles sal verstaan nie. Daarna kan ons trou en kinders kry, my liefste Hannes, dis wat ek hom belowe het, daarna kan ons alles doen wat van ons verwag word. Terugkeer na ons geboorteland, werk en voortplant, ons vir jou, Suid-Afrika. Ek wou net nog hierdie laaste keer met treine en busse deur Europa toer, Frankryk en Spanje en Portugal, veral Portugal waar ek nog nooit voorheen was nie, Portugal waar ek nou voel asof ek in 'n vorige lewe was.

En môreoggend klim ek in 'n wildvreemde en tog oer-bekende Portugese man se motor vir 'n reis na wie weet wat. Dít kan ek nie vir Hannes vertel nie. Dít sal hy nie verstaan nie.

Dit sal alles net onnodig kompliseer.

Lis-sa-bon. Is dit nie die mooiste, mooiste naam nie? Lis-sa-bon, soos Nabokov se befaamde drielettergrepige heldin, Lo-lee-ta, wat my op my reis deur Portugal vergesel. Nuuskierig om die "skandalige" nuwe roman te lees, natuurlik, maar tot dusver nog nie veel leeskans gekry nie. Soms, net soms, is dit belangriker om te lewe as om te lees.

Lissabon! Ek het my eie stem ontdek. Wel, eintlik het ek my eie lyf ontdek, laas nag in hierdie goedkoop hotelkamer, maar die lyf is tog die setel van die stem. Ek voel en dink vanoggend anders as voorheen, daarom klink ek vermoedelik ook anders as voorheen. Lyk nog dieselfde, het ek in die spieël teen die hangkas opgemerk toe ek met die laken om my kaal lyf gedraai na die balkon toe gesluip het, weet nie of ek verlig of teleurgesteld moet voel nie. Wat ek *nie* gaan voel nie, neem ek myself hier op die balkon plegtig voor, terwyl die ander kaal lyf nog in die bed lê en sluimer, is skuldig. Dit sal alles bederf. En dit voel net te rég om bederf te word deur iets so verkeerd soos 'n skuldgevoel.

Gisteraand nog was ek trots dat ek twee nagte lank die versoeking weerstaan het om te doen wat ek daardie eerste nag al wou doen, om hierdie donker man se donker lyf van nader te leer ken, maar noudat ek "geswig" het, voel ek eerder spyt dat ek nie twee nagte gelede al hierdie heerlikheid ervaar het nie. Wat gaan aan met my, wat sal my ma sê, wat sal my verloofde dink, wat gaan van my word, ek weet nie, ek gee nie om nie, ek wil net hê dit moet aanhou.

Eers was ek blind en nou kan ek sien. Eers was ek stom en nou kan ek praat. Eers het ek gedog my verstand en my gees is belangriker as my liggaam, en nou en nou en nou loof ek die sondigheid die saligheid die heerlikheid van liggaamlikheid.

Prys my lyf daar's blye galme.

Daar's 'n roering in die bed daar binne. Daar's 'n roering in my lyf hier buite. My minnaar word wakker. Dis die mooiste sin wat ek nog ooit geskryf het. My minnaar word wakker.

Sintra. Nog 'n pleknaam wat soos 'n heldin in 'n storie klink. Van Lis-sa-bon na Sintra. In Fernando se rooi kombi wat met slaapplek en kookplek ingerig is. Hoe word 'n mens 'n teëlmaker? Waarom het hy besluit om teëls eerder as doeke te beskilder, wou ek weet terwyl ons na Sintra ry.

Hy het nie sy beroep gekies nie, het hy verduidelik, sy beroep het hom gekies. *Azulejos* is in sy gene. Sy oupa en sy oupagrootjie het teëls beskilder. Sy pa het weggebreek, 'n kleinhandelaar geword, maar uiteindelik byna uitsluitlik in teëls handel gedryf en goed geld gemaak. Die ironie van gene, is Fernando se kommentaar. Genoeg geld gemaak, in elk geval, om sy enigste seun universiteit toe te stuur, om skone kunste te studeer, om 'n "regte" kunstenaar te word eerder as 'n verhewe vorm van 'n ambagsman soos sy voorvaders. Fernando het selfs 'n jaar in Engeland gestudeer, dankie tog, anders sou hy nie goed genoeg Engels kon praat sodat ons hierdie aanhoudende eindelose gesprek kon voer nie, en 'n ruk in Parys en Rome geskilder, bietjie Frans en Italiaans ook onder die knie gekry.

Maar uiteindelik het die teëls hom teruggeroep na waar hy hoort.

(Sintra was só mooi gisteraand teen sonsondergang, 'n spookasemdorp in 'n helderpienk gloed gebaai, soveel van die eens deftige paleise en herehuise nou vervalle en verlate, maar in 'n grys paleis met punt-torinkies soos roomyshorinkies was daar in 'n hoë toringvenstertjie die gesellige geel skynsel van 'n lig, en ek het 'n man sien uitkyk, miskien 'n opsigter, en op daardie oomblik het hy vir my soos die eensaamste mens in die wêreld gelyk. Kyk, het ek vir Fernando gesê, maar

112

toe is die man in die venster weg en ek moes wonder of dit nie net my verbeelding was nie en waarom ek so onverwags melankolies voel.)

Terug in sy tuisland het hy by 'n meester-teëlmaker begin werk, alles onthou wat hy kleintyd deur osmose van sy oupa en sy oupagrootjie ingekry het, selfs die lesse wat hy later jare by sy pa die handelaar geleer het, en ophou stry teen sy genetiese lot. Dis hoe hy dit stel. Waarom skryf ek dit alles neer, wetende dat ek hierdie woorde nooit vir iemand anders sal kan wys nie? Is dit net om my te help onthou, as ek eendag oud is met baie kinders en kleinkinders, dat ek eens op 'n tyd roekeloos jonk en vry was? Asof ek hierdie dae saam met hom ooit sal vergeet!

(Dalk het my melankolie gisteraand gespruit uit droefheid oor dinge wat nie kan duur nie. Dalk was dit net die gees van die land wat van my besit geneem het. Portugal is 'n plek vol smagtende weemoed, van afskeid en vertrek, van geliefdes wat wegvaar en nooit weer terugkeer nie, ontdekkers en emigrante, al eeue lank. Dis seker hoe *fado* ontstaan het? Die ewige verlange van *saudade*? En tog lyk die mense nie ongelukkig nie. Armoedig, dikwels, weemoedig, amper altyd, selfs die kinders lag met weemoed, maar nie *ongelukkig* nie.)

In Londen sien ek elke dag meer ongelukkige mense as hier, moes ek teenoor Fernando bieg. Welgestelde, goed geklede, hoogs opgevoede, diep ongelukkige mense. Hoe is dit moontlik? Hy het my nie geantwoord nie, net nader getrek en gesoen. Wat seker ook 'n antwoord is.


CALDAS DA RAINHA, DINSDAG 9 AUGUSTUS

Gister het my gids en minnaar en vriend en mentor my die keramiekkuns gewys waarvoor hierdie stad aan die kus bekend is. Teen die einde van die negentiende eeu het ene Pinheiro hier 'n keramiekfabriek opgerig wat die Portugese teëltradisie 'n paar verbeeldingryke stappe verder gevoer

113

het met fantastiese beskilderde borde en satiriese figure soos *Zé Povinho*, die bekommerde gewone man of die gewone bekommerde man. Skryf dit neer, Colette, skryf alles neer, name en datums en plekke, sodat jy alles kan onthou.

Fernando dos Santos. Fernando van die heiliges, beteken dit. Of beskerm deur die heiliges. Dos Santos is blykbaar 'n algemene van in Portugal, so probeer my gids my oortuig, maar ek wil hom nie glo nie. Ek verkies om aan hom te dink as die uitverkorene van die heiliges. My persoonlike beskermheilige. São Fernando.

Taalmeester ook, dit moet ek byvoeg, die lys word al hoe langer. Die Portugese woorde en die teëlterminologie rol reeds makliker van my tong af as laas week. *Maiolica* is die tegniek wat dit moontlik gemaak het om direk op teëls te verf, in die sestiende eeu deur Vlaamse en Spaanse ambagsmanne ingevoer, en *azulejo de tapete* is die beroemde "tapytkomposisies" van die sewentiende eeu, en *figura de convite* is die lewensgrootte-figure op teëlpanele wat in die agttiende eeu in paleise aangebring is om besoekers te verwelkom.

Jy is my *figura de convite* in Portugal, het ek vir hom gefluister terwyl ons 'n bord van die heerlikste seeslakkies in 'n taverne langs die see gedeel het. Wat sou hierdie klein skulpdiertjies in Afrikaans genoem word? Kan my nie bra voorstel dat enigiemand by die huis so iets sou eet nie. In hierdie landjie wat soos 'n lang pleister op die linkersy van Spanje geplak is, word enigiets uit die see kombuis toe gebring en tafel toe gedra. Ons lewe nou al dae lank van vars seekos en soeterige witwyn. Ek het niks meer nodig nie. Ek is so gelukkig dat ek aanmekaar wil huil.


Coimbra, Donderdag 11 Augustus

*Horror vacui.* Nog iets wat ek geleer het. Word so slim soos die houtjie van die galg saam met my donker laksman.

Dis 'n nuwe Colette wat nou hier skryf. Die vorige Colette,

114

die voorbeeldige benoude wat-sal-Mammie-sê-dogter, die ek-is-my-Deddie-se-oogappel, daardie ou betroubare en trou-bare Colette is saggies en sonder struweling doodgesoen deur hierdie minnaar-moordenaar met bloed op sy hande. Nie net die rooi van bloed nie, maar stukkies blou van die see, silwer van sterre, groen van bome, pienk en pers van wolke teen sonsondergang, al die kleure op aarde en in die hemel en onder die water hou hy in sy hande vas. Soveel pigmente van soveel jare se verf wat onder sy vel ingedring het. Die binnekante van sy hande het die mooiste *azulejos* in Portugal geword.

Elke dag leer ek sy lyf beter ken, 'n tand diep agter in sy mond wat uit is, 'n letsel op sy linkerbobeen – soos sint Rochus! het ek verras uitgeroep – van 'n snywond wat hy as kind opgedoen het, die skaduwees wat sy lang wimpers teen sy wange gooi wanneer hy slaap.

En elke dag leer hy my meer. *Horror vacui* beteken vrees vir leë spasies, die Moorse tradisie om mure van bo tot onder met teëls te bedek, 'n styl wat deur die Portugese oorgeneem is. Dis waarom hy in 'n stad moet woon, spot hy, want hy ly aan hierdie vrees vir leë spasies. Dan sal jy nooit in my geboorteland aard nie, het ek hom gewaarsku. Dis 'n gróót land vol leë spasies. Miskien kom hy nog eendag daar vir my kuier, het hy sag gesê. Dit het soos *fado* geklink. Miskien kom ek nog eendag daar vir jou kuier . . .


COIMBRA, SATERDAG 13 AUGUSTUS

Ons was in 'n groen park waar 'n klein kermissie gehou is toe 'n wolk skielik bo ons koppe breek. Gellings reën wat binne sekondes op ons val, asof ons onder 'n stort staan, daar was nie eens tyd om skuiling te soek nie. Voor ons oë het 'n grondpad in 'n bruin modderrivier verander, jillende kinders het soos paddas van klip tot klip gespring, ma's het hulle hande laggend in die lug gegooi en ou ooms het

115

tandeloos vir mekaar staan en grinnik, almal druipnat en gelukkig, ons ook. Dit was 'n magiese ervaring. Nog een.

Gelukkig het ons hier 'n blyplek wat beter skuiling bied teen die elemente as daardie rooi broodblik op wiele. Ná drie nagte in 'n regte bed is ek weer gereed om in die kombi te slaap. Coimbra is 'n eeue oue universiteitstad waar my gids ook in die jare veertig gestudeer het, waar heelwat van sy vriende en kennisse steeds woon, en aangesien baie van die inwoners uitstedig is vir die somervakansie, kon ons 'n afwesige vriend se woonstel leen. Fernando het die sleutel by die opsigter gaan haal, soos hy glo gereeld doen as hy hier kom, maar nóg die opsigter nóg die vriend is veronderstel om van my teenwoordigheid te weet. Die eerste paar uur het die wegkruipery opwindend gevoel, soos 'n speletjie, maar teen hierdie tyd voel ek skuldig en skelm en haastig om weg te kom. Ek sou nooit deug as 'n heeltydse houvrou nie, dit weet ek vanoggend. Die nuwe "bevryde" Colette voel vaag en sonder buitelyne, 'n teël wat dof beskilder is, maar nog nie in die vuur gedruk is nie, die ou Colette dreig om weer haar verskyning te maak.

Ek weet dis waansin om hierdie joernaal te hou, skryf Humbert Humbert in hoofstuk 11 van Nabokov se roman, 'n sin wat my gisteraand tot my sinne geruk het. My Portugese passiespel het niks met *Lolita* se pedofilie of moord of enige ander misdaad te doen nie, natuurlik nie, ek kan nie tronk toe gaan vir wat ek doen nie, natuurlik nie, die enigste mense wat geskok sal wees om te lees wat ek hier skryf, is my familie en my verloofde. Fernando se geliefdes kan nie Afrikaans lees nie. En wat jy nie weet nie, kan jou nie seermaak nie, so probeer ek myself aanmekaar oortuig, meestal met sukses, maar vanoggend, ai, vanoggend.

(Coimbra se universiteitskapel was nogtans 'n verruklike ervaring, die *azulejos* blouer as wat blou moontlik kan wees, die jonkgroen delikate kartelende lyne soos wilgertakkies in die lente, beslis die indrukwekkendste tapytkomposisie wat ek nog gesien het. Nie dat ek al honderde gesien het nie. Skaars tien dae gelede het ek nog nooit eens van *azulejos* gehóór nie. Of van *grotesques* of sint Rochus of Pessoa of die waansinnige koningin Maria I se gillende hallusinasies in die Queluzpaleis, soveel karakters, soveel stories. As jy op iemand van 'n ander land verlief raak, raak jy onvermydelik ook op sy land verlief, en op sy land se stories. Nog 'n les wat ek die afgelope tien dae geleer het.)

## Porto, Maandag 15 Augustus

Katolieke vakansiedag in hierdie Katolieke land. Die Maagd Maria wat hemel toe gevaar het. Of so iets, in elk geval iets wat nie in Deddie se Protestantse Bybel beskryf is nie. Ek het nog nooit so onmaagdelik gevoel nie en tog voel ek heeltyd of ek hemel toe vaar saam met São Fernando.

Van Deddie gepraat, ek moes myself gister dwing om 'n paar poskaarte te skryf, Kaap toe en Londen toe, om my geliefdes gerus te stel, wat my so vals soos 'n ander Bybelse figuur laat voel het, die Fariseër wat wel in my familie se eerste Afrikaanse Bybel van 1933 opgeneem is. Die jaar ná jou geboorte, Lettie-lief, soos Deddie altyd verwonderd opmerk. "Porto is pragtig! Die wyn is wonderlik! Dis waar portwyn vandaan kom, het jule geweet?" Sulke niksseggende frases wat ek uit my valse duim moes suig, onmaagdelike bedrieër wat ek geword het.

Wat ek eintlik wou skryf, o, wat ek so graag sou wou skryf, is hoe sag en hees my minnaar se stem is, veral wanneer hy sy eie taal praat, wanneer hy snags vir my liefdesverklarings fluister terwyl ek voorgee dat ek in sy arms slaap, hoe gek ek is oor die sj-sj-sj-klanke op sy Portugese tong, soos 'n bries in die bloekombos op Somerverdriet, dis hoe dit vir my klink. Hoekom het niemand ooit vir my vertel dat Da Gama en Dias en al daardie Portugese seevaarders waarvan ek op skool geleer het, so 'n wonderskone taal gepraat het nie? Die enigste Portugees wat ek ooit sy eie taal hoor praat het, was die eienaar van 'n kafee in Nuweland. Nog 'n kafee-nasie, volgens my snobistiese ma, nes die Grieke. Arme, arme Mammie. Nou het haar seun 'n "Kafeegriek" getrou en haar dogter het haar lyf oorgegee en haar siel verkoop aan 'n "Kafeeportugees".

Hoogmoed kom tot 'n val, Mammie.

Ek sou hulle seker ook kon vertel van die massiewe teël-panele in die São Bento-treinstasie hier in Porto, monumentale tonele uit die geskiedenis wat op *azulejos* geskilder is, maar daar's nie plek op 'n poskaart om 20 000 teëls te beskryf nie, toe kies ek maar poskaarte met foto's van São Bento se teëls. Vandag soek ek en my medepelgrim verder na kerke en winkels met teëlfasades uit die twintigste eeu, Art Nouveau en Art Deco en meer onlangse style, volgens hom is Porto 'n skatkis van "moderne" teëls. Hy neem alles af sover ons reis, met 'n Leica wat aan 'n bruin leerband om sy nek hang, net die teëls en die geboue bedoel ek nou, ek is nie veronderstel om op enige van sy foto's te wees nie, soms net my hand wat wys na 'n *figura de convite* of 'n stukkie van my been en my beige sandaal teen teëls laag op 'n muur, 'n paar keer my agterkop of my rug, 'n enkele keer my hele lyf van kop tot tone, van agter, natuurlik.

Wat gaan word van al hierdie stukkies van my lyf? wonder ek. Eendag as hy oud is en sy geheue begin wankel, sal hy die flenters hand en voet en agterkop soos 'n legkaart inmekaar kan pas om sy gesiglose geliefde van die somer van '60 op te roep? Wat gaan jy máák met my, Fernando?

Wat gaan ek met jóú maak, vir die res van my lewe?


Tussen Porto en Lissabon, Dinsdag 16 Augustus

Sint Rochus se heilige dag, darem nie nog 'n amptelike vakansiedag nie, maar tog gedenkwaardig vir pelgrims soos ons. Mag hy ons beskerm teen peste en plae en bowenal teen onsself. Ons tyd word min. Elke uur word getroetel asof dit ons eerste en laaste saam is.

Ons ry deur 'n boomryke groen landskap – en ek het gedog Portugal is 'n dor en droë land! het ek vroeër uitgeroep. Nie hierdie noordelike streek nie, het my gids opgemerk, maar verder suid word dit baie bar. Weet nie of ons daar sal uitkom nie. Ons reis soos die gees ons lei. EN ONS TYD RAAK MIN. Kalm bly, Colette. Alles moet eindig. As ons nie geweet het ons moet doodgaan nie, sou die lewe nie so kosbaar gewees het nie.

Ek skryf met die boek op my knieë terwyl ons ry, maar my aandag word aanmekaar afgetrek, deur die ruïne van 'n wagtoring op 'n heuwel, 'n verlate dorpie met 'n verwaarloosde standbeeld op 'n plein, 'n Middeleeuse gebou wat soos 'n verkrummelende gemmerbroodhuisie lyk. Alles is aan die verval, so lyk dit vanoggend vir my. Selfs my minnaar se modderbruin hande op die stuurwiel lyk soos gekraakte keramiek. Hy is 'n hele paar jaar ouer as ek, wat beteken hy het meer verbintenisse en verpligtinge as ek. Maar sê nou net hy was "beskikbaar", so bespiegel ek vanoggend. Sou ek werklik die moed gehad het om weg te breek van alles wat bekend en gelief is, my land en my taal, my verloofde en my familie, my godsdiens en my geskiedenis, om alles agter te laat en die toekoms saam met 'n ongelowige Katolieke teëlmaker aan te durf?

Ek wens ek kon antwoord ja, natuurlik, die liefde sal alles oorwin! Alle verskille, alle struikelblokke en skuldgevoelens, alle potensiële probleme. Maar is dit wáár?

Genoeg, Colette. Wat help dit om te wroeg oor "sê nou net"? Skrap die "sê" en die "net", waardeer die "nou". Dit moet my leuse wees vir die ure wat vir ons oorbly. Kyk na daardie hande op die stuurwiel, fors en vierkantig en droog gebak deur die son, sterk en stewige vasvathande, hande wat 'n swaar vrag teëls kan optel, die lyf van 'n kind hoog in die lug kan gooi en soos 'n bal kan vang, 'n vrou se boude

119

en bekken soos 'n bak hemelse vrugte kan vashou, kyk net na daardie hande! En tog kan die tien vingers so teer soos motreën oor my vel streel. 'n Aanraking so sag dat dit soos die skaduwee van 'n aanraking voel. Ek hoef nie meer die landskap te besigtig nie, ek kan heeldag hier sit en my minnaar se hande bewonder. Die toer deur Portugal het bloot 'n verskoning geword vir die verkenning van hierdie man se lyf.

## Evora, Donderdag 18 Augustus

En skielik is daar skaars 'n week oor. Ek wil gil nee, nee, nee, dis nie reg nie, ek is nog nie reg nie, dis nie regverdig nie! Is dít hoe ek gaan voel as ek eendag oud is, as die paadjie tot by die dood elke dag korter word, hierdie desperate redelose rebelsheid? Indien wel, moet ek seker dankbaar wees dat ek op so 'n jong ouderdom kans kry om te oefen vir die einde van alles. Miskien maak dit my oudag makliker.

Dis die enigste bietjie troos wat ek uit hierdie situasie kan trek en die hemel hoor my, ek het troos nodig.

Ek wil gil, maar ek gil nie, ek gryp net na my gids se hand en hou dit so styf vas dat hy nie meer sy vingers kan voel nie, asof ek hom wil straf vir wat hier aan die gebeur is. 'n Skilder met lewelose vingers. Jy wil mos!

Nou. Konsentreer op nóú. Die rit na Evora was lank en warm deur 'n dor, onbewerkte, wilde landskap. Sien jy, het my metgesel opgemerk, met so 'n tevrede klein suggie, die ganse Europa is nie groen nie. Nes alles anderkant die draad ook nie altyd groen is nie, kon ek seker bygevoeg het. Soms is anderkant bar en bruin en beeldskoon soos my minnaar se lyf. Maar toe ons Evora binnery, het 'n dreigende somerstorm losgebars, donderslae en bliksemstrale en stort-reën, en die ou spierwit geboue het soos skoon wasgoed gelyk en die sypaadjies was glinsterend glad asof dit met heuning besmeer is en oral om ons het lywe onder groot swart sambrele rondgeskarrel. 'n Surrealistiese toneel wat ek nooit sal vergeet nie. Asof ek ooit enigiets van hierdie pelgrimstog sal vergeet.

Maar teen hierdie tyd is die herinneringe van my beminde se lyf en my beminde se land so deurmekaar geknoop dat ek nie meer kop of straat kan uitmaak nie. Dorp of stert. As ek aan Lissabon dink, sien ek sy tong tussen sy tande. Of sy gespierde dye. Sintra roep sy breë bruin borskas op, Coimbra sy sagte oorlobbe en die holte agter in sy nek, so 'n klein slootjie tussen twee senings, almal het seker so iets agter in hulle nek, waarom het ek dit nog nooit voorheen opgemerk nie? Sy liggaam het my padkaart geword. 'n Kaart wat ek vir niemand anders kan wys nie, sal dit klein moet opvou en diep in my geheue moet stoor, iewers in 'n agterste donkerste hoek waar niemand ooit gaan krap nie.

Kan jy glo, Fernando, nou het jy nog 'n naam gekry. My padkaart. My padkaart, my gids, my metgesel, my minnaar, my mentor, my taalmeester, my beminde, my vriend, my sielsgenoot, my my, my jy. As dit so aanhou, gaan jy meer heteronieme as Pessoa hê.

Maar dit kan nie aanhou nie, nè.

## Beja, Saterdag 20 Augustus

Al hoe droër en dorrer soos ons suidwaarts beweeg, ook in my gemoed. Begin geleidelik tot my deurdring dat hierdie wonderlike land ook maar 'n erg onderdrukkende politieke bestel het, soos my eie wonderlike land. Salazar is al amper dertig jaar aan bewind in 'n eenpartystaat, ondersteun deur die weermag en die Katolieke Kerk en die welgesteldes. In my land is dit die weermag en die Gereformeerde Kerk en die wittes wat die ondersteuning verskaf.

My gids praat nie graag politiek nie. Miskien is dit bloot die onvermoë om aan iemand van 'n ander land te verduidelik hoe lief jy vir jou eie land kan wees, ongeag sy sondes en sy gruwels, jou land bly immers jou land, jy het tog nie gekies om daar gebore te word nie? Die soort verskoning waarmee ek myself in Londen troos elke keer as iemand my land aanval.

Die feit dat my verloofde in South Africa House werk, maak alles natuurlik net nog moeiliker. Toe die Britse koerante vroeër vanjaar die nuus van Sharpeville uitbasuin, 69 swartmense deur die polisie doodgeskiet, mans, vroue en kinders, baie van hulle in die rug getref terwyl hulle probeer vlug het, was ek so skaamkwaad dat ek dit drie weke lank nie naby Trafalgar Square wou waag nie. Te bang iemand vra my of ek ook 'n Suid-Afrikaner is. Nog banger ek ontken dit en hoor al die hane van Somerverdriet drie keer kraai.

En Deddie se diep sug van teleurstelling. "Jy ook, Lettie-lief?"

Maar dit maak nie saak nie. Niks maak meer saak nie. Hoe beter ek my medepelgrim leer ken, hoe liewer word ek vir hom, ondanks sy sondes en sy gebreke. Of dalk juis vanweë sy sondes. Ek herken my-self in hom, al die donker dele wat ek vir ander geheim hou.

As kind het ek 'n denkbeeldige solder in my kop ingerig waar ek alles kon wegsteek wat ek nie met ander durf deel het nie. Die rede waarom my ma se broer in Australië gaan woon het, die verontwaardiging toe my pa my verbied het om by die bediende in haar buitekamer te kuier, die verskriklike skaamte as ek saans in die bed lê en lekkerkry terwyl ek tussen my bene vryf. En nou word die hortjies oplaas oopgegooi en die lig stroom in en ek hou nie van al die stof en spinnerakke en onnoembare voorwerpe wat ek vir die eerste keer sien nie, maar die Here hoor my dit was tyd.

Laat daar lig wees.

Lig is hier in oorvloed, verblindende helder lig in 'n verbleikte landskap, alles lyk kaal en weerloos. Luister, ek hóéf nie die Algarve ook nog te sien nie, probeer ek protesteer, ek hoef werklik niks meer van hierdie land te sien nie. Die enkele dae wat vir ons oorbly voordat hy moet terugkeer na sy lewe in Lissabon en ek na myne in Londen, die skamele laaste klompie ure kan ons mos maar op enige naamlose dorp deurbring? Wyn drink en sweterig liefde maak en treur oor wat kon gewees het as alles anders was.

Maar nee, my minnaar dryf ons voort asof die duiwel op ons hakke is, asof die tyd ons nooit sal inhaal as ons net aan die beweeg bly nie, asof ons terug na gister kan vlug en vir ewig daar kan vertoef. Ons kry skaars nog tyd om na teëls te kyk. Of ons kyk, vinnig, in die verbygaan, terwyl hy gou 'n foto of twee neem – 'n besondere beblomde komposisie in 'n klein kerkie in Evora, 'n blou-en-wit fasade van 'n huis in Beja – en soms word my skouer of my skaduwee ook so skrams op die foto vasgevang, maar ons sién nie meer die teëls nie.

Ironies, seker. Die dag ná ek hom ontmoet het, het ek gevoel soos 'n halfblinde wat vir die eerste keer 'n behoorlike bril present gekry het. Nou, 'n paar dae voordat ek hom moet groet, begin alles weer vaer en dowwer word. Miskien sal ek vir die res van my lewe hierdie pouse in Portugal onthou as 'n tydperk toe ek reguit in die oog van die son kon kyk. Voordat ek heeltemal blind geword het. Want wáár het jy nou al ooit gehoor van 'n vrou wat die vlam van die son kon sien sonder om haar sig te verloor?

SAGRES, MAANDAG 22 AUGUSTUS

Sy vrou se naam is Enrica. My verloofde se naam is Hannes. Sy van is Dos Santos. My getroude van gaan Niemand wees. Ná ons nou al amper drie weke lank op die rand van 'n afgrond dans, voetjie vir voetjie en voel-voel om tog net nie in te val nie, het ons gister oplaas gespring.

Diep asemteug, oë toegeknyp, hand aan hand. Saam deur die blou lug geval, saam deur die blou water gebreek, af, af, af, al hoe dieper en donkerder en kouer, so kom ons om so kom ons om, saam, en toe weer saam begin skop en spartel om weer boontoe te beur, op, op, op, om soos dolfyne deur die oppervlak te bars. Oopmond snakkend na lug en lig en lewe.

Dis hoe ons op 'n verlate strandjie van 'n hemelhoë rotskrans afgespring het. Dalk het hierdie fisieke sprong ons die moed gegee vir die veel gevaarliker emosionele sprong. Ons praat nou al amper drie weke lank oor alles, absoluut alles, selfs die politieke stelsels van ons onderskeie vaderlande waaroor nie een van ons juis wîl praat nie, alles behalwe wat daar onder op die bodem van die afgrond lê: ons intiemste persoonlike boeie.

Sy vrou se naam is Enrica. Hulle ken mekaar van kleins af, in dieselfde straat grootgeword. Hy het haar haar eerste soen gegee, een aand op 'n dorpsfees, toe sy veertien en hy agttien was. Daarna het hy die wye wêreld ingevaar, Coimbra en Lissabon, Londen, Parys, Rome, baie tale en baie vroue leer ken. Maar toe die teëls hom terugroep na waar hy hoort, het hy ontdek dat sy jeugliefde vir hom bly wag het. Miskien was dit nie net die teëls wat hom teruggeroep het nie.

Sy seuns se name is Ricardo, Luis en Joaquim. En my seuns se name eendag? Moontlik Willem of Willis, genoem na my pa, of miskien Johannes of Johan, genoem na die oupa aan vaderskant, of waarom nie heeltemal iets anders nie, iets nuuts, iets vreemds, waarom nie die kettings van familiename afskud nie? Sê nou ek gee my seun 'n Portugese naam soos Fernando?

Ons het liefde gemaak op daardie lappie sagte sand naby Sagres. Dis die mees suidwestelike punt van Portugal, waar die land 'n toon strek om die water van die Atlantiese Oseaan te toets, die strome en die branders en die storms wat die vroeë seevaarders tot by die suidwestelike toon van my eie land gevoer het. *Cabo das tormentas. Cabo da boa esperança.* Dit was die eerste keer in my lewe dat ek dapper genoeg was om so iets buite te doen, helder oordag, soos die diere op die plaas wat ons kleintyd so laat giggel het. Dit sal waarskynlik die enigste keer bly.

Ek is nie 'n dapper mens nie, dit weet ek nou. Ek sou nooit op my eie by daardie krans kon afspring nie. Ek sal hierdie Portugese idille onthou as 'n flits van dapperheid in 'n lafhartige lewe.

## LAGOS, DINSDAG 23 AUGUSTUS

Net toe ek begin glo hierdie reis gaan lankal nie meer oor teëls nie, al wat ons nou probeer doen is om elke uur uit te rek tot ons oor 'n paar dae moet afskeid neem, stap ons amper toevallig by 'n kerk in en my asem word weggeslaan – weer eens! nie geweet ek het nog asem oor om weggeslaan te word nie! – deur 'n skouspel van tradisionele agttiende-eeuse blou-en-wit *azulejos* in 'n ongelooflike goue grot. Van buite is die kerk van Santo António 'n eenvoudige wit gebou, maar binne is dit 'n Barokdroom van vergulde hout en engeltjies en wonderwerke. *Ek sien dit maar ek deurgrond dit nie.* Waar kom dít nou skielik vandaan?

Ons het lank na die teëls staan en staar, twee bewoë vreemdelinge langs mekaar, soos daardie eerste dag in Lissabon. Hierdie keer het hy nie die stilte met sy sagte stem gebreek nie. Hy het sy arm uitgesteek en my hand gevat, my vingers toegevou in syne, en die gebaar was meer werd as die miljoene woorde wat tot dusver uit ons monde gespoel het. Dis hoe alles vir ons begin het, in woordelose verwondering. Dis hoe dit vir ons sal eindig.

Daarna het ons ons sweet en ons sondes in die see gaan afspoel, op 'n strand met die onromantiese naam Aartappelstrand, 'n stukkie sand tussen kranse wat ons met te veel ander swemmers en sonbaaiers moes deel. Hierdie kus van die Algarve is besig om haar laaste bietjie onskuld prys te gee vir toerisme. Oor 'n dekade of drie gaan sy 'n slet wees, sê my metgesel. Dit wil ek nie sien nie. Ek wil nooit weer terugkeer na hierdie land nie. Ek wil my geheue laat toegroei met gras en onkruid en winde van verandering oor alles laat huil.

Gisteraand het ek aan die huil geraak, heeltemal onverwags begin snik terwyl ons liefde maak, watwatwat gaan van my wórd? My beminde het my probeer troos deur vir my van Pessoa se gedigte voor te lees, in Portugees, natuurlik, en die onverstaanbare klanke op sy onbereikbare tong het my tog op 'n manier getroos.


Albufeira, Woensdag 24 Augustus

Nog net twee nagte oor. En dis of ons woorde saam met ons tyd minder word. Die stiltes rek al hoe langer, ons kommunikeer al hoe meer met ons lywe, al hoe minder in verstaanbare frases.

Wanneer ons wel praat, snags onder die sterre, bedags in die see, is dit toenemend in twee verskillende tale. Hy prewel in Portugees, troetelwoorde, stukkies poësie, lirieke van *fado*. Ek antwoord hom in Afrikaans, rits my gunsteling-woorde af, komkommer, kardoes, koffer, en al daardie gr-klanke, grondpad, gruis, grens. Of ek neurie, flenters van volksliedjies wat ek gedog het ek het lankal vergeet, stadig, stadig oor die klippertjies, die reën val sulke wonderlike druppeltjies, en ek ry op my perd, my blinkvosperd, en ek kom om jou te haal, ek het skoon vergeet hoe mooi is my taal. Noudat ek met Fernando se ore luister, hoor ek weer die wonder waarvan Deddie altyd praat.

Ek wil ook nie verder in hierdie verlepte, verkreukelde en sonverbleikte boek met die harde swart buiteblad skryf nie. Wat help dit tog, ek sal al my woorde moet uitwis voordat ek tuis kom, waar sal ek dit kan wegsteek, vir wie sal ek dit ooit kan wys? Dit voel nou soos tydmors om nog te skryf, dit het onnodig geword om enigiets verder te probeer onthou, ek weet mos diep in my hart ek sal hierdie drie weke nooit vergeet nie.

Ek wil ons laaste ure saam belewe eerder as beskrywe.

Oormôre gaan hy my op die stasie van Vila Real de Santo António op die Spaanse grens aflaai, waar ek 'n trein gaan haal om stadig deur Spanje en Frankryk terug tot in Engeland te toer. Ek het nog twee weke van "vryheid" oor voordat ek weer in Londen verwag word. Iewers langs die pad sal ek weer my goue pand met die vlekvrye diamant oor my ringvinger moet dwing, swaar soos 'n boei gaan dit vir my voel, 'n simboliese gebaar waarmee ek my lewenslot aanvaar. Want oormôre ry hy in sy rooi kombi van Vila Real de Santo António terug na sy lewe in Lissabon, na sy vrou en sy kinders wat ook die naweek terugkeer van hulle vakansie. En mag hulle nooit-ooit weet wat in hulle afwesigheid gebeur het nie.

Wat dit ook al was wat gebeur het.

Want ek weet steeds nie. Ek weet net as hulle halfpad so lief vir hom moet wees soos ek die laaste drie weke vir hom geword het, sal dit vir hulle 'n verwoestende wete wees. En ek wil nie 'n verwoester wees nie. Ek is nie dapper genoeg om verwoesting te saai nie. Ek verkies om te vlug.

Op 'n trein in Spanje, Vrydagaand 26 Augustus

My liefste

Laat my toe om jou name te tel, vir oulaas, terwyl ek hulle een vir een in die wind wegblaas. My vriend, weg is jy, my gids, verby met jou, my reisgenoot, daar gaan jy, my maat, my mentor, my minnaar, my metgesel, my medepelgrim, my motorbestuurder (!), daar's 'n nuwe ene, weg is jy ook, weg, weg, weg, my teëlmaker, my taalmeester, my taalteler, a, ek gaan jou mis, my beminde, my bedmaat, my beskermengel, my begin en my einde, my tot hiertoe en nie verder nie, laat ek al jou name van my lippe afblaas, vir altyd en altyd. Vaarwel, Fernando. Soos in Pessoa.

Nou is alles verby en ek weet steeds nie wát dit was nie. Eendag op my oudag sal ek myself miskien probeer wysmaak dat dit bloot 'n vakansieromanse was, 'n oomblik van ower-

127

spel in 'n ander land, 'n ontugtige avontuurtjie rondom eksotiese *azulejos*, maar hier waar ek my eerste en my laaste brief aan jou op 'n skuddende trein sit en skryf, weet ek dit was groter en belangriker as enigiets wat nog met my gebeur het. Jy is die liefde van my lewe, Fernando.

Hierdie brief wat jy nooit sal kan lees nie, sal ook die laaste inskrywing van my reisjoernaal wees. My reis is nie verby nie, my eintlike reis begin dalk nou eers, maar meteens is die kleure nie meer so helder nie, die klanke dowwer, my vingerpunte dood. Skielik lê my tong weer lomp en swaar in my mond. Niks om te sê nie, niks om te skryf nie. Behalwe jou name wat ek tot in alle ewigheid wil herhaal. My gids, my beminde, my Fernando.

Voorwaar ek sê vir jou, Fernando, jy is die liefde van my lewe.

Onthou dit, onthou my.

Nee, vergeet dit, vergeet my, vergeet alles wat die afgelope drie weke gebeur het.

(Ek weet nie wat die ondraaglikste sal wees nie, die wete dat jy my altyd sal onthou of die wete dat jy my weldra sal vergeet.)

En mag sint Rochus ons teen peste en plae en enige verdere roekelose passie beskerm. Vir die res van ons lewe.

PS, Londen, Oktober: Ek het dit reeds instinktief vermoed toe ons mekaar op die Spaanse grens moes groet. Die vermoede het byna 'n sekerheid begin word teen die tyd dat ek weer in Londen opgedaag het, met my diamant soos 'n skitterende verwyt aan my vinger, en vanoggend is dit deur 'n dokter bevestig. Dit het daardie dag op die strand gebeur, ná ons saam van die krans afgespring het, onthou jy? Nee, vergeet dit, vergeet alles, gaan voort met jou lewe, jy hoef nooit enigiets verder te weet nie, my verloofde ook nie, wat niemand weet nie, sal niemand seermaak nie.

128

PPS, Londen, Oktober: Ek wou mos in elk geval sommer so stil-stil oorsee trou voordat ek volgende week saam met Hannes terug na Afrika reis. Na die duiwel met my ma en haar drome oor die huwelik van die jaar wat sy vir my in Kaapstad wil reël. Sy kan die doop van die jaar vir haar komende kleinkind reël, dit behoort haar darem so 'n bietjie te troos. Môre word ek mevrou Niemand. Nog nooit het my toekomstige van vir my so dreigend profeties geklink nie. Al wat my nou nog te doen staan, is om hierdie reisjoernaal op te skeur, tot as te verbrand, en die as oor my kop te strooi. Môre begin die volgende lewe van Colette. Ek wens dit kon anders wees, my beminde.

# NANDI SE LIEGSTORIES

*The cruellest lies are often told in silence.*

Robert Louis Stevenson, *Virginibus Puerisque*

# AFSKEIDSBRIEF 1983

Liewe Ma

Eintlik wou ek net "Ma" skryf, maar dit klink darem te kortaf vir 'n afskeid, toe las ek maar "Liewe" by. Want dit ís 'n afskeid, Ma, en dis baie meer finaal as wat jy besef.

Ek sit hier in jou kamer van lank gelede en luister na 'n verbode tape op my ghetto blaster. Toe maar, moenie panic nie, dis nie 'n "opruiende toespraak" nie, ek's nie besig met "ondermynende bedrywighede" in Oupa se huis nie en ek glo nie die veiligheidspolisie gaan die voordeur afbreek om ons almal in hegtenis te neem nie. Dis net 'n liedjie van Pink Floyd, "Another Brick in the Wall", wat in hierdie vieslike land van ons verbied is omdat die regering bang is vir alles, selfs vir musiek. Jy sou sweer ons woon in Jerigo waar die mure gaan omval as die musikante hard genoeg op hulle basuine, trompette, saxofone en ander instrumente blaas. Of hoe gaan die Bybelstorie nou weer? Anyway, ek sal die tape vir jou hier los as ek môre vertrek. In die hoop dat jy dapper genoeg sal wees om darem net eers daarna te luister voordat jy dit uit vrees vir die owerhede vernietig.

Ja, julle gaan my môre op die lughawe groet voordat ek Londen toe vlieg en ons gaan almal hartseer wees en simpel grappies maak om ons hartseer vir mekaar weg te steek. Ek en jy en Oupa en Sina. Ek het insist dat julle vir Sina saambring. As dit van julle afhang, het julle haar soos gewoonlik by die huis gelos, mens vat mos nie bediendes saam lughawe toe nie. Nee, julle sê dit nie, maar dis wat julle dink. Ek ken julle mos. Ek is een van julle, onthou. En die afgelope afgryslike jaar in hierdie huis, in hierdie spookkamer waar jy ook eens

133

op 'n tyd jou jongmeisiedrome gedroom het, het ek julle – en myself – beter leer ken as wat ek ooit wou.

Ek het nie meer jongmeisiedrome oor nie, Ma. Behalwe om weg te kom en nooit weer terug te kom nie.

Dis die ander ding wat ek môre vir julle gaan wegsteek, saam met my hartseer, die feit dat dit vir my 'n finale afskeid is. Julle glo ek gaan net vir 'n jaar of twee oorsee reis en werk, "om myself te vind", soos jy ook destyds gedoen het. Jy't my pa oorsee gevind, al twee my pa's, en jy't 'n lewe vol liegstories gevind, maar ek glo nie jy't ooit jouself gevind nie, Ma. Jy't net ophou soek.

Wat my betref, ek hoef nie verder te soek nie, ek het myself die laaste jaar in 'n diep swart gat van depressie gevind. En ek het niks gehou van wat ek gekry het nie. Nou wil ek so ver as moontlik van myself af wegvlug.

Ek dink nie ek gaan Oupa ooit weer sien nie. Fokkit, ek wil klaar huil as ek net daaraan dink, jammer vir die vloekwoord, Ma, maar hoe de fok gaan ek môre op die lughawe my pose hou? Miskien moet jy liewers nie nou al vir hom sê ek wil nie terugkom nie. Miskien moet jy dit maar eers vir hom wegsteek. Jy's mos goed met dinge wegsteek vir jou geliefdes. Jammer, ek wou nie nasty word nie. Dit gaan vir jou moeilik genoeg wees om hierdie brief te lees. Eers het ek gedog ek sal dit by die lughawe vir jou gee, maar nou dink ek dis beter om dit hier op die bed te los, saam met die verbode tape, sodat ek ver weg kan wees teen die tyd dat jy dit lees. Hoog in die lug bo jou kop. Tata Mamma tata Pappa ek ry op die skoppelmaai. Now where did *that* come from?

Wat ek altyd van Oupa sal onthou, is die name van die nege planete wat hy my kleintyd met 'n verspotte versie geleer het. My Vreeslike Aardige Ma Jag Snags Unieke Nare Pofadders. Mercurius, Venus, Aarde, Mars, Jupiter, Saturnus, Uranus, Neptunus, Pluto. Jare lank het ek hierdie absurde prentjie in my kop rondgedra van my bedaarde en bangerige ma wat snags in 'n vreeslose slangvanger verander. En die sterre wat hy vir my in die naglug gewys het. Die Suiderkruis, natuurlik, wat ek seker nie gou weer sal sien nie, Orion se gordel, die Skerpioen se angel, die Bul se horings . . .

Maar meer as enigiets anders sal ek sy liefde vir sy taal onthou. Nee, dis meer as liefde, dis 'n soort versotheid, soos 'n jong seun wat op 'n stunning girl verlief raak en nie sy geluk kan glo as sy hom toelaat om aan haar te raak nie. Oupa het sy lewe lank daardie jong seun gebly en die stunning girl se naam is Afrikaans. Ek weet nie wat van my Afrikaans gaan word daar oorkant die water waar ek ook al gaan beland nie. Ek hoop ek sal dit geleidelik afsterf as ek niemand het om dit mee te praat nie. Ek wíl dit afsterf. Wat de fok het Afrikaans my al ooit gegee behalwe 'n paar lekker vloekwoorde? Ek wil dit soos 'n swaar vrag van my skouers afgooi om ligter en losser deur die wêreld te reis. Maar ek weet nie of dit moontlik sal wees nie. Ek vermoed Oupa se versies het iewers diep in my lyf nes geskrop, ek vermoed die woorde dryf bedags in my bloed, skuil snags in my murg. O koud is die windjie en skraal viooltjies in die voorhuis die berggans het 'n veer laat val met dofsware plof soos koeëls in die stof o die pyngedagte. Ek vermoed die taal sal nie uit my lewe verdwyn nie, dit sal net ondergronds gaan. Soos my vriende in die Struggle. As ek snags slaap, as my weerstand op sy laagste is, sal Oupa se woorde weer boontoe sluip om my te terroriseer.

Ek vermoed ek sal vir die res van my lewe hoofsaaklik in Afrikaans bly droom.

Dít mag jy maar vir Oupa sê, want ek weet dit sal hom bly maak om dit te hoor. Dit maak my nie bly nie, dit maak my bitter bedruk, maar dit hoef jy nie vir hom te sê nie.

Vir Sina sal ek seker ook nie weer sien nie, maar ek sê vir myself dis tog nog moontlik, enigiets is moontlik, anders word dit te swaar. Sina was die afgelope jaar vir my meer soos 'n ma as jy. Jy't jou bes probeer om nader aan my te kom terwyl ek in 'n toestand van totale depressie en gedrug deur

135

te veel pille soos 'n lewende dooie op my bed gelê het, maar ek het jou aanmekaar weggestoot. Dis nie jou skuld nie. Of dalk is dit. Maar dis nou te laat om dit te probeer regmaak. Jy't soveel jare lank vir my gelieg dat ek jou nooit weer sal vertrou nie. Niks wat ek of jy daaraan kan doen nie.

Wat ánders kon jy doen? roep jy uit met jou hande in jou hare. Jou hare wat daardie jaar ná Pa se dood so leweloos om jou verwaarloosde gesig gehang het. Wáárom was sy dood vir jou so devastating as jy hom nooit rêrig liefgehad het nie, dis waaroor ek lank gewonder het. Deesdae dink ek dis juis oor jy hom nie rêrig liefgehad het nie, oor hy die substitute was vir die man wat jy rêrig liefgehad het, oor daar soveel unfinished business tussen julle was waaroor jy skuldig gevoel het. Maar hoe ook al, wat ook al, jy het dit toe tog reggekry om jouself reg te ruk en verder te lewe.

Deesdae is jou hare weer geknip en gekleur en geblowdry, jou lippe weer so rooi soos voorheen, jou lyf so goed versorg soos altyd. Daai lyf van jou wat jou lank gelede in die moeilikheid gebring het en wat jy daarna altyd soos 'n wegloophond vasgeketting het. Maak my sad elke keer as ek daaraan dink. Jy't selfs weer begin skoolgee, nie oor jy die geld nodig het nie, Pa het after all goed vir jou gesorg, maar oor jy jouself wil besig hou en "iets vir ander wil beteken". Nog 'n nuwe lewe wat jy nou aangedurf het. Ek wonder hoeveel lewens daar nog vir jou voorlê. En vir my? Ek wat nou landuit vlug, my taal en my familie en selfs my naam wil vergeet. Hoeveel keer kan ons onsself reinvent voordat ons die volle sirkel voltooi het, voordat ons terugkom by wat ons was toe ons begin het?

Miskien sal jy wonder oor jou besluit om weer skool te gee as jy bietjie na Pink Floyd luister. *We don't need no education.* Ag, Ma, ek wil jou nie bangpraat nie, ek wil net hê jy moet besef wat aangaan in hierdie land, dan sal jy verstaan waarom ek wil vlug. Voor dit nog erger word.

Wat anders kon ék doen? roep ek uit met my hande in

my hare wat darem ook weer beter begin lyk. Want ek is ook besig om myself "reg te ruk", die Here weet so kon ek nie aangaan sonder om dood te gaan nie, ek het weer begin eet en praat en sien en hoor, ek het weer begin lewe hoewel ek seker nog lank van pille afhanklik sal wees om my "stabiel" te hou. Om te keer dat ek weer oor die rand val en in daardie swart gat verdwyn.

Ek het geweet dit sou nie maklik wees om 'n kind af te gee nie, Ma. Maar ek het nie geweet dit sou só ondraaglik wees nie. Vergewe my, wil ek elke dag vir myself sê, want ek het nie geweet wat ek doen nie.

En bad luck as ek nou soos Oupa se Bybel klink.

Die punt wat ek wil maak, Ma, is dat daar altyd ander moontlikhede óók is vir jong ongetroude meisies wat verwagtend raak. Vat nou maar vir my en vir jou en vir Sina wat elkeen 'n ander pad gekies het. En dan is daar steeds die smal slingerende grondpaadjie wat nie een van ons gekies het nie. Om vir 'n aborsie te gaan, al is dit gevaarlik en onwettig, soos duisende vroue in hierdie land al gedoen het en sal aanhou om te doen. En die breë reguit teerpad wat vir al drie van ons versper was. Om met die pa van die kind te trou, so vinnig as moontlik om alles so ordentlik as moontlik te laat lyk, die pad wat duisende der duisende voor ons gekies het en ná ons sal aanhou kies. Maar ons drie kon nie, daarom het jy in jou nood besluit om met 'n ander man te trou en hom te laat glo hy's die pa van jou kind, en Sina in haar nood om haar kind op haar eie sonder 'n pa groot te maak, en ek in my nood om my kind af te gee aan 'n ma en 'n pa wat hom beter as ek sal kan grootmaak.

Wat haar beter as ek sal kan grootmaak. Dit was vir my die grootste skok, Ma. Dat my kind 'n dogtertjie was. Is. Nee, was, want sy's steeds 'n dogtertjie, maar sy's nie meer myne nie.

Ek het my maande lank mentally voorberei op 'n seun, weet nie hoekom nie, seker maar in my oneindige onnoselheid

137

gedog dit sou makliker wees om van 'n seun ontslae te raak. Natuurlik sou dit net so ondraaglik gewees het. Maar toe ek daardie dogtertjie met die blas lyfie en die bos gladde swart hare sien. Alles in my het gelyk gehuil en gejuig.

Dit was die skok wat my my hande na haar laat uitsteek het, al het almal my gewaarsku ek moenie die kind vashou nie, nie eens 'n oomblik nie, dit maak alles net nog meer onmoontlik. Ek het my hande na haar uitgesteek toe ek haar hoor huil, ek het haar teen my vasgedruk en sy het stil geword, ek het haar geruik, aan haar wang gelek soos 'n makat aan 'n klein katjie, ek het haar geproe. En toe het ek haar laat gaan. Iets in my is oopgeruk, vir altyd, skielik was daar 'n gat wat voorheen nie daar was nie.

En iets in my het doodgegaan, vir altyd, maar dit het ek nie dadelik besef nie. Ek was soos 'n dodelik gewonde dier wat nie weet hoe naby die einde is nie. Ek het gedog dis seker maar net die "gewone" Post Natal Depression waaroor almal altyd so aangaan en ek was vasbeslote om myself uit dié drif te trek. Doodseker dat ek dit sou regkry. Ek bedoel, die rede waarom ek die kind afgestaan het, was tog om verder te studeer! Om te reis en te werk en te teken en te skilder en beroemd te raak en al die dinge te doen waaroor ek gedroom het, om voort te gaan met my lewe asof daar nooit 'n kind was nie.

En ek het dit amper reggekry. 'n Paar weke – hoe lank? – twee of drie maande? Ek het dit reggekry om terug te trek na my eie woonstel en terug te gaan universiteit toe en klasse by te woon en toetse te skryf. Ek was sielsongelukkig, ellendig tot in my murg, maar ek het dit vir almal weggesteek, selfs vir myself, miskien aard ek tog na jou, Ma, wie sou nou kon dink ek sou so goed wees met wegsteek?

En toe vroeg een reënerige oggend in die begin van die winter toe's dit soos 'n borrel wat bars.

Poef.

Skielik verdwyn al my illusies en ek besef ek kan nie verder gaan nie, nie 'n enkele dag verder nie, dis nie 'n lewe wat ek lei nie, dis alles net nagemaak, en ek begin huil. Verskriklik. En ek huil ure lank, dae lank, en ek kan nie, kan nie, kan nie meer nie en ek besluit om hande vol pille te sluk om alles dadelik te laat ophou, die seerkry, die spyt, die verlange, die oortuiging dat alles om my gitswart is en nooit weer 'n ander kleur sal word nie.

Die ellende, Ma, die eindelose en uitsiglose ellende.

Maar toe gebeur die weirdste ding. As ek nog in wonderwerke kon glo, sou ek dit 'n wonderwerk genoem het, maar nou sal ek maar net sê dit was een van daardie dinge in die hemel en op aarde waaroor selfs Hamlet of Horatio nie kon droom nie. Jy en Sina besluit om vir my te kom kuier, die eerste en die laaste en die enigste keer dat dit ooit gebeur het. Ons unspoken rule ná die geboorte was dat julle my sou uitlos, dat ek elke paar dae vir julle sou bel en darem so nou en dan by julle sou kom kuier, maar dat julle my verder sou vertrou om my eie lewe te lei. Maar daardie Dinsdagoggend, sê Sina, het sy 'n donker "gevoelte" gekry, en jy sê jy kon nie ophou om aan my te dink nie, en ek weet steeds nie wie die eintlike heroine in die storie is nie. Of dalk is dit Oupa, hoewel hy natuurlik nie 'n heroine kan wees nie, maar hy was glo die een wat voorgestel het dat julle na my woonstel toe ry toe hy julle hoor kla dat ek nie die foon antwoord nie.

En toe daag julle daar op, jy en Sina, met 'n suurlemoentert as vredesoffer of verskoning of wat ook al, en julle klop en julle klop en julle kom agter dat die voordeur nie gesluit is nie. Die res van die storie ken jy, Ma, en dit was vir jou so verskriklik aaklig dat ek dit nie wil herhaal nie. Julle het my bewusteloos op my bed aangetref en julle het my betyds by die hospitaal gekry, dis nie nodig om enigiets verder daaroor te sê nie.

Hoewel ek steeds wonder waarom ek nie die deur gesluit het nie. Ek het niemand verwag nie, teen daardie tyd het ek nooit meer vriende of lovers naby my woonstel toegelaat nie, so dis nie asof ek 'n fake suicide beplan het in die wete dat ek betyds gered sou kon word nie. Miskien het ek onbewustelik gehoop dat ek dit makliker sou maak vir 'n moontlike inbreker. Sodat iemand my lyk sou ontdek voordat dit begin stink. Jammer, Ma, ek weet jy wil dit nie hoor nie.

Maar jy en Sina het my laat oorplaas na die kliniek waar ek vir depressie behandel is, en ná 'n ruk het julle my huis toe gebring, terug na Oupa se huis, waar julle my soos 'n klein kindjie opgepas en gevoer het. Weke lank, maande lank, jy en Sina, my twee ma's. Sina het my met eindelose energie versorg, vasberade om my gesond te pleit, te boelie, te bid, whatever it takes. Sy't my vertroetel soos sy nie meer haar eie kind kan vertroetel nie, want vir Kolletjie het sy blykbaar vir ewig afgegee aan Duitsland. Jy het my op 'n stiller, droewiger manier versorg, want ek het my gesig weggedraai as jy met my praat, my lyf weggetrek as jy aan my raak. Maar jy was net so verbete soos Sina om my weer op die been en terug in my eie lewe te kry.

Ek weet nie of ek ooit rêrig vir julle dankie gesê het nie. Beskou hierdie brief dan sommer ook as my bedankingsbrief, Ma, en sê vir Sina namens my dankie.

Ironies, het ek baie dae gedink, dat ek toe nie net twee pa's gekry het nie maar nou boonop twee ma's. Behoort my mos eintlik meer geseënd as ander kinders te laat voel. Maar ek het nie geseënd gevoel nie, ek het niks gevoel nie, ek was dood.

Oupa het ook meer as sy deel gedoen. Hy't baie aande langs my bed kom sit en vir my sprokies gelees, soos toe ek klein was, of sy geliefde outydse Afrikaanse gedigte. O die dans van ons suster op my ou ramkietjie met nog net een snaar o wye en droewe land lekka lekka ywe laat die ghantang nader skywe nou lê die aarde nagtelang en week die wêreld is ons woning nie. Dan het ek my oë toe gehou en gemaak of ek slaap. Hy't geweet ek maak of ek slaap, en ek het geweet hy weet. Dit was ons geheim, die enigste manier waarop ons nog met mekaar kon kommunikeer.

En toe, bietjie vir bietjie, het ek tog weer begin lewe. Begin eet en praat en lees en rondstap. Maar ek kon nie teken of verf nie, ek was seker ek sou nooit in my lewe weer enigiets kon *create* nie, die drang was steeds daar, dit het my mal gemaak, maar die vermoë het verdwyn. Die vermoë, die selfvertroue, die geloof dat ek as kunstenaar ooit iets sou hê om vir die wêreld te wys.

Tot jy op 'n dag Pa se ou Super 8-kameratjie iewers uitgekrap het en na my kamer gedra het sodat ek na ons ou home movies kon kyk. Dit was 'n brainwave, Ma. Nie om die home movies te kyk nie, dit het my net nog hartseerder gemaak, maar ek het met daardie kameratjie begin vroetel en vir jou en Sina en Oupa begin afneem. En toe het ek op my eie die ou Polaroid-kamera gaan soek en daarmee ook begin speel. Vir die eerste keer in jare het ek onthou hoe ek kleintyd gevoel het asof ek elke enkele oomblik met 'n kamera wil vasvang, om die tyd te stol, sodat niks ooit kon verander of kon verbygaan nie.

Nou weet ek natuurlik alles verander heeltyd.

Maar die dag toe ek daardie tweedehandse Leica met die bruin leerband by 'n winkel in die stad gaan koop het, het ek geweet ek wil verder lewe. Al is dit vir eers net deur foto's. Dit hou alles op 'n veilige afstand. Vir eers. Ek begin weer glo dat ek iets kan skep, dat ek dalk tog iets het om vir die wêreld te wys, al is dit dan net foto's. Ek bedoel nie "net" foto's nie, foto's is die paintings van die volgende eeu, daarvan word ek al hoe meer oortuig. Ek wil nie nuusfoto's neem of fashion shoots doen nie, hoewel ek seker enigiets sal doen om aan die lewe te bly, never say never, maar wat ek eintlik wil doen, is om paintings te maak van my foto's.

Ek wil.

Weet Ma hoe wonderlik dit is om weer daardie twee woordjies te skryf?

Om weer iets te wil wees, te wil doen, te wil hê, ná ek so-

141

veel maande lank niks wou hê nie, nie eens om dood te gaan nie want ek het gevoel of ek klaar dood is.

Dit was die keerpunt, die koop van die kamera, daarna het ek begin planne maak om oorsee te gaan. En die laaste dag in Februarie, toe jou kleinkind se eerste verjaardag gevier is, het ek geweet ek wil nie weer terugkom nie. Ek sê "jou kleinkind", dan voel dit verder verwyder as "my kind", maar ek besef dit maak dit net nog moeiliker vir jou. Ek wil so ver as moontlik wegkom van alles wat my aan haar herinner.

Ek wéét, Ma, mens dra jou herinneringe saam met jou soos 'n swaar sak sout waar jy ook al gaan. Jy behoort te weet want jy't al in baie lande gereis en in meer as een land gewoon. Maar as jy jou lewe in Portugal moes deurbring, sou jou sak sout net soveel swaarder gewees het. As ek in Suid-Afrika moet bly, sal my sak sout my onderkry.

Jy sal in dieselfde land as jou verlore kleinkind bly lewe. O hel, ek's bly ek's nie jy nie. Jou enigste kleinkind, moet ek byvoeg, al wil jy dit ook nie hoor nie. Jy glo ek gaan eendag anders dink, maar ek's jammer, Ma, jammer dat ek dít ook nog aan jou moet doen, maar ek's doodseker ek wil nooit weer 'n kind hê nie. Ek gaan 'n wêreldreisiger met 'n rugsak en 'n kamera word en daar's nie plek in my rugsak vir 'n kind nie.

Onthou jy, Ma, toe ek lank gelede wou weet waarom jy my so 'n "vreemde" naam gegee het, het jy verduidelik dat jy my Nanda wou noem omdat jy iewers gelees het dit beteken iets soos "dapper reisiger"? En dit was vir jou mooier as al die ander meisiename met predictable meanings soos "skoonheid" of "deugdelikheid". Jy wou eerder 'n dogter hê wat dapper deur die lewe sou reis as ene wat beeldskoon of vroom is. En toe is ek so klein by geboorte dat jy nie anders kon as om 'n verkleinvorm van Nanda te kies nie. Toe word ek Nandi.

Wel, Ma, jy't gekry wat jy wou hê. Ek is nie 'n deugdelike skoonheid nie, hahaha, maar ek gaan 'n moedige reisiger word.

Al weet ek vandag dat jy weer eens vir my gejok het. Selfs

oor iets so belangrik soos my naam het jy vir my gejok! Die ware rede waarom jy my Nanda wou noem, is omdat dit 'n verbuiging van Fernanda is. En Fernanda is die vroulike vorm van Fernando. Soos in Pessoa.

Ek luister na "The Dark Side of the Moon", op die ander kant van dieselfde tape, wat by my donker bui op hierdie donkermaanaand pas. As ek opkyk, kan ek myself in die spieël sien, my kaal voete en my verbleikte jeans en my Clash T-shirt en my wilde bos hare. Ek was nog nooit vir myself mooi nie, te veel van 'n platborstige maergat, behalwe toe ek verwagtend was en soos 'n brulpadda op kortisoon gelyk het, maar op die ouderdom van 21 begin ek oplaas gewoond raak aan myself. En op 'n manier hou van wat ek sien. Ek is darem nie meer so anoreksies uitgeteer soos laas jaar nie, ek wou sê dank die hemel, maar dis danksy jou en Sina se geduldige versorging dat ek weer vleis aan my bene en kleur op my wange gekry het.

Maar elke keer as ek myself in 'n spieël bekyk, wonder ek oor daardie verlore kleinkind van jou. Of sy eendag 'n klein bietjie na my sal lyk, dalk net iets van my sal oorhou, my grou oë of my groterige mond of wat ook al. Hopelik nie my kroes hare nie. Haar hare was gitswart en syglad by geboorte, waaroor ek diep dankbaar was, maar daarna het ek besef dat dit dalk alles kan uitval en krullerig teruggroei. Of dalk selfs blond soos joune. Hoewel dit actually amper onmoontlik is om haar blond voor te stel met so 'n blas vel.

Jy was maar net te verlig dat sy wit genoeg uitgekom het om deur wit ouers aangeneem te word. Ek moet erken ek ook. As mens in hierdie vervloekte land moet grootword, is dit nou eenmaal beter om 'n wit kind eerder as 'n swart kind te wees. En die feit dat sy 'n skakering donkerder as die "norm" is, sal haar hopelik beskerm teen rassistiese ouers wat 'n suiwer Ariese bloedjie soek? Dis maar hoe ek myself probeer troos.

Buitendien, ek was gewoonlik ook die donkerste kind in

die klas. A touch of the tar brush, dis wat Ouma dit genoem het, nie as sy van my gepraat het nie, natuurlik nie, wat haar betref het, was ek witter as sneeu, net as sy na ander kinders verwys het. Te min melk by die koffie, dis hoe Oupa nou nog oor rasse praat, asof alles bloot oor boeretroos gaan. En ek het altyd gedog dis oor Pa so tall, dark and handsome was, ek het gedog ek het die dark by hom geërf maar ongelukkig nie die tall of die handsome nie, just my luck. Toe kom ek agter my biologiese pa is 'n kortgat Porra. Blykbaar selfs donkerder as my ander pa.

Vreemd, is dit nie, Ma, dat jy met jou blonde blou-oog looks so aangetrokke was tot die donker perde? Dat die enigste twee lovers in jou lewe – waarvan ek weet, moet ek seker byvoeg – so heeltemal anders as jy gelyk het. Opposites attract? Maar wat sal mý verskoning dan wees? Want die windverwaaide blonde surfer look het dit nog nooit vir my gedoen nie, die laaste Ariese kêrel waarop ek verlief geraak het, was daardie buurseuntjie met die blonde kuif in Pretoria. Dalk hou ek van mans wat my eie blas vel bleek laat lyk as ek langs hulle lê? Jy weet tog seker die "terroris" Frank Mafoko was nie my enigste swart lover nie.

Nee, Ma, hy is nie die pa van jou kleinkind nie, dit het jy seker teen dié tyd afgelei, anders sou daar baie minder melk by die koffie gewees het.

Ek weet jy het haar kort ná haar geboorte 'n paar oomblikke vasgehou, net so onredelik soos ek, al het jou gesonde verstand vir jou geskreeu moenie moenie moenie. Ons het nooit daaroor gepraat nie, dit maak te seer, maar ek is seker jy het ook jou binnegoed voel saamtrek en haar onmiddellik onvoorwaardelik liefgekry. Ek is seker dit sou nie vir jou saak gemaak het as sy so swart soos roet was nie, nie nadat jy haar teen jou vasgedruk het nie, jy sou haar steeds liefgekry het. Miskien selfs liewer omdat jy sou weet haar lewe sou soveel moeiliker wees.

Bloed, Ma, bloed kruip tot waar g'n wette dit kan bykom

nie. Haar bloed is jou bloed, haar gene en haar gees het iets van jou geërf, van jou en Oupa en Ouma en wie weet wie nog almal, wie weet hoe ver agtertoe, en dan praat ons nie eens van die onbekende Portugese faktor nie, dis waarom jy haar sou liefhê, maak nie saak watse kleur haar vel uitgekom het nie. 'n Vel is mos maar net die papier waarin die present toegedraai is. Ek weet, ja, in hierdie land is dit bitter belangrik dat daardie papier so wit as moontlik moet wees. Maar dit gaan nie altyd so wees nie, Ma, dit glo ek met my hele hart. Eendag is eendag, dan sal 'n wit vel, hoe witter hoe beter, nie meer so verskriklik saak maak nie. As daardie dag in my leeftyd aanbreek, sal ek terugkom.

Dit belowe ek jou, Ma.

Intussen wil ek my reise gaan reis en iewers langs die pad ook my Portugese pa probeer opspoor. Moenie panic nie, Ma, ek sal nie sy lewe omkrap nie, ook nie joune nie, ek wil hom net sien – as hy nog lewe! – ek wil hoor hoe klink sy stem, miskien kry ek selfs die kans om te raak aan sy hande waaroor jy so mooi geskryf het. Ja, ek het steeds daai reisjoernaal wat so geheimsinnig verdwyn het voordat jy dit kon verwoes. Die Trojaanse perd wat ná Pa se dood in sy studeerkamer vir my gewag het. Jy't nooit gevra dat ek dit teruggee nie. Waarskynlik te bang om deur jou jonger en vryer self gekonfronteer te word. Teen hierdie tyd het ek dit al 'n hele paar keer deurgelees. Dele daarvan kan ek uit my kop opsê. Daarom dink ek dit sal 'n gepaste gidsboek vir my eie Portugese pelgrimstog wees. Ek wil jou en die teëlmaker se spore volg, selfs al lei dit my nie tot by hom nie, hopelik lei dit my darem tot by 'n beter begrip van waar ek vandaan kom. Miskien selfs van waar ek hoort. Sodat ek nie so alienated voel nie, Ma, nie so godverlate en verlore nie, nie so aanmekaar kwáád vir almal nie.

Ek het die laaste paar weke Portugees begin leer, uit 'n boekie wat ek vir jou weggesteek het want dit sou jou net ontstel, en ek hoop dat ek in Londen 'n behoorlike kursus

kan volg. Nie om die groot digter met die baie name se woor-
de te lees nie, net om miskien eendag 'n sin of twee met die
teëlmaker te kan praat. Miskien.

Verstaan jy, Ma?

Ek is jammer oor alles, ek is dankbaar vir alles wat jy vir
my gedoen het, maar ek is nie meer jou Nandi nie. Ek bly lief
vir jou, daaraan kan ek niks doen nie, bloed is bloed. Maar
van nou af dra ek die naam wat jy my eintlik wou gegee het.

Fernanda

# MOORD

Waar was jy toe Verwoerd vermoor is?
Dis een van daardie vrae waarvan Nandi, soos ander Afrikaanse kinders van die jare sestig en sewentig, nooit kon wegkom nie. Deel van die swaar sak sout wat sy saam met haar deur die lewe sleep, soos onafskudbare skuldgevoelens of die woorde en wysies van ou volksliedjies. *Stadig, stadig oor die klippertjies. Die reën val sulke wonderlike druppeltjies. Waar was jy toe Verwoerd vermoor is?*

"In Kaapstad," het sy kleintyd geantwoord. "In my ouma en oupa se huis. My oom was in die Parlement. Hy't alles gesien en ons kom vertel."

Later, as rebelse tiener, het sy haar antwoord begin redigeer.

"Ek en my ma het uit Amerika by my ouma en oupa kom kuier. My pa het in Washington agtergebly. Hy't vir Verwoerd gewerk, Buitelandse Sake, maar hy was nie rêrig 'n rassis nie. Die eintlike rassis in die familie is my ma se broer wat daai dag in die Parlement was. LV vir die Nasionale Party. Vir hom was dit een van die donkerste dae van sy lewe."

En nog later, as kunsstudent en politieke aktivis aan 'n Engelse universiteit: "Verwoerd? Who cares?"

Maar noudat sy haar in selfopgelegde ballingskap in die buiteland bevind, stel niemand meer belang in Verwoerd se dood nie. Nou vra haar nuwe kosmopolitaanse kennisse vir mekaar ander vrae. Waar was jy toe Kennedy doodgeskiet is? En toe Armstrong daardie eerste reusagtige sprong vir die mensdom op die maan gegee het? Wat sy so eerlik as wat sy kan probeer beantwoord, want sy besef dit bly altyd dieselfde oervraag.

147

Dit gaan oor oomblikke wanneer miljoene mense gelyk na hulle asem snak, wanneer die aarde se hartklop meteens onreëlmatig word, wanneer iets in die universele onderbewussyn kantel en nooit weer reggestel kan word nie.

Oomblikke wat byna onmiddellik in mitologie omskep word.

"Ek was in Amerika toe Kennedy dood is – my pa was 'n diplomaat in Washington – maar ek was te jonk om enigiets daarvan te onthou.

"Met die maanlanding was ons terug in Pretoria. My oupa en ouma het by ons gekuier en ons het almal saam radio geluister. Want in daardie jare het Suid-Afrika nog nie TV gehad nie. Glo dit of nie."

En elke keer laat hierdie vrae haar terugdink aan 6 September 1966, 'n vars lentedag in die boomryke wit voorstede aan die skadukant van Tafelberg. Dis een van haar vroegste herinneringe, maar sy onthou dit nie weens die dood van 'n belangrike man nie. Sy onthou dit oor die belofte van 'n nuwe lewe. 'n Belofte wat nooit vervul is nie.

Kolletjie sit 'n plat kartondoos op die vloer voor Nandi neer, plegtig soos 'n present, in Mamma se jongmeisiekamer wat na motballe en rose ruik. Die motballe is in die hangkas waar Nandi kort tevore weggekruip het, tussen Mamma en ouma Lizzie se snaakse wye rokke van lank gelede, maar sy het bang geword vir die pikgitswart donkerte in die kas en begin huil. Kolletjie het haar kom uithaal en gesê hulle hoef nie meer wegkruipertjie te speel nie. Toe maar, toe maar, Nandi'tjie, ek het 'n beter plan. En toe gaan haal sy die outydse plat doos met 'n prentjie van 'n manshemp op en maak dit met 'n geheimsinnige glimlag oop.

"Jou mamma het dit vir my gegee om op te pas toe sy die eerste keer oorsee is, maar ek word nou te groot daarvoor."

Die geur van rose kom van 'n groot bos wat Sina gister in ouma Lizzie se tuin gepluk en met 'n geel lint vasgebind en in 'n glasvaas op die spieëltafel gerangskik het. "Want 'n geel lint beteken Welcome Home en dis mos jou mamma se home dié," het Kolletjie verduidelik. Dit het Nandi verwar, want sy dog haar mamma se home is in Washington waar Pappa vir hulle wag, of anders miskien in Pretoria waar hulle volgende jaar gaan woon. Die eintlike rede waarom hulle in Suid-Afrika is – die land waar sy gebore is maar wat sy glad nie ken nie omdat sy nog te klein was toe Pappa in Washington begin werk het – is omdat Mamma vir hulle 'n huis in Pretoria kom soek het. En 'n skool waar Nandi in Januarie met graad 1 kan begin. En terwyl hulle hier is, het Mamma gesê, moet hulle natuurlik by die Kaapse familie gaan kuier.

Maar meteens ruik Nandi nie meer die rose óf die motballe nie. Sy vergaap haar aan die papierpoppe wat Kolletjie een vir een uit die doos lig en aan haar voorstel.

"Dié enetjie met die goue krulle is Shirley. En hierdie ene met die bruin hare is Judy. En hierdie tall dark and handsome ou is Clark en hierdie meisie met die verskriklike blou oë se naam het ek vergeet, maar maakie saakie want ek het anyhow vir almal ander name uitgedink, kyk, ek het dit hier op hulle rûe neergeskryf. Shirley se ander naam is Sophia en Judy is ook Gina – oor ek van Italiaanse name hou – maar jy kan vir hulle enige name gee wat vir jou mooi is."

Kolletjie is dertien jaar oud, maar so klein soos 'n meisietjie van tien, en vir Nandi was sy tot enkele oomblikke gelede die lekkerste ontdekking van hierdie kuier by haar Kaapse familie. Nou voel Nandi effens skuldig oor 'n onverwagse opwelling van liefde terwyl sy na Shirley-Sophia se goue krulle en kuiltjies en kort wit sokkietjies kyk. 'n Pop kan tog nie 'n lekkerder maat as 'n mens wees nie? Veral nie 'n pop van papier nie! Maar vir Shirley-Sophia sal sy in haar koffer saam met haar na Amerika kan neem, en volgende jaar na Pretoria, terwyl Kolletjie hier sal moet agterbly.

Kolletjie se vel is die kleur van kondensmelk wat 'n klein bietjie te lank gekook het en haar oë is so blinkswart soos haar gladde hare. Sy voel vir Nandi soos die ousus waaroor sy nog altyd gedroom het, maar toe sy vir Mamma vra waarom hierdie nuwe ousus nie saam met hulle aan tafel eet of saam met haar in Mamma se ou kamer kan slaap nie, het Mamma net gesug en gesê dis nou maar soos dinge hier werk, dis nie Washington nie, Nandi. Eendag sal jy verstaan. En toe sy vir ouma Lizzie hieroor uitvra, het haar ouma se wange rooi gevlek en sy het weggekyk en gesê dis hoe jou oupa dit wil hê. Nandi het geduldig gewag tot oupa Willie terugkom van die groot hospitaal waar hy werk om hom te vra hoekom hy dit dan so wil hê. Hy het oor sy silwer snor gevryf en haar op sy knie getel en gesê dis nie ek nie, kindjie, dis die wet, niks wat ek daaraan kan doen nie, wil jy perdjie speel? *Hop, hop, hop, perdjie maak galop.* Terwyl hy haar op sy knie skud tot sy skaterlag.

"En wat het dié ene oorgekom?" Nandi tel nog 'n manspop uit die doos. Sy afgeskeurde arm is skeef aangeplak met kleeflint wat geel geword het van ouderdom en sy hand het verdwyn. Maar Kolletjie hoor haar nie. Kolletjie luister met 'n skewe kop na die onderdrukte uitroepe en besorgde stemme wat skielik uit die kombuis opklink. "Dis verskriklik!" sê ouma Lizzie en Sina voeg iets by van 'n mes en baie bloed en oupa Willie herhaal aanmekaar "Ouboet . . . Ouboet . . . Ouboet" en Mamma sê op 'n baie besliste manier: "Nee. Los haar nou eers daar bo by Kolletjie. Sy's te klein om te verstaan."

Kolletjie begin dadelik onnodig hard verder praat:

"Kyk, hierdie snaakse Voortrekkerrok het jou ouma vir hierdie poppie gemaak. Daar was 'n kappie ook by, maar dit het weggeraak. Partykeer sit ek sommer aspris 'n hoed op haar kop wat glad nie by die rok pas nie, net vir die sports, soos hierdie ene met die vere . . . Nandi! Wa gat jy?"

Maar Nandi is reeds by die deur van die slaapkamer, want sy wil hoor wat nou weer vir haar weggesteek gaan word. Sy kan amper wed dis weer een van daai eendag-sal-sy-verstaandinge. Kolletjie spring op om haar terug na die kamer te lok, maar op daardie oomblik kom Mamma by die kombuis uit en roep oor haar skouer: "Ek sal gaan kyk," en begin die trap na die boonste verdieping klim. Toe sy vir Nandi aan die bopunt van die trap sien staan met Kolletjie se hande op haar skouers, versteen sy en staar woordeloos na die twee kinders.

Haar blonde hare is in 'n hoë beehive gedoen, met 'n dik kuif wat tot amper in haar oë hang, en sy dra 'n regaf oranje rok van 'n rekkerige nuwe soort materiaal met 'n soom wat 'n hele entjie bokant haar knieë sit. Haar broekieskouse laat haar bene soos 'n Barbie-pop se glansende plastiekbene lyk. Alles aan haar ma lyk meteens vir Nandi onnatuurlik, haar hare, haar rok, haar bene, en haar stem kom bewerig uit toe sy vra: "Wat gaan aan, Mamma?"

Mamma huiwer 'n oomblik voordat sy sê: "Die Eerste Minister is met 'n mes gesteek."

"Is hy soos die koning van die land?"

"So iets, ja."

"Is dit oom Ouboet wat dit gedoen het?"

'n Aardige uitdrukking trek oor Mamma se gesig, iets tussen lag en huil, maar dan klim sy tot by die bopunt van die trap en druk Nandi se gesig styf teen haar sagte maag vas. Nandi sukkel om asem te haal en word effens bedwelm deur haar ma se scent, soos Ouma dit noem, 'n fensie Franse parfuum wat te duur vir Ouma se smaak is. Sy voel hoe Kolletjie se hande van haar skouers afgly en hoe haar ma se maag onder die oranje rekmateriaal skud toe sy antwoord: "Nee, dit was beslis nie oom Ouboet nie."

'n Ruk later kom oom Ouboet by Oupa-hulle se huis aan met rooi oë en 'n gesig wat soos 'n vuil en verkreukelde lap lyk en prewel aanmekaar: "Hy was soos 'n vader vir ons . . . nou's ons almal wees . . ." Maar toe hy begin vertel van die gruweldaad wat hy vandag in die Parlement aanskou het, word Kolletjie vinnig nader geroep om weer vir Nandi na Mamma se ou slaapkamer te neem. Hulle sit kruisbeen op die vloer en trek vir die papierpoppe papierklere aan, maar Kolletjie lag nie meer soos vroeër nie en Nandi wonder waarom die koning nou juis vandag moes doodgaan.

Nog later daag oom Ouboet se gesin ook op, tannie Elsa en die vier kinders, want ouma Lizzie het die hele familie genooi om vanaand hier te kom eet. 'n Vrolike ete om Mamma se tuiskoms te vier, dis wat Ouma wou hê, maar nou het die messtekery in die Parlement alles bederf. Tannie Elsa dra 'n begrafnisrok, so bangmaakswart soos die donkerte in die hangkas waar Nandi vroeër weggekruip het, en snuit kortkort haar neus in 'n kantsakdoekie.

Terwyl Sina vir die niggies en nefies oranje aanmaakkoeldrank in die kombuis skink, glip Nandi ongemerk uit na die sitkamer waar die grootmense om die radio vergader terwyl hulle vir oom Kleinboet en tannie Elena wag. Sy staan tjoepstil in die verste hoek, effens verskuil agter 'n potplant met blare soos reusagtige hande wat haar ouma 'n Delicious Monster noem.

"Tsafendas!" sê oom Ouboet kopskuddend. "En om te dink ek sit met 'n Griekse skoonsuster!"

Mamma kyk geskok na haar broer, en dan na die res van haar familie wat niks sê nie. Haar stem word sissend sag: "As iemand vanaand 'n enkele woord van kritiek teenoor Elena uitspreek, eet ek nie saam met julle nie. Wees gewaarsku."

"Nee, wag nou, julle," keer ouma Lizzie en vou haar hande saam asof sy bid. "Dis mos nie Elena se skuld dat sy Grieks is nie! Sy's deel van ons familie!"

"Bly om dit te hoor," sê Mamma. "Tot kort voor sy met Kleinboet getroud is, het Mammie nog gepraat van *Kafeegrieke.*"

Nou fladder haar ouma se hande soos vasgekeerde wit motte. Die een rus vinnig op haar bors, die ander een teen haar slaap, dan vlieg albei weer weg. "Kan nie wees nie. Of anders was dit net 'n ou grappie. Elena is die wonderlikste skoondogter wat enige moeder kan begeer!" Tannie Elsa snuit weer in haar kantsakdoekie. "Ek bedoel, ek het twéé wonderlike skoondogters gekry! Ek tel elke dag my seëninge." Ouma staan haastig op en sien vir Nandi agter die Delicious Monster raak. "Nandi! Moenie vir my sê jy tel al weer tande nie. Hoekom speel jy nie met die ander kinders nie?"

"Hulle wil nie met my speel nie," sê Nandi dikmond.

"Kom saam met my kombuis toe," sê Ouma en kry haar hand stewig beet.

Terwyl haar ouma haar kombuis toe lei, hoor sy hoe tannie Elsa weer snuif. "Dis die probleem met enigste kinders. Hulle sukkel om met hulle eie ouderdomsgroep te sosialiseer. Só goed om te hoor daar's nog enetjie op pad, Colette."

*Nog enetjie?* Nandi se kop draai toe sy langs die kombuistafel staan en haar oranje koeldrank deur 'n strooitjie opslurp. *Op pad wáárheen?* En wat beteken "sosialiseer"? En "Kafeegrieke"?

Sy wag tot ouma Lizzie uit die vertrek is voordat sy vir Sina vra: "Waarom is dit sleg om Grieks te wees, Sina?"

Sina frons en trek haar skokpienk kopdoek laer af oor haar voorkop. "Hulle sê die man wat die Eerste Minister gesteek het, is Grieks." Sy draai weg van Nandi en buk om die hoenderpastei in die oond te bekyk. "Maar ek kan dink aan erger dinge om te wees as Grieks."

Nandi gebruik die strooitjie om borrels in die koeldrank te blaas. Borrelborrelborrel. "En jy, Sina? Wat is jy?"

"O, 'n bietjie van dit en 'n bietjie van dat en nie genoeg van enigiets nie," mompel Sina met haar rug steeds op Nandi gedraai.

"En Kolletjie?"

"Nee, Kolletjie is Italjaans." Sina swaai om met 'n selfvoldane grinnik. "Jy kan mos sien sy hoef nie 'n kroeskop onder 'n kopdoek weg te steek nie, sy't gladde hare gekry, en 'n hoë neus soos 'n witmens. Sy kan 'n Italjaner trou as sy eendag wil."

Nandi wil nog verder vra, maar Kolletjie trek 'n skreeuende seuntjie met 'n skrikwekkende blou gesig by die kombuis in. Dis oom Ouboet se jongste, Soois, net so oud soos Nandi, en hy huil so hard dat hy nie asem kan kry nie. Kolletjie gee hom 'n klap op die rug en sê vir Sina: "Kyk wat het die klein pes gedoen." En sy gooi die verfrommelde en geskeurde stukkies van die papierpop met die goue krulle en die kuiltjies en die Voortrekkerrok op die kombuistafel neer.

En skielik word hierdie hele verwarrende dag net te erg vir Nandi, die bloed in die Parlement en die donkerte in die hangkas, die grootmense wat huil en die dinge wat sy nie verstaan nie, die enetjie wat op pad is iewers heen en die arme tannie Elena wat Grieks is soos die messteker en Kolletjie wat met 'n Italjaner gaan trou, dan gaan sy haar mos nooit weer sien nie, en nou is Shirley-Sophia ook nog vermoor deur haar nare nefie Soois, en sy begin met harde snikke huil.

"Ek wil huis toe gaan," snik sy teen Sina se voorskoot wat na vars deeg ruik.

"Maar dis mos jou huis ook, Nandi'tjie," troos Sina en streel aanhoudend oor haar hare.

Wat haar net nog meer ontroosbaar laat huil. "Nee, issie my huis nie. *Ek wil huis toe gaan!*"

"Seën, Heer, wat ons eet," bid Oupa, sag en stadig, aan die bopunt van die tafel.

Nandi sit aan die onderste punt, verste van hom, omdat sy die jongste is. Dis hoe dit hier werk, sê Sina wat die kos gekook het en die tafel gedek het, maar nie saam met hulle eet nie. Dis nie Washington nie. Nandi hou haar hande voor haar gesig en loer deur haar vingers na haar oupa se welige silwer snor wat haar fassineer. Dit bewe effens wanneer hy praat, soos 'n vet harige wurm wat net 'n bietjie op sy bolip kom rus het en enige oomblik in die bord voor hom kan val. Dis so grillerig dat sy sukkel om nie te giggel nie, maar dan sien sy dat oom Kleinboet haar dophou en sy skrik haar giggel skoon weg.

Hy hou nie eens sy hande voor sy gesig nie! Hy sit ewe

rustig daar met wawyd oop oë asof hy nog nooit van iets soos bid gehoor het nie en kyk belangstellend na die res van die familie wat almal met toe oë en sedige gesigte na Oupa luister.

"En wees op hierdie droewe aand saam met ons gestorwe leier se naastes, Heer, en met ons ganse volk wat 'n vader verloor het. Ons vra dit nie omdat ons dit verdien nie . . ."

Net voordat Oupa "amen" sê, knipoog oom Kleinboet vir Nandi, asof hy wil sê dit bly ons twee se geheim, nè. En skielik voel Nandi meer spesiaal as die vier ander kinders aan tafel, haar simpel nefies en niggies wat nie met haar en Kolletjie wil speel nie. Willie is jonger as Kolletjie, maar hy behandel haar asof hy die ouer een is. Sanet en Liesl fluister agter hulle hande oor Nandi terwyl sy vlak voor hulle staan, "sy's nie van hier nie, sy's van 'n ander land", dink hulle sy's doof of dalk net doodgewoon te dom om Afrikaans te verstaan? En die ááklige Soois het haar ma se mooiste papierpop aan flarde geskeur.

Maar oom Kleinboet en tannie Elena is anders as die res van die Cronjés, dit kan jy sommer sien as jy net na hulle kyk. Oom Kleinboet se hare is lank en lyk of dit lanklaas gekam is en hy dra nie 'n das soos Oupa of oom Ouboet nie. Tannie Elena se hare is ook lank, lank en swart en los en sag, nie stok-styf gespuit of hoog getease soos Mamma of Ouma of tannie Elsa se kapsels nie. Miskien is dit oor oom Kleinboet en tannie Elena nie kinders het nie, bespiegel Nandi, miskien is dit kinders wat grootmense so oud en outyds maak. En net daar besluit sy dat sy ook eendag eerder nie kinders wil hê nie, dat sy eerder jonk sal bly en haar oë sal oophou terwyl Oupa bid.

"Dis miskien 'n droewe aand," sê oom Kleinboet, "maar ons gaan nie toelaat dat dit ons eetlus bederf nie, nè." En hy kyk na die hoë bord kos wat tannie Elsa vir oom Ouboet inskep – hoenderpastei, skaapboud, rys, aartappels en nog 'n hele spul ander hopies wat Nandi nie herken nie, want alles word toegegooi met bruinsous.

155

"Hoe dan nou anders?" vra Oupa met sy sagte stem. "Ons volk het 'n lang en eerbare tradisie van voedsel in droewe tye. Dink maar aan ons begrafniskos, geelrys en rosyntjies, pasteie en terte, tee en toebroodjies . . . Bewaar die dooie se siel as enige begrafnisganger honger huis toe gaan."

"Dis nes Pappie daar sê." Tannie Elsa knik en skink sommer nog 'n bietjie bruinsous oor die onherkenbare hopies in oom Ouboet se bord.

"Die probleem is dis nie vir almal aan hierdie tafel 'n droewe aand nie," sê oom Ouboet stug. "Vir sommige is dit dalk selfs 'n vreugdevolle aand."

"Ouboet, ons het gesê . . ." keer ouma Lizzie met haar hande wat weer in alle rigtings fladder.

"Kyk," sê oom Kleinboet met 'n swaar sug, "ek gaan nie maak asof ek treur omdat ons ontslae is van 'n leier wat besig was om ons oor 'n afgrond te lei nie. Julle weet almal wat ek van sy beleid dink. Maar dit beteken nie ek's *verheug* dat hy vermoor is nie. Moord bly moord. Ek het nog nooit geweld . . ."

Hy kom nie verder nie, want Mamma spring op met haar hand voor haar mond, stamp haar stoel om en hardloop uit die vertrek. Ouma en tannie Elsa kyk vinnig vir mekaar voordat Ouma ook opstaan. Tannie Elsa steek haar hand uit om vir Nandi by die tafel te hou, maar Nandi ruk los en vlug agter haar ma aan. Haar oë brand al weer van die trane, sy weet nie wat met haar verkeerd is nie, sy's nie gewoonlik so 'n ou tjankbalie nie, maar vandag is daar net te veel dinge wat sy nie verstaan nie. Sy kry haar ma en haar ouma in die onderste toilet, haar ma besig om op te gooi in die wasbak, haar ouma besig om haar ma se rug te vryf.

"Toe ek vir jou verwag het, het ek ook evening sickness eerder as morning sickness gekry," sê ouma Lizzie.

"Maar ek is hééltyd naar, Ma," kerm Mamma koponderstebo oor die wasbak. "Dag en nag."

"Wat gaan áán, Mamma?" vra Nandi. Hoeveel keer het sy dít nou al vandag gevra?

Mamma lig haar kop en kyk oor haar skouer na Nandi. Haar gesig is geelbleek, haar kuif kleef klam aan haar voor-kop vas, haar beehive het skeef afgesak oor haar een oor en 'n straaltjie slymerige spoeg hang by haar mond uit. Nandi het haar nog nooit so sleg sien lyk nie. "Ek verwag 'n babatjie," sê sy. "Jy gaan 'n boetie of sussie kry." En toe ruk haar bolyf weer en sy swaai terug na die wasbak en gooi weer op met aaklige gorrelende geluide.

Dís hoe Nandi 6 September 1966 onthou. Die dag toe haar ma haar vertel het dat sy swanger is, asof sy 'n oorlog aankondig.

# HARTSAKE

"Ek wil eendag 'n dokter word," sê die buurseun met die blonde kuif. "En jy?"

Nandi vat nog 'n hap van haar toebroodjie met grondboontjiebotter en goue stroop en kou tydsaam terwyl sy wonder wat sy wil word. Behalwe groot. Sy was vanjaar die kleinste kind in haar graad 1-klas in Pretoria en sy is moeg daarvan dat almal dink sy is nog op kleuterskool. Dié dat sy daarvan hou om haar skooldrag te dra, dan kan mens darem sien sy is al in 'n regte skool. Sy vee 'n klompie krummels van die ligblou rok met die wit kragie af en staar na haar kaal bruin tone. Sodra sy smiddae by die huis kom, trek sy haar kort wit sokkies en swart bandjieskoene uit, maar die blou rok hou sy altyd 'n bietjie langer aan, net vir die lekker. In Amerika dra die kinders mos nie skooldrag nie. En hulle loop ook nie kaalvoet nie.

"Miskien 'n modeontwerper," antwoord sy.

"Wat's dit?" vra die buurseun en lek 'n veegsel goue stroop van sy blink bolip af.

Seuns is darem maar stupid, besluit sy. Maar Chris met die gladde blonde kuif is minder onnosel as die meeste, en boonop 'n jaar ouer as sy, daarom verduidelik sy geduldig. "Dis iemand wat prentjies teken van klere. Nuwe soorte klere, rokke en skoene en hoede en handsakke waaraan niemand anders nog gedink het nie. Ek hou daarvan om vir my ma se ou papierpoppe klere te teken . . ."

Haar stem raak weg en hulle kou in stilte verder aan hulle toebroodjies. Wat sal Chris nou van papierpoppe weet? Hy is een van vier seuns in 'n raserige en deurmekaar huis son-

158

der meisiekinders. 'n Baie lekkerder plek as haar eie stil en deftige huis waar niemand ooit hopies klere of enigiets anders op die vloer laat rondlê nie. Die enigste rede waarom Chris op sulke verskriklike warm dae soos vandag by haar kom speel, is omdat sy 'n swembad het. Hy sit langs haar op die onderste trappie van die agterstoep en kyk verlangend na die deurskynende blou water, sy oë op skrefies getrek teen die weerkaatsing van die son.

"Klink nie vir my soos 'n regte werk nie." Chris het klaar sy skoolklere uitgetrek en sy baaibroek en 'n T-hemp aangetrek. Sy bene is maer en sy knieë het skerp punte, maar sy blonde hare en sy blou oë is vir haar baie mooi. "As jy wil, kan jy met my trou, dan sal ek vir jou sorg en jy kan heeldag sit en prentjies teken."

Sy kry so 'n vreemde warm gevoel in haar onderlyf, amper soos 'n maagkramp, maar sonder die seer, en loer onderlangs na hom, meteens te skaam om reguit na hom te kyk.

"Ek gaan ryk en beroemd word," sê hy. "Ek gaan iets doen wat niemand nog ooit voorheen gedoen het nie, soos om 'n hart of 'n brein oor te plant!"

"Maar hulle het mos klaar 'n hart oorgeplant," herinner sy hom. "Nou die dag in Kaapstad?"

"Ek weet! Dink jy ek's stupid?"

Amper knik sy haar kop.

"Daai dokter Chris Barnard is my nuwe held," vertel hy haar opgewonde. "Eers was dit Dawie de Villiers, want my ma sê ek lyk na hom, maar 'n dokter is 'n beter held as 'n dominee of 'n rugbyspeler, dink jy nie ook so nie?"

Nou knik sy geesdriftig. "My oupa is ook 'n dokter. Hy's nou afgetree, maar hy't in daai hospitaal gewerk waar die hart oorgeplant is. Hy ken vir Chris Barnard." Sy is nie seker of die laaste sin waar is nie, maar die jong Chris van langsaan kyk skielik so belangstellend na haar dat sy sommer nog 'n stukkie bylieg. "Hy weet ook hoe om harte oor te plant."

Chris fluit deur sy tande, 'n skril geluid wat haar so

imponeer dat sy skoon vergeet om skaam te wees en met openlike bewondering na hom staar. Sy oefen elke dag om te fluit, maar tot dusver kon sy dit nog nie regkry nie. Meisies wat fluit, word by die deur uitgesmyt, sê ouma Lizzie altyd. Wat haar net nog meer laat wens sy kon 'n fluitende meisie wees.

"Jy's gelukkig," sê Chris. "As jy ooit 'n nuwe hart nodig het, kan jy net vir jou oupa vra om vir jou een te gee."

"Nee, man, dit werk nie so nie. Iemand moet eers dood-gaan en dan . . ." Sy bly stil toe sy haar geliefde kenwysie oor Springbok Radio in die kombuis hoor speel en grinnik vir Chris. Hulle wag 'n paar oomblikke en sê dan presies gelyk, saam met Esmé Euvrard en Jan Cronjé: "Soooo mak mens!" Dit laat hulle soos gewoonlik lê van die lag. Hierna kom die radiostories waarna hulle party middae ook luister, maar vandag is te warm vir stories.

"Kan ons nie maar inspring nie?" vra Chris terwyl hy weer smagtend na die swembad staar.

"Jy wéét ons moet wag dat ons kos gesak het, anders kan ons krampe kry en verdrink." Nog een van ouma Lizzie se gebooie waaraan Nandi nie rêrig glo nie.

"Laas het jy gesê jy't al met 'n vol maag geswem en niks oorgekom nie."

"Ja, maar dit was toe my ma in die bed was omdat sy 'n baba verwag het. Toe kon ek doen net wat ek wou, sy't niks agtergekom nie. As ek dit nou moet doen, sal ek raas kry."

"Wat het van die baba geword?"

"Ek weet nie. Hy't verdwyn voor hy gebore is."

Hulle kyk saam na 'n mier wat 'n krummel tussen hulle kaal voete op die sementtrappie probeer wegdra. *Alla wêreld,* sê Esmé Euvrard oor die radio, *dis tog te dierbaar. Vertel vir ons 'n ou grappie, Jan.* Chris klap sy tong ongeduldig en druk die mier met sy vinger dood.

"Is jy nie lus om dokter-dokter te speel nie?" vra hy.

Sy kyk na hom, want sy stem klink anders as gewoonlik, amper asof hy bang is.

"Hoe speel jy dit?"

"Ek's die dokter en jy's die pasent en ek ondersoek jou."

"Hoekom kan ek nie die dokter wees nie?"

"Want jy's 'n meisiekind. Jy moet die pasent wees."

"Maar mens kry mos meisiedokters ook? In Amerika was ek –"

"Dis nie Amerika nie," val Chris haar in die rede, "dis Pretoria."

Selfs in Pretoria, dink Nandi, moet daar tog seker meisiedokters wees?

"En wat moet die pasent doen?"

Hy buig nader aan haar, sy asem warm teen haar wang, en fluister: "Jy moet jou klere uittrek."

Sy kry weer daardie snaakse warm gloed iewers naby haar maag rond en vra verskrik: "Kaalstert?"

Chris knik baie ernstig, sonder om na haar te kyk. "Dis wat mens doen as jy dokter toe gaan."

"Oukei," sê sy nadat sy 'n oomblik nagedink het. "Ek sal dit doen. Maar net as ek ook 'n beurt kry om die dokter te wees. Dan moet jy jou klere uittrek."

"Nee, man, dit werk nie so nie!"

"Anders speel ek nie." En sy staan op asof sy gaan wegstap.

"Oukei, oukei." Chris spring op om haar te keer. Hy is 'n hele kop langer as sy. "Jy kan 'n beurt kry. Maar eers is dit ek, oukei?"

"Oukei." Sy kyk reguit in sy oë, amper dieselfde deurskynende blou kleur as die swembad se water, en wonder waarom haar maag so draai. Mamma sê altyd sy sal weet as sy eendag verlief raak, sy moet net na haar hart luister, maar sy hoor niks in haar borskas nie. Miskien het haar hart afgesak na haar maag.

Hulle wéét hulle ma's gaan nie van hierdie speletjie hou nie. Daarom besluit hulle, sonder om dit eers te bespreek, om deur 'n gaping in die kamferfoelieheining terug na Chris se tuin te seil. Nandi se tuin is nuut en oop, met kaal wit plaveisel om die skitterende swembad, 'n groot grasperk wat borselkop gesny is en struike wat soos beeldhouwerke gesnoei is. Chris se tuin is ouer en meer verwaarloos, soos 'n oupa wat vergeet het om te skeer, vol bome en bosse en onkruid. Meer skuilplek en minder toesig.

Naby die bediendekamer, onder 'n lukwartboom met goudgeel vruggies en effens versteek deur 'n woeste bos jasmyn, rig hulle die dokter se spreekkamer in.

"Ons speel dis die aantrekhokkie," sê Nandi toe sy agter die jasmyn wegduik om haar skoolrok uit te trek. "Maak toe jou oë."

"Moenie vir jou simpel hou nie," sê Chris. "Ek's die dokter! Ek kan jou mos nie met toe oë ondersoek nie."

"Oukei, maar kyk dan net weg tot ek reg is." Sy hang haar skoolrok aan 'n lae tak van die lukwartboom sodat dit nie vuil en verkreukel word nie, maar besluit om haar lelike blou skoolbroek eerder in haar hand te hou ingeval sy dit weer vinnig wil aantrek. Sy voel so aardig toe sy agter die jasmynbos uitstap dat sy 'n takkie met wit blommetjies afpluk en as versiering in haar hare druk. Nou voel sy nie heeltemal so poedelkaal nie. Sy gaan lê op die naat van haar rug op die plank wat hulle nader gesleep het om die ondersoektafel te wees. "Ek's reg."

"Hmm." Die dokter sak op sy knieë af langs haar en druk sy vingers oral teen haar nek en haar skouers. "Hmmmm." Sy vingers gly onder haar arms in en sy begin giggel. "Dis nie 'n grap nie, Mevrou. Jy's baie siek," sê die dokter met 'n nagemaakte diep stem.

"Ek's nie siek nie, ek's kielierig!"

Sy giggel al hoe harder terwyl hy aan haar bors en haar maag druk asof sy 'n fietswiel is wat opgepomp moet word. Dan buig hy nader oor haar onderlyf. Nou voel hy nie meer aan haar nie, hy staar net stip na haar muis asof dit die interessantste ding is wat hy nog ooit in sy lewe gesien het.

En miskien is dit, dink Nandi. Hy't mos nie sussies wat hulle muise vir hom kan wys nie. Nes sy nie boeties het na wie se tottermannetjies sy kan kyk nie.

"Wanneer word ek die dokter?" vra sy terwyl hy sy kop heen en weer draai om haar toetie van alle kante te bewonder. Presies nes haar pa altyd in 'n kunsmuseum maak as hy 'n beroemde beeldhouwerk bekyk.

"As ek agtergekom het wat met jou verkeerd is," antwoord die dokter. "Maak bietjie oop jou bene sodat ek beter kan sien."

"Daar's niks verkeerd met my nie, Dokter, ek het net vir 'n tjekap gekom." Sy kriewel verveeld op die plank en ruk skielik regop. "Eina! Au! Eina!"

"Wat gaan aan met jou?" sis Chris verskrik. "Wil jy hê die hele wêreld moet jou hoor?"

"Daar't 'n splinter in my boud gesteek! O eina, dis seer!" Sy bars in trane uit en begin haar broek aantrek. "Ek wil nie meer speel nie. Wat gaan my ma sê as . . ." Dan skrik sy haar seer skoon weg as Chris se ma langs die jasmynbos verskyn. Tannie Moira is nie gewoonlik kwaai nie, maar op hierdie oomblik is daar 'n uitdrukking op haar gesig wat Nandi net nog harder laat huil terwyl sy op een been spring om haar ander voet in haar skoolbroek te kry.

"Trek jou aan, Nandi." Tannie Moira se stem waai soos 'n ysige wind oor haar kaal lyf en sy slaan van kop tot tone in hoendervleis uit. "En dan kom jy saam met my sodat ek met jou ma kan gaan praat. Chris, jy gaan wag in jou kamer tot jou pa huis toe kom."

"Ons het net gespeel, Ma," sê Chris met 'n hoë huilerige stem.

"Verduidelik dit aan jou pa," sê tannie Moira. "Ek wag, Nandi."

Terwyl sy koponderstebo agter tannie Moira aan huis toe stap, sien sy dat sy in haar haastigheid haar skoolrok skeef toegeknoop het. Maandag saam met Dinsdag, dis hoe

Mamma haar altyd terg as sy die verkeerde knoop in die verkeerde knoopsgat druk. Maar sy dink nie Mamma gaan vandag in 'n tergerige bui wees nie.

"Hulle is nog klein, Moira," hoor Nandi haar ma in die kombuis paai. Hulle het haar na haar kamer gestuur sodat hulle alleen kan praat, maar sy het halfpad omgedraai en 'n entjie teruggesluip om hulle af te luister. Sy's klaar so diep in die moeilikheid dat sy amper nie eens omgee as sy hier gevang word nie. "Dis normaal om nuuskierig te wees oor mekaar se lywe."

"Nee, Colette, ek weet darem nie. Wat ek gesien het, het nie vir my gesond gelyk nie."

"Het jy nooit huisie-huisie of dokter-dokter gespeel toe jy klein was nie?"

"Nie só nie!"

"Ek ook nie," sê Mamma en sug. "Maar ek het ook so oor-beskermd grootgeword. Soms wens ek ek het eerder . . ."

Nandi spits haar ore, maar haar ma rangskik die teekop-pies met 'n geklingel wat die res van haar woorde onhoorbaar maak.

"Wel. Ek dink hierdie besigheid moet in die kiem gesmoor word." Tannie Moira praat harder as haar ma omdat sy meer ontstoke is. "Dit sal beter wees as hulle 'n ruk lank nie saam speel nie."

Nandi se oë begin weer brand van die trane. Daar gaat haar enigste maat in die buurt. Sy draai om en stap sleepvoet terug na haar kamer. Nou moet sy smiddae stoksielalleen in die swembad rondplas. Dit maak haar sommer van nuuts af opstandig oor sy nie boeties of sussies het soos al die ander kinders wat sy ken nie. Haar ma sê 'n baba is iets wat kom as 'n mamma en 'n pappa lief is vir mekaar. Haar ma en pa moes seker ook lief vir mekaar gewees het, anders sou sy mos nie hier gewees het nie, maar deesdae wonder sy of liefde nie miskien soos 'n sak vol lekkers is nie. As jy alles in die begin opeet, bly daar niks oor vir later nie.

# MAAN

Oupa Willie staan op die agterstoep en stop sy pyp met sy oë op die maan wat soos 'n skewe silwer seepborrel in die swart lug hang. "O, koud is die windjie en skraal," prewel hy, "en bleek in die dof-lig en kaal . . ."

Nandi probeer haar bes om op te hou bibber langs hom, want as hy moet agterkom hoe koud en skraal sý op hierdie Hoëveldse winternag voel, gaan hy haar binnetoe stuur. Na die sitkamer waar Mamma en Pappa en Ouma snaakse gekleurde drankies voor ete drink, goeters met name soos Pink Squirrel en Screwdriver en Greyhound. Cocktails, noem ouma Lizzie dit. Skemerkelkies, sê oupa Willie, sommer 'n aansitterige Amerikaanse gewoonte.

En in die sitkamer sal een van die grootmense seker weer sê sy moet ophou tande tel en haar kamer toe stuur. Nee wat, besluit Nandi, sy sal rêrig liewers in die donker staan en bibber terwyl haar oupa vir haar die sterre se name leer as om stoksielalleen in haar warm slaapkamer te sit. Oupa Willie weet meer van planete en komete en meteore as enigiemand anders wat sy ken. En van die maan, natuurlik, waar daar net 'n paar dae gelede 'n ruimtetuig geland het. Dit was die eerste keer dat iemand op die maan rondgestap het, sy het saam met die grootmense radio geluister, almal was só opgewonde. Oupa miskien die meeste van almal.

Maar nou staan hy buite in die donker soos 'n stout skoolseun wat uit 'n klaskamer gejaag is, want Mamma hou nie van die reuk van sy kersietabak in haar huis nie. Pappa rook sigarette, en Mamma ook partykeer, want sy wil graag 'n moderne vrou wees, maar so 'n stinkende ou pyp hoort in 'n ander eeu, sê Mamma. Dan sug Oupa en sê hy hoort seker ook maar in 'n ander eeu en dis sy enigste sondetjie wat op sy oudag vir hom oorbly. Net so een of twee rokies 'n dag. Hy leun vorentoe oor die tr'aliereling van die stoep en gee sulke vinnige suigies aan die pyp soos wanneer jy kos eet wat te warm vir jou mond is. In die sitkamer sing Frank Sinatra "Fly me to the mooon . . ." op die splinternuwe hoëtroustel waarop Pappa vreeslik trots is. Van Neil Armstrong daardie "one giant leap for mankind" gegee het, sy stem so krakerig en dof oor die radio, is almal in hierdie huis met die maan gepla.

"Winternag," sê oupa Willie terwyl hy oor sy silwergrys snor vryf. "Eugène Marais. Jy moenie jou taal vergeet as jy volgende jaar teruggaan Amerika toe nie, Nandi-kind. Dit sal jou oupa baie hartseer maak."

Sy knik net, want sy is bang as sy haar mond oopmaak, gaan haar tande op mekaar begin klap.

"Onthou, toe ek so oud was soos jy, was Afrikaans nog nie 'n amptelike taal nie. Daar was nie Afrikaanse koerante en boeke en rolprente nie. Dis een van die jongste tale op aarde. En beslis die mooiste."

"Mooier as Portugees?"

Oupa kyk verbaas na haar.

"Mamma het eenkeer vir my gesê Portugees is vir haar die mooiste taal op aarde."

"Ek weet nie waar jou ma al haar vreemde idees kry nie." Oupa sug. "Nee wat, troetel eerder jou eie taal. Jy's 'n kind van hierdie land. Jy's saam met die Republiek gebore, 31 Mei 1961, onthou dit altyd. Dit maak jou spesiaal."

Asof sy ooit haar eie verjaardag sal vergeet.

"Wanneer gaan Oupa-hulle terug Kaap toe?" vra sy voordat hy verder oor die Republiek of Afrikaans kan preek.

Hy blaas 'n wolkie rook by sy mond uit, wat hom soos 'n vriendelike draak laat lyk. "Hoe lyk dit my ons Nandi-kind is al klaar weer moeg vir ons?"

"Nee, dis vir my lekker as julle hier kuier, dan eet ons regte kos!"

"Nou wat eet julle dan as ons nie hier is nie?"

"Snacks."

"*Snacks*. Wat vir 'n ding is dít?"

"Aag, oupa weet, kaas en tjips en dips en so aan. Pappa moet baie aande uitgaan na funksies toe, en Mamma gaan meeste kere saam, dan bly ek alleen by die bediende. Dan's daar nie tyd vir rys, vleis en aartappels soos wanneer julle hier kuier nie."

Oupa skud sy kop asof hy sy ore nie kan glo nie en vryf oor haar nuwe kort haarstyl.

Sy wou soos Twiggy lyk, die maer Britse model met die skuinspaadjie en die skewe kuifie, maar dit het nie gewerk nie. Haar hare is te krullerig en heeltemal te donker. Sy lyk nie soos Twiggy nie, sy lyk soos 'n moffierige seunskind. Die enigste manier om te probeer keer dat mense haar vir 'n seun aansien, is om rok te dra. En dit werk ook nie altyd nie. Laas week het 'n ou tannie gedog sy's 'n seuntjie in 'n rok. Toe besluit sy dit help tog nie en gaan trek weer 'n langbroek aan. Mamma en ouma Lizzie was vreeslik teleurgesteld. Jy's so 'n fyn ou dingetjie, vlei haar ouma haar, jy lyk so fraai in 'n rokkie! Kompleet nes 'n jong Audrey Hepburn, meen haar ma. Nandi onthou vir Audrey Hepburn in *My Fair Lady*, met lang outydse rokke en albasters in haar mond en 'n kroon op haar kop, en sy sien glad g'n ooreenkoms nie.

"En dis baie vervelig om altyd alleen te wees. Hier's niks om te doen nie. Mamma sê as Pappa volgende jaar weer in Amerika gaan werk, kan ons elke dag televisie kyk. Dit klink vir my so lekker ek kan amper nie meer wag nie!"

"Ja, beeldradio," sê Oupa met 'n sug. "Ek het dit nog net oorsee belewe."

Nandi kan nie hoor of dit 'n vrolike of 'n hartseer sug is nie. Oupa klop-klop sy pyp teen die traliereling terwyl hy oor die swembad uitkyk. Selfs in die middel van die winter wanneer niemand swem nie, word die water blinkblou en silwerskoon gehou deur die tuinjong, 'n ouerige Zoeloe wat Nandi aan al die bangmaakprentjies van Dingaan laat dink. Hy mag nie saam met hulle swem nie. Mamma sê dit maak nie saak nie, want hy kan in elk geval nie swem nie.

"Dink Oupa ons sal eendag hier ook televisie kan kyk?"

"Dis net 'n kwessie van tyd," antwoord hy ingedagte. "Wie weet, miskien nog in my leeftyd?"

"En in myne, hoop ek!"

"Maar natuurlik, Nandi-kind. Jy gaan lank na my aanhou lewe."

Die gedagte dat haar oupa waarskynlik lank voor haar sal doodgaan, laat haar tande sommer weer op mekaar klap.

"Siestog, Oupa se kind is skoon verkluim."

"Nee, ek kry nie koud nie," jok sy.

"Kos is op die taaafel," roep haar ma uit die eetkamer. Net betyds, anders het haar voete sowaar aan die stoepvloer vasgevries.

"Kom ons gaan eet." Oupa knipoog onverwags vir haar. "*Regte kos*, nè."

Wanneer haar oupa by hulle eet, het hy altyd twee take. Hy moet bid en hy moet die vleis sny. Terwyl hy die skerp mes deur die skaapboud laat gly, verkyk Nandi haar aan sy skraal hande en sy lang wit vingers en sy naels wat sy nog nooit in haar lewe vuil gesien het nie. Noudat hy afgetree het, dra hy nie meer elke dag 'n baadjie nie, maar gewoonlik steeds 'n das. Old habits die hard, kla Ouma wat hom gereeld probeer ompraat om eerder 'n krawat by 'n oopgeknoopte hempskraag in te druk. Ag nee wat, sê Oupa, krawatte is vir Engelsmanne wat nie die warm weer in die Empire se ou kolonies kan vat nie. Bo-oor sy wit hemp en woldas dra hy 'n grys oopknooptrui wat Ouma vir hom gebrei het.

Nandi dra ook een van haar ouma se tuisgebreide truie, 'n vrolike rooie met 'n prentjie van 'n teddiebeer. Eintlik voel sy 'n bietjie te oud om met 'n teddiebeer op haar bors rond te loop, maar sy gee nie om om dit by die huis te doen waar haar maats haar nie kan sien nie. Dit hou haar ouma gelukkig genoeg om die groot boks sjokolade in die gastekamer met haar te deel. Nandi wonder of haar oupa nie ook die lelike grys trui dra net sodat haar ouma sjokolade of iets met hom sal deel nie.

Intussen het Pappa die plaat op die draaitafel omgeruil, want Mamma hou van agtergrondmusiek terwyl hulle eet. Dis nou Dean Martin wat sing: "When the moon hits your eye like a big pizza pie . . ." Nandi het nooit voorheen besef dat daar so baie liedjies oor die maan is nie. Haar ma en pa het 'n hele stapel langspeelplate, maar die meeste is outydse musiek waarop mens nie kan twist nie. Partykeer koop hulle 'n seven single soos die Beatles se *Obladi Oblada* spesiaal net vir haar, dan oefen sy voor die spieël in haar kamer om haar voete op een plek heen en weer te swiep terwyl sy stadig afsak tot haar boude omtrent aan die vloer raak en heeltyd haar heupe bly wikkel. *Obladi, Oblada, life goes o-hon.* Dís nou vir haar lekker.

"Wag tot almal se kos ingeskep is," keer haar ma toe sy haar vurk deur die goue kors van 'n gebraaide aartappel steek.

"As Ouma-hulle nie hier is nie, hoef ek nie te wag nie," mompel sy.

Haar ma gee haar 'n kwaai kyk en haar ouma raak iets kwyt oor oom Ouboet se kinders se ongelooflike goeie tafelmaniere. Oeps, Ouma, dink Nandi, dít moes jy nie gesê het nie.

"Dit het niks met maniere te doen nie!" stry haar ma dadelik. "Ouboet se kinders is vier gebreinspoelde klein soldaatjies wat in vrees en bewing grootgemaak word."

"Ai, ek het so gehoop jy en Ouboet sal nader aan mekaar groei as julle ouer word," sê haar ouma en vat-vat aan haar silwer hare wat so styf gespuit is dat dit lyk soos die helms wat die ruimtevaarders van Apollo dra.

"En ék het gehoop sy oë sal oopgaan ná Verwoerd se

dood," sê haar ma, "dat hy dalk vir homself sal leer dink, maar nou't hy dieselfde blinde heldeverering vir Vorster! Wat is sy probleem? Soek hy 'n vaderfiguur? Pa?"

"Jy het te veel sielkundeboeke op universiteit gelees," sê Oupa. "Alles is nie áltyd die vader se skuld nie."

"En wat van die Bybel? Die sondes van die vaders?"

Haar ma is vir haar op haar mooiste as sy so opgewonde raak oor simpel dinge, as haar blou oë so blits en haar wange so pienk vlek. Sy is al oud, maar sy lyk soos 'n jong tannie, want sy pas haarself goed op. "Nee dankie, ek kyk na my figuur," keer sy altyd as iemand vir haar 'n tweede skeppie kos aanbied. "Ek wil nie so vet soos my ma word nie," sê sy wanneer Ouma haar nie kan hoor nie. "Sy't haar lyf laat gaan toe sy ouer word." Haar ma praat van 'n mens se lyf asof dit 'n dier is wat heeltyd dopgehou en vasgebind moet word, anders loop hy weg. Nandi weet nie waarheen haar ouma se lyf gegaan het nie, maar dit klink vir haar soos 'n lekker plek, vol sjokolade en soetgoed.

"En hoe verduidelik jy die feit dat jou ouer broer en jou jonger broer heeltemal anders dink oor die meeste dinge?" vra Pappa.

Mamma kyk verontwaardig na hom. Hy's mos veronderstel om aan háár kant te wees!

"Kleinboet het iewers langs die pad vir homself leer dink. Wonderwerke gebeur nog. Selfs in goeie Afrikaanse gesinne."

"Maar sommige van Jaco se idees is net so onrealisties soos Willem s'n." Haar pa is die enigste een in die familie wat haar ooms op hulle regte name noem – omdat hy hulle op universiteit leer ken het voordat hy deel van die familie geword het – maar vir Nandi voel dit altyd asof hy van vreemdelinge praat. "Enigste verskil is die een is links en die ander een regs."

"Issie," sê Nandi. "Hulle is al twee regs. Ek het hulle al sien skryf."

Sy voel hoe haar hele gesig warm word toe sy die groot-mense hoor lag.

"Klein muisies met groot ore," waarsku Ouma. Nog een van Ouma se sêgoed. Soos "Koes!" elke keer as hulle onder 'n brug deur ry of "Van nuuskierigheid is die tronk vol en die kerk leeg" elke keer as Nandi iets vra wat sy nie wil antwoord nie.

"Kom ons vergeet van links en regs," sê Pappa, "dis net verwarrend vir klein muisies. Kom ons sê een is 'n bok en een 'n skaap. Miskien 'n sondebok en 'n swartskaap. Maar nie een van die twee het só ver uit die kraal weggedwaal dat hulle nie weer teruggebring kan word nie."

Nou voel Nandi éérs verward. *Skape? Bokke? Krale?*

"Waar's die skaapwagter wat hulle gaan terugbring?" wil haar ma weet.

"Ek probeer my bes elke keer as ek 'n kans kry," sê haar pa. "Willem is nie so ver heen dat mens nie 'n aangename gesprek met hom kan voer nie."

"Ag, Hannes, jy's so diplomaties gebore jy sou waarskynlik 'n aangename gesprek met Hitler kon gevoer het!"

Haar pa grinnik asof dit 'n groot kompliment is en haar ma staan vies op om die poeding in die kombuis te gaan haal. Die wye pype van haar rooi bell bottoms swiep om haar enkels en haar swart blinkleerstewels trap 'n bietjie te hard op die houtvloer. Nog iets wat anders is as Ouma en Oupa hier kuier. Mamma en Pappa hou betyds op met baklei, want Pappa kan nie in die gastekamer gaan slaap as hulle rêrig kwaad raak vir mekaar nie.

En hulle eet elke aand poeding.

"Dink Oupa ook Ouma is vet?" vra Nandi, knus toegewikkel in haar bed met net haar neus wat bo die komberse uitsteek.

"Nee wat," antwoord Oupa op die storiestoel langs die bed. "Sy's nie vet nie, sy's gesond rond. Lekker sag en warm om aan te vat."

Nandi sug tevrede en kyk om haar rond na haar slaapkamer. Ouma Lizzie kla dat dit nie 'n regte "dogtertjiekamer" is nie,

171

maar haar ma meen dogtertjies hóéf nie van pienk valletjies en blommetjies te hou nie. Haar ma het haar gehelp om bont gordyne en kussings en 'n deken te kies, helderblou en turkoois en lemmetjiegroen, vrolik en kreukelvry en modern. "Modern" is 'n woord wat Mamma tog te graag gebruik. Helder kleure en cocktails is modern. En dripdry hemde en tjips en dips en kitskoffie en Tupperware ook. Solank dit kleurvol is en tyd spaar en Mamma se lewe makliker maak, het Nandi agtergekom, is dit modern.

Die ry plastiekpoppies oorkant haar bed is ook modern, Barbie en Ken en Skipper, elkeen met 'n eie hopie moderne klere. Ag nee wat, sê Ouma, dis darem net nie dieselfde as 'n sagte outydse slaappop nie. En heimlik stem Nandi saam. Die lewensgrootte-babapop met die blou oë wat Ouma twee jaar gelede vir haar gegee het, bly haar gunsteling, amper so goed soos om 'n regte babasussie te hê, maar dit sal sy liewers nie vir Mamma sê nie, netnou word Mamma weer hartseer. En dan is daar haar ma se ou papierpoppe wat sy deesdae in 'n Hush Puppies-skoenboks onder in haar klerekas wegsteek, want hulle is nou rêrig nie modern nie, en baie van die klere is geskeur en sy is bang haar maats sal lag as hulle dit moet sien. Maar as daar ooit 'n brand in hierdie huis moet uitbreek, sal daardie skoenboks die één ding wees wat sy gryp. Waarom weet sy nie.

"Dink Oupa meisies sal ook eendag maan toe kan gaan?"

"Klein muisies soos jy?" Hy loer vir haar bo-oor sy leesbril met die dik swart raam.

"Nie muisies nie," sê sy giggelend. "Meisies soos ek!"

"Maar jy is so kléin. En die maan is so gróót."

Sy skud van die lag onder die komberse. "Maar ek gaan mos nie altyd klein bly nie, Oupa! As ek groot is?"

"Ek dink as meisies wil, kan hulle meeste dinge doen," antwoord haar oupa. "As hulle dokters en eerste ministers kan word, kan hulle seker ruimtevaarders ook word. Is dit wat jy wil doen?"

"Ek weet nie. Ek wou 'n modeontwerper word, want ek teken mooi. Nou wonder ek of ek nie liewers modes vir ruimtevaarders moet ontwerp nie?"

"Maanmodes. Nou toe nou. Dit sal nou vir jou 'n ding wees." Oupa lyk dik van die lag toe hy die sprokiesboek op sy skoot oopmaak. "En watse storie wil die maankind vanaand hoor?"

Die heel lekkerste van alles wanneer haar oupa hier kuier, is dat hy elke aand vir haar 'n slaaptydstorie lees. Haar ma en pa gaan so gereeld uit dat sy baie aande sonder 'n storie moet gaan slaap. Sy kan natuurlik self ook lees, maar dis net nie dieselfde nie.

"Ken Oupa nie 'n storie oor die maan nie?"

"Hmmm, ek verbeel my die broers Grimm . . ." Hy laat gly sy lang wit vinger oor die name van al die sprokies in die boek. "A! Dis 'n mooie, as ek reg onthou. Is jy gereed?"

Sy knik gretig en Oupa begin lees, sy stem sag en stadig en effens singerig soos wanneer hy bid. "Eendag, lank, lank gelede, was daar 'n land waar die nagte altyd stikdonker was, asof 'n swart doek oor die lug gegooi is. Hier het die maan nooit geskyn nie en geen ster het ooit in die duisternis geskitter nie . . ."

En hy lees vir haar 'n sprokie oor vier jong mans wat die maan in 'n ander land gaan steel en in die takke van 'n groot eikeboom hang om hulle donker land te verlig. Maar toe die eerste van die vier oud word en doodgaan, wil hy sy kwart van die maan saam met hom graf toe neem, en toe is daar 'n bietjie minder lig. Die tweede en derde doen dieselfde, en ná elkeen se dood skyn die maan nog flouer, tot die vierde een die laaste kwart saam met hom graf toe neem. Toe is dit weer stikdonker in daardie land – maar in die onderwêreld kom die vier dele van die maan weer by mekaar uit en skyn so helder dat al die dooies wakker word.

"Toe is dit vir jou 'n gedoente, hoor!" Oupa se snor bewe van lekkerkry en hy kyk bo-oor sy bril na haar. "Party begin

173

sing en dans, terwyl ander dronk raak en rusie maak en knuppels uitpluk en mekaar begin slaan. Die onaardse lawaai word so erg dat dit tot in die hemel gehoor kan word. Toe storm die heilige Petrus van die hemelpoorte af na die onderwêreld om die dooies weer tot bedaring te bring. Hy stuur almal terug na hulle grafte toe en neem die maan saam met hom terug en hang dit hoog aan die hemel op waar niemand dit kan bykom nie – en daar hang dit vandag nog."

Behalwe dat ons dit vandag kan bykom, wil Nandi sê, maar haar oë het toegeval en sy is te vaak om verder te gesels.

"Fluit-fluit, my storie is uit," fluister haar oupa en maak die boek so saggies soos skoenlappervlerke toe.

Maak nie saak wat Mamma oor Portugees sê nie, dink sy terwyl sy insluimer, maak nie saak dat Pappa dink Latyn is 'n fantastiese taal of dat Ouma altyd aangaan oor "the Queen's English" nie. Sy weet net elke keer as Oupa met soveel liefde vir haar 'n slaaptydstorie lees, wonder sy of Afrikaans nie tog maar die mooiste taal op aarde is nie.

# TORINGS

Daar moes tog al ander wonderlike dae in haar lewe gewees het, maar meteens kan sy nie 'n enkele een onthou wat beter as vandag is nie. Vandat hulle amper vier jaar gelede weer in Washington kom woon het, droom sy al oor Macy's se Thanksgiving Day Parade wat sy nog net op TV gesien het. En hier staan sy nou saam met haar ma en pa naby Times Square in New York, al drie stewig toegewikkel in jasse en musse en serpe, en verkyk haar aan die eindelose optog, die trompoppies, die reusagtige kalkoen-vlot, die enorme swewende ballon-karakters, Snoopy, Mickey Mouse, Smokey the Bear, dit hou net aan en aan.

Selfs Pappa wat gewoonlik so koel en kalm is – Mamma noem hom 'n woord wat Nandi aan 'n koeksister laat dink, vlegselmatig, iets met vleg te doen – grinnik soos 'n seuntjie wat die Kerspresent gekry het wat hy nog altyd wou hê. Sy een oog is heeltyd vasgeplak teen 'n klein Super 8-rolprentkameratjie wat hy nou en dan wegswaai van die optog om vir haar en Mamma ook af te neem. Dan steek sy vir die kamera tong uit of maak haar oë skeel, sommer net omdat sy so lekker laf voel, terwyl Mamma langs haar oe en aaa en na haar asem snak en met haar kop agteroor gegooi skaterlag.

Dis hoe ek haar vir die res van my lewe wil onthou, besluit Nandi, en sy skrik vir hierdie vreemde gedagte. Dis tog nie asof sy dink haar ma sal binnekort doodgaan of weggaan nie! Maar dis só goed om haar ma en haar pa so gelukkig saam te sien, haar ma se blonde krulle onder 'n rooi baret ingesteek en haar wange pienk gevlek van die koue, haar pa met 'n wol-pet laag oor sy voorkop tot by sy donker wenkbroue afgetrek, die asemwolkies wat uit hulle monde kom elke keer as hulle lag. Sy kan nie onthou wanneer laas sy hulle so aanmekaar hoor lag het nie.

Dit was haar ma se brainwave om die Thanksgiving-langnaweek in New York deur te bring. Hulle het in elk geval nie familie hier saam met wie hulle die tradisionele kalkoen-ete kan hou nie, het Mamma gesê, en sy's moeg daarvan dat vreemdelinge hulle uit jammerte nooi om saam met hulle te kom eet. Kom ons boek in by 'n lekker hotel in Manhattan en ons kyk na die Thanksgiving Parade en ons doen inkopies in Fifth Avenue en ons bewonder die herfsblare in Central Park. En dan kan ons sommer ook die splinternuwe Twin Towers van naby gaan bekyk, hoe klink dit vir julle?

Vir Nandi het dit geklink asof haar ma skielik in 'n goeie fee verander het.

"Pappa moet darem erken dis beter as Tukkies se jool-optog, nè!" Sy moet skreeu om gehoor te word bo die musiek van die marsjerende orkeste en die lawaai van die duisende toeskouers wat langs die strate staan.

"Wel, dis groter," roep haar pa agter die rolprentkamera uit.

"En beter!"

"As gebore Pretorianer kan ek nie objektief oordeel nie," spot haar pa, die ewige diplomaat.

Binnekort moet hulle weer teruggaan Pretoria toe, waar sy sekerlik nooit-ooit so 'n ongelooflike optog sal sien nie. As daar één ding is wat die Amerikaners goed kan doen, is dit 'n straatparade. 'n Groep trompoppies in kort rooi rokkies en lang wit stewels dans in die straat by hulle verby, gevolg deur die blaasorkes van 'n Kaliforniese hoërskool. En kyk, wys haar ma, daar kom die groen dinosourus, nog 'n ballon-karakter wat bo almal se koppe tussen die hoë geboue sweef. Onder in die straat klou 'n span mense in eenderse groen klere aan die dinosourus se toue vas om te keer dat hy nie wegwaai nie. En haar ma lag weer met 'n wye oop mond, wat haar maklik twintig jaar jonger laat lyk.

Ja, dink Nandi weer, só wil ek haar onthou. Sy lig haar klein Kodak-kameratjie, mik dit vinnig na haar ma en druk die knoppie. Die laaste paar maande is sy heeltyd bewus van hoe vinnig alles verbygaan. Dalk is dit oor sy weet dat sy een van die dae haar Amerikaanse huis en haar Amerikaanse maats moet agterlaat en weer 'n nuwe lewe in haar eie land moet begin. Of dalk is dit maar net haar ouderdom, tussen twaalf en dertien, nie meer 'n klein dogtertjie nie maar nog nie 'n groot meisie nie. Hoewel sy vandag heelwat groter as gister voel danksy die bra wat haar ma gister vir haar in Macy's gekoop het. Die dag dat 'n meisie haar eerste bra kry, is 'n baie spesiale dag, het Mamma gesê. "As jy dit hier koop, sal jy dit altyd onthou."

Nandi gee nie eintlik om wáár haar eerste bra vandaan kom nie. As sy dit in 'n groentewinkel moes aanskaf, sou sy net so gelukkig gewees het. Sy soebat en sanik nou al maande lank vir dié beskeie stukkie lap. Elke keer as sy haar ma vertel hoe ondraaglik dit is om altyd een van die kleinste kinders in die klas te wees – en nou boonop een van die laaste meisies sonder 'n bra – sê haar ma toe maar wat, agteros kom ook in die kraal. Wie laaste lag, lag die lekkerste. Elke hond kry sy dag. Al daai simpel gesegdes wat haar ma by ouma Lizzie geleer het en nou soos resitasies kan opsê. Maklik vir háár om te praat. Haar ma was van jongs af 'n normale grootte, met normale tieties wat op 'n normale ouderdom begin ontwikkel het, terwyl Nandi op twaalf steeds net twee knoppies het wat soos geswelde muskietbyte lyk en seer word as sy te veel daaraan vat.

"My baba word groot," het Mamma in Macy's se aanpas-hokkie geprewel terwyl sy vir Nandi gehelp het om die bra oor haar benerige borskas vas te maak. "Jou ouma Lizzie het altyd gesê dis nie maklik om 'n vrou in Afrika te wees nie."

"Gelukkig is ons nie nou in Afrika nie," het Nandi gegrap

177

omdat haar ma skielik gelyk het of sy gaan huil. "In Amerika is dit nie so erg nie."

Sý wou beslis nie huil nie. Sy was so uitspattig gelukkig dat sy soos King Kong op die Empire State Building wou gaan staan en op haar bors slaan en skreeu: *Ek dra 'n bra! Hoera!* Sy is net bitter spyt dat sy vandag soveel lae dik klere teen die koue moet dra dat niemand die buitelyne van die nuwe bra sal kan sien nie. Maar sy kan nie wag vir die volgende keer dat een van haar klasmaats 'n aandpartytjie met fluoorligte hou nie. Dís waarom sy aangedring het op 'n eenvoudige spierwit bra eerder as die bloue met blommetjies wat haar ma voorgestel het. Daardie glimverligting beklemtoon mos alles wat wit is, jou tande, jou oogballe, selfs jou onderklere. Haar wit bra sal dwarsdeur enige hemp wys en al die ander meisies sal sien Nêndi Nimênd is nie meer die baba in die klas nie. *Nêndi Nimênd.* Dis hoe haar Amerikaanse maats haar noem. Volgende jaar in Pretoria sal sy weer Nandi Niemand word. Sy wonder hoe dit sal voel. Soos Superman wat weer Clark Kent word?

Suid-Afrika is seker nie só 'n vreemde plek nie, probeer sy haarself troos. Sy is tog daar gebore. Maar van hier af klink baie van die dinge wat daar gebeur vir haar taamlik onverstaanbaar. Soos nou die dag toe haar ma iewers gehoor het dat die Kaapstadse Dierebeskermingsvereniging net wit mense se troeteldiere aanvaar. "Met ander woorde 'n swart kat wat aan 'n wit mens behoort, word aanvaar, maar 'n wit kat wat aan 'n swart mens behoort, word geweier?" het haar ma uitgeroep. "Was daar al ooit 'n beter voorbeeld van die absurditeit van apartheid? Hoe de duiwel verduidelik jy dít aan jou buitelandse kollegas, Hannes?"

Haar pa het gesug en gesê hy's nie verantwoordelik vir al die domonnosel dinge wat daar anderkant uitgedink word nie. Sy werk is om die belange van die land wat hy liefhet in die buiteland te bevorder, dis al. Haar ma se krakerige droë laggie het meer gesê as 'n duisend kwaai woorde.

En tog verstaan Nandi ook nie aldag waarom haar ma so kwaai raak met haar pa nie. Partykeer, as haar ma dink niemand hou haar dop nie, is dit of sy 'n masker van haar gesig afhaal. Dis nie net haar aangeplakte glimlag wat verdwyn nie, dis asof al die onderdele van haar gesig uitgevee word, haar mond en haar neus en haar oë, asof daar net 'n leë ovaal oorbly. Dis 'n verskriklike ding om te sien. Dit laat Nandi altyd wonder wat van haar regte gesig geword het. Waar en wanneer het sy dít verloor?

Maar vandag is Mamma se glimlag dankie tog nie aangeplak nie, vandag is elke onderdeel van haar gesig presies op die regte plek. En Pappa is mos maar altyd dieselfde. *Flegmaties!* Dís die woord wat Mamma hom noem. Mamma bedoel dit nie noodwendig as 'n kompliment nie, maar Pappa lyk gewoonlik nogal in sy noppies as sy sê: "Ag, Hannes, jy's so verdomp flegmaties!" Op die oomblik is hy so besig om die optog deur sy Super 8-kameratjie te bekyk dat hy skaars tyd kry om te rook. Sy sigaret hang half vergete uit die hoek van sy mond onder sy welige gryserige snor, waaraan Nandi steeds sukkel om gewoond te raak. Aan die snor én aan die grys. Toe haar pa begin bles word, het hy hierdie woeste sideburns en snor gekweek, asof die baie hare op sy gesig hom laat beter voel oor die min hare op sy kop.

"Weet julle wat?" sê Nandi terwyl sy tussen hulle staan en van die een na die ander kyk. "Ek's bly ek het julle as ma en pa gekry."

Mamma lyk 'n oomblik verstom voordat sy weer haar kop agteroor gooi om te lag.

Pappa laat sak die rolprentkamera en kyk ernstig na haar. "Ek sê mos altyd dis die kinders wat die ouers kies. Jy't seker maar net goed gekies?"

"En as ek weer moes kies, sou ek julle weer gekies het."

"Kom ons praat oor 'n paar jaar weer," terg haar ma. "Ek het nog nooit 'n sestienjarige teëgekom wat mal is oor haar ouers nie."

"Ek het nie gesê ek's mál oor julle nie. Ek bedoel maar net julle kon erger gewees het."

"Jy't gevra daarvoor," sê haar pa vir haar ma en grinnik.

Dan kom Kersvader se vlot, die laaste een in die optog, 'n oulike klein huisie met sneeu op die dak en 'n slee met takbokke en 'n regte, lewende Kersvader wat voor die huisie staan en vir die skare waai. Santa Claus, noem hulle hom hier. Amerikaans bly maar vir haar 'n vreemde taal. Jy sê "sidewalk" vir 'n sypaadjie en "subway" vir 'n moltrein en "candy" vir lekkers. Maar Suid-Afrikaanse Engels is ook maar vreemd, verseker haar ma haar. Nêrens anders noem jy 'n verkeerslig 'n "robot" nie. "My Britse vriende het gedink dis skreeusnaaks as ek van 'n 'red robot' praat."

Elke keer as Mamma haar iets vertel oor die jare wat sy en Pappa in Londen gewoon het, kry sy so 'n veraf kyk in haar oë. Soos die Klein Prinsie wat na sy verlore planeet verlang, dink Nandi soms.

"Ek weet nie van julle vroumense nie," sê haar pa toe die optog oor is, "maar ek's nou lus vir 'n lekker vet hamburger voor ons na die torings gaan kyk."

"Jis! Ek debs Mamma se French fries!" roep sy uit, want sy weet mos haar ma sal soos gewoonlik nie haar bord leeg eet nie.

"Stel jou voor, honderd-en-tien verdiepings." Haar pa skud sy kop in ongeloof. Hulle eet hulle hamburgers in 'n vuilerige *diner* met harde rock-musiek aan die suidpunt van Manhattan. Die enigste rede waarom hulle dié plek gekies het, is omdat hulle langs 'n groot venster met 'n uitsig op die World Trade Center kan sit. Die twee eenderse torings troon bo al die ander wolkekrabbers uit. "Die hoogste geboue in die wêreld. Maar hulle is al klaar weer besig om iets hoërs in Kanada te bou."

"Ek het gedog ons kan met die hysbak opgaan tot bo," kla Nandi. "Soos in die Empire State Building."

"Hulle werk nog aan die uitkykdek," verduidelik haar pa. "Volgende jaar sal mens alles van daar bo af kan bekyk."

"Volgende jaar sit ek in Pretoria."

"Wel, die uitsig van die Uniegebou af is nie sleg nie," spot haar pa, maar sy weier om te glimlag.

"Hulle gaan ook 'n restaurant op een van die boonste verdiepings oopmaak," vertel haar ma terwyl sy deur 'n toeristebrosjure oor die torings blaai. "Ons sal wel eendag weer in New York uitkom, dan kan ons daar gaan eet. Hopelik sal die kos beter wees as in hierdie joint."

"Ek weet nie of ek so hoog in die lug sal kan eet nie." Nandi staar na die glinsterende torings met 'n gevoel wat iewers tussen opgewondenheid en vrees vashaak. "My maag draai as ek net daaraan dink."

Haar ma klap haar tong. "Jy't nog nooit gesukkel om in 'n vliegtuig te eet nie."

"Of op enige ander plek nie." Haar pa kyk geamuseerd na die hoop aartappelskyfies wat sy pas uit haar ma se bord oorgeskep het en nou in 'n poel tamatiesous probeer verdrink.

"Dis nie dieselfde nie. In 'n vliegtuig kan ek nie anders nie. Hier op aarde kan ek mos kies waar ek wil eet."

Haar ma skud haar kop en steel 'n aartappelskyfie terug uit Nandi se bord, maar sy prop dit nie heel in haar mond nie, sy byt net 'n puntjie af en hou die res amper soos 'n sigaret tussen haar duim en wysvinger vas. Onder haar rooi jas dra sy 'n swart rolnektrui en 'n swart langbroek. In New York kan 'n elegante vrou enige kleur dra, het sy vanoggend in die hotelkamer opgemerk, solank dit swart is. Die rolnektrui span styf oor haar Cross Your Heart-bra wat haar borste byna gevaarlik skerp laat punt. Nandi laat sak haar oë na haar eie borskas onder haar noupassende gestreepte truitjie en besef dat die nuwe bra nie eintlik 'n verskil maak nie. Plat bly maar plat.

"Aag, ou Nandi-Pandi, jy's net weer lus om te kla. Luister liewers wat sê die argitek." Mamma hou die brosjure 'n armlengte ver van haar oë, want sy sukkel deesdae om te lees, maar sy glo sy's nog nie oud genoeg vir 'n bril nie. Pappa glo sy sal op tagtig steeds te ydel wees vir 'n bril. "*The*

181

*World Trade Center should become a living representation of man's belief in humanity, his belief in the cooperation of men, and through this cooperation his ability to find greatness."*

"Pragtige woorde," prewel haar pa met sy oë op die torings, maar sy stem klink benoud in die skielike stilte tussen twee plate.

En op hierdie presiese oomblik, nadat die Rolling Stones klaar is met "You Can't Always Get what you Want" en voordat Elton John met "Crocodile Rock" wegval, smag Nandi daarna om nog in Kersvader te glo. Om alles te glo wat haar ma en pa vir mekaar en vir haar sê. Om nie so aanmekaar báng te wees dat alles onverwags gaan eindig nie.

# ROOK

"**N**ee, Nan, jy moet dieper trek. Laat ek jou wys." Erna vat die daggazol tussen haar duim en wysvinger vas, tuit haar lippe, maak haar oë toe en suig vir al wat sy werd is. Sy hou die rook onmoontlik lank in haar mond, haar oë steeds toe, terwyl sy haar kop op die ritme van The Who se dreunende rock-musiek knik. Dan blaas sy dit stadig, tergend stadig, in 'n dun dralende wolkie uit. "Só maak mens."

Nandi begin hulpeloos giggel. "Jy klink soos Esmé Euvrard!"

"Wie's sy as sy by die huis is?" vra Kyle se diep sexy stem in die donker. Hy sit aan die ander kant langs Erna en neem die zol by haar oor en suig daaraan tot die punt soos 'n oranje vuurvliegie gloei.

"Ken jy nie vir tannie Esmé van Springbok Radio nie?" Nandi hik van verbasing en vat nog 'n sluk uit die bierbottel wat Slab vir haar aangee. "Sooo mak mens. Alla wêreld, Jan, vertel vir ons nog 'n ou grappie."

Sy voel Erna se lyf langs haar skud. Oral in die donker tuin om hulle is paartjies aan die vry, maar hierdie hoekie agter die garage is die heel beste wegkruipplek. Niemand kan hulle sien nie en hulle kan die musiek hoor asof hulle in die garage sit. Sy kyk na die stam van die jakarandaboom oorkant haar en die sterre in die swart naglug hoog bo haar en sy voel die klam gras onder haar en sy weet sy behoort koud te kry want dis winter, maar sy het so aanmekaar gedans dat sy nou sweet soos ná 'n netbalwedstryd.

"Kyle is 'n Rooinek, Nan," sê Erna. "Hy ken nie ons Rockspiders se kultuur nie."

"Maar selfs Rooinekke luister tog na Springbok Radio? *Squad Cars. Jet Jungle. Check Your Mate!*"

"Esmé Euvrard is ook die een wat *Forces Favourites* aanbied," grinnik Erna. "Vasbyt. Min dae."

"Moenie vir my sê julle luister daai crap nie!" snork Slab en suig met mening aan die zol, sy rug teen die muur gestut en sy kop agteroor gegooi. Nandi kan net sy profiel in die donker sien, sy breë ken en sy bultende adamsappel, maar dis genoeg om haar maag te laat ruk. Sy hand rus swaar op haar bobeen. Sy voel die hitte teen haar vel, dwarsdeur die denimmateriaal van haar uitgerafelde wyepypjeans tot in haar nuwe platformstewels.

"Julle sal dit ook volgende jaar luister as julle in die army is," sê Erna. "Dan sal ons vir julle koekies en boodskappies stuur."

"Fok die koekies," sê Slab. "Ek gaan nie volgende jaar army toe nie."

"Wat gaan jy doen?" vra Nandi, maar dan hik sy weer so hard dat al vier van hulle begin lag. Erna se groot borste skommel teen haar arm. Slab se hand beweeg al hoër op teen haar been. Haar kop draai en haar stem klink onbekend in haar eie ore en sy kan nie ophou lag nie.

"Miskien moet ek maak of ek mal is?" mymer Slab en gee die stukkie van die zol wat oorbly vir haar aan. "Soos Jack Nicholson in *Cuckoo's Nest*? Hulle soek nie malles in die army nie."

"You gotta be mad if you wanna go to the army," sê Kyle. "But if you *don't* wanna go, you gotta pretend you're mad. Weird, hey?"

Hierdie keer trek sy die rook diep in en hou dit 'n rukkie in haar mond soos Erna gemaak het. Gelukkig is sy lankal gewoond aan sigaretrook, anders sou sy nou gestik het. Slab en Kyle hoef nie te weet dis haar eerste dagga nie. Hulle is die smartste ouens wat sy nog in Pretoria ontmoet het, albei in die Engelse seunskool en lede van 'n *band* wat vanaand by haar paartie in die garage gespeel het. Slab speel baskitaar en Kyle sing. Sy sukkel om te glo sy sit nou in haar eie agterplaas saam met hulle en drink en rook. Met die baskitaarspeler se hand teen hierdie tyd tussen haar bene ingedruk.

En dis alles te danke aan Erna, een van die wildste meisies in Pretoria se Afrikaanse meisieskool, sexy met lang atletiese bene en lang gladde hare en volmaakte groot borste, 36 C, alles wat Nandi nie het nie en met 'n seer hart begeer. Hulle is nie in dieselfde klas nie, want Erna is saam met die dommer meisies ingedeel – nie omdat sy dom is nie, maar omdat sy beter dinge het om te doen as om te leer, soos sy jou gou sal laat verstaan – en Nandi het haar meer as 'n jaar lank van ver af bestudeer voordat sy eindelik drie maande gelede genoeg moed bymekaar geskraap het om met haar te begin gesels.

Teen daardie tyd het sy hierdie meisie se lyftaal beter as enige van haar skoolboeke geken. Die manier waarop sy 'n sigaret met lang reguit vingers vashou en haar kuif uit haar oë skud as sy geïrriteerd raak en haar vol mond pruil as sy 'n seun wil verlei en haar heupe swaai as sy dans, alles wat sy doen, absoluut alles, was vir Nandi onweerstaanbaar. En toe sy haar eindelik van nader leer ken, het hulle tot haar verstomming onmiddellik gekliek. Binne weke was hulle beste maats. En omdat Erna al die lekkerste ouens in die Engelse skool ken, en selfs ouens wat al uit die skool is, kon Nandi vanaand hierdie fantastiese paartie met fantastiese musiek en selfs 'n regte *live band* ook nog by haar huis hou. Die amptelike rede is haar vyftiende verjaardag op Republiekdag twee weke gelede. Die eintlike rede is om te dans en te drink en met Slab af te haak.

"Is julle reg vir die primal scream?" roep haar nuwe beste maat uit toe The Who by die laaste deel van "Won't Get Fooled Again" kom. "Een, twee, drie . . ."

Nandi wil haar stilmaak, want sy wil nie al die kinders by die paartie na hulle wegkruipplek lok nie; sy wil nie hê almal moet weet hulle het dagga gerook nie, want dan gaan iemand se ma of pa daarvan hoor en dan gaan haar eie ma en pa . . . Maar dis te laat en die ander drie is in elk geval te gerook om om te gee. Hulle wag met ingehoue asem vir die oomblik wanneer Roger Daltrey die liedjie met 'n bloedstollende uitgerekte gil afsluit, hulle monde klaar oopgesper, gereed om saam te gil.

Dan besef sy dat hulle dank die hemel nie rêrig uit volle bors skreeu nie, dis eerder so 'n onderdrukte nagemaakte soort skreeu, en sonder om verder te dink, knyp sy ook haar oë toe en maak haar mond wyd oop en voel die roekelose kreet in haar eie keel opstoot. Sy onderdruk dit, nes hulle, sy skreeu geluidloos saam met hulle. *Whaaaaaaa!*

Dit herinner haar aan 'n bekende skildery van 'n gillende vrou op 'n brug, maar sy kan nie die skilder se naam onthou nie. Sy twyfel of Erna of Slab of Kyle al ooit van hom sou gehoor het. Toe die gil oor die luidsprekers eindelik ophou, sak hulle laggend inmekaar soos ballonne wat afblaas en lê plat op die gras met hulle arms en bene ineengestrengel. Nandi begin koud kry, maar sy gee nie om nie, sy voel asof sy vir die res van haar lewe hier in die swart skaduwee van die jakaranda wil bly lê, met Slab se warm bierasem teen haar nek en Erna se lang hare wat na rook ruik oor haar bors uitgesprei. Sy weet nie mooi waar haar eie ledemate ophou en waar die ander s'n begin nie en dit maak ook nie meer saak nie.

Sy onthou 'n ander winternag hier in Pretoria toe haar oupa vir haar Eugène Marais se gedig opgesê het en haar verseker het dat Afrikaans die soetste taal op aarde is. Sy onthou die plakkate wat die betogers in Soweto vandeesweek vol woede rondgeswaai het. AFRIKAANS STINKS. TO HELL WITH AFRIKAANS. AFRIKAANS MUST BE ABOLISHED. Dit moes haar oupa se hart gebreek het om dit te sien.

"Wil iemand 'n Beechie hê?" vra Erna en grawe 'n plat pakkie kougom uit haar jeans se sak. "The thing to share."

"And since we're sharing everything else . . ." prewel Kyle, wat almal weer van voor af laat proes van die lag.

Sy kan nie nou aan haar oupa dink nie, besluit Nandi, nie aan haar oupa nie, nie aan Soweto nie, nie aan Afrikaans nie. Sy voel die aardbol onder haar lyf draai en haar gedagtes waai weg soos rook wat uit iemand se mond geblaas word. As sy haar oë toemaak, voel sy asof sy sweef, hoër en hoër, tot by die sterre. Kyk, Oupa, wil sy uitroep, ek is op pad maan toe. Jy't mos gesê meisies sal ook eendag maan toe kan gaan, het jy nie?

Sy het soveel bier gedrink dat sy dringend moet piepie, maar die toilet buite langs die garage bly beset. Al amper 'n half-uur, volgens 'n paar kinders wat voor die deur wag. En daar's meer as een mens daar binne, vermoed hulle.

"Haai, wat doen julle?" Sy kap met haar vuis teen die deur, maar kry geen reaksie nie. "Maak oop of ons breek die deur af!"

Sy verbeel haar sy hoor 'n geskuifel of 'n gegiggel, maar die musiek is so hard dat sy nie haar ore kan vertrou nie. Die groep se naam is The Ramones en hulle maak 'n heerlike nuwe soort geraas wat "punk" genoem word. Kyle het die plaat vanaand saamgebring. Die meeste van die kinders op die partytjie het dit nog nie gehoor nie, wat Nandi soos 'n trotse pionier laat voel. "Avant-garde", dis die woord wat sy soek. "Pionier" klink darem te veel soos die Voortrekkers.

"Ek scheme dis iemand wat uitgepass het," sê 'n seun wat op sy voete wieg asof hy in 'n woeste wind staan. "En ek wil 'n kat skiet. Wat nou?"

"Gaan doen dit agter 'n bos in die tuin," sê Nandi. "Dis wat ons almal sal moet doen."

"Ek wil nie 'n kat skiet nie," sê 'n blonde meisie wat be-noud op en af spring, "maar ek kan nie langer knyp nie. Ek gaan ook agter 'n bos hurk."

Die arme tuinjong, dink Nandi, wat môre in hierdie tuin moet kom werk. Sy wonder of sy hom sal kan omkoop om nie by haar ma en pa te kla nie. Sy draai om en sluip deur die donkerste deel van die tuin na 'n sydeur wat na die gastekamer lei. Sy durf dit nie waag om enigeen van haar gaste saam te nooi nie, want haar pa bewaak vanaand die huis soos die hond wat die poorte van die hel oppas. Dis die ooreenkoms wat sy met haar ouers aangegaan het: Hulle sal haar nie in die verleentheid stel deur buitentoe te kom en die kinders dop te hou asof dit 'n kleuterpartytjie is nie – stel jou voor, die vernedering! – terwyl sy sal sorg dat die minderjarige barbare uit die huis bly. En presies om middernag moet die musiek ophou sodat almal kan gaan slaap. Veral haar ma en pa wat seker al lang gape gaap.

Sy stoot die deur versigtig oop sonder om die lig in die gastekamer aan te skakel. Staan 'n oomblik op die drumpel en luister na haar ouers se stemme in die sitkamer. Verbaas oor hoe driftig haar ma klink. Hulle sal tog seker nie weer besig wees om te baklei nie? Nie vanaand nie, dink sy, nie terwyl hulle verantwoordelik moet wees vir al hierdie jong mense op hulle werf nie.

"Dis kinders, Hannes!" roep haar ma met 'n skor stem uit. "Vyftien, sestien, sewentien. So oud soos die kinders wat nou daar buite dans en wie weet wat nog alles doen!"

Nandi stap op haar tone oor die houtvloer van die kamer na die badkamer oorkant die gang. Haar ma sal haar één kyk gee en wéét dat sy heeltemal te veel gedrink het. *En wie weet wat nog alles.* Haar pa maak 'n opmerking wat sy nie kan hoor nie, want sy stem is sagter, minder ontsteld as haar ma s'n.

"Hulle het ouers soos ek en jy," sê haar ma. "Ma's en pa's wat net so bekommerd is oor hulle – en net so min kan doen om hulle te beskerm!"

Nandi staan verskrik stil toe die houtvloer hard kraak. Sy moet by 'n wasbak en 'n spieël uitkom voordat haar ouers haar sien. Sy moet haar gesig afspoel, haar hare kam, Beechies kou om haar rookasem weg te steek . . .

"Kyk hierdie foto." Dit klink of haar ma met haar plathand teen 'n koerant klap. "Kyk hierdie dooie kind – in sy skoolklere! – wat deur 'n ouer kind gedra word. Kyk, Hannes, kyk! En die meisie langs hulle – nog 'n skoolkind! – sien jy nie die verskrikking op haar gesig nie?"

Soweto, besef Nandi toe sy eindelik die veiligheid van die badkamer bereik en die deur saggies agter haar sluit. Dis waaroor haar ma so aangaan. Die onluste wat drie dae gelede in Soweto begin is deur kinders wat nie in Afrikaans wil skoolgaan nie. Karre is uitgebrand, drankwinkels geplunder, wit mense met klippe doodgegooi, swart kinders deur die polisie doodgeskiet. Sy het die koerantopskrifte gesien – *10 000 in death riot, Mob on the rampage, Death town burns* – en dit het haar so bang gemaak dat sy nie die berigte wou lees nie. Sy het ook die foto van die dooie dertienjarige kind gesien; sy kan selfs sy van onthou, omdat dit haar verbaas het. Dit klink nie soos 'n swart van nie. Dit klink Afrikaans. Pieterson.

Dan sien sy haarself in die badkamerspieël en skrik so groot dat sy skoon van Soweto vergeet. Haar hare wat sy deesdae in 'n woeste kroeskop soos Roger Daltrey s'n dra, is vol stukkies dooie gras, en daar is 'n klam donker vlek op haar T-hemp. Bier? Vodka? *Wat?* Haar gesig is sieklik wit en haar oë staan stokstyf in haar kop en haar maskara maak swart kringe onder haar oë. Wasted. Is dit wat "wasted" beteken? Sy draai die koue kraan wyd oop en spat water oor haar gesig en haar hare, drink gulsig uit haar bakhand, mors die helfte van die water op die teëlvloer, wonder of sy wil lag of huil. Haal diep asem voordat sy weer die deur versigtig ooptrek – en val amper om van skok toe sy vlak voor die deur in haar ma se gesig vaskyk.

"Ek dog ek hoor iets hier in die gang," sê haar ma met 'n besorgde frons. "Hoe gaan dit daar buite?"

"Goed, goed," antwoord sy terwyl sy haar ma se oë vermy en in die gang verby haar probeer skuur. "Almal is gelukkig."

"Nog net 'n halfuur, dan's dit middernag," waarsku haar ma.

"Ek weeeet, Maaa."

"Nandi." Haar ma se stem word skielik skerper. "Kyk na my as ek met jou praat."

Nandi sug oordrewe en draai terug na haar ma, wat haar nou baie agterdogtig bo-oor haar leesbril bestudeer. Sy dra 'n lang kaftanrige affêre met rooi en wit strepe, iets tussen 'n nagrok en 'n dagrok, wat haar soos 'n buis tandepasta laat lyk. Nandi klap haar hand oor haar mond en pers haar lippe op mekaar om nie te begin giggel nie. Haar ma buig effens vooroor en snuif aan haar hare.

"Moenie vir my sê jy't gerook nie, Nandi."

Sy proeslag en skud haar kop. Nee, Ma, ek sal dit nie vir jou sê nie, ek sal vir jou lieg. Jy vra mos daarvoor.

"Daar's 'n paar groter ouens wat in die garage rook, Ma, en ons kan nie die deur oopmaak nie, dan kla die bure oor die geraas, so, ons ruik almal of ons gestook het."

Snaaks, sy het altyd gemeen haar ma trek op haar ouma, met haar krullerige blonde hare en sagte blou oë en blosende pienk wange, net langer en skraler. Maar nou, met hierdie teleurgestelde uitdrukking en die leesbril wat tot op die punt van haar neus afgesak het, sien sy die eerste keer die ooreenkoms met haar oupa raak. Intussen het haar pa in sy lelike donkerblou nylon-sweetpak en grillerige wit tekkies uit die sitkamer nader gestap. Dit ook nog. Besorgde frons op die voorkop. Sy lig haar ken, steeds effens onvas op haar voete, en kyk 'n oomblik uitdagend in haar ouers se oë.

"Kan ek nou maar gaan, of wil julle my martel vir meer inligting?"

Iets soos skok flits oor haar ma se gesig, skok en afkeuring en dalk self walging.

"Onthou, om middernag word die musiek afgesit," waarsku haar pa.

"Jaaa, Paaa."

Sy swaai om en vlug deur die gastekamer buitentoe, vlug van die afkeer in haar ma se oë, vlug van die ontsteltenis wat sy agter haar rug in haar ma se stem hoor. "Skaars 'n uur van hier af lyk dit soos 'n oorlogsone. En hier op ons werf hou die wit kinders jolyt."

"Dis *kinders*, Colette," kap haar pa terug. Vir die eerste keer klink hy ook ontstig. "Hulle weet nie van beter nie."

Buite in die tuin staan Nandi 'n oomblik stil en luister na die musiek. Iemand het die plaat omgeruil. Dis nie meer die Ramones nie, dis Led Zeppelin. *Hulle weet nie van beter nie.* Sy het minder as 'n halfuur oor om haar sin met Slab te kry. Dis nou as een van die ander meisies hom nie intussen beetgekry het nie. *En hier op ons werf hou die wit kinders jolyt.*

Tien minute later staan sy in Slab se arms en wieg op die dansvloer, terwyl hy vir haar 'n uitgerekte tongsoen gee. Maar elke keer as sy haar oë toemaak, soos jy veronderstel is om te maak as 'n ou jou soen, sien sy die foto van die dooie dertienjarige kind, sy grys kortbroek, sy maer bene, sy een skoen wat weg is, dood, dood, dood. Al raad is om haar oë oop te hou, maar dit beteken dat sy na 'n puisie op Slab se voorkop moet staar, wat dit onmoontlik maak om die soen te geniet.

"Hei, wat's verkeerd?" vra hy toe sy haar gesig wegdraai en teen sy bors druk.

"Sorry, I'm wasted," mompel sy.

"Love means never having to say you're sorry," sê hy met 'n nagemaakte gepynigde uitdrukking soos Ryan O'Neal in *Love Story*, wat haar weer van nuuts af aan die giggel kry.

Te hel met Afrikaans, besluit sy. Te hel met haar oupa en Eugène Marais, te hel met haar ma en Elisabeth Eybers, te hel met haar pa en B.J. Vorster en haar oom Ouboet in die parlement en die hele blerrie Nasionale Party wie se beleid haar pa in die buiteland moet verdedig, te hel met hulle almal. Hier op ons werf hou die wit kinders jolyt.

# TRANE

'N Week gelede het sy gedog sy's gelukkig. Nou voel dit of sy nooit in haar lewe weer sal lag nie.

En tog weet sy dis nie waar nie. Sy is vanoggend terug skool toe, vir die eerste keer in amper 'n week, en sy het haarself verstom deur 'n paar keer te glimlag en een keer selfs te giggel. Tydens kortpouse, buite teen die agterste muur van die kleedkamers, het Erna haar vertel presies wat sy dink van juffrou Burger se idee dat al die meisies in die skool moet saamspan om Afrikaans te bevorder. *Kom nou, julle asters, kom ons dink wat ons kan doen om ons taal bák te maak.* Dis hoe hulle Afrikaansonderwyseres praat, asof sy Staal Burger se suster oor die radio wil speel. *Juffrou Burger en die douwe doedies,* so spot die skoolmeisies agter haar rug. *Juffrou Burger en die jillende jagters. Juffrou Burger en die skurwe skurke.* Erna het 'n anonieme voorstel op 'n stukkie papier neergeskryf, soos almal gevra is om te doen: *Kom ons kots almal saam elke keer as juffrou Burger woorde soos "asters" en "bak" gebruik omdat sy dink dit laat Afrikaans beter klink.* Dit het Nandi onverwags laat giggel.

Maar toe klap sy haar hand voor haar mond en knip haar oë vinnig om die trane te keer.

Wat sal haar oupa Willie van juffrou Burger se idee dink? het sy gewonder. Haar oupa en ouma het 'n paar dae gelede Pretoria toe gevlieg om haar ma by te staan. Hulle gaan glo bly "tot Mamma beter voel", volgens Ouma. As Nandi so na haar ma kyk, sal haar ouma en oupa die res van hulle lewe in Pretoria moet deurbring. Haar ma weeklaag nie soos ander vroue wanneer hulle mans onverwags dood neerslaan nie. Sy snik nie, sy kerm nie, sy stort nie eens stil trane nie, nie sover Nandi kan agterkom nie, want haar oë is nooit rooi of opgeswel nie. Al wat sy doen, is slaap. Sy lê die hele dag lank in 'n soort koma in haar kamer. Selfs wanneer sy wakker is, wanneer sy saam met die familie aan tafel sit, lyk sy soos 'n slaapwandelaar. Haar oë starend en dof, haar lyf saam met hulle, maar haar gees iewers anders, die hel alleen weet waar. Ouma sê die dokter het vir haar "pilletjies" voorgeskryf om haar kalm te hou. Maar dis nie kalmte nie, dink Nandi opstandig, dis totale afwesigheid.

Haar ma tree op soos 'n junkie – waarvan Nandi teen hierdie tyd meer weet as wat sy sou wou. Haar vriend Slab het toe nie vanjaar army toe gegaan nie, hy het in 'n inrigting vir dwelmverslaafdes beland. Die laaste keer toe Nandi hom gesien het, het sy besluit die weermag sou miskien tog 'n beter opsie gewees het. Enigiets sou beter wees as daardie leegheid in sy oë.

"Kan ek nie vir Nandi 'n lekker koppie tee bring nie?" Sina se besorgde stem trek haar terug na die taak wat sy vanmiddag ná skool aangepak het. "Dit sal help."

"Waarmee?" wonder Nandi hardop. Sy sit op die vloer in haar pa se studeerkamer, omring deur 'n halwe eeu se opgegaarde papier wat sy moet "rangskik". Kartondose vol papier, lêers vol dokumente, sertifikate, briewe, koerantknipsels, rakke vol akademiese boeke en vaktydskrifte wat weggegee, weggegooi of weggebêre moet word. As sy net kyk na die berge papier, word haar bene so lam dat sy nie kan opstaan nie. Haar hande lê nou al minute lank nutteloos in haar skoot.

"Tee help vir alles," verseker Sina haar. Jy kan hoor sy het amper haar hele lewe onder ouma Lizzie se dak deurgebring. Ouma Lizzie met haar Engelse geloof in die genade van tee. Sina hou haar met gevoude arms dop, haar swart kopdoek laag oor haar voorkop afgetrek. Vandat sy 'n paar dae gelede in Pretoria aangekom het, het sy haar geliefde blombont kopdoeke vir hierdie sober swarte verruil. Respek vir die dood, noem sy dit. Maar die stukkie van die rok wat onder haar wit "uniform-oorjas" uitsteek, is skokpienk en skelgeel.

Alles het perke, besef Nandi, selfs respek vir die dood.

"En verder kan ek ook help," sê Sina. "Kyk net hoe dik lê die stof op daai rak wat jy leeggemaak het. Lyk nie of daai Bantoebediende van julle al ooit van 'n stoflap gehoor het nie."

"My pa het nie eintlik vir Beauty toegelaat om hier skoon te maak nie," verduidelik Nandi. "Dit was sy heiligdom, die een plek in die huis waar hy van ons vroumense kon wegkom, dis wat hy altyd gesê het."

"En nou moet die vroumense tog maar agter hom opruim. Tipies, nè." Sina sug en stap kombuis toe om te gaan tee maak.

Dit klink amper asof Sina haar pa kwalik neem dat hy so onbedagsaam was om dood te gaan. Nandi kyk haar agterna en wonder of sy self nie ook heimlik vies is vir haar pa nie. Om darem so sonder 'n woord van waarskuwing te verdwyn. Sy weet nie mooi wat haar besiel het om skaars drie dae ná sy begrafnis sy studeerkamer te probeer opruim nie. Dalk net omdat sy iets moet doen om haar besig te hou as sy nie heeltyd wil huil nie. Seker ook omdat sy haar ma op die een of ander manier wil help. Omdat haar ma se brein te beneweld is om te onthou waar haar pa sommige van sy belangrike dokumente soos lewensversekering en bankstate gebêre het. Omdat haar pa so heilig was oor sy studeerkamer dat sy nie ander familielede soos haar ooms of tantes wou toelaat om hier te kom rondsnuffel nie. Omdat, omdat, omdat.

Miskien meer as enigiets anders omdat dit die enigste manier is wat oorbly om van haar pa afskeid te neem. Omdat daar nie tyd was vir afskeid nie. Omdat alles te vinnig gebeur het.

Toe sy laas Maandagaand gaan slaap, ná 'n lui langnaweek wat sy langs die swembad omgelê het om aan haar *tan* vir die komende somer te werk, het haar pa nog springlewendig in sy studeerkamer sit en rook. 'n Uur of wat later het sy wakker geskrik van haar ma se beangste uitroepe. Toe sy in haar ouers se slaapkamer kom, het haar pa se lewelose lyf uitgestrek op die vloer gelê. Massiewe hartaanval. Dis wat die dokter dit genoem het. Teen die tyd dat die ambulans opgedaag het, was daar geen hoop meer nie. Vir haar sal 10 Oktober nooit weer 'n openbare vakansiedag wees om Paul Kruger se geboorte te gedenk nie. Dit sal 'n dag wees waarop sy heeldag tyd gegun word om na haar pa te verlang. Meer as op al die ander dae.

Die studeerkamer ruik na Sina wat die afgelope drie nagte hier moes slaap. Dis 'n gerusstellende en tog ook 'n vreemde geur, 'n mengsel van Palmolive seep en varsgebakte brood en geskroeide hare. Die skroeireuk kom van die produk wat Sina gebruik om haar hare onder die kopdoek gladder en sagter te probeer kry. En iewers onder hierdie gemengde geure kan sy steeds iets van haar pa ruik, sy naskeermiddel of sy sigaretrook of iets anders wat sy nie kan beskryf nie. Dalk is dit hoe verlange ruik.

Dis Ouma wat gesê het Sina kan nie saam met "Beauty die Bantoebediende" in die buitekamer slaap nie. "Hulle hou nie van mekaar nie."

"Ken hulle mekaar dan?" het Nandi verbaas gevra.

"Nee," het Ouma geantwoord, "Bantoes en Kleurlinge hou nie van mekaar nie, almal weet dit tog."

"Nou maar gee vir haar 'n bed in die huis," het oom Kleinboet ongeduldig opgemerk.

"Maar jy kan mos sien hoe vol is die huis met ons almal!" het Ouma uitgeroep.

Toe stel oom Kleinboet die divan in die studeerkamer voor. Waar haar pa tot laas week taamlik gereeld geslaap het as haar ma vies was vir hom. Maar dit weet die res van die familie seker nie.

Oom Kleinboet is ook die een wat aangedring het dat Sina moet saamkom Pretoria toe. "Sy's al meer as dertig jaar lank deel van hierdie familie. Ons kan haar tog nie alleen in die Kaap los terwyl ons almal begrafnis toe gaan nie? Sy kan saam met my en Elena ry, daar's oorgenoeg plek in die kar."

195

Die afgelope naweek het Sina dus vir die eerste keer in haar lewe die Voortrekkermonument en die Uniegebou gesien – en al was dit nou op 'n afstand, deur oom Kleinboet se ou Mercedes se vuil ruit, was Sina besonder beïndruk. Sy het nog nooit voorheen die Kaapprovinsie verlaat nie, het sy gister teenoor Nandi gebieg, met 'n onmiskenbare opgewonde toon in haar stem. Wat sy dadelik probeer onder-druk het toe sy onthou dat sy hierdie besoek te danke het aan Nandi se pa se dood.

En aan oom Kleinboet, natuurlik, want as dit van oom Ouboet afgehang het, sou sy nie saamgekom nie. En beslis nie op 'n divan in die huis geslaap nie.

"Ek wil nou nie verkramp klink nie," het oom Ouboet met 'n kuggie gesê, "maar ek dink nie . . ."

"Jy ís verkramp," het tannie Elena hom kortgeknip. "Hoe anders wil jy nou klink?"

Hy het haar 'n gebelgde kyk gegee en tannie Elsa het iets gemompel van "uitlanders wat vir ons wil kom vertel" en Ouma het met fladderende vlinderhande begin soebat dat hulle asseblief tog net nie hierdie naweek moet baklei nie. "Uit respek vir die dood," het Ouma gesmeek.

"Of as respek te veel gevra is," het Oupa met 'n sug gesê, "dink aan julle kleinsus se lyding."

Intussen het die "kleinsus" met dowwe oë voor haar uitgestaar en geen teken getoon dat sy enigiets hoor van wat enigiemand kwytraak nie.

Wat 'n opgefokte familie, het Nandi besluit en na die jakarandaboom agter die garage gevlug om 'n skelm sigaret te gaan rook. Die grond onder die boom was bestrooi met pers bloeisels, soos elke jaar in Oktober, wat haar soos elke jaar aan Leipoldt se "mooiste, mooiste maand" laat dink het. Nog 'n Afrikaanse gedig wat haar oupa die eerste keer vir haar voorgedra het.

Maar daar is net mooi niks mooi aan hierdie Oktober in 1977 nie, bespiegel Nandi nadat Sina vir haar 'n beker tee na die studeerkamer gebring het, saam met 'n vet sny melktert wat oorgebly het van die begrafniskos. Met al die kos wat oorgebly het, kon hulle 'n paar gesinne in Soweto van hongersnood gered het. Sy vat 'n skuldige hap van die melktert. Van Soweto laas jaar begin brand het, kan niemand meer maak asof hulle nie weet wat aangaan in die land nie. Nie haar oom Ouboet in die Parlement nie, nie haar pa wat vir Buitelandse Sake werk nie . . .

Haar pa is dood, onthou sy weer met 'n narigheid in haar maag wat haar laaste bietjie lus vir die melktert laat verdwyn. Sy stoot die piering weg en blaai deur 'n lêer met ou briewe van onbekende mense wat haar pa bewaar het. Die hel alleen weet waarom.

Ná Soweto weet selfs skoolkinders soos sy dat alles nie pluis is nie. En tog weet hulle ook nie rêrig wat aangaan nie. Hoe kán hulle, vra oom Kleinboet kopskuddend, as die koerante en die radio en die nuwe SAUK-TV hulle aanmekaar brein-spoel met stories oor terroriste en Kommuniste? En elke keer as sy een van die oorsese tydskrifte lees wat Pappa soms van die werk af huis toe gebring het, dink sy weer aan oom Kleinboet se woorde. Soos laas maand se *Time* – die uitgawe wat sy pas in 'n boks gepak het om weggegee te word – waar-in sy van Steve Bantu Biko se dood en begrafnis gelees het: *The birth of a black martyr.* En van Jimmy Kruger, Minister van Polisie en vriend van oom Ouboet, wat gesê het Biko se dood laat hom koud. Sy wonder wat haar pa van Biko se dood gedink het – so kort voor sy eie dood, hoewel hy dit natuurlik nie kon raai nie – en van die derduisende mense wat die begrafnis bygewoon het. By haar pa se begrafnis was daar darem meer as honderd mense – maar behalwe Sina was omtrent almal wit. Sy wonder hoeveel wit gesigte daar in die skare by Biko se begrafnis was.

"Wat weet jy van Steve Bantu Biko, Sina?" vra Nandi kam-ma ongeërg terwyl sy 'n volgende lêer optel.

"Issit nie die klong wat nou die dag in die tronk dood is

nie?" Sina staan met haar rug na Nandi voor die boekrak, fluks besig om af te stof.

"Dis hy, ja, maar ek bedoel . . . het jy geweet van hom vóór hy dood is? Hulle sê hy was 'n belangrike man."

"Wie's *hulle*?" Sina snork verontwaardig. "Klink vir my of hy 'n opstoker was."

"Hoekom sê jy so?"

"Kyk nou maar net hoe die Bantoekinners deesdae aangaan, willie meer skoolgaan nie, wil net in die straat dans en slogans skrou." Sina het weggedraai van die boekrak, bekyk Nandi nou met haar hande op haar heupe en 'n kwaai frons onder die swart kopdoek. "Hoe gaat hierie gedans en geskrou hulle help om eendag 'n ordintlike jop te kry? As hulle nie kan lees en skryf nie, gaat hulle mos almal *bediendes* word!"

"Wel, as ek 'n swart kind was . . ." mompel Nandi, verleë oor die minagting waarmee Sina die woord "bediendes" uitspoeg.

"En nou't onse Kleurlingkinners in die Kaap ook aangesteek. G'n respekte meer vir grootmense nie, dis net staak, staak, staak. Kolletjie is mos 'n teacher, sy vertel my wat aangaan."

"Maar is die meeste van die onderwysers dan nie aan die kinders se kant nie?"

Nog 'n verontwaardigde snork van Sina. "Hulle beter wees, anders steek die kinners hulle aan die brand."

"Is dit wat Kolletjie sê?" vra Nandi geskok.

Sina skud haar kop so driftig dat die doek tot oor haar wenkbroue afsak. "Kolletjie sê as sy nou 'n kind was, het sy voor in die koor gedans. Dank die Liewe Jirretjie tog sy't klaar haar geleerdheid gekry. Maar geleerdheid gat haar niks help as hulle haar in die tronk wil gooi nie. Daai Biko-klong was dan 'n dokter gewees."

Sina se grootste prestasie in die lewe – met die hulp van die Jirre en die Cronjés, voeg sy altyd pligsgetrou by – is dat sy vir haar slim dogter die geleerdheid kon gee wat sy nie self kon kry nie. Oupa het vir Kolletjie 'n spaarrekening oopgemaak toe sy nog 'n klein dogtertjie in hulle huis was en deur die jare het haar ma en oom Kleinboet gereeld 'n bydrae gemaak. Selfs oom Ouboet het bygedra tot hy gehoor het die geld is bestem om die bediende se kind universiteit toe te stuur. "Ek wil nou nie verkramp klink nie," het hy soos gewoonlik gesê, "maar kan die geld nie beter gebruik word nie?"

Dit was die begin van nog 'n langdurige meningsverskil tussen oom Ouboet en die res van die familie.

"Ek sê vir haar sy't niks met Black Powder uit te waai nie, sy't 'n Italjaanse pa, onthou, sy's halfwit! Maar sy sê in hierie land is jy of helemal wit of jy's swart."

"'n Italiaanse pa? Hoekom het niemand my ooit hiervan vertel nie?"

Sina kyk verleë by die venster uit terwyl sy haar kopdoek stywer vasbind. "Jou ouma-goed weetie. Hulle't nooit gevra nie."

"Maar Kolletjie weet darem seker?" Sina knik met haar lippe styf op mekaar gepers, blykbaar bang om enigiets verder te sê. "En die pa? Weet hy van haar? Waar't julle mekaar ontmoet, Sina? Sjoe, dis alles vreeslik . . ." Sy wou sê romanties – 'n verhaal van verbode liefde – maar die bitter trek om Sina se mond keer haar. "*Sad*, nè."

"So is die lewe vir een pond sewe." Sina sug en kyk ernstig na Nandi. "Jou ouma-goed hoefie te weetie. Dit sal hulle net onnodig ontstel. Verstaan ons mekaar, Nandi? Nou toe, genoeg geklets vir een dag, lat ek liewers loop hoor of ek nie iets vir jou ma kan doen nie."

"Niemand kan iets vir my ma doen nie," mompel Nandi, maar Sina is klaar halfpad by die vertrek uit.

Sy tel 'n stapel van haar pa se notas uit sy studentedae op en laat val dit met 'n dowwe plofgeluid in 'n boks om weggegooi te word. Sy sou graag al sy geskrewe woorde wou bewaar – wat anders het sy nou eintlik om te bewaar van hom? – maar hierdie skryfsels kan tog nie werklik as sy woorde beskou word nie. Frases uit lank vergete handboeke, opmerkings van dosente wat seker ook al almal dood is, niks persoonliks nie, nie eens 'n verveelde gekrabbel in die kantlyn nie. Haar pa moes 'n irriterend voorbeeldige student gewees het, besef sy. Nie die soort ou op wie meisies soos sy of Erna ooit verlief sou raak nie.

Maar sy het darem sestien jaar kans gekry om haar pa te leer ken. Anders as arme ou Kolletjie.

Omtrent 'n uur later kom sy eindelik af op 'n lêer wat haar nuuskierigheid prikkel. *Briewe van Colette,* staan bo-op geskryf, in haar pa se pynlik netjiese handskrif, in skerp kontras met haar ma se groot krullerige, effens slordige skrif op die dun velletjies papier binne-in die lêer.

Sy weet sy het nie die reg om dit te lees nie, maar wie sal nou so 'n versoeking kan weerstaan?

Die oudste briewe begin omtrent twintig jaar gelede, toe haar ma nog in Suid-Afrika was en haar pa reeds in Londen gewerk het. Nie love letters nie, net doodgewone vriendskaplike briewe wat haar so gou begin verveel dat sy vinnig omblaai, net hier en daar 'n frase raaklees. Dan is daar 'n klomp wat haar ma geskryf het terwyl sy verloof was en vir oulaas op haar eie in Europa rondgereis het. Hierin is die toon ietwat warmer – *My liefste, liefste Hannes,* só begin die meeste, en 'n paar eindig met *Jou liefste klein dingetjie, Colette* – maar Nandi vind steeds g'n teken van enige passie nie. Sy het nog nooit aan haar ma gedink as 'n liefste klein dingetjie nie. Dis 'n vreemde gedagte dat haar pa dit eens op 'n tyd moes gedoen het.

Sy wonder waarom die briewe haar so verskriklik teleurgesteld laat voel. Sy weet tog al van kleins af dat haar ouers gereeld baklei en dikwels in aparte beddens slaap. Maar sy het nog altyd gehoop dis dalk juis 'n bewys van passie eerder as 'n totale gebrek daaraan.

Die laaste paar briewe kom uit die laaste paar jaar – die enkele kere dat haar ouers lank genoeg weg van mekaar was om 'n brief te regverdig – en hierin makeer selfs die skaars troetelwoordjies van vroeër. So onpersoonlik soos inkopielyste, so klink dit vir Nandi.

Sy laat sak die lêer op haar skoot en staar misnoeg daarna. Heel onder lê 'n bruin koevert wat sy half ingedagte oopskeur. Sy haal 'n boekie met 'n swart kartonomslag uit, 'n soort dagboek, lyk dit vir haar, steeds haar ma se skrif. Maar waarom sou haar pa 'n ou dagboek van haar ma in 'n bruin koevert wegsteek? Miskien wou haar ma daarvan ontslae raak, bespiegel sy terwyl sy na 'n paar van die datums kyk. *Lissabon, Donderdag 4 Augustus. Sintra, Sondagoggend 7 Augustus. Coimbra, Donderdag 11 Augustus.* Miskien het haar pa sonder haar ma se wete besluit om dit te "red" omdat hy geglo het dat sy dit eendag weer sou wou lees?

Dan spring die woord "minnaar" onverwags tussen die ander woorde uit, *minnaar-moordenaar,* soos 'n straal yskoue water spat dit in haar gesig, en sy lees die res van die paragraaf met 'n hart wat wild bons in haar borskas.

*Die vorige Colette, die voorbeeldige benoude wat-sal-Mammie-sê-dogter, die ek-is-my-Deddie-se-oogappel, daardie ou betroubare en troubare Colette is saggies en sonder struweling doodgesoen deur hierdie minnaar-moordenaar met bloed op sy hande. Nie net die rooi van bloed nie, maar stukkies blou van water, silwer van sterre . . . al die kleure op aarde en in die hemel en onder die see kleef aan sy palms vas. Soveel pigmente van soveel jare se verf wat onder sy vel ingedring het dat die binnekante van sy hande die mooiste azulejos in Portugal geword het.*

Haar maag het op 'n knop getrek en sy sukkel om genoeg lug in haar longe te kry. Sy weet nie of dit skok of opgewondenheid of miskien heeltemal 'n ander emosie is nie, sy weet net hierdie boekie met die swart kartonomslag is 'n sleutel tot 'n kamer waarin sy nog nooit was nie. Daarom blaai sy terug na die eerste bladsy en begin alles van voor af lees.

*Kleure! Was daar altyd soveel kleure in die wêreld, dat ek dit voorheen net nie raakgesien het nie, of is hierdie stad meer kleurvol*

201

*as ander stede? Waarom voel ek soos 'n bysiende wat vir die eerste keer 'n bril present gekry het?*

Toe sy 'n halfuur later by die laaste bladsy kom, weet sy dat sy haarself toegesluit het in 'n kamer waaruit sy nooit weer sal kan ontsnap nie.

*Môre word ek mevrou Niemand. Nog nooit het my toekomstige van vir my so dreigend profeties geklink nie. Al wat my nou nog te doen staan, is om hierdie reisjoernaal op te skeur, tot as te verbrand, en die as oor my kop te strooi. Môre begin die volgende lewe van Colette. Ek wens dit kon anders wees, my beminde.*

Verdwaas druk sy die reisjoernaal onder haar T-hemp in om dit in haar kamer te gaan wegsteek. Haar ma hoef nie te weet sy weet nie. Nie nou al nie. Haar ma hoef nie te weet haar pa het al die jare geweet nie. Of het hy nie? Dis seker moontlik dat hy nie tot by die laaste bladsy gelees het nie. Dis moontlik dat hy van sy vrou se skelm voor-huwelikse verhouding geweet het, so probeer Nandi haarself nou oortuig, maar nooit besef het wat die verhouding opgelewer het nie.

Anders kon hy tog nie so lief gewees het vir háár nie?

Sy vlug blindelings na die veiligheid van haar eie kamer. Behalwe dat haar kamer skielik nie meer veilig voel nie. Niks voel meer veilig nie.

*Waar was jy toe jy agtergekom het jou pa is nie jou pa nie?*

Dis nie 'n vraag wat sy ooit gedroom het sy sou eendag moes beantwoord nie. En tog is dit belangriker as al die ander waar-was-jy-vrae wat mense alewig vir mekaar vra. Dis nie 'n vraag wat die groot wêreld daar buite gaan verander nie. Maar vir haar, Nandi Niemand, beteken dit die einde van die wêreld soos sy dit geken het.

# LEUENS

Stil soos 'n spook sweef sy deur die tuin. Dis 'n koelerige lentenag, lank ná middernag, en die huis lê doodstil en donker voor haar. Al die ligte is afgeskakel, net nog 'n straatlig wat deur die takke van 'n jakaranda skyn en die maanlig wat deur watterige wolke verdof word. Maar sy ken die pad na haar kamervenster so goed dat sy dit met toe oë kan vind, sluipend in die skaduwee van die kamferfoelieheining wat hulle tuin van die bure s'n skei. Agter die heining blaf die bure se onnosele basterbrak. Sy wag 'n paar oomblikke onge-duldig tot hy haar reuk herken en bedaar.

Almal het deesdae honde. Haar ma wil ook een kry om die huis op te pas, noudat haar pa nie meer hier is nie, nou-dat hulle nooit weer in 'n ander land hoef te gaan woon nie. 'n Hond is nie 'n slegte idee nie, meen Nandi, in elk geval beter as haar ma se plan om al die vensters in die huis met diefwering toe te rus. Tralies voor haar kamervenster sal beslis die einde van haar skelm nagtelike uitstappies be-teken. Dan liewers 'n blaffende hond.

Hoewel die vorige bure se hond net vir swart mense geblaf het. Sy onthou die vier blonde seuns, veral die middelste ene wat haar maat was, met 'n onverwagse intense verlange. Of dalk net dronkverdriet. Waarom sou sy nou skielik na hierdie Ariese bure en hulle rassistiese hond verlang? Sy onthou hoe ontstoke haar ma 'n klompie jare gelede was toe sy gehoor het dat die Kaapstadse Dierebeskermingsvereniging net wit mense se honde aanvaar, maak nie saak watter kleur die honde is nie. En hoe haar pa probeer teenstribbel het. Dis nie sy skuld nie, hy doen net sy plig. Haar "pa". Haar oë skiet onmiddellik vol trane. Sy het seker maar soos gewoonlik te veel gedrink en gerook en ge-alles.

Vanaand was sy en Erna boonop ontsteld oor die gemors by die skool en oor hulle roekelose held Keith Moon se dood. The Who sal altyd vir hulle 'n spesiale groep bly, het hulle mekaar plegtig belowe, al word hulle eendag horingoud met tien kleinkinders en twintig agterkleinkinders. En om die belofte te verseël, het hulle die bloedstollende gil aan die einde van "Won't Get Fooled Again" hartstogteliker as ooit voorheen uitgegil.

Sy draf die laaste paar tree oor die grasperk, buk af langs die pers bougainvillea om haar tekkies en sokkies uit te trek, stoot die staalraamvenster versigtig van buite af oop en swaai haar een been tot op die vensterbank. Haar swart noupypjeans span so styf om haar boude en dye dat sy sukkel om haar bene so hoog te lig. Haar T-hemp is ook swart, soos altyd as sy snags by die huis uitsluip, soos inbrekers en ander skelms in flieks dra as hulle nie raakgesien wil word nie. Al wat kort, dink sy toe sy haar lyf ophys en deur die smal vensteropening skuur, is 'n swart balaklawa om haar gesig weg te steek, dan sou sy wragtag soos 'n misdadiger gevoel het. Maar nie skuldig nie. Nee, sy weier om skuldig te voel. As haar ma haar vir die res van haar lewe wil hok omdat sy uit haar verkrampte meisieskool geskors is, sal sy haar vir die res van haar lewe soos 'n misdadiger gedra. En fok die res.

In die stikdonker kamer skuifel sy voel-voel oor die houtvloer in die rigting van haar bed. Die volgende oomblik word die bedlamp aangeskakel en sy staan verstar en verblind soos 'n haas wat deur 'n kar se kopligte vasgevang is.

"Dis tyd dat ons gesels," hoor sy haar ma sê.

Haar stem klink nie kwaai nie, net koud en moeg. Dis seker hoe 'n dooie se stem moet klink. Nandi skreef haar oë tot sy haar ma op die bed sien sit, in haar oorlede man se ou geruite kamerjas wat sy deesdae aanmekaar dra, soms selfs helder oordag. Haar blonde hare hang pap langs haar gesig, so leweloos soos haar stem.

"Ek sê niks sonder my prokureur nie," skerm Nandi asof sy in 'n fliek speel. 'n Patetiese poging om die situasie te ontlont, besef sy onmiddellik, want haar ma toon geen reaksie nie. Staar net stip na haar met donker kringe en swaar sakke onder haar oë. Wanneer het haar ma so óúd geword?

"Dis halfdrie, Nandi. Ek sit al van tienuur af hier. Waar was jy die laaste paar uur?"

"By 'n pel."

"By Erna?"

Sy antwoord liewers nie, want haar ma het haar 'n ruk gelede verbied om vir Erna buite skoolure te sien, 'n wanhopige laaste poging om haar onder Erna se "slegte invloed" uit te kry. Die ironie is dat Nandi die een is wat vandeesweek geskors is, nie Erna nie. As Erna ooit 'n slegte invloed was, is die rolle lánkal omgeruil. Maar dit wil haar ma natuurlik nie erken nie.

"Wat het julle daar gedoen?"

"Alles wat ek nie hier kan doen nie," antwoord Nandi stug. "Drink en rook en harde musiek luister."

Haar ma staan op, moeisaam soos 'n stokou vrou, stap tot voor Nandi, kyk diep teleurgesteld na haar en klap haar skielik deur die gesig. Nandi steier terug, weens die skok eerder as die geweld van die klap. Haar ma het nog nooit voorheen 'n hand teen haar gelig nie. Dalk het sy as kleuter 'n paar houe op die boud gekry, maar niks wat sy kan onthou nie. Haar oë brand van die trane, van verontwaardiging en van vernedering, maar sy weier, weier, weier om te huil.

"Wat gaan ááan met jou, Nandi? Die Here hoor my, jy was nooit 'n maklike kind nie, maar die laaste jaar het jy heeltemal onmoontlik geraak! Dis asof jy alles in jou vermoë gedoen het om uit die skool geskors te word, en ná wie weet hoeveel waarskuwings het dit toe eindelik hierdie week gebeur, en ek het gehoop – ek was dom genoeg om te hoop! – dat dit jou sou laat besef jy moet jou regruk. Dat ons vanaand, noudat ons albei oor die ergste skok is, 'n gesprek sou kon hê oor wat jy met jou lewe wil doen. En toe ek aan jou deur kom klop, is dit gesluit, g'n reaksie as ek roep nie. Eers gedog jy sulk net weer, tot ek eindelik onraad begin vermoed het en die deur met 'n spaarsleutel oopgesluit het."

Sy laat haar ma se woorde soos water oor haar spoel terwyl sy na haar eie harde asemhaling luister, terwyl sy teen die trane baklei en op haar lip byt om nie histeries te begin skreeu nie.

"Toe besef ek die skorsing het jou nie tot jou sinne geruk nie, ook nie die feit dat ek jou vir drie weke gehok het nie, dit beteken alles net mooi niks vir jou nie! Jy foeter net eenvoudig voort soos voorheen. Klim soos 'n misdadiger deur 'n venster om wie weet waar te gaan rondlê. Om dagga te rook en jou dronk te drink!"

Haar ma se ontstelde gesig is so naby hare dat sy haar kop wegdraai, nie om haar drankasem weg te steek nie, dis heeltemal te laat daarvoor, net om nie haar ma se suur nagasem te ruik nie. Diep uit haar maag voel sy steeds 'n gil opstoot, onkeerbaar soos 'n golf, maar sy onderdruk dit vir al wat sy werd is, so lank soos sy kan, want as sy nou moet gil, gaan sy soos daardie spookvrou op die brug lyk, die een in die beroemde skildery, die skilder wie se naam sy nooit kan onthou nie.

"Ek weet dis vir jou swaar dat Pappa dood is, Nandi." Haar ma se stem het skielik sagter geword, amper smekend. "Die Here weet dis vir my ook baie moeiliker as wat ek ooit gedog het. Maar dis nie 'n verskoning om jou só te gedra nie. Kan jy jou voorstel hoe teleurgesteld jou pa sou gewees het as hy jou vannag moes gesien het?"

*Munch*! Meteens spring die naam voor haar op. En terselfdertyd kan sy die gil uit haar maag nie langer keer nie. "My regte pa?" skreeu sy. "Die poephol in Portugal wat nie weet ek bestaan nie? Of die arme sot wat al die jare moes maak of hy my pa is?"

206

Nou is dit haar ma wat terugsteier asof sy geklap is. Haar knieë knak onder haar en sy sak weer op die bed neer, trek die geruite kamerjas styf oor haar bors asof sy koud kry, staar met wye oë na Nandi wat kiertsregop en woedend soos 'n wraakgodin voor haar staan en skreeu.

"Kan jy jou voorstel hoe teleurgesteld ék was toe ek agterkom jy't van my geboorte af vir my gelieg, Ma? En nog erger, dat jy vir die man met wie jy getroud was, gelieg het! En dat hy dit geweet het, en saamgelieg het omdat hy lief was vir jou! Dat my hele blerrie lewe een groot liegstorie is! Teleurgesteld is nie die woord nie, Ma. Teleurstelling is 'n simpel klein emosietjie in vergelyking met die . . . die *gemors* wat in my kop aangaan."

"Waar . . . hoe . . . waarvan praat jy, Nandi?" fluister haar ma, haar oë so wyd gerek dat niks anders van haar gesig oorbly nie, net hierdie onmoontlike groot blou oë wat Nandi se borskas benoud laat toetrek.

Maar sy gaan haar nie nou deur jammerte laat onderkry nie. Nie noudat sy oplaas begin sê het wat sy al amper 'n jaar lank nie gesê kan kry nie. *Goed begin is half gewin.* Dankie, ouma Lizzie, vir jou simpel gesegdes. Al wat sy nou kan doen, is om deur te druk, al breek dit haar ma se hart. Al breek dit haar eie blerrie hart om haar ma se hart te breek.

"Ek praat van jou 'reisjoernaal', Ma. Die een wat jy in Portugal gehou het toe jy aan Pa verloof was en met 'n ander ou rondgeneuk het. Die een wat jy toe nie oor jou hart kon kry om op te skeur en te verbrand nie."

Haar ma skud haar kop stadig, aanhoudend, woordeloos.

"Ek het dit gelees. Pa seker ook, want ek het dit tussen sy papiere gekry, maar dit was toegeplak in 'n groot bruin koevert en ek hoop nog elke enkele dag dat hy nie tot die einde gelees het nie. Dat hy soos gewoonlik te beskaaf, te ordentlik, te donners *nice* was om iemand anders se dagboek deur te lees. Alles wat ék nie is nie. Ek het dit van voor tot agter gelees."

207

Haar ma se lewelose blonde hare swaai saam met haar kop heen en weer. Heen en weer. Sy staar nikssiende voor haar uit.

"Wat anders verwag jy van my, Ma? Ek's nie *ordentlik* nie. Ek's 'n bastard, is ek nie, Ma?"

"Ek wou dit vernietig. . . maar dit het jare gelede weggeraak . . . met een van ons eerste trekke," prewel haar ma, so sag dat dit klink asof sy met haarself praat. "'n Hele boks vol ou dagboeke en briewe wat verdwyn het. Ek wonder of Pappa . . . ek wonder wat van die res . . ." Haar ma kyk op, haar hele gesig vertrek van verdriet, en steek haar arms smekend uit na Nandi.

"Dis nou te laat vir trane," sê Nandi so kil as wat sy kan, maar sy kan haar eie trane ook nie langer keer nie. "Dink Ma nie ék is die een wat meer rede het om te huil nie? Het jy die vaagste benul van wat jy aan my en aan Pa gedoen het?"

"Ek is so jammer, my skat. Ek is so lief vir jou. Ek sou dit só graag anders wou gehad het."

Nandi staan soos 'n soutpilaar met trane wat oor haar gesig stroom. Sy besef nou eers sy het steeds haar tekkies en sokkies in haar een hand. Al wat sy hoef te doen, is om twee treë vorentoe te gee. Dan kan sy langs haar ma op die bed neersak en hulle kan in mekaar se arms huil, mekaar help om hierdie verskriklike hartseer te verdryf. Maar sy weier, weier, weier om te beweeg. Laat haar ma *ly*, besluit sy. *Laat haar suffer soos sy my laat suffer het.*

"As ek dink hoe jy . . . as ek dink dat Pappa . . . ek sal myself nooit kan vergewe nie. Maar kom tog net nader dat Mamma jou kan vashou, Nandi, asseblief?"

Nandi skud haar kop verbete. "Ek kan verstaan dat alle kinders nie saam met hulle regte pa's kan grootword nie. Ek kan verstaan dat Sina haar kind alleen moes grootmaak. Maar sy't nooit vir haar kind gelieg nie, Ma. Ook nie vir enigiemand anders nie. Ek voel amper . . . *jaloers* op Kolletjie oor niemand haar ooit probeer bedrieg het nie. Sy wéét haar pa is 'n Italianer, sy wéét haar pa en ma kon nie trou nie, nie in hierdie land nie, sy wéét . . ."

"'n Italianer?" vra haar ma verwese. "Ek het nie geweet nie."

"Jy bedoel jy't nie belang gestel om te weet nie. Al julle skynheilige Cronjés, selfs oom Kleinboet wat kamtig so 'liberaal' is, julle't eenvoudig aanvaar dat Sina 'n 'voorkind' het wat sy alleen moes grootmaak. Dis mos maar hoe dit werk as jy 'n Kleurling is. Maar jy wat Colette Cronjé was, die dokter se deftige wit dogter, jy moes almal om jou belieg en bedrieg om tog net 'n wettige pa vir jou kind te kry!"

"Sou jy verkies het dat ek jou op my eie as 'n buite-egtelike kind grootmaak?" Haar ma se stem het weer 'n fluistering geword. "Jy weet nie wat jy sê nie, Nandi. Die skaamte en die skande . . . jy't geen idee nie . . . in daardie dae was dit nog erger as deesdae . . ."

"En arme Sina?" Nandi sis minagtend en vryf aanmekaar oor haar wange om van haar ongewenste trane ontslae te raak. "Sy moes maar die skande verdra want sy's nie wit nie?"

"Nandi." Haar ma se skouers hang krom, haar hande lê slap op haar skoot. Dit klink of haar moedelose sug met groot moeite iewers diep uit haar lyf opgetrek word. "Sina se omstandighede was heeltemal anders as myne. Nie net omdat sy nie wit is nie. Ek en jou pa – ek sal altyd aan hom dink as jou pa, hy't jou liefgehad soos 'n bloedpa, dit weet jy tog? – ons sou in elk geval getrou het. Ons wou kinders hê. Ek het gedoen wat ek gedink het die beste sou wees vir my én vir jou. En vir hóm ook, het ek later gedink, toe dit duidelik word dat ons nie nog kinders sou hê nie. Stel jou voor as ek jou nie . . . as ek van jou ontslae moes raak voor ons getrou het . . . dan sou nie ek óf hy ooit die vreugde van ouerskap geken het nie."

"Hou op om soos 'n blerrie boek te klink, Ma! Die vreugde van ouerskap. Wat van die gemors van kinderskap? Het jy ooit dááraan gedink?"

209

"Moenie so huil nie, my skat." Haar ma trek 'n groot ge-kreukelde sakdoek, seker ook 'n oue van haar dooie man, uit die kamerjas se sak en blaas haar neus hard en lank. "Ek kan dit nie verdra om jou so hartgebroke te sien sonder om jou te kan troos nie. Kan ek jou nie *asseblief* net 'n paar oomblikke vashou nie?"

Nandi gee 'n vinnige tree terug. Sy wens haar ma wil nie so pateties wees nie. Sy kan dit nie verdra om haar so te hoor soebat nie.

"Ek huil nie net oor ons nie, Ma. Ek huil nie net oor my en jou en Pa en die Portugees en al die onnodige liegstories nie. Ek huil ook oor Sina en Kolletjie en die Italianer en oor die hele land so opgemors is. Ek huil oor die hele wêreld vannag vir my soos 'n fokop voel. En nou is Keith Moon ook nog dood!"

Sy lig die onderkant van haar T-hemp op en vee haar snotterige neus af.

"Wie is Keith Moon?" vra haar ma verslae.

Hulle kyk lank na mekaar voordat Nandi haar kop skud. Soms voel dit vir haar of hulle so min van mekaar weet dat hulle op verskillende planete woon.

" 'n Briljante drummer," sê sy op laas met 'n skouerophaling. " 'n Ou wat net so self-destructive was soos ek blykbaar besig is om te word."

En met hierdie vernietigende voorspelling vlug Nandi uit die kamer om haar tande te gaan borsel, om weg te kom van die onbekende ou vrou met die betraande blou oë op haar bed, om te probeer vergeet van die verskriklike woede wat haar steeds van binne verteer. Sy het gedog sy sou beter voel die oomblik as hulle hieroor kon begin praat. Maar sy voel net mooi niks beter nie. Alles maak nog presies so seer soos voorheen. En sy begin vermoed dat sy dalk nooit weer beter gaan voel nie.

# BEGRAFNIS

Somerverdriet. Toe sy klein was, het die naam van die plaas waarvan haar oupa en haar ma haar vertel het, soos 'n verre sprokiesland geklink. 'n Vreemde plek wat nie werklik kan bestaan nie, wat sy nooit sal kan sien nie, soos Camelot of Neverland.

Nou verstáán sy vir die eerste keer die naam.

Dis wragtag die sadste plek op aarde om iemand op 'n snikhete somerdag te begrawe, hierdie lappie barre grond onder 'n peperboom en 'n paar bloekombome, 'n klompie vervalle wit grafstene omring deur 'n lae wit muurtjie, met die wrede son wat 'n gat dwarsdeur jou kopvel skroei en 'n groepie mense in swart klere wat temerig om 'n graf staan en sing.

"Wel, jy wou mos 'n Boerebegrafnis belewe," het sy in die kar tussen die kerk en die plaas vir Frank probeer waarsku. "Dis nie 'n vrolike besigheid nie, hoor."

"Our funerals are not really vrolik either," het Frank op die passasiersitplek opgemerk, sy donker vel blink van die sweet in die bedompige Toyota.

"Maar julle huil minstens met oorgawe. En julle sing minder vals. Hierdie spul Cronjés is te fokken uptight om enige ware emosie te wys. Die enigste een wat rêrig gehuil het in die kerk, is my tannie Elena. Sy's Grieks. I rest my case."

Dis vir haar vreemd om met haar swart vriend Afrikaans te praat, maar hier tussen haar familie in die Swartland kies haar tong oënskynlik sy eie pad. Sy probeer kort-kort 'n Engelse sin ingooi, soos jy 'n eksotiese sous oor 'n bekende bord kos sou skink, maar dan kom die woorde maar weer vanself in haar ma se taal uit. Toe maar, het Frank getroos, hy's mal daaroor as sy met soveel gevoel in Afrikaans vloek. Dit laat hom verlang na sy oupa Mafoko wat sy lewe lank op 'n wit baas se plaas gewerk het.

"Het hy in Afrikaans gevloek?" wou sy verbaas weet.

Hy't alles in Afrikaans gedoen, het Frank geantwoord, met 'n glimlag wat sweerlik vir haar nostalgies gelyk het. Die ou man was baie lief vir die taal.

"Hoekom het jy my nooit voorheen vertel nie?"

"In Cape Town I never hear you speak Afrikaans. I kind of forget you're one of them."

Oor die radio het "Sergeant Pepper's Lonely Hearts Club Band" gespeel, ter nagedagtenis aan John Lennon wat ook vandeesweek dood is. Haar ouma Lizzie het darem seker geweet wie John Lennon was – die maer kêreltjie met die lang hare en die brilletjie, sou sy hom genoem het – maar sy sou nie daarvan gehou het dat hy haar laaste bietjie aardse kollig steel nie. Selfs die dominee in die plattelandse kerk het pas na die sluipmoord verwys, waarskynlik 'n desperate poging om die jonger begrafnisgangers se belangstelling te prikkel, iets oor popsterre wat glo hulle is groter as Jesus en dan 'n les geleer word. In teenstelling met 'n ware heldin soos Elizabeth Cornelia Cronjé, Lizzie vir vriende en familie, Liesbet vir haar man, wat altyd haar beskeie deel gedoen het om die wêreld beter te maak vir haar medemens. "Imagine," soos John Lennon gesing het.

"So, as ek van die begin af met jou Afrikaans gepraat het, op daai eerste Struggle meeting waar ons ontmoet het, sou jy nie so skaamteloos met my geflirt het nie?"

*Au contraire*, het Frank met 'n grinnik gesê, dan sou hy éérs geflankeer het. "It's no big deal seducing these English Struggle chicks with their hairy armpits. They all want a black lover. A Boere-noi is a much bigger challenge."

"En toe kry jy 'n Boere-noi met hare onder die arms," het Nandi gegiggel.

Gelukkig kan haar familie nie haar harige armholtes sien nie, dink sy terwyl sy met 'n knop in haar keel kyk hoe ouma Lizzie se swaar kis stadig-stadig in die diep gat begin afsak. Sy dra 'n swart rok met sedige driekwartmoutjies, 'n tabberd uit die jare vyftig wat sy vroeër die week in 'n tweedehandse winkel uitgesnuffel het. Sy vermoed dat hierdie ongewenste harigheid vir hulle amper so 'n groot skok sou wees soos die ongewenste vriend wat sy vandag saamgebring het. Maar wat anders verwag hulle nou ook van 'n volksverraaier wat aan 'n Kommunistiese nes soos die Universiteit van Kaapstad kuns studeer. Sy weet mos hoe hulle oor haar skinder.

Sy hou haar op die agtergrond saam met Frank, in 'n kolletjie skaduwee wat deur die peperboom op die grond gegooi word eerder as in die eerste ry rondom die graf, maar sy voel nogtans hoe die giftige tannie Elsa se oë van oorkant af deur hulle boor. Oom Ouboet se oë sou seker saamgeboor het as hy nie so hard moes stry teen die trane nie. Dis darem sy ma wat begrawe word. Tannie Elsa het nooit veel ooghare vir haar skoonma gehad nie, so het Nandi al haar ma hoor opmerk, haar kamtige hartseer is blote skynheiligheid. Kyk net hoe staan sy daar met 'n snesie en vryf denkbeeldige trane van haar wange af, haar staalgrys hare in 'n beweginglose Margaret Thatcher-styl gespuit. Die Cronjés se eie Iron Lady.

"Fokkit, maar dis depressing," het Nandi opgemerk toe die stoet motors by die familiebegraafplasie op Somerverdriet stilhou.

Dis nie só erg nie, het Frank gemompel. En sy is weer eens daaraan herinner dat hulle uit verskillende wêrelde kom. Die paar township-begraafplase wat sy al gesien het, is ook nie eintlik wat jy esteties bevredigende plekke sou noem nie.

Maar hy wou tog weet waarom haar ouma juis hiér begrawe wou word.

"Sy wou nie," het Nandi met 'n bitter laggie geantwoord. "My ma sê sy't Somerverdriet gehaat. Maar my oupa se graf lê al van sy geboorte af hier vir hom en wag, tussen sy voor-

geslagte, en iewers langs die pad het my ouma blykbaar be-
sluit sy wil nie die dood alleen aandurf nie, sy wil liewers
saam met haar man ingespit word."

Ouma Lizzie het waarskynlik verwag dat haar man vóór
haar sou sterf, dat sy soos vele van haar vriendinne 'n paar
aangename jare as weduwee sou deurbring terwyl Oupa so-
lank die graf warm lê, soos hy dikwels saans die dubbelbed by
die huis warm gelê het. En toe kap sy onverwags om van 'n
beroerte. Nou moet sy stoksielalleen in hierdie laaste bed lê,
op hierdie godverlate stukkie grond, ver van haar geliefdes.
Sy sou ongetwyfeld 'n Engelse kerkhoffie met groen gras en
geel affodille en wilde rankrose verkies het. Wat sy gekry het,
is 'n plaas in Afrika. Somerverdriet.

Vir die eerste keer vandag verloor Nandi die stryd teen haar
emosie. Sy wil nie voor al hierdie skynheilige skindertonge
om die graf staan en huil nie, sy wil op haar eie oor haar ouma
treur, maar sy voel die trane onkeerbaar oor haar wange
vloei. Sy druk haar Raybans hoër op oor haar neusbrug om
haar rooi oë weg te steek en wonder of sy nie dalk net so
uptight soos die res van haar familie is nie. Om haar aandag
af te lei, om 'n antwoord op hierdie onaangename vraag te
vermy, probeer sy die ander begrafnisgangers op 'n kliniese
manier bestudeer. Asof sy, soos Frank Mafoko, bloot 'n be-
langstellende sosiologie-student is.

Haar tagtigjarige oupa laat val 'n paar roosblare op die kis
wat oplaas onder in die gat tot ruste gekom het. Nog nooit
het hy vir haar so oud en so broos gelyk nie. Sy skouers hang,
sy arms hang slap langs sy lyf, sy mond hang skeef onder sy
silwer snor. Hy's een van net twee mans hier met 'n hoed –
old habits die hard, hoor sy haar ouma sug – hoewel hy dit
nou afgehaal het uit respek vir die dood. Die geliefde swart
hoedjie hang soos 'n verlepte blom in sy linkerhand. Haar
ma en oom Kleinboet ondersteun hom aan weerskante, maar
haar ma lyk skielik asof sy self ook ondersteuning nodig
het. "Ek treur nie net oor jou ouma nie," het sy by die kerk

geprewel. "'n Begrafnis krap altyd ou rowe af. Ek het nog nie klaar getreur oor jou pa nie . . ."

Nandi het onwillekeurig gewonder watter pa sy bedoel.

Oom Kleinboet het ook oud geword. Sy Fidel Castro-baard is die laaste paar jaar meer grys as swart. Terwyl tannie Elena – wat nie wil hê Nandi moet haar tannie noem nie – geen geheim daarvan maak nie dat sy al jare lank haar hare kleur om dit so pragtig blinkswart te hou. Elena, herhaal Nandi in haar gedagtes, Elena, Elena, Elena. Maar elke keer as sy met hierdie aangetroude familielid praat, spring die tannie maar weer soos 'n padda in 'n sprokie by haar mond uit. Old habits die hard. Inderdaad, Ouma.

Vir Nandi is haar Griekse tante ongetwyfeld die mooiste vrou by die graf, so 'n sterk byna manlike gesig soos Irene Papas, tien keer mooier as tannie Elsa se twee prinsesse. Sanet, klaar getroud met 'n kind, is in haar studentedae op Stellenbosch as sjampanjenooientjie gekies, terwyl Liesl taamlik onlangs nog die Maties se karnavalkoningin was. Albei se hare is soos lady Diana Spencer s'n gesny, met so 'n lang slap blow-dried kuif, en albei dra te veel pienk blosser te hoog op hulle wange. Ouboet Willie is oënskynlik 'n geval van aardjie na sy vaartjie, nog nie dertig nie maar klaar 'n droë drol met 'n lelike seuntjie en 'n aantreklike swanger vroutjie aan weerskante van hom. Nóg 'n klein Cronjétjie op pad. Laat niemand sê hulle doen nie hulle bes om die voortbestaan van die bedreigde blanke volk te verseker nie. Die missing link is die jongste broer, Soois. Nandi onthou hom as die klein helletjie wat destyds sonder enige rede haar papierpop opgeskeur het. As hy steeds so sinloos vernielsugtig is, behoort hy goed te vaar waar hy hom nou bevind, as dienspligtige "iewers op die grens".

'n Entjie van haar en Frank in die agterste ry staan Sina en Kolletjie Valentyn styf teen mekaar, twee skraal donker figure, deel van die familie en tog ook nie. Sina dra plat skoene en 'n vormlose swart rok, vermoedelik een van haar "miesies" se oues, en 'n swart hoed wat soos 'n teemus lyk. Kolletjie vertoon heelwat deftiger in hoë hakke en 'n nuwe winkelrok, wit blommetjies op 'n swart agtergrond, en 'n wit hoed met 'n wye rand. Sy het 'n aantreklike jong vrou geword, besef Nandi, met haar ma se hoë wangbene en wye mond, en groot donker oë en gladde hare wat sy seker van haar onbekende Italiaanse pa geërf het.

Sy was nooit nuuskierig genoeg oor Sina en Kolletjie nie, verwyt sy haarself. Sy het haar so aspris blind gehou soos die res van haar familie. Maar nou het alles verander. Ná sy laas jaar eindelik haar sokkies opgetrek het (haar ma se eufemisme vir minder dagga en drank), is sy na 'n private skool sonder uniforms of simpel reëls gestuur waar sy haar matriek bo verwagting goed deurgekom het. Maar die beste van alles (vir háár, beslis nie vir haar ma nie) was dat sy te doen gekry het met leerlinge en onderwysers wat haar laaste bietjie Afrikaanse verkramptheid weggeblaas het. Soos 'n dik laag stof van 'n vergete skildery op 'n solder afgeblaas kan word om 'n verrassende kunswerk te ontbloot, dis hoe sy soms daaraan dink. Teen hierdie tyd, aan die einde van haar eerste jaar aan 'n Engelse universiteit, voel sy heeltemal losgesny van haar konserwatiewe familie. Veral hier op die platteland, onder 'n peperboom, langs 'n oop graf.

Dis haar beurt om 'n paar blomblare oor die kis te strooi, besef sy toe Sina haar saggies vorentoe stoot. Sy lig 'n hand vol roosblare uit die mandjie wat 'n pruilende plaasdogter vashou. Seker nie 'n aangename taak nie, om confetti-meisie op 'n begrafnis pleks van 'n bruilof te wees, maar die kind het die soort onvergenoegde gesig wat by die geleentheid pas. Een van die "plaas-Cronjés", soos haar ma die familie op Somerverdriet noem, net so effens neerbuigend, asof hulle nie heeltemal so beskaaf is soos die "stad-Cronjés" nie.

Sy laat val haar blomblare op die kis sonder om daarna te kyk – bang dat sy weer gaan begin huil – en tree vinnig terug om die onbekende helfte van die begrafnisgangers dop te hou. Meestal bejaardes, vriende van Ouma en Oupa wat al die pad van die stad af gekom het en nou toustaan om simpatie te betuig met die naaste familie. Die enigste bejaarde wat haar interesseer, is die enigste man behalwe haar oupa wat 'n hoed dra – maar dis heeltemal 'n ander soort hoofbedekking dié, 'n stylvolle wit Panama-hoed – saam met 'n verkreukelde wit linnepak. Hy lyk soos 'n figurant in Visconti se *Death in Venice,* toetentaal uit sy plek tussen al hierdie somber mense in swart klere op 'n plaas in Afrika. Waaragtig selfs meer uit sy plek, besluit Nandi, as die swart student en politieke aktivis langs haar. Frank Mafoko het darem nog deur middel van sy oorlede oupa 'n soort verbintenis met wit base se plase. Die karakter in die linnepak lyk asof hy van 'n ander planeet af kom.

"Ouma se broer van Australië," het haar ma by die kerk gefluister.

"Die moffie?" wou Nandi weet.

Haar ma het haar asem skerp ingetrek. "Mens sê nie so nie, Nandi!"

"Dis wat Pa hom altyd genoem het," het Nandi haar herinner. "Jou ma se moffie-broer. As julle van hom gepraat het."

"Jy was nie veronderstel om dit te hoor nie. Pappa het dit nie . . . sleg bedoel nie. Jy weet hy was nie . . ."

Sy het haar op 'n wrede manier verlustig in haar ma se verleentheid. Al wat sy eintlik wou hê, was om die frase "my homoseksuele oom" in haar ma se mond te hoor. Van haar pa dood is, word haar ma al hoe preutser, al hoe skynheiliger, al hoe meer nes die res van die familie.

"Wel, ek sal graag hierdie moffie-oom wil leer ken," het Nandi gesê, 'n bietjie harder as wat nodig was, toe sy wegstap. "Party van my beste vriende is moffies en letties."

Ná die byeenkoms om die kis is daar die onvermydelike byeenkoms om die kos. Oom Ouboet nooi al die gaste na die kerksaal op die dorp, waar "die susters van die gemeente" vir almal tee en toebroodjies berei het. Ons slag nie 'n bees soos julle nie, maak Nandi teenoor Frank verskoning, maar ons het ook 'n lang tradisie van begrafniskos wat gehandhaaf moet word. En sy wonder waarom sy vandag, vir die eerste keer vandat hulle mekaar leer ken het, so aanmekaar van "ons" en "julle" praat.

In die bedompige kerksaal gaan Sina en Kolletjie nie soos die ander gaste op die plastiekstoele sit en wag om bedien te word nie. Hulle stap na die kombuis agter in die saal en begin "die susters" help om die skinkborde vol toebroodjies rond te dra. Hierdie outomatiese gedienstigheid onthuts Nandi so dat sy vir Frank buite langs 'n sydeur los, waar hulle saam 'n sigaret staan en rook het, om self ook 'n skinkbord te gaan gryp.

"Hoekom gaan sit Nandi nie liewers nie?" vra Kolletjie.

"Hoekom gaan sit Kolletjie nie liewers nie?" vra sy, aspris. En toe Kolletjie verbaas na haar kyk, sê sy verontwaardig: "Jy's nie 'n bediende nie, Kolletjie, jy's 'n skooljuffrou."

"Ai, Nandi." Kolletjie sug. "Vir wat is jy altyd so aanmekaar kwáád vir als om jou?"

"Ek kan aan baie redes dink," antwoord sy. "Jy ook seker."

"Daar's 'n tyd en 'n plek vir als." Kolletjie se blik swaai af-keurend buitentoe, na die sydeur waar Frank na sy skoene bly staar nadat hy die sigaretstompie doodgetrap het. "Vandag is nie die dag om vies te wees of die familie vies te maak nie. Dink aan jou ouma en doen wat sy sou wou hê."

Dis lankal te laat daarvoor, wil Nandi sê, maar Kolletjie stap met klikkende hoë hakke weg om die gaste te bedien. Nandi wonder of sy die skinkbord buitentoe moet dra om vir Frank 'n toebroodjie aan te bied, maar sê nou sy lyk soos 'n wit miesies wat 'n swart werker buite langs die agterdeur voer? Terwyl sy nog besluiteloos huiwer, word sy bewus van Sina wat stil langs haar kom staan het en haar besorg dophou. Sy sien dat Sina se klein ogies dof en rooi gehuil is, en dit tref haar die eerste keer dat haar ouma se dood dalk vir Sina 'n groter verlies is as vir enigiemand anders behalwe haar oupa. Sina het per slot van sake omtrent veertig jaar onder dieselfde dak as ouma Lizzie gelewe, veel langer as Ouma se eie kinders, langer as enigiemand behalwe Oupa.

"Is jy oukei, Sina?" vra sy.

"So is die lewe vir een pond sewe," sê Sina en sug. "Ons gaan haar mis."

"Jy't haar beter as die meeste van ons geken."

"Nie so goed soos ek gedag het nie. Weet jy van die geld wat sy vir Kolletjie gelos het? Om Italië toe te gaan?"

Nandi skud haar kop, 'n paar oomblikke sprakeloos. "Het sy gesê Kolletjie moet die geld gebruik om Italië toe te gaan?"

"Vir jou oupa-goed, ja. En glo ook in die testament."

"Beteken dit sy't al die tyd geweet van Kolletjie se pa?"

"Sallie weetie. Maar sy't meer geweet as wat ek gedag het, dis vir seker."

Sina skud haar kop toe haar oë weer vol trane skiet en stap haastig weg. Nandi volg haar in 'n dwaal, bied vir 'n paar van die bejaarde gaste toebroodjies aan, kom skaars agter dat party haar skeef aankyk of agter 'n hand iets oor haar fluister. Tot een ou tannie in haar hardhorende man se oor bulder: "Met die swart man, ja!" Luid genoeg dat almal in die saal dit kan hoor. Nandi voel haar wange warm word, asof sy skielik te na aan 'n vuur staan, plak die skinkbord op die tafel voor die ou tannie neer en stap met 'n regop rug buitentoe terwyl verskeie afkeurende blikke haar soos vlamme brand.

"Kom ons gaan huis toe," sê sy vir Frank wat steeds ongemaklik langs die sydeur rondstaan. "Ek wil nie meer een van hulle wees nie."

Dan voel sy 'n simpatieke hand op haar skouer en ruik haar ma se Chanel No. 5-parfuum agter haar. "Ignoreer hulle, Nandi. Hulle weet nie wat hulle doen nie."

Die besef dat haar ma haar buitentoe gevolg het, ondanks al die vyandige oë, ontroer haar meer as wat sy wil toegee, daarom sê sy geïrriteerd: "Ag, Ma, hou tog op om soos Jesus aan die kruis te probeer klink."

"En dit kon erger gewees het," merk 'n ander stem op. "Hulle kon erger woorde as 'swart man' gebruik het."

Sy swaai om en sien haar ouma se broer in die wit linnepak het ook buitentoe gekom. Hy steek sy hand uit na Frank met 'n hartlike glimlag. "Bly te kenne. Ek is David Leonard, die moffiebroer wat nie eintlik tussen al hierdie ordentlike mense hoort nie." Hy praat Engels, met 'n Australiese aksent wat onmiskenbaar deurslaan, maar "moffiebroer" sê hy in Afrikaans.

"Frank Mafoko," sê Frank. "Die kaffertjie wat beslis ook nie hier hoort nie."

"En jy is Nandi." Met haar praat hy Afrikaans. Sy oë onder die rand van sy Panama-hoed is presies dieselfde ligblou kleur as haar ma s'n langs hom. "Moenie jou steur aan wat die mense sê nie, kind. Dit het my dekades gekos om dit te leer. Ek moes op 'n ander vasteland gaan woon om weg te kom van wat die mense sou sê."

"Op 'n dag soos vandag klink 'n ander vasteland vir my nogal aanloklik."

"Noudat ek oud is, is ek hartseer oor wat ek alles gemis het."

Hy moes 'n besonder aantreklike jong man gewees het, besef Nandi. Diep kuiltjie in die ken en 'n vae litteken op een sonbruin wang.

"'n Ou oorlogswond," sê hy toe hy agterkom sy kyk na die litteken. "Maar die ergste wonde is altyd dié wat mens nie kan sien nie, nè."

Sy wonder of hy na 'n fisieke wond onder sy klere of 'n figuurlike wond in sy binneste verwys. Sy weet net mooi niks van haar ouma se broer nie – behalwe dat hy verkies om met mans eerder as vroue bed toe te gaan – en dis meteens vir haar heeltemal ondraaglik hartseer.

"Ek weet nie of jy veel gemis het nie, Uncle David," mompel haar ma. "Behalwe vervelige troues en nog verveliger begrafnisse."

Nandi frons vies vir haar ma. "Waarom het Ouma vir Kolletjie geld gelos om Italië toe te gaan?" vra sy, meer aggressief as wat sy bedoel, asof sy vir haar ouma ook kwaad is. Sy wat so aanmekaar kwaad is vir als, soos Kolletjie sê. "Het sy al die tyd geweet van die Italiaanse pa?"

Haar ma vat-vat ongemaklik aan haar blonde hare, 'n gebaar wat Nandi eensklaps aan haar ouma herinner. "Ek weet nie, Nandi. Ek weet net toe ek laas jaar vir haar vertel wat ek by jou gehoor het, jy weet, oor Sina en die Italianer, toe glimlag sy so hartseer en sê ja, dan moet dit hý wees. Mister Giuseppe met die mank been. Die mannetjie wat Ouboethulle se troufoto's geneem het. En toe onthou ek hoe Sina en die fotograaf die aand so eenkant teen 'n muur gestaan het. Uitgesluit uit die binnekring van die beskore volk."

"Dis 'n merkwaardige ding wat Lizzie gedoen het," merk haar Australiese grootoom op. "Net jammer sy kon dit nie doen terwyl sy nog gelewe het nie."

"Hóékom nie?" wil Nandi weet. "Hóékom kon sy nie met Sina daaroor praat nie?"

"Ek weet wat Lizzie sou antwoord," glimlag haar grootoom. "Dis nie hoekom nie, dis straataf."

"Of omdat 'n kom nie 'n hoek het nie." Haar ma vee oor haar klam oë. "Van nuuskierigheid is die tronk vol en die kerk leeg. Curiosity killed the cat."

"Meisies wat fluit, word by die deur uitgesmyt," onthou Nandi.

"As jy hik, het jy suiker gesteel," sê haar ma, haar uitdrukking al hoe treuriger. "As jy op jou rug lê en eet, gaan jy horings kry."

"Husse met lang ore!"

"Wáár het sy aan al die simpel sêgoed gekom?" vra haar ma.

"Ma het baie van daai simpel sêgoed vir my herhaal."

"Soos jy dit seker ook eendag vir jou dogter sal herhaal," voorspel haar ma.

"Maar niemand op aarde roep seker meer "koes!" uit as mens onder 'n brug deur ry nie, of hoe?" wil Uncle David weet.

"Koes?" vra Frank. "Hoekom?"

"Vra dit," sê Nandi. "Ek weet nie of enigiemand behalwe ouma Lizzie dit ooit gedoen het nie."

En meteens, toe dit tot haar deurdring dat sy nooit weer hierdie lawwe uitroep gaan hoor nie, nooit weer haar ouma se verspotte hande-oor-die-kop-gekoes gaan sien nie, word haar ouma se dood vir haar 'n werklikheid. Meer as die roosblare op die kis, meer as die oop graf op die familieplaas, meer as die stof en die hitte op Somerverdriet. Iets wat was en skielik nie meer is nie.

# WAGTEND

Hoe ouer Oupa word, hoe stadiger bid hy. En hy was nooit juis iemand wat 'n tafelgebed afgerammel het nie. Nou klink dit amper asof hy die oorbekende versie vergeet het, asof hy diep in sy geheue moet soek vir elke woord. Seën Heer. Wat. Ons eet. Laat ons. Nimmer. U vergeet. Amen.

"Amen," herhaal Elena hardop, soos sy altyd maak, seker 'n Katolieke gewoonte. Haar swart hare is in 'n informele soort bolla op haar kop gestapel, wat haar reguit neus en sterk ken beklemtoon. Sy lyk meer as ooit soos 'n antieke borsbeeld. Athena, godin van wysheid, in 'n rooi rok in Rondebosch.

Dan buig haar bebaarde man vooroor om die brosgebraaide hoender op te kerf. Oupa se bleek doktershande het te bewerig geword vir hierdie taak. Vandat Ouma nie meer hier is om sy snykuns te bewonder nie, laat hy dit oor aan 'n jonger manlike tafelgenoot.

Nadat Nandi aartappels en ander groente op haar bord geskep het, vat Elena langs haar versigtig aan haar arm. "Nandi, is jy seker . . . dat jy die regte ding doen?" Nandi kyk 'n sekonde onbegrypend na haar. Sy het klaar ophou rook en drink. Moet sy nou boonop ophou éét? "Wil jy nie maar weer daaroor dink nie?" soebat Elena. "Ons kan mos almal help om die baba groot te maak?"

"Daar's nie iets soos 'die regte ding' in hierdie omstandighede nie," sê Nandi vir die hoenderboudjie op haar bord. "Ek het klaar heeltemal die verkeerde ding gedoen deur verwagtend te raak. Niks wat ek nou doen, kan dit regmaak nie." En sy trek haar gesig toe sy 'n venynige skop in haar maag voel, asof die ongebore kind haar woorde wil beaam.

"Nee, dit kan nooit verkeerd wees om 'n kind te skep nie."
Elena skud haar kop driftig. Haar groot, ronde sigeuner-
oorbelle glinster in die lig van die kroonkandelaar wat laag
oor die tafel hang.

Nandi besef maar te goed waarmee sy hier te doen het.
Haar Grieks-Afrikaanse tante sal haar beslis nie, soos ander
lede van die familie, van immorele gedrag beskuldig nie.
Vir Elena, wat nooit kinders kon kry nie, is dit eenvoudig
ondenkbaar dat Nandi van haar kind ontslae wil raak.

"Vertel dit vir oom Ouboet-hulle," snork Nandi. "Hulle
sal my nooit vergewe vir die skande wat ek oor die familie
gebring het nie."

"Wat anders verwag jy van so 'n tweegevreet? Ekskuus,
Pappie." Elena loer vinnig na Oupa, wat die afgelope jaar
Ouma se rol as vredemaker tussen die kinders probeer ver-
vul, weliswaar op 'n bra halfhartige manier. Maar Oupa hou
hom dower as gewoonlik en konsentreer op sy bord kos. Dis
hoe hy sy ongemak oor sy geliefde kleindogter se "toestand"
wegsteek, het Nandi al agtergekom. Meestal maak hy asof hy
nie daarvan weet nie. "Ek vra jou baie mooi, Nandi. Wil jy nie
net nog 'n keer daaroor dink nie? Ek is so bang jy doen iets
wat jy die res van jou lewe gaan berou."

"Ek het klaar iets gedoen wat ek vir die res van my lewe
gaan berou!" bars Nandi uit en wys na haar massiewe maag
wat sy nie meer onder die tafel kan inpas nie. "Ek kan nie
glo dat ek so onnósel was om pregnant te raak nie. In this
day and age. Soos 'n plattelandse koekie wat op die paal gesit
word die eerste keer as sy saam met 'n ou slaap omdat sy nie
van beter weet nie. Ek behoort van beter te geweet het. Ek is
nie . . . ek was lankal nie meer . . ."

Sy kan nie verder praat nie omdat sy begin huil het. Ek
was nie 'n blerrie maagd nie! Dis wat sy wil uitgil. Ek het
rondgeslaap! Ek is nie eens seker wie die pa van my kind is
nie. Ek was dronk en gerook toe hierdie kind "geskep" is. Ek
kan maar net hoop die kind kom wit genoeg uit om deur wit

mense aangeneem te word, anders . . . Wie de fok wil nou in hierdie land 'n swart kind in die lewe bring? Sy skud haar kop aanhoudend terwyl die trane oor haar wange stroom. Van oorkant die tafel steek haar ma haar hand na haar uit, terwyl Elena langs haar 'n simpatieke arm oor haar skouer sit. Dis amper die ondraaglikste van alles, hierdie onverwagse ondersteuning wat sy die afgelope maande kry van die familie wat sy so geminag het. Dit maak haar skaamkwaad, vir haarself en vir hulle, vir almal om hierdie tafel. Behalwe natuurlik vir oom Ouboet en sy gesin. Van hulle kan sy nie ondersteuning verwag nie. Vir hulle is sy kwáád kwaad.

"Moenie jou so ontstel nie," sê oom Kleinboet en vryf moedeloos oor sy baard.

"Dink aan die baba," paai haar ma. "Toe nou, Nandi-Pandi. Gedane sake het geen keer nie."

Haar ma herinner haar al hoe meer aan haar ouma met haar nuttelose gesegdes. Ook maar goed Ouma is dood, het sy al menigmaal gedink, anders het hierdie skande dalk haar dood veroorsaak. Oupa het hom nog nooit juis gesteur aan wat ander mense sê nie, hy was nog altyd ietwat van 'n buitestander, trots Afrikaans tussen sy Engelse kollegas en bure, koppig outyds in sy kleredrag en lewensgewoontes, 'n lesende enkeling eerder as 'n geselsende groepsmens. Iemand wat opkyk na die lug om die planete te bestudeer, nou nog, al word sy oë al hoe swakker, eerder as om rond te kyk en die politieke bestel in die land te probeer uitpluis. Terwyl Ouma altyd uiters gesteld was op die beeld wat sy en haar familie na buite uitdra. Soos die liewe Uncle David in Australië kan getuig. Nee, Ouma sou nie 'n ongehude swanger kleindogter kon hanteer nie.

"Dis wat Ma nou sê," merk Nandi bitsig op. "Nadat Ma my probeer dwing het om 'n aborsie te kry. Om 'die skande en die skaamte' te vermy."

"Ek het jou nie probeer dwing nie," protesteer haar ma met pienk wange. "Ek wou jou beskerm, ek wou nie hê jy moet jou toekoms bederf nie, ek wou nie hê jy moet jou studies opgee nie, ek wou nie . . ."

"Maar ek gaan nie my studies opgee nie! Dis waarom ek laas jaar met my groot maag gaan eksamen skryf het. Sodra die kind volgende maand gebore word, gaan ek terug universiteit toe."

"Bly om dit te hoor," sê oom Kleinboet. "Wanneer is die datum?"

"Einde Februarie. Die klasse het dan nog skaars aan die gang gekom. Ek kan maklik inhaal."

"Weet nie of dit so maklik gaan wees nie," mymer Elena. "Jy gaan 'n kind afgee."

"Dis waarom ek gedog het 'n aborsie . . ." Haar ma trek haar skouers hulpeloos op, 'n gebaar wat op 'n groteske manier vergroot word omdat sy 'n donkerblou bostuk met belaglik breë skouerkussings dra, kompleet nes 'n Amerikaanse voetbalspeler. "As jy in elk geval nie die kind wil hou nie, sou 'n aborsie mos . . . Ek sou jou oorsee geneem het, ek sou jou nie in die agterstrate . . ."

"Ma, hoekom erken jy dit nou nie maar hier voor almal nie?" Nandi kan nie die aggressie in haar stem wegsteek nie. "Jou grootste vrees is dat die kind nie wit gaan wees nie."

Sy kyk af na haar bord en laai die laaste stukkie aartappel op haar vurk sodat sy nie haar ma se gekweste blik hoef te sien nie.

"Nee. My grootste vrees is dat jy besig is om jou lewe op te mors omdat jy my wil straf."

Nandi skrik vir hoe kwaad haar ma skielik klink, haar stem gevaarlik sag, amper fluisterend.

"En jy doen net mooi niks om . . . énige van my vrese te besweer nie," vervolg haar ma.

Dit het ondraaglik stil geword in die eetkamer. Die geskraap van messe en vurke oor byna leë porseleinborde is 'n paar oomblikke lank die enigste geluid. Dan hoor hulle, van agter die toe deur in die kombuis, die kenwysie van

*Dallas.* Voorheen het Sina en Ouma hierdie TV-reeks elke Dinsdagaand saam in die sitkamer gekyk, terwyl Oupa in sy leunstoel sit en lees, maar ná Ouma se dood het Oupa hartseer geword elke keer as hy vir JR met sy cowboy-hoed sien. Toe Ma laas jaar uit Pretoria terug Kaap toe trek om weer saam met Oupa en Sina te kom woon, het sy die TV-stel na die kombuis laat dra. Ma was nooit juis 'n groot aanhanger van *Dallas* nie, en vandat Nandi die laaste maand of wat ook in Oupa se huis kom skuiling soek het, voel so 'n storie oor verskillende geslagte wat met vele struwelinge saam onder dieselfde dak lewe, nie meer soos ontspanning nie. Dis te na aan die werklikheid.

"Waarom sal ek Ma wil straf?"

"Jy weet waarom."

Haar ma gluur na haar van oorkant die tafel, amper asof sy haar uitdaag om vir almal te vertel wat net hulle twee weet, die nare geheim oor haar pa wat hulle nou al jare lank deel. Die rede waarom Nandi so kwáád is vir alles en almal. Maar veral vir haar ma. Veral. En vir Nandi is die versoeking om alles uit te lap meteens onweerstaanbaar.

"Kry ons dan nie vanaand poeding nie?" Dis haar oupa se stem wat haar keer, die onskuldige vraag, die afwagtende toon, asof die antwoord álles kan verander.

"Natuurlik, Pappie." Elena staan haastig op. "Ek het baklava gebring. Ek gaan dit dadelik haal."

"Baklava. Ná die mitologie is dit seker die beste ding wat die Griekse beskawing vir die mensdom gegee het." Oupa vee sy snor met sy servet af en sit tevrede agteroor, sy skraal wit hande oor sy boepmagie gevou, sy oë ondeund agter sy bril. "Het ek jou al gesê hoe bly ek is dat jy 'n Griekse vrou gevat het, Kleinboet?"

"Het ek al vir Pa gesê hoe bly ek is dat ek haar gevat het?" Oom Kleinboet grinnik en kyk sy vrou se wikkelende agterstewe in haar rooi rok waarderend agterna terwyl sy kombuis toe stap.

"Dis ek wat jóú gevat het," roep Elena oor haar skouer. "En jy glo al 'n kwarteeu lank dat jy 'n keuse gehad het!"

"Baklava is eintlik 'n Turkse skepping," fluister oom Kleinboet toe sy in die kombuis verdwyn. "Sy glo al 'n kwarteeu lank ék glo dis Grieks."

Dalk kan 'n enkele antwoord tog alles verander, besin Nandi. Dalk was haar oupa se vraag nie so onskuldig nie. Miskien is dit maar die lot van enige familie om lewensbelangrike dinge vir mekaar te verswyg. En weer eens kry sy 'n skop van die ongebore kind – of dalk 'n stamp met die elmboog – om haar te laat weet hy's nog daar. Dit gaan inderdaad nie so maklik wees om van hom ontslae te raak nie.

Daar is niks van haar ma oor in die kamer waarin sy as jong meisie geslaap het nie, behalwe herinneringe, verbeelde geure en geluide, skaduwees en spoke. Ouma het dit jare gelede as 'n naaldwerkkamer ingerig. Ná Ouma se dood het Sina die ou Singer-naaimasjien geërf en dit na haar buitekamer gedra. Ma se eertydse slaapkamer het 'n karakterlose, doellose vertrek geword, soms 'n gastekamer danksy 'n rusbank wat in 'n bed verander kan word, meestal maar net 'n vertrek waar niemand meer kom nie.

Toe Ma laas jaar terugtrek na Oupa se huis, het sy haar broers se ruimer en ligter slaapkamer verkies. Of dit was haar verskoning, meer spasie, meer sonlig, nader aan die badkamer. Nandi wonder of haar ma nie maar net bang is om die spoke in haar jongmeisiekamer aan te durf nie. Dit moet vreeslik wees om op die ouderdom van vyftig gekonfronteer te word met jou jeugdige drome, om die drome op te weeg teen die werklikheid van wat jy geword het.

En nou het Nandi met haar groot maag in hierdie kamer 'n heenkome gevind. Dis waar sy kleintyd ook geslaap het, elke keer wanneer hulle by Ouma en Oupa kom kuier, toe daar nog van Ma se ou klere in die hangkas was, Ma se ou foto's onder die glasblad van die spieëltafel. Nou is die swaar donker hangkas en die outydse spieëltafel in Sina se buitekamer, saam met die pienk gordyne en die beddeken met die blommetjiespatroon, soos in 'n museum waar 'n beroemde dooie se slaapkamer noukeurig nageboots word. Dit moet omtrent aardig wees vir haar ma om by Sina se kamer in te stap.

Nie dat sy haar ma al ooit naby die bediendekamer opgemerk het nie.

Nandi haal 'n paar papierpoppe uit die Hush Puppies-skoendoos op haar skoot en kies vir elkeen 'n uitrusting. Ná al die jare slaan die outydse klere steeds haar asem weg. Versigtig vou sy die papierstrokies om die fragiele kartonskouertjies. Die meeste van die poppe is teen hierdie tyd flenters gespeel. Judy Garland, wat Kolletjie Gina gedoop het – "oor ek van Italiaanse name hou" – kort 'n linkerhand en het op 'n keer selfs haar kop verloor, soos Marie Antoinette. Anders as Marie Antoinette kon haar nek darem weer met 'n stuk vergeelde Scotch tape aan haar lyf vasgeplak word. Die arme Clark Gable se een voet is weg, maar hy bly 'n mooi man, soos Ouma sou gesê het, selfs sonder 'n voet. Nandi kies vir hom 'n spoggerige manelpak met 'n wit das en blinkgepoetste skoene wat sy gestremdheid wegsteek. 'n Swartkop met viooltjieblou oë makeer 'n halwe arm, maar dit kan ook weggesteek word onder 'n pers fluweelaandrok met lang moue. Op haar grys kartonrug staan verskeie name in verskillende kinderlike handskrifte geskryf. Vanessa, lees Nandi heel onder, vermoedelik in haar eie lomp laerskoolskriffie.

Vanessa. As sy 'n papierpop was, kon sy seker haar maag ook onder 'n mooi rok weggesteek het. Nee, as sy 'n papierpop was, sou sy nie nou met hierdie ongewenste maag gesit het nie. Waar het jy al ooit van 'n pregnant papierpop gehoor?

Dis in elk geval al wat sy vir die kind gaan gee, klaar besluit, hierdie skoendoos vol verflenterde papierpoppe. Net om iets van haar en haar ma en haar ouma aan die volgende geslag oor te dra. Sy vermoed dis 'n seun, maar miskien sal hy op sy beurt eendag 'n dogter hê aan wie hy dit kan gee. Sy wil nie eintlik aan geslag dink nie, dan word alles vir haar te werklik. Te ingewikkeld. Bly eerder vaag. *Die kind.* Wat haar so aanmekaar skop. Geniepsige klein donder. Buitendien, wat anders moet sy met die papierpoppe maak? Sy glo nie sy gaan ooit weer 'n kind wil hê nie. Miskien as sy 'n baba soos blomkool in 'n groentebedding kon gaan pluk, maar sy wil beslis nooit-ooit weer swanger wees nie.

Dis 'n diep vernederende toestand, dis al wat sy ná amper agt maande kan sê. Sy het rekmerke en spatare en 'n powwerige gesig en geswolle voete, haar neus bloei aanmekaar en sy moet drie keer 'n nag opstaan om te gaan piepie en haar rug pyn nou al weke lank en 'n paar dae gelede het sy vir die hoeveelste keer 'n blaasontsteking gekry. Daar is veronderstel om voordele ook te wees, so het sy nog altyd gehoor, blink hare, blosende vel, sprankelende oë, hahaha. Sy vang haar eie beeld in die spieël oorkant die rusbank-bed. Haar hare is kroeser as ooit, stofbruin, dof en leweloos. Haar donker vel het 'n olierige geel skynsel. Daar is swartblou sakke onder haar oë omdat sy nie meer snags kan slaap nie, omdat haar maag te swaar geword het vir die res van haar lyf. Sy is in die gebleikte denim-dungarees wat sy deesdae pal dra omdat niks anders meer oor haar massiewe maag pas nie.

Nee, daardie walvis in die spieël kan nie Nandi Niemand wees nie. Nandi Niemand was so fyn gebou dat sy op die ouderdom van twintig steeds kinderklere kon dra. As kunsstudent hier in Kaapstad het sy tweedehandse tabberds begin versamel, uitrustings uit die jare vyftig en vroeër wat sy in liefdadigheidswinkels gekoop het om haar minder soos 'n skraal androgene tiener te laat lyk, meer soos een van die asemrowende papierpoppe in hierdie skoendoos. 'n Boheemse femme fatale, dis wat sy wou wees. Nou is sy net fataal vet en onaantreklik. G'n kans dat sy ooit weer 'n rok uit die jare vyftig met 'n smal middeltjie en 'n wye romp sal kan dra nie.

"En as Nandi nou so na haarself sit en staar?" Sina staan met 'n skinkbord by die deur.

"Bel die polisie, Sina. My lyf is oorgeneem deur 'n alien."

Sina dra die skinkbord kopskuddend nader, ongeamuseerd, en kom sit op die bed langs Nandi. Op die skinkbord is twee bekers rooibostee, met baie melk en suiker soos hulle albei daarvan hou, en 'n bakkie met Romany Creams. Sina se gunsteling-koekies. Hulle sit 'n rukkie in stilte, die boks papierpoppe tussen hulle, die skinkbord op 'n lae tafeltjie voor hulle, elkeen met 'n beker tee in die hand. Dit het 'n ritueel geword vandat Nandi by haar oupa kom woon het, hierdie teedrinkery saans voordat Sina soos 'n tronkbewaarder deur die huis loop om die ligte af te skakel en die deure toe te sluit. Daarna onttrek sy haar in haar buitekamer, tot vroeg die volgende oggend wanneer sy vir almal in die huis kom koffie maak. Die laaste wat bed toe gaan en die eerste wat opstaan. So was dit nog altyd, van Nandi kan onthou. So sal dit seker altyd wees.

"Ai, Nandi," sug Sina en strek vorentoe om nog 'n Romany Cream by te kom.

"Ai, Sina," sug Nandi.

Sommige aande gesels hulle. Nandi vra uit en Sina vertel, meestal oor Kolletjie wat laas jaar 'n Duitse wewenaar raakgeloop het tydens die oorsese reis wat sy met Ouma se erfgeld aangedurf het en onlangs met hom gaan trou het. Nou woon sy in Berlyn, onmeetbaar ver van Sina, waar sy op haar eersteling se geboorte wag. Nes jy, het Sina gesê, maar Nandi het haar dadelik reggehelp. "Nie soos ek nie. Kolletjie wil die kind hê, sy wil hom hou, sy wil hom self grootmaak. Nie soos ek nie." Waarop Sina se enigste antwoord 'n diep sug was. Sommige aande kommunikeer hulle slegs in sugte.

Net toe Nandi begin vermoed dat vanaand weer 'n aand van sugte gaan wees, sê Sina: "Ek weet dis moeilik vir jou, Nandi. Maar jy moet onthou dis amper net so moeilik vir jou ma. Wil jy nie maar vir haar sê wie's die pa nie?"

"Al wat my ma van die begin af wou weet, is of hy wit is, sodat sy ons kon probeer dwing om te trou. Dis waarom ek gesê het ek weet nie, Sina, sodat sy my kan uitlos."

"Maar dis nie die klong wat jy na miesies Lizzie se begrafnis gebring het nie?"

"Frank?" Nog 'n diep sug. "Hy's lankal underground."

"Onder die grond?" vra Sina geskok.

"Kruip weg vir die veiligheidspolisie. Hopelik is hy teen hierdie tyd al landuit."

"Nou vir wat moet jy alewig met die opstokers lol?" Sina vat 'n verontwaardigde sluk tee. "Jy's 'n wit kind, Nandi. Los die protest vir die swart kinners, anners gaan jy groot moeilikheid optel."

Nandi kyk misnoeg na haar enorme maag. "Ek's klaar in die moeilikheid, Sina. In case you haven't noticed."

"Jy weetie waarvan jy práátie," sê Sina met iets soos min-agting in haar stem. "Kyk vir jouself daar in die spieël. Kyk watse kleur vel jy het. Hierdie land se politiek is nie jóú pro-bleem nie."

Nandi vat Sina se hand bo-oor die boks papierpoppe. "Kyk na ons arms so langs mekaar, Sina. My vel is eintlik donkerder as joune, sien jy? Maar ek kry alles en jy kry niks. Sorry, Sina, maar dis vir my 'n helse probleem. Ek wil nie hê my kind moet in so 'n onregverdige land grootword nie."

Haar oë skiet vol trane. Haar blerrie hormone maak haar mal. Dis die eerste keer dat sy dit hardop gesê het. *My kind.* Die kind wat sy gaan afgee sodra hy gebore word, sodat iemand hom kan aanneem, liefhê, grootmaak. *In so 'n land.* Die hemel help hom as hy nie wit is nie.

"Ek huil nie, Sina," sê sy toe sy Sina se besorgde blik op haar voel. "Dis net . . . als is so 'n fokop!"

Toe maar, het haar ma nou die dag probeer troos, swanger-skap akkordeer nie met alle vroue nie. "Ek kon dit ook nooit regkry om stralend swanger te wees nie. Nie met jou nie en nog minder met die miskrame ná jou." Now you tell me, het Nandi gemompel en weggestap. Net nog 'n mite, het sy besluit, dat vroue gedurende swangerskap emosioneel nader aan hulle ma's beweeg. Sy het nog nooit só ver verwyder van haar ma gevoel nie. En nie net van haar ma nie. Sy sweef al hoe verder weg van almal, haar familie, haar vriende, haar mede-studente, haar dosente, asof haar ronde maag haar in 'n planeet verander het, 'n planeet in 'n onbekende sterre-stelsel, vir ewig afgesny van alles wat bekend was.

"Hoe gaan dit met Kolletjie?" vra Nandi om van die on-draaglike simpatie in Sina se klein swart ogies weg te kom.

"Nee, ook maar sleg. Die sneeu is nie meer snaaks nie. Sy kry koud en sy verlang huis toe."

"Wil jy haar nie gaan bystaan met die geboorte nie? Ek hoor haar man het aangebied om jou oor te vlieg."

"Wat sal ek nou daar in die sneeu gaan soek?" vra Sina met 'n treurige glimlag.

"Maar dit sneeu mos nie heeljaar nie, Sina! Teen die tyd dat die baba gebore word . . ."

"Ek weetie of sy my rêrig daar wil hê nie." Sina sit met krom skouers en staar na die leë beker wat sy met albei hande vashou, ingedagte, asof sy hardop dink. "Sy't 'n deftige man getrou. Watse taal kan ek nou met hom praat? Ek's 'n baster-Boesman wat my lewe lank as bediende gewerk het. Ek willie hê sy moet haar vir my skaam nie."

"Maar Kolletjie is mos nie so nie!" roep Nandi geskok uit.

"Ek weetie meer hoe sy is nie, Nandi. Klink of sy klaar ver-ander het as ons oor die phone praat."

"Natuurlik sal sy verander," troos Nandi en vat weer Sina se hand. "Hulle sê elke keer as jy 'n nuwe taal leer praat, word jy 'n nuwe mens. Sy's seker maar besig om Duits te word. Maar dit beteken nie dat sy gaan vergeet waar sy vandaan kom nie, Sina."

Sina bly 'n hele ruk stil voordat sy sag antwoord. "Ek weetie of ek wil hê sy moet onthou nie, Nandi-kind. Dalk is dit beterder vir haar om te vergeet."

Van al die sugte wat hulle twee al in hierdie kamer gesug het, is die een wat nou by Sina se mond uitkom, die droewigste wat Nandi nog gehoor het. Dieper as die diepste gat, so klink dit vir haar, swaarder as die swaarste boei. Die sug van 'n ma wat glo dis beter dat haar kind van haar bestaan vergeet.

# TINA SE ONTHOUSTORIES

*herinneringe is soos 'n klomp klere in 'n kas*
*jy stop net vol tot eendag wanneer jy sukkel*
*om die kas toe te kry soos die klere wil uit*
*jy maak toe toe toe maar hulle wil uit uit uit*

Ronelda S. Kamfer, "oorvertel 5"

# BRIEF UIT PORTUGAL

Liefste "Ouma"

(Verskoon die aanhalingstekens, maar dis die eerste keer in my lewe dat ek aan 'n ouma skryf, en ek moet nog leer hoe om dit te doen.)

Dis die kleure wat jou oorrompel het toe jy amper 'n halwe eeu gelede in hierdie stad was en dis die kleure wat my nou weer op my beurt laat swymel. Maar ek het altyd 'n ding oor kleure gehad. Moontlik my Portugese teëlmaker-voorvader se gene, dink ek nou. Die *azulejos* is asemrowend, alomteenwoordig, awesome. Jammer, ek weet jy hou nie van sulke modewoorde soos "stunning" en "awesome" nie, maar ek bedoel dit in die oorspronklike betekenis van *inspiring awe*. Toe ek laas saam met my ma hier was, het dit my natuurlik ook opgeval, maar hierdie keer bekyk ek die stad deur jou oë, en wat jou treurige blou oë vir my wys, is teëls, teëls en nogmaals teëls.

En omdat die kleure op die teëls so glinsterend helder is, tref die meer uitgewaste kleure van vervalle mure en ou deure en skewe hortjies my net nog meer. Baie van die deure is so 'n dowwe donkergroen of bruinrooi geverf, en die mure 'n ligte blou wat my aan die tipiese blou van Provence herinner, maar dis triestiger as enige kleur wat jy ooit in Provence sal kry, daarvan is ek oortuig. 'n Blou wat lyk asof dit deur trane eerder as water afgespoel is. Luister net na my! Skaars 24 uur gelede hier geland en my gewone oppervlakkige vrolikheid is klaar besig om te vervaag. Dink jy die "smagtende weemoed" van die volk, soos jy dit in jou joernaal noem, kan aansteeklik wees?

Nee, tog seker nie, nie as ek na die verspotte toeriste om

my kyk nie. Ja, ek weet, jy hét my gewaarsku, dis hoogseisoen, allermins die ideale tyd vir 'n eensame pelgrimstog. Maar ek wóú dieselfde tyd van die jaar as jy hier wees. Ek sal maar net die derduisende toeriste moet ignoreer. Veral vergeet dat ek self ook een van hulle is, nè.

En tog voel ek nie soos 'n toeris nie, ek voel of ek hier hoort. Of in elk geval 'n deel van my, die gene van my Portugese grootjies wat kop uitsteek, moet seker maar wees. Weet jy hoe wonderlik dit vir 'n aangenome kind is om vir die eerste keer in haar lewe met enige sekerheid van *gene* te kan praat?

Wag, laat ek gou vertel van my aankoms gister. Toe ek by die hotel in die buurt van Chiado instap, sien ek 'n portaalmuur vol van die pragtigste geel-en-blou teëls met outydse geometriese patrone en ek dink dadelik nóú's ek mos op die regte plek! (Later het ek besef omtrent elke portaal in Lissabon lyk so.) Die eerste ding wat ek gedoen het ná ek my bagasie afgelaai het, was om die kerk van São Roque te gaan soek. Ek gee nie om as jy vir my lag nie, maar ek wóú op 3 Augustus daar wees om jou en Fernando se ontmoeting te gedenk. Noem my jonk en simpel en redeloos romanties, maar ek wou by die kapel van die heilige Rochus vir julle twee 'n kers aansteek. Of vir wie julle ook al vyftig jaar gelede was.

Ek moet bieg ek was bietjie bang ek sou dalk underwhelmed wees, jy weet, oor ek té veel verwag het? Soos toe ek die eerste keer die Mona Lisa in die Louvre gesien het, ná ek my pad moes oopveg deur 'n kordon Japannese toeriste met massiewe kameras, en ek staan daar en ek dink: *Is this it?* Maar ek was verniet bang. G'n sprake gister van daardie *is this it*-gevoel nie. Die kapel is after all deel van my persoonlike geskiedenis terwyl die Mona Lisa maar net 'n beroemde skildery is. As jy en Fernando nie daardie dag op daardie presiese plek oor *azulejos* begin gesels het nie, sou ek seker nie vandag hier gewees het nie?

Dit het my diep ontroer. Die skildery met die engel en

die maer hond, wat volgens my amptelike gidsboek (nie jou reisjoernaal nie, dis my geheime intieme persoonlik gids) teen die einde van die sestiende eeu deur ene Dias geskilder is (ja, Dias, soos die seevaarder waarvan ons in ons geskiedenisboeke doer onder in Afrika geleer het), die lewensgrootte-houtbeeld van die heilige (hy was piepklein, hoor, skaars 140 cm!) met die hond daar tussen 'n spul ander vergulde heiliges, en natuurlik, die belangrikste van alles, die blou-en-geel teëlskildery waar alles begin het.

Bygesê, as ek nie jou joernaal gelees het nie, sou ek nie geweet het die hond het 'n ronde brood in sy bek nie, ek sou gedog het hy bring vir sy baas 'n bal om mee te speel. Ja, sien jy, ek's net so onkundig oor Katolieke heiliges soos jy eens op 'n tyd was. Maar ek leer vinnig, en vandag gaan ek die nasionale teëlmuseum in 'n ou klooster besoek om meer oor *azulejos* te leer. As jy weer van my hoor, gaan ek soos 'n kenner klink!

Liefde

Van jou kleinkind (Sien, ek het dit reggekry om die aanhalingstekens uit te los. Ek sê mos ek leer vinnig.)

# KOMEET

Haar eerste herinnering is 'n lang, skitterende silwer streep teen 'n gitswart naghemel. Voor daardie fabelagtige verskynsel is alles donker, weggesteek agter 'n swaar gordyn wat sy nog nooit oopgetrek kon kry om 'n skrefie lig deur te laat nie, hoe hard sy ook al probeer. En sy probeer al haar lewe lank.

Haar grootste begeerte is om verder terug te kyk, terug tot by haar vierde verjaardagpartytjie toe sy 'n rok van sagte rooi fluweel gedra het met 'n bypassende strik wat soos 'n reusagtige skoenlapper skeef op haar kop kom land het, asemloos opgewonde voor 'n koek wat soos Hansie en Grietjie se versiersuikerhuisie lyk; en nog verder terug tot by haar derde jaar toe Kersvader vir haar die mooiste blonde babapop gebring het wat kon praat en lag en huil en piepie; en nog verder, pas twee jaar oud, kaalstert in 'n vlak plastiekswembadjie, jillend van lekkerkry, terwyl haar pa en haar ma langs mekaar staan en skaterlag en haar ma aanmekaar prewel, wat 'n vreugde is sy nie, wat 'n vreugde, wat 'n vreugde; selfs verder terug tot die dag toe sy haar eerste waggelende treë gegee het en deur haar ma se uitgestrekte arms gevang is net voordat haar plomp stomp bene onverklaarbaar onder haar verdwyn het; terug, terug, terug tot agter die tralies van haar bababedjie, omring deur 'n skare teddiebere, met 'n tarentaal wat sy vlerke hoog bo-oor haar klap, 'n houttarentaal met houtvlerke, 'n mobiel wat haar ma teen die plafon opgehang het, 'n soort beskermengel vir 'n baba met ongodsdienstige ouers in Afrika, en haar pa se trotse gesig wat soos 'n son op haar skyn, haar ma se glinsterwit glimlag 'n sekelmaan wat oor haar waak,

haar ouers se oë die helderste sterre in die heelal, hulle teen-
woordigheid al wat tel in haar eie uitspansel.

Soms kry sy dit amper reg om haarself te oortuig dat sy dit
alles onthou.

Sy weet dis nie egte herinneringe nie, bloot oomblikke
wat op foto's of video's vasgevang is, prentjies wat haar ouers
herhaaldelik in woorde gesjkets het totdat sy dit met haar
weelderige verbeelding kon inkleur, mooier as die werklikheid
kon maak, beter as die waarheid.

Haar onmoontlikste wens, gedurende haar jeugjare, was
om terug te kyk tot by haar geboorte, waarvan sy geen foto's
of video's of woordprentjies het nie, waarvan niemand haar
enigiets kon wys of vertel nie. Om net één glimp te kry van
die vrou wat haar in die wêreld gebring het. As sy net één
keer deur 'n skrefie in die gordyn kon loer.

Maar haar eerste egte herinnering bly die glansende stert
van 'n komeet wat sy op 'n donkermaannag in die Karoo
gesien het, Mamma en Pappa se warm lywe aan weerskante
van haar, komberse om hulle skouers gedrapeer, verkykers
voor hulle oë vasgedruk, die geur van soet swart koffie uit
'n termosfles en die anysbeskuit wat die tannie op die plaas
vir hulle gebak het, die reuk van veld en bossies en buitelug,
die stilte van die nag, die byt van die herfslug. Dít moet jy
onthou, Tina, het Pappa gefluister. *Dit moet jy onthou.*

En sy hét.

Dwarsdeur haar grootwordjare het ongelowiges met haar
gestry, nee, dis onmoontlik, sy was dan skaars vier jaar oud
in die herfs van 1986, mens kan nie so ver terug onthou nie!
Of in elk geval nie al daardie besonderhede nie. Miskien die
komeet, goed, dis tog iets wat jy net een keer in jou lewe sien,
maar al daardie sintuiglike gewaarwordings? Die hele toneel
met dialoog en al? Nee wat, sy verbeel haar, meen die meeste
mense.

Maar sy het altyd volgehou dat sy dit presies so onthou.
Juis omdat haar pa haar oortuig het dat sy hierdie hemelse

verskynsel méér as een keer in haar leeftyd sou aanskou, anders as haar ouers, anders as die meeste ander mense. "Eendag as jy tagtig jaar oud is, Tina, sal jy weer na hierdie komeet kan kyk." Dit het soos 'n belofte geklink, soos 'n towerwens wat 'n goeie fee oor haar uitspreek. Sy sou aanhou lewe tot Halley se komeet sy volgende vlietende aardse verskyning maak. Later het sy besef dit kon seker ook 'n vloek gewees het. Wat ook al gebeur, geluk of ongeluk, hoop of wanhoop, sy sou aanhou lewe. For better or for worse. Tot die komeet weer kom.

Hulle sit styf teen mekaar op 'n klipperige koppie in die omgewing van Sutherland. Die amptelike Suid-Afrikaanse sterrewag is hier naby opgerig omdat die naglug so oop en swart is, verduidelik Pappa, dikwels wolkloos, onbesoedel deur elektriese ligte, ver van stede. Ver van alles, voel dit vir Tina. Hulle het ure lank gery om hier uit te kom, op Pappa se neef se plaas waar hulle vannag gaan slaap. Of dalk gaan hulle eers môre slaap. Dit lyk asof Pappa en Mamma heelnag in die koue tussen die klippe wil sit om die komeet te bewonder. Hulle weet hulle gaan nooit weer 'n kans kry nie.

"Waar gaan julle wees as die komeet weer kom?" vra Tina.

"Ons gaan nie meer hier wees nie," antwoord Mamma.

"Maar wáár gaan julle wees?" Sy was nog nooit 'n kind wat jy met 'n fopspeen of 'n maklike antwoord kon troos nie. Fopspene spoeg sy uit, van geboorte af – wie wil nou aan 'n tietie sonder melk suig? – nes sy op die ouderdom van vier met gladde antwoorde maak.

"Ons sal nie so lank kan lewe nie," antwoord Pappa. "Ons is te oud om nog ses-en-sewentig jaar te wag."

"Sal julle dood wees?"

"Ja." Pappa klink verlig dat hy nie verder hoef te veduidelik nie. "Ons sal lankal dood wees."

"Maar waar sal julle wees as julle dood is?" vra Tina nadat sy 'n rukkie nagedink het.

Sy sien hoe haar ma en pa vinnig vir mekaar kyk.

242

"Wel," sê Mamma en steek 'n sigaret aan, haar gesig 'n paar sekondes verlig deur die vlammetjie van die vuurhoutjie wat sy agter haar bakhand beskut. Tina merk op dat sy nogal diep frons.

"Ons weet nie," sê Pappa.

"Maar miskien sal ons ook iewers in die lug wees." Mamma blaas 'n dun stringetjie rook stadig uit. "Miskien word ons sterre sodat jy elke aand na ons kan kyk?"

"Charlynn sê sy en haar ouma gaan hemel toe as hulle doodgaan, want hulle gaan elke Sondag kerk toe. Maar ons kan nie hemel toe gaan nie, want ons gaan nie kerk toe nie."

"Ai, Charlynn." Mamma suig skerp aan haar sigaret, haar stem vies. Charlynn is die huishulp se sewejarige kleinkind vir wie Tina onvoorwaardelik bewonder. "Dit het niks met kerk te doen nie, kinta. Dis 'n kwessie van geloof. As jy in die hemel glo, kan jy hemel toe gaan."

"Maar julle glo nie in die hemel nie."

Pappa skraap sy keel. "Ons het daarin geglo toe ons klein was soos jy. Soos ons in hekse en drake en feetjies en kabouters en spoke en engele geglo het. Maar dit word moeiliker om te bly glo as mens groter word."

"Maar baie mense kry dit reg," verseker Mamma haar vinnig. "Baie grootmense glo nog in spoke en selfs in feetjies. Jy kan self besluit waarin jy wil glo as jy ouer word."

"Ek sal altyd aanhou glo in feetjies," neem Tina haar voor. Mamma het haar onlangs na 'n opvoering van *Peter Pan* in die Nico Malan-teater in Kaapstad geneem. Sy het harder as enige ander kind in die gehoor hande geklap om Tinkerbell se flou liggie weer helderder te laat skyn. "En ek sal graag eendag hemel toe wil gaan. Kan ek nie net één keer saam met Charlynn en ouma Katie kerk toe gaan nie?"

"Een keer gaan nie genoeg wees om jou in die hemel te kry nie," sê Pappa. "Vra maar vir my."

Pappa het duisende kere kerk toe gegaan toe hy 'n kind was en aanmekaar gebid en Bybel gelees en besluit hy wil eendag 'n sendeling word om ander mense te help om in die hemel te kom. Maar toe gaan staan en verloor hy sy geloof op universiteit. Dit klink altyd vir Tina 'n bietjie agterlosig, soos 'n trui of 'n speelding wat jy iewers vergeet en dan nie weer kan vind nie.

"Maar nogtans," hou sy vol op haar koppige manier. "Charlynn sê hulle sing en dans en klap hande in die kerk. Dit klink vir my lekker."

"As jy wil sing en dans, is daar lekkerder plekke om dit te doen," verseker haar pa haar. "Kom ons vergeet nou eers van die kerk en kyk na die komeet. Kyk goed, Tina, sodat jy dit vir die res van jou lewe kan onthou."

Pappa het toe nie 'n sendeling geword nie, maar 'n professor in staatsleer, by dieselfde universiteit op Stellenbosch waar hy sy geloof vergeet het. Hy weet alles van die land se wette, wat jy mag doen en wat jy nie mag doen nie – deesdae is dit al hoe meer wat jy nie mag doen nie, kla Mamma – en van die Parlement en van die ministers, PW Botha en Pik Botha en al die ander Bothas. Hy weet ook vreeslik baie van ander lande en hulle konings of presidente, dis deel van sy werk. En hy ken omtrent elke ster in die hemel se naam en plek. Die sterre is nie deel van sy werk nie, dis 'n "passie", soos rugby. Hy ken ook omtrent elke rugbyspeler in die wêreld se naam en posisie. Hy het soveel passies dat Tina nie kan byhou nie.

Mamma skryf stories vir koerante en tydskrifte, haar kantoor is by die huis sodat sy soveel moontlik tyd saam met Tina kan deurbring, en sy weet nie naastenby so baie soos Pappa van lande of sterre of rugby nie. "Ek weet 'n bietjie van alles op aarde," spot Mamma, "en nie genoeg van enigiets nie. Soos die meeste joernaliste."

En omdat haar ouers is soos hulle is, weet Tina ook meer van baie dinge as die meeste kinders van haar ouderdom. Sy weet byvoorbeeld iets van "politiek". Sy is nie presies seker wat dit beteken nie, maar dis 'n woord wat gereeld in hulle huis gebruik word. Iets met Pappa se werk te doen en iets met probleme in die land, iets met 'n noodtoestand en sommer ook met alles wat onregverdig is. Toe sy laas somer vir Mamma vra waarom Charlynn nie saam met hulle strand toe mag gaan en saam met hulle in die see mag speel nie, het Mamma lelik ontstoke geraak. "Vra dit vir die Groot Krokodil en sy politieke pelle!"

Nog iets wat Tina lankal weet, is dat die Groot Krokodil nie 'n regte krokodil is nie, maar 'n kwaai oom met 'n bleskop wat gereeld sy wysvinger op TV rondswaai. "Waarom moet onskuldige kinders gestraf word deur onnosele grootmense se absurde wette?" het Mamma gevra, nie vir Tina of Pappa of enigiemand spesifiek nie, sommer so in die lug in soos sy gereeld maak as sy vies word. Waarom moet énigiemand gestraf word, wou Pappa weet. "Ja, natuurlik, Karel, dis die eintlike vraag, maar jy weet mos as dit by kinders kom, sien ek rooi. Kan myself nie hoor dink nie, my hormone skreeu te hard." Wat is hormone, wou Tina weet. Wel, het Mamma gesê.

En probeer verduidelik.

Mamma antwoord altyd Tina se vrae – anders as die tannie by haar speelgroepie of die meeste van haar maats se ma's – dis waarom Tina meer weet as die meeste van haar maats. Maar soms verstaan Tina omtrent niks van die antwoord nie. Hormone klink vir haar soos klein gillende mannetjies wat in jou lyf rondhardloop met sproeibuise vol verf in verskillende kleure. As hulle die rooi verf spuit, word jy opgewonde; blou verf maak jou hartseer, groen gelukkig, en so aan, elke kleur gaan saam met 'n sekere gevoel. Pappa sê dis nogal 'n oorspronklike siening van hormone en Mamma sê sy is tog so bly sy het 'n kind met verbeelding gekry.

Wat Tina ook weet, van altyd af, is dat sy 'n spesiale kind is omdat sy aangeneem is. Sy weet dat haar ouers vreeslik lank vir haar moes wag, tot hulle amper moedeloos geword het, voordat sy eindelik opgedaag het. Die welkomste, wonderlikste baba op aarde. Die grootste geskenk wat Mamma en

Pappa ooit gekry het. Wat 'n vreugde is sy nie. Dis waarom Pappa se hare al grys is en Mamma amper so oud is soos Charlynn se ouma Katie. Gelukkig lyk Mamma darem nog nie so uitgedroog soos ouma Katie nie, soos brood wat beskuit geword het nie. Ouma Katie het 'n harde lewe gehad, verduidelik Mamma, baie moeiliker as myne. Mamma is 'n lang, sterk vrou met kort donker hare en groot sagte ligbruin oë, en op haar jongmeisiefoto's, met hare wat syglad oor haar skouers val en tot laag op haar rug hang, is sy so mooi dat sy Tina se asem wegslaan.

"Jou pa was ook nogal iets vir die oog in sy jong dae," terg Mamma as sy Tina op haar skoot tel om deur die ou fotoalbums te blaai. Dan kyk Pappa kamma seergemaak na haar tot sy vir Tina fluister: "Eintlik verkies ek hom soos hy nou lyk, sonder al daardie hare en spiere." En sy wys vir Tina 'n foto van Pappa as 'n jong WP-rugbyspeler met breë skouers en bultende beenspiere en 'n wilde bos krullerige hare. "Maar moenie vir hom sê nie, sy kop is klaar groot genoeg."

Nog iets waarvan Tina van kleins af bewus is, is dat die meeste mense haar ook as mooi beskou. *Wat 'n beeldskone kind! Sjoe, sy's 'n beauty, nè. Het julle al daaraan gedink om haar te laat modelwerk doen?* Maar Karel van Vuuren en Martine Visser wil niks van sulke lawwe dinge weet nie. Mamma het haar nooiensvan behou toe sy getrou het, dis net nog iets wat haar anders maak as ander tannies. Mamma en Pappa dink Tina is die pragtigste present op aarde, maar hulle herinner haar gereeld dat skoonheid vergaan terwyl deug bly staan. Tina is nie heeltemal seker wat deug beteken nie, maar dit klink vir haar soos die teenoorgestelde van skoonheid. Iets wat nie per ongeluk in jou skoot val nie, iets wat jy moet verdien.

En as sy na haarself in 'n spieël of op 'n foto kyk, sien sy nie wat ander mense sien nie. Sy sien 'n maer meisietjie met 'n blas vel en dik gladde swart hare en oë wat heeltemal te groot vir die res van haar gesig is, te groot vir haar neus en haar ken, te groot vir alles behalwe haar mond wat net so oormatig groot is, haar lippe te plomp en te pienk om mooi te wees, soos 'n seerplek tussen haar neus en haar ken. Nee wat, dink Tina terwyl sy die gloeiende bewende ligstreep in die Karoonag dophou, sy is nie náástenby so mooi soos 'n komeet nie. 'n Komeet hoef nie deugdelik te wees nie. 'n Komeet kan vir niks anders as sy seldsame skoonheid bewonder word nie. Maar sy is ongelukkig nie 'n komeet nie.

"Dít moet jy onthou," hoor sy weer haar pa in vervoering fluister.

En sy hét.

# PERS

Kleur was vir haar van kleins af meer as net kleur. Iets wat nie tot 'n enkele sintuig beperk is nie. Ander mense, het sy agtergekom, sien verskillende kleure. Dis al. Terwyl sy verskeie skakerings van oranje kan vóél ook. (En proe en hoor en ruik.) Rooi ruik anders as geel of groen. Pienk proe die lekkerste van al die kleure. Elke dag van die week is 'n kleur. Maandag is blou, natuurlik, selfs al is dit 'n prettige Maandag. Dinsdag is rooi en Woensdag geel. En ná daardie Saterdag in September 1989, toe sy sewe jaar oud was, sal Saterdag altyd pers wees.

*The purple shall govern.*

So het graffiti-slagspreuke oral in Kaapstad verklaar. Die Pers Reën-protes is dit in die koerante gedoop. Dit het begin met die woorde van die Freedom Charter wat op 'n groot banier deur die strate van die middestad gedra is. *The people shall govern.* Dit was veronderstel om 'n vreedsame betoging te wees – anders sou Tina se ouers haar beslis nie saamgeneem het nie – om protes aan te teken teen nóg 'n algemene verkiesing waaraan net wit mense kon deelneem. Dit was die laaste wit verkiesing in die geskiedenis van Suid-Afrika, maar dit kon niemand onder die duisende betogers daardie Saterdag voorspel nie.

Tina se herinneringe van die protesoptog bestaan uit flitsende beelde, flardes klank, blitsige beweging soos 'n video wat te vinnig vorentoe gespeel word, skielik vries, dan weer rukkerig agtertoe spring. Die begin van die video is kalm, net so 'n ingehoue opgewondenheid onder die skare, amper soos voor 'n konsert in die Nico Malan of 'n atletiekdag by die skool, maar by Groentemarkplein word die betogers voorgekeer deur 'n muur van polisiemanne wat hulle beveel om uitmekaar te gaan. Die voorstes weier en kniel in die straat. Tina is verder agtertoe in die skare, saam met Pappa en Mamma en 'n paar van Pappa se jong wit Afrikaanse studente en 'n klompie van Mamma se joernalistieke kollegas. Mamma skryf die laaste ruk gereeld stories vir 'n nuwe Afrikaanse koerant, *Vrye Weekblad*, waarmee sy erg opgetrek is. Dit gee my weer hoop vir my taal, sê sy. Tina kan nie eintlik sien wat daar voor aangaan nie, maar sy hoor die polisie skreeu op die knielende betogers wat weier om op te staan of pad te gee.

En toe, skielik, word die wêreld pers.

Die polisie draai 'n waterkanon oop en begin almal met pers kleurstof bespuit. Die pers straal is so sterk dat party van die betogers wat nog nie kniel nie, se voete onder hulle uitgeruk word. Sommige van die betogers bly soos standbeelde op hulle knieë, ander begin paniekbevange vlug.

Hier verander die video in Tina se geheue in 'n skrikwekkende 3D-rekenaarspeletjie. Gille en vloeke wat orals opklink, verontwaardiging en woede op die grootmense se gesigte om haar, rukke en plukke en mense wat omgestamp word deur ander wat probeer weghardloop. En alles wat perser en perser word, selfs die geboue rondom Groentemarkplein wat verdiepings hoog pers geverf word, want een van die betogers het bo-op die waterkanon geklouter om die onophoudelike stroom pers kleurstof weg van die skare te probeer mik. 'n Paar van die klipkerk langs die plein se vensters word aan skerwe gebreek deur die geweld van die pers straal.

Nou begin Tina ook sweet en vrees ruik.

Ja, sy onthou die reuke, dus kan dit nie 'n rekenaarspeletjie wees nie. "Traanrook!" roep iemand, dalk haar pa, maar sy herken nie die woede in sy stem nie. "Die fokkers! Dit ook nog!" Dit moet iemand anders wees, want haar pa vloek nooit eintlik nie. Haar ma is die swetser in die huis. Haar oë en haar keel brand soos dit nog nooit gebrand het nie en deur haar trane sien sy pers mense in alle rigtings spat en polisiemanne met snorre en swaaiende knuppels wat agter hulle aanhardloop. Nêrens om weg te kruip as jy van kop tot tone pers gespuit is nie. Al wat jy kan doen, is om aan te hou hardloop. Ander mense onderstebo te hardloop as dit moet.

Pappa het vir Tina opgeraap, hou haar styf teen sy burs vas en druk haar gesig teen sy nek om haar te beskerm terwyl hy vir hulle 'n pad deur die chaos oopbeur. Dankie tog hy was op sy dag 'n ster op die rugbyveld, het Mamma later gesê, die soort voorspeler wat sy kop laat sak en sy skouers krom trek en soos 'n tenk deur die ander span se verdediging breek. Mamma is agter sy rug, hou met een hand aan Pappa se baadjie vas, haar ander hand om Tina se skoenlose voet geklem.

"My skoen!" roep Tina benoud uit. Haar nuwe rooi tekkie het uitgeval toe Pappa haar so vinnig optel, maar Mamma sê dit maak nie saak nie, Tina, dis net 'n skoen. "Dis my nuwe skoen!" stry Tina en begin huil omdat sy skuldig voel, omdat sy soos gewoonlik nie haar tekkies se veters wou vasmaak nie, al het Mamma haar drie keer gewaarsku dat sy oor haar eie voete gaan val.

"Vergeet van die skoen," roep Pappa bo-oor die geraas uit. "Ons moet wegkom voor jy seerkry!"

"Dit was veronderstel om 'n vreedsame optog te wees . . ." prewel Mamma aanmekaar, haar bruin oë wyd gerek.

"Niks is meer vreedsaam in hierdie land nie," grom Pappa soos 'n kwaai beer. "Ons moes haar nooit saamgebring het nie."

Dit was Mamma wat daarop aangedring het dat Tina saamkom "om te sien hoe demokrasie werk".

"Demokrasie!" snork Pappa. "Sien jy nou, Tina? Dis hoe fascisme werk!"

Pappa en Mamma het net hier en daar 'n pers vlek omdat hulle nie in die voorste deel van die skare was nie. Pappa het 'n dik pers streep in sy grys hare en 'n kleinerige kol op sy jeans; Mamma se T-hemp waarop *Nkosi Sikelel' iAfrika* in bont letters gedruk is, lyk soos 'n lap wat iemand sonder veel sukses probeer tie-dye het. Maar hulle is nie pers genoeg om in hegtenis geneem te word nie. Hulle kry dit reg om uit die skare te ontsnap en stap deur 'n paar systrate terug na die parkeergarage by die Medi-Clinic waar Pappa 'n paar uur vroeër sy tweedehandse 1973-Mercedes geparkeer het.

Toe hulle eers veilig in die motor is, kom Mamma se glimlag vinnig terug.

"Jy sou nogal nie 'n onaardige punk gewees het nie, weet jy?" sê sy terwyl sy onderlangs na Pappa agter die stuurwiel loer. "Pers hare pas jou beter as grys."

"Kom ons hoop my studente dink ook so," brom Pappa, "as ek Maandag so moet gaan klasgee. Weet nie hoe lank dit gaan vat om die pers uitgewas te kry nie."

"Ás dit enigsins uitgewas kan word," sê Mamma. "Die polisie is deesdae so pervers, dit mag dalk net hulle idee van sports wees. Om ons vir altyd pers te hou."

En die polisie se eerste persverklaring is nie juis gerusstellend nie. ("Pers verklaring," sê Pappa en grynslag, "haha," maar hy lyk meer vies as vrolik.) Forensiese wetenskaplikes is glo genader om vas te stel of die kleurstof afgewas kan word en – indien wel – wat die beste manier sou wees om dit reg te kry. ("Die blerrie idiote," mompel Pappa met sy kop onderstebo in 'n wasbak terwyl Mamma sy pers kopvel met skuimende sjampoe masseer.) Later volg daar darem 'n aankondiging dat die kleurstof skadeloos is en met seep en water van klere afgewas kan word.

Maar vir Tina lyk dit of haar ma amper spyt is dat mens so maklik daarvan ontslae kan raak. Martine Visser loop tot laataand in haar pers T-hemp rond, 'n sigaret in een hand en die telefoon in die ander hand om haar vele vriende van haar kleurvolle avontuur te vertel. Jou ma sou graag daai T-hemp wou raam, sê Pappa.

Dís waar die reënboognasie van die Nuwe Suid-Afrika

begin het, het Mamma later beweer, daardie pers Saterdag op Groentemarkplein. En jy was dáár, Tina. Dis iets om eendag vir jou kleinkinders te vertel.

Al wat Tina van die protesoptog oorhou – behalwe 'n rooi tekkie sonder 'n maat – is 'n groterige persblou kneusplek hoog op haar bobeen. 'n Dag of drie later het die blou kol 'n indrukwekkende geel skynsel gekry wat sy soos 'n oorlogswond vir haar graad 1-maats op Stellenbosch wys. Tot 'n paar klikbekke vir hulle ma's gaan vertel dat Tina van Vuuren loop en spog met 'n seerplek wat sy tussen 'n spul pers mense opgedoen het. Toe mag minstens drie van die kinders in die klas skielik nie meer met haar speel nie.

Niandré, hulle mooi jong juffrou se witbroodjie, kom kortpouse met haar wipneus en vet vlegseltjies vlak voor Tina staan. "My ma sê jou ma werk vir 'n koerant wat lelike woorde gebruik."

En terwyl Tina nog verbouereerd na haar staar en wonder hoe sy haar ma kan verdedig, tree 'n baasspelerige donkerkopseun met die naam Ruan ook dreigend nader. "En my pa sê jou pa is die soort wat die land vir die kaffers wil gee."

"Siesa, dis 'n lelike woord!" roep Tina geskok uit.

"Nie so lelik soos die woorde in jou ma se koerant nie," sê Niandré.

"Dis nie my ma se koerant nie! Sy skryf vir ander koerante ook. En sy sal nooit dáái woord gebruik nie."

"Anyway," sê Niandré met 'n swiep van haar vlegsels, "my ma sê dis beter as jy nie volgende week na my partytjie toe kom nie."

"Maar jy't my klaar genooi!" Tina sien so uit na Niandré se verjaardagpartytjie in die Spur dat sy sommer jok. "En ek het klaar vir jou 'n present gekoop."

Die belofte van 'n present laat Niandré 'n oomblik weifel.

Net lank genoeg dat Ruan nog 'n nare aanmerking kan maak. "My pa sê dis beter om weg te bly van kinders soos jy. Een vrot appel in 'n bak kan al die appels laat vrot."

Tina wil nie soos 'n baba voor die ander kinders huil nie, daarom knip sy haar oë vinnig, draai op haar hakke om en vlug na die meisies se kleedkamers. Sy hoor hoe Niandré agter haar rug giggel vir iets wat Ruan sê. Sy sluit die deur van een van die toilethokkies agter haar en huil geluidloos in haar handpalms tot die klok lui om die einde van kortpouse aan te kondig.

Maar dis nie die laaste trane van die dag nie. Toe langpouse begin, vra juffrou Kemp haar om in die klas agter te bly. Haar hart klop wild toe die jong juffrou albei haar hande vat en diep in haar oë kyk voordat sy begin praat, haar stem so sag en innig soos wanneer sy bid. "Ek is só teleurgesteld in jou, Tina," sê Juffrou. "Ek hoor jy lig jou skoolrok op om vir die seuntjies jou broek te wys."

"Waar . . . maar dis . . . dis nie . . ." stotter Tina.

Juffrou skud haar kop stadig. "Só teleurgesteld."

"Ek het nie my broek gewys nie, ek het vir hulle 'n seerplek gewys!"

"Wat net onder jou broek se rek sit, nie waar nie? Jy's so 'n lieflike kind, Tina. Hierdie blinkswart hare." Juffrou streel oor Tina se hare terwyl sy haar oë 'n oomblik toemaak. Vir Tina voel dit al hoe meer asof Juffrou besig is om vir haar te bid. "As 'n lelike dogtertjie haar rok oplig om aandag te trek, kan mens dit miskien nog verstaan. Maar 'n kind wat met jou voorkoms geseën is . . ."

Hierdie keer huil Tina hardop, asof haar hart wil breek, snikkend en snotterig met 'n oop mond soos 'n baba, tot Juffrou haar vasdruk om haar tot bedaring te bring. Sy huil omdat sy skaam en skuldig voel, omdat sy vir die eerste keer besef dat haar ouers anders dink oor baie dinge as die meeste van haar klasmaats se ouers, omdat sy skielik wens hulle was meer soos Niandré se ouers, omdat sy só graag na Niandré se partytjie in die Spur wou gegaan het. En omdat sy haar kan voorstel hoe teleurgesteld Mamma en Pappa sal wees as hulle moet weet wat sy nou wens.

# KEUSES

"Een van die dae gaan ek net sulke mooi tieties soos Barbie hê," sê Charlynn terwyl sy oor die blonde plastiekpoppie se kaal pienk borste streel.

Tina konsentreer op die sjokoladekleur-Barbie wat sy besig is om deftig aan te trek, jas en stewels, hoed en handskoene. Charlynn wil net weer haar T-hemp oplig sodat Tina haar bra kan bewonder. En Tina het nou rêrig genoeg van Charlynn se bra gesien.

"My ma sê niemand op aarde kan tieties soos Barbie hê nie," sê Tina sonder om op te kyk. "Ons is nie van plastiek gemaak nie. Ons gaan tieties kry wat sag is en skud."

"Myne skud klaar 'n bietjie," sê Charlynn giggelend.

Tina maak asof sy haar nie hoor nie. Sy en Charlynn was nog altyd beste maats, maar van die wette begin verander het en Charlynn toegelaat is om na dieselfde Model C-skool as Tina te gaan, is dit asof Charlynn ook aan die verander is. Asof sy dit heeltyd onder Tina se neus wil invryf dat sy amper drie jaar ouer is. Onthou, jy's nie my enigste wit pel nie, het sy glad nou die dag opgemerk, ná hulle stry gekry het oor watse TV-program hulle wil kyk.

"Dis waarom my ma nie eintlik van Barbie hou nie," sê Tina. "Sy sê dis 'n slegte . . . rolprentmodel vir meisies soos ons."

"Wat's 'n rolprentmodel?"

"Iemand na wie jy opkyk, iemand soos wie jy graag wil wees, iemand soos . . ."

"O, 'n rólmodel!" roep Charlynn uit. "Soos prinses Diana!"

"Ek weet nie so mooi van Diana nie. Al wat sy gedoen het, was om 'n prins te trou."

"Excuse me?" Charlynn rek haar oë op 'n oordrewe manier. "Dink jy dis máklik om 'n prins te kry om met jou te trou?" Charlynn versamel al jare lank prente van die Britse prinses. Niks kan haar vurige bewondering blus nie, nie eens die stories dat die prinses binnekort van haar prins gaan skei nie.

"Seker nie. Maar my ma sê dis hartseer dat meisies almal prinsesse of poppe wil wees."

"Tjaag, jou ma," sê Charlynn.

Tina knik instemmend. Tjaag, dink sy, haar ma.

Hulle sit op die mat in Tina se kamer met 'n paar Barbies in verskillende stadiums van ontkleding tussen hulle. Behalwe die blondine is daar twee melksjokolade-poppies en ene wat so half Oosters lyk met gladde swart hare. "As julle dan nou met póppe moet identifiseer," het Mamma sugtend verklaar, "sal ek sorg dat hulle ten minste nie almal pienk en blond is nie." En tog kies Charlynn altyd, sonder uitsondering, die blonde Barbie.

Dis middel Maart en die bome in die tuin agter die huis begin hulle herfskleure wys, maar dis nog warm genoeg om T-hemde en kortbroeke te dra. Tina kyk na Charlynn se kaal voete langs hare op die mat. Haar vel is amper so donker soos Charlynn s'n, maar haar tone is lank en maer, terwyl Charlynn die oulikste vet klein toontjies het. Uit die kombuis, waar ouma Katie aan die kook is, hoor hulle Radio Good Hope se popliedjies en advertensies. "Remember the Time" van Michael Jackson, waaroor hulle albei mal is, en "I'm too Sexy" van Right Said Fred, wat Charlynn van nuuts af laat giggel terwyl sy haar tieties skud. *I'm too sexy for my shirt.* Tina weier om saam te giggel. Vir die Oosterse Barbie kies sy 'n wye blou aandrok met blinkertjies, wat eintlik beter by die blondine sou pas, maar dit lyk asof Charlynn die blondine vir die res van die middag kaal wil hou.

"Ek's bored," kla Charlynn. "Ons moes liewers saam met jou ma en pa stadsaal toe gegaan het vir die stemmery."

"Pappa het gesê hy weet nie hoe lank dit sal vat nie. As ons ure in 'n ry moes staan en wag, sou jy daar ook bored geraak het."

Pappa het besluit dis beter as hulle by ouma Katie bly. Ouma Katie mag nie stem nie. Dís waarom dit so belangrik is om aan hierdie referendum deel te neem, het Mamma vir Tina verduidelik. As genoeg wit mense in die land ja stem, sal mense van ander kleure volgende keer ook mag stem.

"En as die wit mense nee stem?" wou Tina weet.

"Ons kan nie só onnosel wees nie," het Mamma met 'n siddering geantwoord.

"Ek's nie so seker dáárvan nie," het Pappa gebrom.

"Dit sal oorlog en bloedvergieting veroorsaak," het Mamma voorspel.

"Ruan sê sy pa wil in Australië gaan woon as die swartes hier oorneem," het Tina hulle vertel.

"Wie's Ruan as hy by die huis is?" wou Pappa weet.

"'n Simpel klein seuntjie in haar klas," het Mamma ongeduldig opgemerk. "Sy pa klink soos die soort wat in elk geval nie in die Nuwe Suid-Afrika gaan aard nie, so, dis dalk beter as hulle gaan."

"Maar hoe weet Mamma óns gaan hier aard?" wou Tina met 'n beklemming in haar keel weet.

"Ons het nie 'n keuse nie," het Mamma gesê. "Ons is hier gebore en ons sal hier doodgaan."

Waarom het ons nie 'n keuse nie? het Tina gewonder. Australië klink vir haar soos 'n vroliker vooruitsig as oorlog en bloedvergieting.

"Tjaag, ek weetie, ek raak seker maar te groot om met Barbies te speel." Charlynn bekyk die blonde poppie wat teen dié tyd darem al 'n langbroek en hoëhaksandale dra, hoewel die pienk plastiektieties steeds kaal bly. "Ek doen dit actually net om vir jou te please."

"Ons kan iets anders speel as jy wil."

"Nee wat, speel is vir babies soos jy wat nog nie bra dra nie," terg Charlynn met diep kuiltjies in haar bolwange.

As Tina kon kies, sou sy veel eerder Charlynn se sagte plomp lyf wou hê (veral Charlynn se sagte plomp tieties) as haar eie plat en benerige lyf. En sy sou sweerlik al haar Barbies verruil vir Charlynn se pragtige kuiltjies. Miskien selfs 'n paar van haar kosbare papierpoppe.

"Is jy lus om klere te ontwerp? Ek kan die papierpoppe uithaal?"

Charlynn se kuiltjies word onmiddellik nog dieper, nes Tina gehoop het. "Daai papierpoppe waarop jy altyd so heilig is?"

"Ek's nie heilig nie," protesteer Tina, "ek probeer hulle net oppas voor hulle verder uitmekaarval. Ek het jou mos gesê dis al wat ek van my ander ma het."

"Jou regte ma?" vra Charlynn, die kuiltjies nou weg.

"Nee, Mamma is my regte ma." Tina staan vinnig op om die boks in haar klerekas te kry, heel agter onder haar dikste wintertruie, waar sy dit saam met haar dagboek en ander geheime goeters wegsteek. "Die een wat vir my die papierpoppe gelos het, is my ander ma."

Charlynn bekyk haar met 'n skewe kop en 'n onbegrypende frons. "Maar die ene met die papierpoppe is die ene in wie se maag jy was. Dan is sy mos jou regte ma."

"H'n-'n." Tina skud haar kop, baie beslis. "Mens se regte ma is die een wat jou die liefste het."

Tina kom sit weer op die mat en maak die boks versigtig oop. Sy het hierdie boks al so lank soos sy kan onthou, 'n gewone skoenboks wat met koerantpapier oorgetrek is, maar sy het eers omtrent twee jaar gelede besef die koerantblaaie dra almal dieselfde datum: 28 Februarie 1982. Haar geboortedag. Op daardie dag, of kort daarna, het haar ander ma 'n boks oorgetrek met koerantpapier wat dalk bedoel was om eendag vir Tina te troos met die gedagte dat 'n onbekende iemand elke jaar op haar verjaardag aan haar dink. Maar nadat hierdie onbekende iemand die stokou papierpoppe en hulle fyn papierkleertjies netjies in die boks gepak het, het sy die deksel toegemaak, vir altyd, en die boks saam met haar baba weggegee.

Hoe moet dít nou vir Tina troos?

Charlynn was nog altyd gefassineer deur die ou papierpoppe, mal daaroor om vir hulle klere te teken en in te kleur en uit te knip, maar vanmiddag skuif sy nie dadelik nader toe Tina die papierpoppe een vir een begin uitpak nie.

Die misterieuse man met die donker hare wat so glad geolie agtertoe gekam is, die een wat iewers langs die pad 'n voet verloor het, is ook die een met die meeste name agter op sy grys kartonrug geskryf, Clark, Carlo, Charles, Conrad, Christo en nog 'n spul ander wat onleesbaar geword het, almal name wat met 'n C begin, in minstens drie verskillende mense se handskrifte. Dan is daar Judy-Gina met die cute gesiggie en die krullerige bruin hare en die skraal nek wat met 'n vergeelde stuk kleeflint aan haar lyf vasgeplak is. Liz-Vanessa met die raafswart hare en persblou oë wat sommer 'n hele halwe arm makeer. Dean-Deon, nog 'n aantreklike donkerkop ou, wie se geskeurde regterarm skeef teruggeplak is . . .

As hulle so sonder klere met hulle gehawende lywe langs mekaar op die mat lê, lyk hulle nie juis glamorous nie. Meer soos oorlewendes van 'n oorlog. Slagoffers van landmynontploffings, het Mamma op 'n keer opgemerk, met al daai missing ledemate. Mamma háát landmyne, selfs meer as gemorskos en plastiektieties. Sy skryf gereeld koerantstories oor hoe onskuldige kinders oral in Afrika hulle voete en bene verloor lank ná die oorlog in hulle streek verby is.

Maar die papierpoppe se fisieke toestand het nog nooit vir Tina of Charlynn gekeer om vir hulle die pragtigste uitrustings te ontwerp nie. Inteendeel. Dit spoor hulle eerder aan om verbeeldingryker te wees, helderder kleure te gebruik en interessanter patrone te skep, om die klere so mooi te maak dat mens nie meer die poppe se gestremdhede raaksien nie.

En tog reageer Charlynn steeds nie soos gewoonlik nie. Sy kyk skaars na die papierpoppe, staar net ingedagte voor haar uit met haar arms styf oor haar opgetrekte bene gevou en haar ken op haar plomp kaal knieë.

"Kies jy eerste," sê Tina in 'n taamlik teensinnige poging om Charlynn se belangstelling te prikkel.

"Hierdie een," sê Charlynn sonder aarseling en tik met haar wysvinger op die papierpop met die langste bene en die blondste hare.

Vir Tina is dit nie so maklik nie. As sy die oulike Judy kies, gaan sy die pop met die persblou oë verloor, want Charlynn gaan beslis in die volgende ronde vir Vanessa kies. Hoe sê Mamma nou weer? *Choosing is losing.* Met 'n gelate sug kies sy tog maar vir Judy met die cute glimlag. *Bye, Vanessa.*

"As dit waar is wat jy sê van die ma wat jou die liefste het," mymer Charlynn met haar ken steeds op haar knieë, "is ouma Katie eintlik my enigste ma. My regte ma het vere gevoel vir my."

"Hoe weet jy?" stry Tina. "Sy't jou mos nie weggegee nie?"

"Dit was nie nodig nie." Charlynn wikkel haar kort vet toontjies. "Die welfare het my weggevat oor sy so useless was."

Mamma sê Charlynn se ma moet gehelp word want sy't 'n drankprobleem. Ag, nee wat, sê ouma Katie, haar enigste probleem is sy suip soos 'n vis. En sy willie ophou nie. Ouma Katie het self ook woes gedrink in haar jonger jare omdat sy op 'n plaas onder die dopstelsel grootgeword het, maar vandat sy haar hart aan die Here gegee het en na die handeklapkerk toe gaan, ráák sy nie meer aan drank nie. Selfs leë drankbottels laat haar gril. Wyk, Satang, prewel sy elke keer as sy een van Mamma en Pappa se leë wynbottels in die vullisdrom moet gooi. Ouma Katie sê sy weet nie wat van Charlynn se ma geword het ná sy haar 'n paar jaar terug finaal uit haar huis weggejaag het nie. "Laas gehoor sy slaap iewers onder 'n brug saam met 'n bergie." Maar ouma Katie is nie harteloos nie, meen Mamma, sy wil net vir Charlynn beskerm.

Want vir Charlynn het ouma Katie gróót planne. Veral noudat dinge in die land begin verander. Charlynn gaan 'n ryk en belangrike man trou, glo ouma Katie, en sorg dat haar ouma eendag die duurste en deftigste doodskis kry wat enigiemand nog gesien het. Mamma skud haar kop ongeduldig as ouma Katie só begin praat. Asof 'n ryk man en 'n mooi doodskis al is wat saak maak! Sorg liewers dat Charlynn so ver moontlik leer, dan kan sy self ryk en belangrik word, met of sonder man. Maar Ouma Katie luister nie rêrig na Mamma se raad nie, sy loer net so onderlangs na haar.

Omtrent soos Charlynn nou na Tina sit en loer, dieselfde onleesbare oë as haar ouma.

Toe die klompie papierpoppe gelykop tussen hulle verdeel is, trek Tina die plastiekhouer met kleurkryte en viltpenne op haar lessenaar nader en sit dit saam met 'n stapel skoon papierblaaie op die mat neer.

"Hei," sê sy toe Charlynn steeds bewegingloos bly sit. "Wat gaan aan met jou?"

"Ek wonder maar net of jy nie partykeer vrek van nuuskierigheid oor jou ander ma nie."

"Nie rêrig nie." Tina kies 'n paar kleurkryte, vermy Charlynn se oë. "Kom ons kyk wie eerste die mooiste dansrok kan teken, oukei? Of sal ons liewers 'n casual outfit ontwerp?"

"Ek bedoel, jy't nie eens 'n foto van haar nie. Al wat jy het, is 'n boks vol geskeurde papierpoppe."

"Dis beter as niks." Skielik wil Tina huil. Waarom weet sy nie. Sy voel meer vies vir Charlynn as hartseer oor die ma wat sy nie ken nie. "En jy?" vra sy snipperig. "Wat het jy van jóú ma?"

"Ek het niks nodig nie, want ek onthou haar. Toe ek baie

klein was, toe sy nog by ouma Katie gebly het. Ek onthou veral haar stem. As sy dronk was. Soos 'n kwaai gans, dis hoe sy geklink het. Onthou jy, as jou ma vir ons fairy tales gelees het, het sy altyd haar stem so krakerig gemaak om soos 'n heks te klink? So ganserig? Dit het my altyd aan my ma laat dink."

"Onthou jy niks . . . mooier nie?"

"H'n-'n. Ek onthou net genoeg om liewers niks verder te wil onthou nie. Raait, 'n dansrok, sê jy? Hier gaat ons." En sy gryp die blonde papierpop met die lang bene en begin die buitelyne van haar lyf met 'n potlood natrek.

Tina weet sommer klaar Charlynn se dansrok sal meer oorspronklik as hare wees. Charlynn is mal daaroor om interessante vorms uit te dink, om plooie of voue op onverwagse plekke te teken, om valle en strikke en ander versierings by te las. Terwyl Tina min gepla is met sulke besonderhede. Al wat Tina wil doen, is kleure kombineer. Tina se ontwerpe is meestal vervelige regaf rokke, maar die kleure, o, die kleure, die skakerings van groen en blou wat sy saam gebruik, die goue strepe en die uitspattige oranje kolle, die kartelende ligpienk lyne teen 'n gitswart agtergrond soos die eerste strepie daglig ná 'n lang nag, dís wat Tina opgewonde maak.

Nou teken sy soos gewoonlik 'n lang regaf rok – vir Judy met die cute glimlag en die gebreekte nek – wat sy met oorgawe begin inkleur. Vir die bostuk kies sy 'n posbusrooi kryt, en vir die romp trek sy vet strepe in verskillende skakerings van rooi, van 'n pienkerige waatlemoenrooi tot 'n perserige wynrooi. Rooi, want hierdie referendumdag is 'n Dinsdag en vir Tina bly Dinsdag nog altyd 'n rooi dag. Maar sy sukkel om te vergeet wat Charlynn pas gesê het. *Ek onthou net genoeg om liewers niks verder te wil onthou nie.*

Vir die eerste keer wonder Tina of dit nie beter is om glad niks van jou ma te weet nie eerder as om net nare herinneringe te hê. Solank sy nie haar "regte ma" ken nie, kan sy mos maar haar verbeelding gebruik om vir haar 'n ma so mooi soos 'n papierpop te skep? En as sy nou rêrig moet kies, sal sy altyd haar verbeelding bo die werklikheid kies.

# NUUT

Tina help haar ma en Charlynn die tafel dek terwyl haar pa sy ding doen voor die stoof, begeesterd, met 'n blink geswete voorkop en 'n glas wyn in die hand. Ouma Katie is gewoonlik die hoofkok in die huis, maar vandag is sy bloot 'n beskeie handlanger – groenteskiller en skottelgoedwasser en so aan – want Pa maak paella en ouma Katie wantrou "uitlandse kosse". Afrikaanse en Engelse kos, sê ouma Katie, dis wat sy van jongs af leer kook het en dis wat sy sal aanhou kook. Nie Spaanse of Franse disse nie, nog minder Japannees (rou vis, verbeel jou) of Pa se flavour of the month, groen Thaise kerries, wat vir ouma Katie rêrig volksvreemd en verdag voorkom.

Ja, koskook is die nuutste toevoeging tot Karel van Vuuren se lang lys van passies, saam met rugby en sterrekyk en kamermusiek en witwaterkanovaarte en voëlgeluide en wie weet wat nog alles oor 'n maand op daardie lys sal wees.

Wat Tina en haar ma die meeste verbaas, is dat die ou passies nie noodwendig verflou wanneer daar 'n nuwe een bykom nie. Haar pa is byvoorbeeld nog net so geesdriftig oor rugby – miskien selfs meer as ooit noudat die Springbokke weer toegelaat word om internasionaal te speel – en sien opgewonde uit na die Wêreldbekerreeks wat binnekort hier in die land begin. Die enigste verskil is deesdae kyk hy soms rugby op 'n klein TV-stel in die kombuis terwyl hy kook. As die wedstryd rêrig opwindend raak, verloor hy tydelik sy konsentrasie op die kos en dan brand die groen kerrie omtrent 'n gat dwarsdeur jou tong.

Maar sy vrou kla nie. Sy is maar net te dankbaar as sy uit

die kombuis kan ontsnap. Vir Martine Visser was koskook nog altyd 'n plig eerder as 'n plesier. Tina vermoed haar pa se jongste passie is gebore uit moedeloosheid omdat haar ma se kos deur die jare al hoe slegter begin smaak het. (Soms vermoed sy selfs dat haar ma aspris al hoe slegter kos begin kook het.) Dié dat haar ma nou so gedwee tafel dek terwyl haar pa die paella in 'n massiewe pan op die gasstoof staan en roer.

Die kombuis-eetkamer is 'n ruim oopplan-vertrek wat onlangs ingerig is deur twee binnemure in die ou huis af te breek. Ouma Katie is steeds dikmond oor hierdie verandering. Die kombuis was haar wegkruipplek as hulle gaste onthaal, mor sy. Nou staan sy daar soos 'n pop in 'n winkelvenster terwyl die gaste eet. Nowhere to hide. Karel sien die saak anders. Hy geniet dit om deel van die geselskap te wees wanneer hy kook. Alle manlike kokke is performers, beweer Martine, hulle kan nie sonder 'n gehoor en applous klaarkom nie.

Vandag neurie die performer in die kombuis dramatiese opera-arias terwyl hy kort-kort die sweet van sy bloesende gesig afvee. Hierdie permanente blos is al wat hy oorgehou het van die sproete en weerbarstige rooiblonde hare waaroor hy op skool glo genadeloos geterg is. Sy hare, steeds krullerig, het die laaste paar jaar spierwitgrys geword. Om sy groot lyf is 'n voorskoot gebind wat sy vrou laas jaar vir hom by die Black Sash se Kersmark gekoop het. Op die rooi lap staan in vet wit letters: *Cooking up a New South Africa*.

"Wees gewaarsku," mompel Tina onderlangs teenoor Charlynn terwyl hulle die servette vou. "Dit lyk of dit weer een van daai Nuwe Suid-Afrika-etes gaan wees."

"Cool." Charlynn druk haar hand voor haar mond (haar naels is skokpienk geverf, merk Tina op, nie sonder 'n bietjie afguns nie), maar die kuiltjies in haar wange maak dit onmoontlik om haar glimlag weg te steek. "Jy bedoel so 'n lekker mix of cultures soos in die bieradvertensies?"

"Ja, toe maar, spot maar," sê haar ma. "Julle is te jonk om

te onthou hoe erg die ou Suid-Afrika was. Thank your lucky stars."

Martine het besluit om Menseregtedag te vier – een van die nuwe amptelike vakansiedae in die nuwe demokratiese land – met 'n gesellige middagmaal vir 'n groepie veelrassige gaste. Die feit dat hierdie soort veelrassige geselligheid bra skaars is in die meeste huise in die land – tot dusver word dit eintlik net in optimistiese TV-advertensies aangetref – maak Martine net nog meer vasberade om 'n voorbeeld te stel. 'n Voorbeeld vir wié, wonder Tina.

Dalk hoop haar ma dat die bure in hulle rustige Stellenbosse straat (almal nog net so wit soos in die ou Suid-Afrika) oor hulle elektroniese tuinhekke en hoë heinings sal loer om die aankoms van die voorbeeldige gaste te aanskou? En begeesterd na mekaar sal kyk en sal uitroep: A nee a, as die Van Vuuren-Vissers dit kan doen, kan ons ook mos! Of miskien wil Martine hê haar dogter moet môre by die skool gaan spog oor hoe lekker hulle gekuier het saam met die swart joernalis Hlengiwe Tswete en sy blonde vrou Elsie van der Merwe? En die bekende feminis Farida Daniels ("julle moes haar al baie op TV gesien het, sy gaan altyd so aan oor vroueregte?") en haar oulike klein seuntjie wat sy stoksielalleen en sonder 'n man grootmaak? "O ja, en natuurlik ook Conrad en Stefaans, óú vriende van my ma en pa, hulle is nou wel albei wit, maar hulle is gay (Conrad en Stefaans, nie my ma en pa nie) en julle weet mos ons nuwe grondwet verbied alle soorte diskriminasie, ras, geslag, sexual preference, die works."

Ja, dink Tina grimmig, dis waarskynlik wat haar ma wil hê.

Sy is saam met haar ouers opgewonde oor alles wat verander het in die land. Sy wens net hulle wil verstaan dat almal op straat en by die skool nie so opgewonde soos hulle is nie. Nee, natuurlik verstaan hulle dit, hulle weet maar te goed hulle is anders as die meeste wit mense. Die probleem is dat hulle trots is op hulle andersgeit – dat hulle slimmer is, meer "verlig", "oopkop", "vrydenkend", al die mooi woorde wat hulle so maklik rondgooi – terwyl Tina om hemelsnaam tog net nie anders as haar maats wil wees nie. Dis klaar erg genoeg om langer as die meeste dertienjarige meisies te wees. Om uit te staan, letterlik, op enige klasfoto of groepfoto. Sy wil op geen ander manier uitstaan nie. Tina se innigste wens, op die ouderdom van dertien, is om saam te smelt, een te raak met die res, heeltemal weg te raak, as sy kan.

"Wat vier ons nou eintlik op Menseregtedag?" vra Charlynn ingedagte, haar aandag op die wit lapservet wat sy in die vorm van 'n volmaakte roos vou. Van sy laas jaar 'n biblioteekboek oor tafelversiering en blomrangskikking uitgeneem het, spog sy met haar nuwe tegnieke elke keer as die Van Vuuren-Vissers gaste kry.

"Menseregte, wat anders?" antwoord Tina, gefrustreerd omdat haar servet soos 'n servet bly lyk, hoe hard sy ook al probeer om dit in 'n roos te verander.

"Thanks, dummy." Charlynn sou haar graag 'n kyk van sestienjarige meerderwaardigheid wou gee, maar dis moeilik om meerderwaardig te lyk teenoor iemand wat 'n kop langer is as jy, daarom slaan sy eerder haar oë op na die plafon. "Ek bedoel hoekom vandág op 21 Maart?"

"Moenie vir my sê julle weet nie van Sharpeville nie!" sê Martine geskok oorkant die tafel.

Natuurlik weet Tina van Sharpeville. Jy kan nie in hierdie huis grootword, met ouers soos hare, sonder om sulke dinge te weet nie. Sharpeville is 'n plek waar die polisie lank gelede 'n klomp swart mense doodgeskiet het. Tina is nie seker in watter jaar dit gebeur het, of hoeveel mense dood is, of selfs presies wáár Sharpeville is of was nie. Maar sy wéét van Sharpeville.

"Ooo, so dis oor Sharpeville dat ons vandag 'n vakansiedag gekry het?" sê sy nogtans, kamma onskuldig. "Ek dog dis oor koningin Elizabeth vir ons kom kuier het!"

"Tjaag, die ou queen." Charlynn het haar toorkunsies met

die servette suksesvol afgehandel en stap nou na 'n kombuiskas om 'n blomvaas vir haar tafelrangskikking te soek. "Ek wens hulle het eerder vir prinses Di gestuur."

"Niks verkeerd met die ou queen nie," berispe ouma Katie. Sy het gister die regstreekse TV-uitsending van die Britse koningin se aankoms in Kaapstad gekyk en is diep beïndruk deur die ou lady se waardigheid voor die juigende skare wat die Royal Britannia ingewag het. "Sy weet hoe om haar te gedra. Anders as daai spul kinners en skoonkinners van haar."

"En Diana is anyway nie meer deel van die koninklike familie nie, Charlynn," sê Tina snipperig.

"Ek wéét, Tina. Maar ek sou nogtans eerder na haar wou kyk. Sy's mooier en jonger en sy trek tien keer beter aan as die queen."

"Die queen was ook op haar dag 'n mooi jong prinses," sê ouma Katie terwyl sy die werktoonbank in die middel van die kombuis met 'n spons skoon vryf. "Ek onthou nog toe sy in forty-seven hier was . . ."

"Haai, ouma Katie, ek ook," sê Tina se ma verras. "Ek was sewe jaar oud en ek onthou hoe sy oor die radio gepraat het. Die hoë stemmetjie met die hot potato in the mouth. En al die foto's van haar en prinses Margaret in die koerante . . ."

"Ek was 'n opgeskote meisiekind. Langs die spoor staan en waai toe die Royals se trein deur die Boland gery het." Ouma Katie vee haar hande aan 'n vadoek af. Haar oë kyk ver terug, na 'n tyd waarvan Tina en Charlynn niks weet nie. "Wonder wat die ghrend prinsesse in die trein van ons spul plaaswerkers in ons flenterklere gedink het. Dis nou te sê as hulle ons ooit gesien het."

Dis nie die eerste keer dat Tina besef dat ouma Katie skaars 'n paar jaar ouer as haar ma is nie, maar dit skok haar elke keer van nuuts af. Sy kyk verwonderd na die twee vroue: die een kort en oorgewig in 'n pienk oorjas met 'n bypassende pienk keppie op die kop, haar donker gesig soos gewoonlik ernstig, oud en moeg, oortrek met plooie soos paaie op 'n padkaart, haar swart oë amper weggesink in haar oogkasse; die ander een lank en fors gebou in swart jeans en 'n T-hemp en tekkies, haar donkerbruin hare blink en perfek geknip, 'n gladde bob met 'n kort kuifie, 'n lang etniese veeragtige oorbel in een oor, haar gesig nie meer jonk nie, duidelike lyne om die mond en op die voorkop, maar tog sonbruin en gesond eerder as oud en moeg. Haar ma dra nooit juis veel grimering nie, vandag het sy soos gewoonlik net 'n bietjie blink op haar lippe gesmeer, en tog lyk sy omtrent twintig jaar jonger as ouma Katie.

Tina weet, sy het haar ma al hoeveel keer hoor sê, dis armoede en swaarkry en harde werk wat ouma Katie voor haar tyd verouder het. En genoeg geld en gemak en 'n werk waaroor sy mal is wat haar ma jonger as haar jare laat lyk? Totale toeval dus, bepaal deur waar en wanneer hulle gebore is en deur wie hulle grootgemaak is. As Martine Visser 'n halwe eeu gelede in 'n bruin plaasarbeider se huis moes grootword . . .

"En jy, Karel?" vra haar ma. "Wat onthou jy van die koningin se vorige besoek?"

"Nee wat," lag haar pa terwyl hy sy paella roer, "dit het heeltemal by my verbygegaan. Ek was op 'n plaas in die Vrystaat, ver van enige treinspoor, en my pa het in elk geval nie ooghare vir die Ingelse gehad nie. Onthou, sy ma is dood in een van hulle konsentrasiekampe. G'n manier dat hy sy kinders sou toelaat om vir hulle koning te gaan waai nie."

Tina, wat van kleins af weet dat sy gelukkig is om deur hierdie ouers aangeneem te wees en in hierdie huis groot te word, voel haar oë vol trane skiet as sy dink aan die rol wat toeval in hulle almal se lewe gespeel het.

"Dis so onregverdig!" roep sy uit

"Wat is onregverdig, Tina?" vra haar ma verbaas.

"Alles! Alles, alles, alles!" Sy swaai om en vlug by die vertrek uit, die laaste mislukte servetroos opgefrommel in haar hand.

"En nou?" hoor sy haar pa voor die stoof vra, sy stem verbouereerd. "Waar kom dít vandaan?"

"Hormone," antwoord haar ma. "Sy's dertien jaar oud."

Dis nie my blerrie hormone nie, wil sy skreeu toe sy haar kamerdeur agter haar toeklap en op haar bed neerval en haar neus in die servetroos snuit. Van sy drie maande gelede vir die eerste keer begin menstrueer het, blameer haar ma haar skommelende hormone elke keer as sy in 'n slegte bui is of stilstuipe kry of 'n opstandige aanmerking maak. Terwyl sy wat Tina is elke dag besef dat daar veel erger onregverdighede in die lewe is as haar eie onvoorspelbare tienderjarige hormone.

'n Uur later, nadat sy haar kop in haar kussing gedruk en haar hart uitgehuil het om haar sogenaamde hormone weer in beheer te kry, sit Tina besadig aan tafel en bestudeer haar ouers se groepie veelrassige en gay gaste. Charlynn eet saam met hulle, soos gewoonlik. Charlynn het lankal 'n tweede kind in hulle huis geword, 'n ouer suster wat Tina irriteer soos net 'n ouer suster jou kan irriteer, 'n gevoel halfpad tussen afguns en heldeverering. Maar ouma Katie, wat nog "van die ou soort" is (soos Martine dit stel terwyl sy haar kop moedeloos skud), kon nog nooit oorreed word om haar pienk oorjas uit te trek en haar pienk keppie af te haal en saam met die gesin aan te sit nie. Op dae soos vandag, met gaste van alle kleure aan tafel, is ouma Katie se outydse koppigheid vir Martine en Karel selfs 'n groter verleentheid as gewoonlik.

Gelukkig kon hulle haar darem oorreed om die res van hierdie Menseregtedag af te vat, om by haar huis in Cloetesville te gaan rus (of wat sy ook al wil doen), anders moes sy nou daar in haar pienk oorjas in die oop kombuis staan. Presies soos die winkelpop wat sy nie wil wees nie.

Farida Daniels se bekkige sesjarige seuntjie sit en gesels lang stories tussen Tina en Charlynn. Charlynn het 'n slag met kinders, sê almal altyd. Toe sy kleiner was, het sy gesê sy wil eendag in 'n crèche werk, "soos lady Di", waarskynlik in die hoop dat sy soos lady Di met 'n prins sou trou. Maar deesdae soek Charlynn Fortuin 'n meer glamorous werk. "Iets in die fashion industry of so," sê sy.

Tina weet nog glad nie wat sý eendag wil word nie. Of liewer, sy weet sy wil graag met prente en woorde werk, miskien advertensies ontwerp of strokiesprente skep of selfs films maak, maar sy weet ook haar ouers verwag iets meer deugdelik van haar. Soos om 'n dokter te word, of 'n maatskaplike werker in 'n township, of 'n navorser wat 'n kuur vir kanker of vigs vind. Hulle het dit nog nooit vir haar gesê nie. Hulle sê altyd sy kan word wat sy wil solank dit haar gelukkig maak. Maar sy weet mos wat húlle gelukkig sal maak.

"Ek wil 'n heildronk instel," sê haar ma en lig haar wynglas hoog. "Op Menseregtedag en op Madiba. En dankie dat julle almal vandag saam met ons kom eet het."

Nou kyk almal mekaar in die oë en klink hulle glase teen mekaar. 'n Volmaakte Nuwe Suid-Afrika-oomblik, dink Tina, dis hoe haar ma dit sal onthou. Sy wonder waarom dit haar so ontevrede laat voel. Miskien het dit tog maar iets met haar hormone te doen. Sy kry nie kans om verder te wonder nie, want haar pa het vir haar en Charlynn ook 'n bietjie wyn geskink (wat ouma Katie die stuipe sou gee as sy hier was) en Charlynn klink haar glas met 'n stuitige glimlag teen Tina s'n.

"My ouma hoef nie te weet nie," sê sy, kuiltjies net waar jy kyk. "Sy dink mos ek gaan in my ma verander as ek één sluk wyn vat."

"Ek wil nog 'n heildronk voorstel," grinnik haar pa aan die kop van die tafel. "Op die Wêreldbeker. Mag die Bokke dit wen."

"Aag, Karel," lag haar ma.

"Op die Wêreldbeker," sê Hlengiwe Tswete oorkant haar

pa met sy glas hoog in die lug. "Mag die beste span wen. Ons sal maar moet sien of dit die Bokke gaan wees."

"Maar natuurlik gaan ons die beste span wees," sê haar pa. "Het jy laas week se game gekyk?"

"Watter een?" vra Hlengiwe.

En terwyl die twee mans oor rugby begin stry, sê Elsie vir Conrad langs haar: "Ek dog ek gaan wegkom van rugby omdat ek 'buite my kultuur' getrou het. En toe begin Hlengiwe rugby kyk. Eers net omdat hy brownie points wou score by my Afrikaanse pa, maar teen hierdie tyd is hy heeltemal hooked. Nou bel hy en my pa mekaar Saterdae om elke game tot in die fynste detail te bespreek."

"I feel your pain," merk Conrad op. "Ek het gedog as ek uit die kas klim, sal ek nooit weer rugby hoef te kyk nie. Maar toe val ek vir hierdie Afrikaanse moffie wat mal is oor die game." En hy grinnik vir Stefaans oorkant hom. "Nou sit ons Saterdae saam voor die TV. Hy bewonder die spelers se moves en ek bewonder die spelers se bene."

"Ek wou nog nooit emigreer nie," sê Farida kopskuddend vir Tina se ma, "maar ek is sorely tempted om net vir 'n paar maande in 'n ander land te gaan woon. Net tot die World Cup oor is. Net om te keer dat my seun ook aangesteek word."

"Ek neem aan hy speel nie rugby nie?"

"Over my dead body!" roep Farida uit.

"Nelson," sê Charlynn vir die seuntjie tussen hulle, "watse sport hou jy van?"

"Sokker," antwoord hy sonder aarseling. "En krieket." Sy ma glimlag ingenome vir hom, maar toe sy wegkyk, fluister hy: "En rugby ook. Maar moenie vir my ma sê nie." Tina proes van die lag, wat Nelson verras na haar laat kyk. Tot dusver het sy haar nog nie juis aan hom gesteur nie. Nou beloon hy haar met sy breedste glimlag. "Weet jy hoekom my naam Nelson is?"

"Jy's seker maar na een of ander beroemde iemand genoem?" terg sy hom.

"Na Madiba, ja. En jy's Thina soos in *thina lusapho lwayo!*"

"Soos in wát?"

"Hy bedoel die woorde van ons nuwe anthem," verduidelik Farida. "Hy't dit nou die dag eers geleer."

Natuurlik, besef Tina. Sy moes seker die frase herken het. Beteken iets soos "ons, haar kinders", as sy reg onthou. Maar sy sukkel nog met sommige dele van "Nkosi Sikelel' iAfrika" Nie soseer die Xhosa-woorde nie, sy het darem al Xhosa op skool begin leer, maar die Zoeloe en die Sotho bly tog vir haar vreemd. Sy moet seker dankbaar wees hulle het nie besluit om al elf van die nuwe amptelike tale in die nuwe volkslied te gebruik nie. Dis wat haar pa sê.

Nee, wil sy vir Nelson sê, sy's nie na 'n Zoeloe-frase in 'n volkslied genoem nie. Sy dra haar ma en haar ouma se naam, haar ma wat nie haar enigste ma is nie en haar ouma wat dood is toe sy nog te klein was om haar te onthou. Maar sy hou nogal van Thina. Hoe meer sy daaraan dink, hoe meer hou sy daarvan. Dalk is alles nie altyd net blote toeval nie?

"Ja," sê sy vir Nelson soos in Madiba langs haar. "Ek's Thina soos in *thina lusapho lwayo.* Aangename kennis."

En sy vat die klein seuntjie se taai handjie en hulle groet mekaar plegtig. Nog 'n flippen Nuwe Suid-Afrika-oomblik, dink sy gelate. Wanneer gaan dit eendag ophou?

# STORIES

'N Koue Sondag aan die einde van 'n lang, nat Kaapse winter is nooit juis 'n opwindende dag nie, maar hierdie laaste Sondag van Augustus 1997 is selfs neerdrukkender as gewoonlik. Paul Simon sing oor *days of miracle and wonder* op die hoëtroustel, maar in die Van Vuuren-Vissers se sitkamer is daar geen sprake van wonderwerke nie, net van swaarkry.

Tina se ma sit al ure lank wroegend en rokend voor haar rekenaar in die hoek, besig om nog 'n koerantstorie oor die nimmereindigende Waarheids-en-Versoeningskommissie te skryf. Die lang silweroorbel wat aan haar een oor hang, soos 'n versiering wat iemand aan 'n Kersboom vergeet het, wieg wild heen en weer elke keer as sy haar kop ontevrede skud. Dan skrap sy weer alles wat sy pas op die skerm getik het en steek nog 'n sigaret op voordat haar vingers weer oor die toetsbord begin vlieg.

Tina se pa sien studente-opstelle na, wat ongelukkig nie een van sy vele passies is nie. Kort-kort krap hy sy kop moedeloos en swets onderlangs. Sy grys hare staan in alle rigtings orent van die gedurige kopkrappery. Teen dié tyd lyk hy soos 'n waansinnige wetenskaplike in 'n strokiesprent.

Charlynn doen hersiening, erg onwillig, vir haar matriek-eksamen wat binnekort begin. Altans, dis wat sy veronderstel is om te doen, maar eintlik sit sy net bewegingloos in 'n leunstoel voor die kaggel en staar met betraande oë na die vlamme. Elke nou en dan snuit sy haar neus luidrugtig in 'n snesie wat sy uit 'n boks langs haar haal. Daarna word die gebruikte snesie met 'n droewige sug in die vuur gegooi.

Martine het vir Charlynn 'n ambisieuse hersieningsprogram uitgewerk en moedig haar aan om soveel moontlik by hulle oor te slaap sodat sy genoeg stilte en spasie het om rustig te leer. Ouma Katie se huisie in Cloetesville is te beknop, die straat is te lawaaierig, en Charlynn het al die hulp nodig wat sy kan kry, meen Martine. Vir Charlynn was skool nog altyd moeiliker as vir Tina, nie net omdat sy die eerste paar jaar in 'n minderwaardige "apartheidskool" moes deurbring nie, maar ook omdat haar ma te veel gedrink het terwyl sy haar verwag het. Wat seker ook maar 'n gevolg van apartheid genoem kan word, meen Martine. Suid-Afrika het glo die hoogste persentasie FAS-lyers in die wêreld – en nêrens is dit erger as hier in Wes-Kaapland nie. Maar Charlynn is dank die hemel nie 'n regte FAS-geval nie, beklemtoon Martine altyd, jy kan mos sien sy't nie die dun bolippie of die plattigheid onder die neus wat so kenmerkend is van kinders wat aan fetale alkoholsindroom ly nie. En danksy ouma Katie en die handeklapkerk het sy van kleins af stabiliteit geken, liefde en dissipline en sulke dinge, alles baie belangrik. Maar sy's nie ongeskonde gebore nie . . .

Elke keer as Tina hieraan dink, is sy verskriklik verlig dat haar eie onbekende ander ma nie gedrink het nie. Wat hierdie ander ma ook al verder verkeerd gedoen het in haar lewe, sal Tina seker nooit weet nie. Maar sy het nie gedrink terwyl sy swanger was nie. Tina klou aan hierdie wete vas soos 'n kat aan 'n swaaiende boomtak. Darem iets om voor dankbaar te wees, sê sy vir haarself. Darem iets.

Maar nou word die begrafnis-atmosfeer in die sitkamer 'n bietjie erg vir Tina, die enigste een wat kan doen wat sy wil eerder as wat sy móét, en wat Tina vanmiddag wil doen, is om uitgestrek op die rusbank te lê en lees. Sy dra 'n ou grys sweetpak en 'n paar deurgeskifte wolsokkies wat tot by haar knieë opgetrek is, haar lang hare is in 'n slordige poniestert vasgebind, en sy het pas begin lees aan 'n lekker nuwe boek oor 'n jong towenaar met die naam Harry Potter. Sy's lankal te oud om nog in toorkuns te glo, maar haar ma se vriendin Elsie van der Merwe-Tswete het dit laas week vir haar uit Londen gebring, waar dit glo 'n treffer onder alle ouderdomme is. Grootmense lees dit in die Tube op pad werk toe, het Elsie geamuseerd vertel, maar hulle haal die omslag af sodat die ander pendelaars nie dink hulle is kinderagtig nie. Nou het die uitgewers besluit om die boek ook met 'n "grootmens-omslag" te bemark, sê Elsie, stel jou voor. "Toe ek 'n kind was," het Tina se ma opgemerk, "moes ons 'grootmensboeke' skelm lees. Nou is dit grootmense wat kinderboeke skelm lees. Dink julle nie dit sê iets oor 'n samelewing wat al hoe meer infantiel word nie?"

En tog sukkel Tina om op die storie te konsentreer, haar aandag kort-kort afgelei deur Charlynn se tragiese konsert voor die kaggel.

"Luister, Charlynn," sê sy oplaas, toe nog 'n snesie deur die vuur verteer word, "ons is almal geskok oor prinses Di, maar jy gaan aan asof dit een van jou naaste familielede is wat dood is!"

"Sy voel soos familie," snuif Charlynn terwyl die trane op-nuut in haar oë opwel. "Ek weet meer van haar as wat ek van my eie ma weet!"

Ook weer waar, besef Tina.

"Maar jy't haar nie gekén nie, Char. Sy was 'n prinses wat vroeg vanoggend in 'n nare motorongeluk dood is. Dis sad, oukei, maar dis mos darem nie die einde van die wêreld nie?"

Tina hoor haar ma haar keel skraap voor die rekenaar. Sy weet nie of dit 'n betekenisvolle, instemmende geluid is of bloot 'n gevolg van al die sigarette wat sy weer vandag rook nie. Dis die stres van die WVK, skerm haar ma elke keer as Tina of haar pa kla dat sy deesdae heeltemal te veel rook. "Wees dankbaar dit het my nog nie tot drank of drugs gedryf nie." Nog nie, dink Tina. Die WVK is nog lank nie verby nie.

En tog hou haar ma vol dis die hoogtepunt van haar joernalistieke loopbaan – al is sy spyt dat sy haar stories vir die Engelse koerante moet skryf. *Vrye Weekblad* bestaan nie meer nie en die res van die Afrikaanse pers stel nie rêrig belang in die Waarheid óf in Versoening nie, meen Tina se ma. Die meeste Afrikaanse lesers sal môre verkies om elke stukkie skindernuus oor die gewese Britse prinses se dood te verslind eerder as om enigiets verder oor die WVK te leer. Die "Kleenex-Kommissie", noem party van die kinders in Tina se skool dit, omdat die deelnemers so aanmekaar huil. Die getuies, die gehoor en soms selfs die aartsbiskop wat as voorsitter gekies is. *Eeevil deeds,* so spot die kinders met Desmond Tutu se aksent, *eeevil people. A lot of eeevil has been done in this country.*

En die boosheid is steeds daar, beweer Tina se pa, soos etter in 'n puisie, vlak onder die oppervlak. Ons sal jare lank stories moet vertel voordat ons al hierdie stories kan vergeet, het 'n kenner van posttraumatiese stres nou een aand op TV gesê. *Ons kan nie die stories vergeet voordat ons hulle vertel het nie.* Wat Karel sy kop stadig laat knik het – en Martine hare heelwat vinniger.

"Wel, dit voel vir my soos die einde van . . . iéts," merk Charlynn verwese op. Nog 'n snesie verdwyn in die vuur. "Jy sal nie verstaan nie, Tina. Jy't my nog altyd gespot oor ek so baie van haar hou."

"Maar honderde ander mense is ook vandag dood, mense wat nie naastenby sulke glamorous lewens gelei het nie, mense wat dood is van hongersnood en siektes en oorloë en ellende . . ." Tina se woorde droog op toe sy haar ma se goedkeurende blik vang. Help! Wil sy gil. My ma het my gebreinspoel!

"Jy verstáán nie!" roep Charlynn uit. "Ek huil oor almal wat al ooit dood is, nie net oor Diana nie! Waarom moet ons doodgaan? Wat help dit jy word ryk en beroemd en poef, da gat jy, morsdood? Wat's die púnt?"

'n Vraag wat die vyftienjarige Tina natuurlik nie kan antwoord nie. Sy staar hulpeloos na Charlynn totdat haar pa opkyk van 'n student se opstel en ietwat ingedagte mymer:

"Carpe diem. Lewe elke dag asof dit jou laaste dag is. Dis dalk nie die punt nie, maar dis tog 'n soort komma."

"Komma?" Charlynn frons verward.

"Aag, Char, jy ken mos my pa en sy simpel puns," sê Tina.

"Probeer op jou biologieboek konsentreer, Charlynn," stel Tina se ma voor. "Al is dit net vir 'n uur of so. Net om nie heeltyd oor die prinses en die dood te sit en tob nie."

"Tjaag, wat help dit ek leer biologie?" Charlynn sug. "Wat's die punt?"

"Die punt," sê Martine terwyl sy vir Charlynn bo-oor haar leesbril bestudeer, "is dat jy binnekort matriek moet deurkom." Charlynn lyk nie oortuig nie. Martine skuif haar bril effens ongeduldig tot bo-op haar kop en kyk Charlynn reguit in die oë. "En sonder 'n bietjie basiese biologie kan jy nie 'n beauty therapist wil word nie."

Tina weet haar ma bedoel dit nie so nie, maar elke keer as sy "beauty therapist" sê, klink dit of sy spot. Martine Visser sukkel om sekere beroepe ernstig op te neem. Enigiets in die fashion industry of die beauty trade of die advertising world maak haar agterdogtig. Asof dit nie "regte werk" kan wees nie. Dis waarom Tina nou al dae lank uitstel om haar ma te vertel van die werkaanbod wat sý vandeesweek uit die bloute gekry het. Natuurlik nie "regte werk" nie, daarvoor is sy nog heeltemal te jonk, maar 'n aangename manier om sakgeld te verdien, sou sy sê. Hoewel sy bevrees is dat haar ma nie sal saamstem nie.

"Ek weet nie of ek nog 'n beauty therapist wil word nie." Charlynn staar verwese na die kaggelvuur, haar ken op haar knieë, haar oë rooi gehuil. "Wat help dit om mense mooi te maak as hulle tog net gaan doodgaan?"

Jy kan altyd dooie mense mooi maak, sê Tina amper. Dis 'n werk waarvan sy toevallig nou die dag op TV gehoor het, om 'n grimeerkunstenaar vir lyke te wees, maar sy glo nie dis 'n werk waarvan Charlynn op 'n dag soos vandag sal wil hoor nie. Haar ma het intussen op die armleuning van Charlynn se stoel kom sit, wat Tina so verbaas dat haar boek byna uit haar hande val. Gewoonlik het jy dinamiet nodig om Martine Visser van haar rekenaar weg te skiet as sy eers in alle erns aan haar WVK-stories begin skryf.

"Charlyntjie-my-kindjie," prewel Martine terwyl sy oor Charlynn se hare streel, "hoekom gaan vat jy nie 'n lekker skuimbad nie, hmmm? Steek die kerse in die badkamer aan, luister na mooi musiek, bederf jouself 'n bietjie, dan sal jy beter voel."

Nou bars Charlynn se damwal behoorlik. Sy huil met rukkende skouers, haar nat gesig teen Martine se maag gedruk. Selfs Karel lyk raadop toe hy opkyk van sy stapel opstelle.

"Sorry, ek weetie wat met my aangaan nie, Martine," sê Charlynn snikkend. "Ek weetie hoekom julle altyd so goed is vir my nie!"

"Omdat jy 'n liewe meisiekind is wat goedheid verdien," troos Martine en streel eenstryk deur oor Charlynn se kop, tot sy oplaas begin bedaar en met 'n laaste onderdrukte snik opstaan. "Ons sal jou roep as ons eet."

"Ek dink nie ek sal 'n krummel kos kan eet nie," sê Charlynn. "Elke keer as ek dink aan die arme klein prinsies . . ."

"Ag, nee, nonsies, vergeet nou eers van die prinsies, jy eet hoeka heeltemal te min deesdae."

Charlynn was die afgelope jaar aanmekaar op dieet. Sy het lankal haar bolwange en haar oulike plompheid verloor, maar haar breë boude dryf haar steeds tot wanhoop. Die laaste maand het die dieet belaglik streng geword – sy het dae lank van piesangs en semels gelewe – omdat die glansende wit rok wat sy vir haar matriekafskeid gekies het, steeds 'n bietjie styf om die boude span. Dis nou eenmaal hoe jy gebou is, probeer Martine troos, jou onderlyf gaan altyd swaarder as jou bolyf wees. Dit troos Charlynn net mooi niks. Dis verskriklik onregverdig, meen sy, dat Tina kan eet net wat sy wil en steeds skraal bly. Seker maar iets met gene te doen, vermoed Tina. Nog iets waarvoor sy haar ander ma moet bedank?

"Wat van 'n beker hot chocolate?" vra Martine. "Met regte melk en regte sjokolade, hmmm, hoe klink dit vir jou? Tina, hoekom gaan maak jy nie vir ons almal hot chocolate nie?"

"Ek's nie lus vir hot chocolate nie," sê Tina agter haar boek.

"Ek het iets sterkers nodig om my deur hierdie opstelle te help," prewel haar pa. "Skink vir my 'n glas rooiwyn, toe?"

"Hoekom is ek altyd die een wat waitress moet speel?" wil Tina weet.

"Toe nou, kinta," flikflooi haar ma. "Dink aan ons arme siele wat moet werk terwyl jy lekker lê en lees."

"Lekker lê en lees!" Tina snork. "Met so 'n geween en 'n gekners van tande om my?"

"Los dit," sê Charlynn en snuif verwytend. "Ons sal sien hoe jy voel as een van jou rolmodelle eendag doodgaan."

"Ek het nie rolmodelle nie. I march to my own beat." Sy laat val haar boek met 'n dramatiese slag op die vloer en staan gelate op. "Aag, oukei, oukei, ek sal vir julle gaan hot chocolate maak!"

"Moenie die wyn vergeet nie," sê haar pa. "Ek het dit al hoe nodiger."

"En moet ek haar koninklike hoogheid se hot chocolate vir haar badkamer toe bring?" vra sy vir Charlynn, wat vir oulaas gekrenk na haar kyk voordat sy met krom skouers uit die vertrek stap, 'n prentjie van troo_\_telose treurigheid.

"Was dit nou nodig, Tina?" vra Martine, reeds weer op haar pos voor haar rekenaar.

"Was dit nou nodig dat sy so aangaan oor 'n flippen dooie prinses?" protesteer Tina op pad na die kombuis.

Terwyl sy die melk op die stoof warm maak en 'n blok sjokolade in die mikrogolfoond smelt, hoor sy haar ma teenoor haar pa opmerk: "Hierdie 'flippen dooie prinses' gaan 'n gróót nuusstorie wees. Mark my words. Charlynn is soos daai kanaries wat in die myne ingedra is omdat hulle omgekap het

279

voordat die myners begin omkap. Sy's die kanarie in hierdie huis. Sy's in voeling met die Zeitgeist. 'Totally in tune,' soos sy dit sal stel."

"En ons is nie?" sê haar pa.

"Ons is twee ou intellectual snobs wat lankal vergeet het hoe sentimenteel die mensdom kan word oor dinge wat vir ons onbelangrik lyk."

"Ek is nie 'n ou intellectual snob nie!" roep Tina uit die kombuis. "Hoekom is ek nie devastated deur die prinses se dood nie?"

"Jy's te oud vir jou jare!" roep haar ma. "Seker ook ons skuld," sê haar ma sagter, vir haar pa. "Sy gaan eendag net so alienated soos ons voel."

"Wat 'n wonderlike vooruitsig!" Tina red die melk net betyds voordat dit begin oorkook. "Kan nie wag nie!"

"Sien wat ek bedoel? Sy's klaar net so sarkasties soos ons," sê haar ma vir haar pa.

"Is jy nie 'n kléin biétjie spyt jy's nie 'n koninklike korrespondent nie?" vra haar pa spottend. "Dan sou jy vandag 'n ander soort snot-en-trane-storie kon skryf. En mense sou gretig wees om dit te lees. In Afrikaans!"

"Wel, as jy dit só stel . . ." Haar ma sug voordat sy weer stil word om verder aan haar WVK-verslag te tik.

Haar ouers se gesprek oor die tydsgees en die kanarie in die huis laat Tina skuldig genoeg voel om tog maar die warm sjokoladedrankie badkamer toe te dra. (Dit kos nooit veel om haar te laat skuldig voel nie – nes haar ouers, besef sy al hoe meer – en sy wás dalk 'n bietjie naar met Charlynn.) Maar Charlynn, wat in 'n oorvol skuimbad lê en week soos 'n homp beskuit in 'n beker koffie, voel klaarblyklik beter en aanvaar haar verskoning met grasie.

"Dis oukei," sê sy. "Ek weet self nie waarom ek so 'n scene gemaak het nie." Sy hou die beker met die warm sjokolade in albei hande vas en skuif effens regop om 'n sluk te vat, wat haar donkerbruin tepels bo die skuim laat uitsteek. "Hoe lyk dit, wil jy nie saam met my bad nie?"

"Die water sal oorloop as ek ook moet inklim."

"Nie met daai maergat-lyf van jou nie." Charlynn lag en skuif nog regopper om die water verder te laat sak. Stukkies wit skuim kleef aan haar gladde bruin skouers en vol borste. Tina onthou hoe Charlynn jare gelede gespog het dat sy net sulke mooi tieties soos Barbie gaan hê – en nou lyk dit asof Charlynn sowaar reg was. "Toe, kom, wanneer laas het ons saam gebad?" Tina stroop haar sokkies en haar grys sweetpakbroek af, haastig om haar "maergat-lyf" onder die skuim weg te steek voordat Charlynn weer 'n aanmerking maak. Maar Charlynn skud haar kop en sê bewonderend: "Weet jy wat ek sal gee om sulke lang bene en sulke smal heupe te hê?"

"Weet jy wat ek sal gee om sulke mooi tieties soos jy te hê?" Tina bedek haar eie plat borste met haar hande, bloot uit gewoonte, terwyl sy vinnig in die bad klim en onder die water wegsak. "Wens ons kon uitgeruil het. My heupe vir jou tieties."

"Maar dan moet jy my boude ook vat." Charlynn se kuiltjies maak diep kepe in haar wange. G'n spoor van die dag se smart oor op haar gesig nie. "En ek belowe jou jy wil nie hierdie Afrika-boude van my hê nie."

"Aag, Char, jy's obsessed met jou boude." Tina giggel. "Jy's darem nog nie Saartjie Baartman nie."

"Wie's sy as sy by die huis is?"

"'n Vrou oor wie my ma 'n storie geskryf het. Haar boude was so groot dat hulle haar as 'n soort freak show Europa toe geneem het. Sy't daar doodgegaan en toe stal die Franse haar oorblyfsels in 'n museum uit en nou probeer die ANC om haar huis toe te bring."

"Shame." Charlynn vat nog 'n sluk warm sjokolade voordat sy die beker weer op die rand van die bad neersit. "Ek moet seker my seëninge tel, nè. Ek sal obviously nooit 'n catwalk model kan word nie. Maar ek is darem ook nie 'n freak show nie."

"Van models gepraat . . ." Tina aarsel, wonder of dit die regte oomblik is. Maar een of ander tyd moet sy seker vir iémand vertel. "Ek's nou die dag op straat voorgekeer deur 'n vrou van 'n modelagentskap. Sy wil hê ek moet 'n paar professionele foto's van my laat neem. Sy sê ek het alles wat sy soek in 'n jong model, die regte lengte, gewig, gesig, vel, als. Ek weet net nie . . ."

"En jy vertel my nou eers!" gil Charlynn en skuif so opgewonde regop dat 'n brander skuimwater oor die rand van die bad stort.

"Ek het nog vir niemand . . ."

"Dis fantasties, Tina! Weet jy hoeveel wêreldberoemde models al so op straat ontdek is?"

"Wel, ek weet nie of ek 'n wêreldberoemde . . ."

"Dis iets waaroor die meeste meisies net kan droom! En nou het dit met jou gebeur! Wow. Ek sal jou help met jou portfolio. Ek kan jou make-up en jou hare vir jou doen en jou help om die regte outfits vir die foto's te kies. Dis baie belangrik dat jy op jou beste lyk. En ons moet 'n goeie fotograaf kry want . . ."

"Wag, wag, wag!" roep Tina benoud uit. "Ek weet nog nie of ek dit gaan doen nie, Charlynn."

"Excuse me?" Charlynn draai haar kop skeef en rek haar oë wyd. "Hallouou? Anybody home? Weet jy wat jy sê? Jy kan nie so 'n kans deur jou vingers laat glip nie!"

"Maar ek weet nie of . . ."

"Hoe sê jou pa nou weer altyd? *Karpeidies*!"

"Carpe diem?"

"Whatever. Destiny is knocking, girl," sê Charlynn met 'n dramatiese stem. "You gotta answer."

Tina giggel senuweeagtig. "Wel. Ek dink nie my ma-hulle gaan so keen wees om hierdie destiny by die deur in te laat nie. Jy weet hoe's hulle."

"Ja, ek weet." Charlynn sug, dadelik meer bedaard. "Maar as hulle nee sê, kan jy altyd . . ."

"Hulle sal nie nee sê nie. Hulle sê nooit nee vir enigiets wat ek wil doen nie. Dis presies die probleem. Hulle het my so blerrie verantwóórdelik grootgemaak dat dit nie nodig is om ooit nee te sê nie. *Ons vertrou jou, Tina. Dis jóú besluit, Tina. Doen wat jóú gelukkig sal maak, Tina.* Maar hoe moet ek weet wat my gelukkig sal maak? Al wat ek weet, is dat ek nié gelukkig sal wees as ek enigiets doen wat húlle ongelukkig maak nie!"

In die stilte wat op hierdie onverwagse uitbarsting volg, besef Tina dat die badwater koud geword het. En dat die skuim byna heeltemal verdwyn het. Sy kan nie meer haar lyf wegsteek nie, alles is sigbaar onder die water, haar lelike tone, haar skerp kniekoppe, haar lang dye en skraal heupe en swart skaamhare, alles. En bo die water maak haar bruin-pienk tepels klipharde punte in die skielike koue. As sy 'n model wil word, sal sy seker gewoond moet word om haar lyf vir ander mense te wys. Ás sy 'n model wil word . . .

"Ek wil nie 'n wêreldberoemde model wees nie," sê sy as-of sy met haarself praat. "Maar dit kan 'n manier wees om sakgeld te verdien terwyl ek nog op skool en universiteit is, of hoe? Terwyl ek besluit wat ek eendag wíl word?"

"To be or not to be a model," deklameer Charlynn terwyl sy 'n bottel badskuim vashou soos Hamlet wat 'n skedel be-studeer, "that is the question. Hel, ek wens ék het so 'n question gehad om oor te wroeg. Hei, hou nou op met worry. Ons sal wel 'n storie spin om vir Karel en Martine te convince. As ons klaar is met hulle, sal hulle dink dis absoluut amazing dat hulle dogter modelwerk wil doen."

"Maar wíl ek?" Sy kyk smekend na Charlynn. "Sê nou ek hou niks daarvan nie?"

"Dan hou jy op. As jy nie probeer nie, sal jy vir die res van jou lewe wonder of jy nie dalk daarvan sou gehou het nie."

Ook weer waar, besluit Tina, dankbaar vir iemand soos

Charlynn wat so 'n besluit namens haar kan neem. Die verantwoordelikheid waarmee haar ouers haar van kleins af opgesaal het, word soms 'n loodswaar las. Soms wens sy amper sy het simpel outydse onverdraagsame ouers gehad wat haar eenvoudig sou verbied om enigiets te doen waarvan hulle nie hou nie.

"Dink jy ook ek's te oud vir my jare?"

"Tjaag, nee wat, jy's sommer nog 'n baby," antwoord Charlynn sonder aarseling. Sy ril van die koue toe sy uit die bad klim, gryp 'n groot handdoek en vou dit om haar lyf. "Al wat jy van jou geboorte af ken, is hierdie beautiful huis vol boeke en musiek en lekker kos en wat jy ook al verder wil hê. En 'n ma en pa wat mal is oor jou en ja sê vir alles wat jy wil doen."

"Darem nie vir álles nie," skerm Tina.

"Jy't nie 'n clue van swaarkry en sukkel nie, suster," sê Charlynn, haar stem byna bejammerend. Sy het die wit handdoek soos die kap van 'n mantel bo-oor haar klam hare opgetrek. Dis omtrent net haar oë wat uitsteek, en soos so dikwels kan Tina nie die uitdrukking in daardie donker oë peil nie. Tina trek die prop uit, maar bly in die bad sit, haar bene styf opgetrek teen haar bibberende lyf, en kyk hoe die water al hoe minder word terwyl sy al hoe kaler voel. Nowhere to hide. Asof sy haarself wil straf.

# SEE

Waarom onthou ons die verlede, maar nie die toekoms nie? Dis met hierdie onmoontlike vraag – en 'n dowwe hoofpyn – dat Tina van Vuuren op die eerste dag van die nuwe millennium wakker word. Terwyl sy haar lyf gapend uitstrek, sien sy deur die slaapkamervenster dat die son reeds hoog in die helderblou lug sit. Agter 'n ry strandhuise en melkhoutbome en rotse lê die see blinkblou en skitterend stil, soos 'n geskenk wat wag om oopgemaak te word. Nog 'n volmaakte somerdag, die vooruitsig van 'n paar lui ure op die strand saam met haar vakansiemaats, en vanaand weer 'n aand van dans en drink en oorverdowende musiek.

Of miskien moet sy 'n slag briek aandraai. Sy skuif regop teen die rugkant van die bed, bring 'n lang sliert van haar swart hare tot onder haar neus en snuif ingedagte daaraan. Sy haat dit as haar hare so na rook stink. Sy het nog nie begin rook nie – sy gaan nooit rook nie, het sy haarself belowe – maar almal om haar het laas nag gestook. En nie net tabak nie. Daar was allerhande dwelms beskikbaar – E vir Afrika, het Nadia gejuig, in ekstase – en natuurlik drank in oorvloed. Die verskoning was die geskiedkundige datum: die einde van 'n jaar, 'n dekade, 'n eeu en 'n millennium. Of, om meer optimisties te wees, die begin van 'n jaar, 'n nuwe dekade, 'n nuwe eeu, 'n nuwe millennium. Tina wil graag vanoggend optimisties wees, maar dis moeilik met hierdie aanhoudende geklop teen haar slape. En die onverklaarbare vraag waarmee sy wakker geword het.

Waarom onthou ons die verlede, maar nie die toekoms nie?

Waar kom dít nou vandaan?

Wel, sy weet waar dit ontstaan het, maar waarom dink sy vanoggend skielik weer daaraan? Dalk 'n droom wat sy nie kan onthou nie? (As sy nie eens haar drome kan onthou nie, het sy seker nie veel hoop om ooit die toekoms te onthou nie.) Of miskien is dit bloot die geskiedkundige datum wat haar aan die vloeibaarheid van tyd herinner het. Dis 'n kwessie waarmee sy vanjaar kortstondig geworstel het – laas jaar! sy sal moet gewoond raak dat 1999 verby is – terwyl sy 'n populêre wetenskapboek oor die ontstaan van die heelal probeer lees het. Met die klem op probeer, aangemoedig deur 'n aantreklike breinboks in matriek op wie sy 'n paar weke lank vaagweg verlief was. Toe die verliefdheid oorwaai, het haar belangstelling in die ontstaan van die heelal ook onverklaarbaar verdwyn. Al wat sy van die boek onthou, is die teorie dat die heelal in 'n stadium gaan begin krimp, wat beteken dat tyd (teoreties) agteruit gaan beweeg, wat beteken dat ons (teoreties) die toekoms sal kan "onthou".

Fisika is nou eenmaal nie haar ding nie, het sy finaal besef, fisika en chemie en wiskunde en alles wat met syfers en formules te doen het. Kuns is haar ding, dink sy al hoe meer, kuns en tale en geskiedenis. Prentjies en woorde en stories. Nie net stories uit die verlede nie, maar ook die aktuele koerantstories wat haar ma skryf, en die stories wat sy soms sommer net vir die pret vir haarself uitdink. Dís waarom daardie vraag oor tyd en geheue haar so treiter, vermoed sy. Dink net watse wonderbaarlike stories sy sou kon skryf as sy die toekoms kon "onthou"!

Maar op so 'n salige vakansiedag wil sy nie haar kop breek oor dinge wat sy nie kan deurgrond nie. Die see skitter te aanloklik daar buite. En haar kop voel klaar breekbaarder as gewoonlik. Sy druk haar vingers teen haar slape, skreef haar oë teen die skerp sonlig, en neem haar voor dat sy vanaand soeter sal wees.

"Soeter?" Sy hoor al hoe Lika haar spot. "Ag, kom nou, Tina, jy's klaar die soetste koekie in die blik!"

Nadia en Lika – en seker ook haar ander vakansievriende van oral in die land saam met wie sy bedags op die strand lê en snags in donker klubs kuier – vind dit blykbaar vreemd dat sy op die ouderdom van amper agtien nie rook nie, nie rondslaap nie en nie aan dwelms raak nie. Nog nooit eens behoorlik dronk was nie! Al wat haar van sosiale uitsluiting red, vermoed Tina, is dat sy 'n model is. As hulle haar nie in tydskrifte en selfs 'n paar keer op TV gesien het nie, sou hulle lankal besluit het sy's 'n nerd. Maar 'n model kan nie 'n nerd wees nie, het Tina die laaste jaar of twee geleer. 'n Model is amper outomaties cool.

En dis lank nie al wat sy uit haar deeltydse modelwerk geleer het nie.

Sy dink terug aan die vorige nag, aan die stampvol kuierplek op Hermanus waar sy tussen 'n skare besope en bedwelmde tieners op maat van Nirvana en Springbok Nude Girls gedans het. Om middernag was Timid Tina, soos haar Stellenbosse skoolmaats haar gedoop het, sowaar die middelpunt van aandag. Die spil waarom 'n spul bewonderende maats gedraai het, die meisie wat die meeste soene van aantreklike ouens gekry het en die meeste komplimente van ander meisies. Dit het soos 'n droom gevoel, asof sy Aspoestertjie is wat enige oomblik haar partytjierok gaan verloor ('n noupassende swart nommertjie met baie blinkers) en verleë sal moet vlug, met net haar een skoen wat op 'n trap agterbly (rooi fluweel met 'n satynstrikkie). Teen vyfuur vanoggend, toe 'n paar bittereinders op 'n sandduin langs die see sit en kyk hoe die lug pienk en pers gevlek word deur die opkomende son, het sy vir altyd afskeid geneem van Aspoestertjie. Timid Tina is dood, het sy besluit, lank lewe Tina the Party Animal.

Hierdie groeiende selfvertroue sou nie moontlik gewees het sonder haar modelwerk nie. Vandat haar ouers twee jaar terug ingestem het, taamlik teensinnig, dat sy kan "kyk of sy daarvan hou", het haar lewe dramaties verander. Sy het selfs al 'n paar oorsese fotosessies agter die rug, op die Seychelle, in Thailand en in Parys. En 'n paar weke van werk in New York, deel van die prys wat sy as 'n Afrikaanse vrouetydskrif se Jong Model van die Jaar gewen het. Maar haar reise is altyd gedurende skoolvakansies – haar pa se voorwaarde – en haar ma gaan meestal saam. Vir haar ouers bly dit bloot 'n stokperdjie, 'n verstommend lonende stokperdjie, soos haar pa moes toegee, maar nogtans net 'n aangename afleiding op die moeilike pad na matriek. Die uiteindelike bestemming bly "regte werk", waarvoor sy matriek goed moet deurkom (minstens drie onderskeidings, dis wat hulle van haar verwag) en minstens drie jaar aan 'n universiteit moet studeer.

"Dis non-negotiable," sê haar pa. "As jy ná universiteit 'n voltydse model wil word, is dit jou indaba. Maar jy moet 'n graad hê om op terug te val as jy eendag te oud word vir modelwerk."

Sy het probeer protesteer dat sy ná universiteit klaar te oud gaan wees vir modelwerk. Die meeste modelle begin op veertien of vyftien werk, Pa, teen een-en-twintig is jy oor die muur! "Maar dan's dit mos kinderarbeid," het haar pa gebrom. "Behoort teen die wet te wees." Sy het nie verder gestry nie. Sy weet steeds nie wát sy ná skool wil studeer nie, maar diep in haar hart stem sy saam met haar ma en pa dat modelwerk nie "regte werk" is nie. Hoewel sy dit natuurlik nooit teenoor hulle sal erken nie.

Sy sou graag verder wou slaap, maar die genadelose sonlig en die droogte in haar mond dryf haar uit die bed. Toe sy haar kamerdeur oopmaak, tref die geur van varsgemaalde koffie en warm roosterbrood haar. Sy volg haar neus deur die gang van die strandhuis, verby die klein kombuisie, deur die sit-eetkamer tot buite op die balkon waar Karel en Martine 'n laat ontbyt eet terwyl hulle deur die koerante blaai.

Sy hou hulle 'n sekonde of wat ongemerk dop met 'n hart

wat skielik wil bars. So 'n rustige tevrede stilte wat tussen hulle heers. 'n Ou getroude paar teen 'n blou hemel met 'n blou see op die agtergrond. Dit tref haar die laaste ruk so onverwags, sulke opwellings van emosie as sy na haar ouers kyk. Omdat hulle voor haar oë ouer en kleiner word? Omdat sy weet dat sy hulle die een of ander tyd, wanneer sy die nes verlaat, alleen sal moet agterlaat? Of dalk doodgewoon omdat sy bang is om die nes te verlaat.

Jy kan sommer dadelik sien hulle is met vakansie. Karel is kaalvoet, in 'n ou kortbroek en uitgerekte T-hemp, sy gesig rooi van te veel son, sy silwer stoppelbaard soos blinkertjies oor sy wange gestrooi, sy grys hare selfs deurmekaarder as gewoonlik. Martine het 'n lap met 'n Afrika-motief soos 'n sarong om haar swart swembroek gedraai. Haar bene is voor haar uitgestrek en haar voete, in skokpienk plakkies met 'n lawwe plastiekblom langs elke groottoon, rus op Karel se knieë. Hy streel ingedagte oor haar skene terwyl hy die *Mail & Guardian* lees. Haar donker hare, wat onder die wye rand van 'n strooihoed uitsteek, kleef klam teen haar wange en nek. Dit beteken sy het klaar na die getypoel gestap vir haar daaglikse swemsessie. A creature of habit, soos sy self sê.

Dis die derde somervakansie dat hulle dieselfde strandhuis op 'n kusdorpie naby Hermanus huur. Teen hierdie tyd het elke gesinslid 'n taamlik vaste roetine. Karel stap lang ente langs die see of teen die berg, met of sonder Martine, vang vis saam met 'n vriend, kook dikwels saans eksotiese disse, nooi nou en dan 'n paar ou vriende oor wat ook in die omgewing vakansie hou. Martine swem elke dag, sonskyn of reën, en lees soos 'n besetene, omtrent 'n boek 'n dag. G'n TV in die huis nie, net 'n klein draagbare radio'tjie waarop hulle soms nuus luister, en baie bordspeletjies soos Scrabble en Pictionary en Monopoly. Die vorige vakansies het Tina gereeld saam met hulle Scrabble gespeel, maar hierdie vakansie was haar sosiale lewe heeltemal te bedrywig. Die vorige vakansies het sy soms saam met haar pa gaan stap en dikwels saam met haar ma lê en lees, maar nou . . .

"A, Sleeping Beauty het ontwaak!" sê haar ma. "Gelukkige Nuwejaar, kinta."

"Dis net 'n ma wat jou 'n beauty sal noem as jy minder as vyf ure geslaap het," sê Tina en soen hulle albei. "Dieselle vir julle. En mag al julle wense hierdie jaar waar word."

"Nee wat," grynslag haar pa, "ons is te oud om so onrealisties te wees. As die Springbokke ons nie in die skande steek nie, sal één van my wense darem waar word."

"En as Mbeki minder sensitief oor kritiek kan wees en iets aan vigs sal doen, sal ek twee op my lysie kan aftik," sê haar ma.

Wat anders het sy verwag, wonder Tina terwyl sy in 'n stoel tussen hulle neersak.

"Julle is altyd so ongelooflik . . . onselfsugtig." Sy trek 'n glasbeker met koue lemoensap nader en skink 'n lang glas vol. "Wil julle nooit iets net vir júlle hê nie? 'n Oorsese reis, 'n nuwe rekenaar, whatever?"

"Ek wil hê jy moet jou rybewys kry sodra jy volgende maand agtien word," sê haar ma, "sodat ek nie meer so aanmekaar taxi mom hoef te speel nie. Is dit selfsugtig genoeg?"

"Nee, dit tel nie, want ek is nog meer gretig as Ma om myself te begin rondry."

"En jy, Tina?" vra haar pa. Sy vaalblou oë kyk eensklaps vreeslik ernstig na haar. "Wat is jou wense en voornemens vir die jaar?"

Tina luister na die klingelende ysblokkies in haar glas en vat 'n paar dorstige slukke voordat sy antwoord. "Wel, ek is obviously nie so saintly soos julle nie. Ek wil nogal baie dinge vir myself hê . . ."

"Op jou ouderdom wou ons ook," sê haar pa.

"Maar darem ook 'n paar dinge vir ander mense." Sy begin botter en marmelade op 'n sny roosterbrood smeer. "Charlynn, byvoorbeeld. Ek wens rêrig dat sy haar nuwe job in Johannesburg geniet en nie te veel huis toe verlang nie. En dat ouma Katie haar nie te veel mis nie."

"Ons gaan haar almal mis," mymer Martine. "Ons klein kanarie."

"Sy kon nie nee sê vir so 'n werk nie, Ma. Sy gaan al die TV-sterre leer ken."

"Deur hulle te grimeer?" vra haar ma skepties.

"Sy's 'n baie goeie make-up artist, Ma. Dis presies die soort werk waaroor sy gedroom het. Mixing with the rich and famous. Watch haar. Sy gaan self eendag ryk en beroemd word."

"Sal my glad nie verbaas nie," sê Karel en staan op om 'n bottel Pongrácz uit 'n silwer emmer te lig. "Is julle reg vir 'n heildronk op die jaar 2000?"

"Ek het laas nag genoeg heildronke vir die volgende tien jaar gedrink," sê Tina al kouend aan haar roosterbrood.

"Lyk nie of dit jou enige skade aangedoen het nie." Haar pa glimlag terwyl hy die bottel se kurkprop loswikkel. "Enige verdere wense?"

"Dat julle lief vir my sal bly? Al is ek soms 'n pyn?"

"Sóms?" terg haar pa.

"Jy weet ons sal altyd vir jou lief wees." Nou is dit haar ma se beurt om onverwags ernstig na haar te kyk voor sy verder praat. "Jy weet ook dat jy op agtien die reg sal hê om jou biologiese ma te soek, nè?"

Op hierdie presiese oomblik skiet die prop van die vonkelwynbottel met 'n harde knal hoog in die lug in. Die geluid tref Tina soos 'n rewolwerskoot, laat haar ruk van die skrik, voordat sy vinnig sê: "Ek het mos 'n ma. Vir wat sal ek nog ene gaan soek?"

"Tina," sê haar pa en sit sy hand op hare neer, op die rooi geruite tafeldoek, langs die wit bord met die res van haar sny roosterbrood. Sy kyk na sy hand asof sy dit nog nooit werklik gesien het nie. So 'n stewige, soliede voorwerp. Die grootste hand op aarde, só het sy gedink toe sy klein was. Niemand kon sterker hande as haar pa hê nie, daarvan was sy oortuig.

En tog kon niemand anders se hande so saggies oor jou wange vee as jy huil nie. Wanneer laas het haar pa haar trane afgevee, wonder sy. "Ons het laas nag daaroor gepraat, ek en jou ma. Ons wil hê . . ."

"Vir wat?" val sy hom in die rede, skielik die ene opstandigheid. "Vir wat praat julle op Oujaarsaand oor sulke ernstige sake? Terwyl die res van die mensdom paartie hou! Kan julle nooit net . . . chill nie?"

Haar pa vat sy hand weg en skink die vonkelwyn in drie glase.

"Tina," sê haar ma, "luister wat ons wil sê, dan hoef ons nooit weer hieroor te praat nie. As jy nie wil nie. Ons weet jy moet soms wonder . . . waar jy vandaan kom . . . en ons wil hê jy moet verstaan . . . indien jy ooit besluit om jou biologiese ouers te probeer opspoor . . ." Haar ma skep diep asem asof dit vreeslik moeilik is om die woorde uit te kry. "Dat ons nie verloën sal voel nie. Verstaan jy? Ons sal jou help. As jy wil."

"Help om my ma te soek?" vra sy, haar stem hoog en verskrik. My ander ma, wil sy byvoeg, maar dis te laat.

"Dis 'n moeilike besluit," sê haar pa terwyl hy oor die see uitkyk. "Dit kan tot groot hartseer lei. Dis moontlik dat jy haar nooit sal vind nie. Of, miskien erger, dat jy haar wel vind en dat sy . . ."

"Nie is wat jy verwag nie," sê haar ma.

Tina staar nou ook na die see, te skaam om hulle in die oë te kyk, en knik haar kop stadig. "Ek hét al daaroor gedroom dat ek eendag hierdie . . . ander ma sal ontmoet. Maar ek weet nie of ek dit rêrig wil doen nie. Dis soos julle sê. Netnou is sy glad nie wat ek wil hê nie. Nee, dis nie eens dit nie, ek weet nie eens wat ek wil hê sy moet wees nie, ek het myself nog nooit eintlik toegelaat om te veel aan haar te dink nie. Dit maak my te bang. Miskien eendag . . . as ek ouer is . . . maar nou . . ." Sy gryp na die glas vonkelwyn voor haar en lig dit vasberade. "Vergeet wat ek netnou gesê het oor alles wat ek nog wil hê. Ek het alles wat ek nodig het. Kom ons drink op ons?"

"Op ons," sê Martine met 'n tevrede sug.

"En op jou blink toekoms." Karel glimlag en klink sy glas teen hare.

Op hierdie salige eerste oggend van 'n nuwe eeu lyk Tina se toekoms inderdaad vir haar blink, soos 'n geskenk wat wag om oopgemaak te word. Maar dit maak haar ook 'n klein bietjie bang, soos enige onbekende geskenk, want jy kan nooit seker wees dat jy rêrig gaan hou van wat jy kry nie.

# SWART

Nie nou huil nie, Tina, vermaan sy haarself, nie terwyl jy bestuur nie. Hou jou in, kinta, volg jou ma se voorbeeld, bêre jou trane vir wanneer dit veilig is. Haar ma is so ongelooflik sterk dat sy almal om haar soos swakkelinge laat voel – Tina miskien die meeste van almal – maar douvoordag soggens hoor Tina hoe haar ma alleen in haar bed lê en huil.

Sy knip haar oë om van die wasigheid ontslae te raak en konsentreer op die pad. Die plaasdamme is glinsterend vol ná die nat winter, die vleie diepgroen, die wingerde begin jonkgroen botsels wys. Lente in die lug, maar om haar hart het dit donker en koud geword. Sy ry in haar pa se getroue ou Mercedes lughawe toe om vir Charlynn te gaan haal. Sy wil liewers nie dink aan wat nog alles vandag vir hulle voorlê nie.

Sy het die radio afgeskakel omdat sy nie langer na nuusberigte oor die Amerikaanse tragedie kan luister nie. Die derduisende slagoffers van die twee torings in New York voel vir haar bloot soos 'n voortsetting van die meer persoonlike nagmerrie waarin sy nou al amper 'n week vasgevang is. Maar sonder die radio het die stilte in die motor vir haar ondraaglik geword, toe druk sy die CD-knoppie sonder om te dink, en toe begin die CD speel waarna haar pa laas geluister het. Sy geliefde John Coltrane Quartet. Dís wat die trane laat vloei het.

Die lemskerp klank van daardie tenoorsaxofoon sny vanoggend deur al die lae van selfverweer wat sy die afgelope week so sorgvuldig om haar gedraai het. Om so sterk soos haar ma te probeer wees. Soos verbande om 'n seerplek wat elke nag losgewikkel word en elke oggend maar weer stywer vasgedraai moet word. So het sy vandeesweek gedink terwyl sy luister hoe haar ma vroegoggend in haar bed lê en huil.

Haar ma weet nie sy hoor haar huil nie. Haar ma dink sy is in die tuinwoonstel wat hulle vir haar ingerig het nadat sy matriek goed deurgekom het, maar die laaste paar nagte het die woonstel te groot en te leeg vir Tina geword. Teen vyfuur soggens sluip sy deur die donker tuin terug na die huis om op die rusbank in die sitkamer te lê en wag tot dit lig word. Soms skakel sy die TV aan, nie die klank nie, net die eindelose herhalende beeldmateriaal van die brandende torings en die klein swart vallende figuurtjies wat by vensters uitgespring het.

*Crescent* is die titel van die CD, sien sy op die leë omhulsel langs die ratwisselaar. Sekelmaan. Sy wonder of sy 'n boodskap daarin behoort te lees. Sy soek nou al dae lank desperaat na boodskappe om haar te help om sin te maak van sinlose dade. Wat laas naweek met haar pa gebeur het, is so onbegrypbaar soos daardie vallende figuurtjies op TV. Die vierde snit is die laaste musiek waarna hy ooit geluister het, Sondagoggend op pad na Jonkershoek, waar hy oudergewoonte in die berg wou gaan stap. Tina druk die herhaal-knoppie en luister aandagtig na die klavier, die kitaar, die tromme – en die ver-ruklike saxofoon, natuurlik – soos een wat doof was en vir die eerste keer kan hoor. "Lonnie's Lament", word dit genoem.

Tina se treurmare.

Sy ry verby Spier, die wynlandgoed waar haar ma 'n paar jaar gelede 'n groot makietie vir haar pa se sestigste verjaardag gereël het. Onder die vele foto's wat dié aand geneem is, is ene waarna sy die afgelope week aanmekaar kyk. Sy en haar pa saam, laggend en hand om die lyf, haar swart hare lank en los oor haar kaal skouers, syne silwergrys en so onversorg soos altyd. Hy dra 'n etniese Madiba-hemp en sy pronk in haar eerste regte "grootmensrok", 'n moulose skepping van donkerrooi fluweel waarop sy uitspattig trots was. Haar pa was nie juis gretig om die partytjie te hou nie. "Much ado about nothing," het hy geprotesteer. "Hoekom wag ons nie liewers tot ek sewentig of vyf-en-sewentig word nie, dan hou ons 'n laaste groot opskop?" Nee, het Martine gesê, teen daai tyd sal die helfte van ons pelle te oud wees om te dans en die ander helfte te seniel om die datum te onthou. "Dis nou of nooit, Karel!" Ook maar goed hulle het nie gewag nie, dink Tina, anders was dit nooit.

Dit was in elk geval die laaste keer dat sy en haar pa saam vir 'n foto geposeer het. Karel van Vuuren het nie daarvan gehou om afgeneem te word nie en kon nooit verstaan hoe sy modeldogter dit regkry om enige kamera so skynbaar moeiteloos te verlei nie. Die truuk is om dit maklik te laat lyk, moes Tina meermale verduidelik, maar dis eintlik damn harde werk. Haar ma lyk altyd ingenome as sy dit hoor. Nes sy oor haar koerantstories voel, beweer Martine.

Miskien het haar ouers tog geleer om haar lonende stokperdjie te waardeer. Toe sy besluit om hierdie jaar ná matriek "af te vat", om soveel moontlik geld met modelwerk te verdien voordat sy volgende jaar in alle erns begin studeer, was hulle verbasend inskiklik. Of dalk net verlig dat sy nie, soos soveel van haar skoolmaats, 'n jaar of twee in Brittanje wou deurbring nie. Dat sy naby hulle sou bly, in die woonstel agter in die tuin, amper so goed soos onder dieselfde dak. Al sou sy soms vir fotosessies na vreemde stede vlieg, sou sy elke keer terugkeer huis toe. Hulle sou al drie op dieselfde werf bly woon.

En hoe dankbaar is sy nie vanoggend vir hierdie laaste jaar naby haar pa nie.

Toe nou, Tina, paai sy haarself, nie nou huil nie. Tula, tula, soos haar pa haar kleintyd getroos het as sy haar knieë nerfaf val of oor 'n stukkende speelding treur, tula, tula, Tina. Nog 'n herinnering wat haar oë laat brand.

Sy kyk hoe die treinspoor tussen Kaapstad en Stellenbosch

'n streep deur die groen landskap trek. Hier naby het haar pa altyd vir hulle waterblommetjies gekoop, by plaaswerkers wat dit op die damme geoes en langs die pad verkwansel het. 'n Ent verder sien sy die witgepleisterde ingangpilare van nog 'n indrukwekkende wynlandgoed en dan die rare verskynsel van 'n windpomp in die middel van 'n dam. Siestog, het sy as laerskoolkind opgemerk toe hulle hier verby ry, lyk soos 'n ou oom wat tot by sy nek in die water staan en sy arms swaai om aandag te trek. "Nou toe nou," het haar pa gegrinnik. "En al die jare sien ek net 'n verroeste windpomp."

Sy weet nie waarom sy sulke simpel oomblikke onthou nie. Die hele week al voel haar geheue soos 'n chaotiese laaikas waarin sy vervaard rondkrap op soek na "gepaste" herinneringe, na gróót oomblikke in haar lewe saam met haar pa, na sy vele wyse woorde en onselfsugtige dade, en keer op keer kom sy af op nog 'n deurmekaar laai vol onbenullighede. Wat het van die gróót oomblikke geword? Sy het gedog 'n mens se geheue is soos 'n biblioteek of 'n museum, 'n geordende plek waarin jy dwarsdeur jou lewe jou herinneringe mooi netjies rangskik, chronologies of in volgorde van belangrikheid of alfabeties wat ook al. Sy het gedog daar moet die een of ander stelsel wees. En nou, op die ouderdom van negentien, met 'n geheue wat nog nie naastenby vol kan wees nie – daarvoor is sy darem nog gans te jonk! – tref sy hierdie slordige laaikas aan. G'n stelsel, g'n volgorde, g'n keuse nie.

Jy onthou nie wat jy wil onthou nie, begin sy vir die eerste keer besef. Jy onthou wat jy onthou.

Toe sy afdraai op die N2 in die rigting van Kaapstad, maak sy John Coltrane se tenoorsaxofoon stil. Sy kan nie bekostig om op die besige snelweg betraand te raak nie. Knyp, kinta, knyp. Die pieke van die Hottentots-Hollandberge staan in die truspieëltjie skerp afgeëts teen die lug, Tafelberg pryk plat en dynserig in die verte voor haar, die eerste plakkershutte van sink en sak sal nou-nou aan weerskante van die snelweg begin verskyn.

Charlynn se vliegtuig van Johannesburg af behoort ook al naby die lughawe wees. Tina is dankbaar dat sy nie in hierdie week van 11 September iewers heen hoef te vlieg nie. *Niks sal ooit weer dieselfde wees nie.* Só sê almal oor die radio en in die koerante. Hulle praat van die terroriste-aanval in Amerika, natuurlik, maar vir Tina klink dit aanmekaar asof hulle van haar pa praat.

En tog weet sy dat wat laas naweek met haar pa gebeur het, niks in die land of in die wêreld sal verander nie, net in haar eie lewetjie. Karel van Vuuren het deel van die steeds stygende misdaadsyfers in die Nuwe Suid-Afrika geword, dis al. Net nog 'n onbekende iemand wat op die verkeerde oomblik op die verkeerde plek was.

Martine het hom meermale gewaarsku dat dit gevaarlik kan wees om so sonder beskerming, sonder selfs 'n kierie of 'n hond, op afgesonderde bergpaaie te stap. Karel het haar besorgdheid afgelag. "Wie sal nou vir my wil aanval? Ek's mos nie 'n dom toeris met duur kameras en juwele nie!" Of anders sou hy sy breë bors uitstoot en spottend verklaar: "Buitendien, kyk net na hierdie rugbyspelerlyf van my." Ge-wése rugbyspelerlyf, sou Martine mompel, maar hy wou nie hoor nie. "Van één ding kan julle seker wees: I'll go down fighting."

Die forse lyf waarmee hy so graag gespog het, het hom niks gehelp toe hy Sondagoggend op 'n afgeleë staproete voorgelê is nie. Daar was meer as een aanvaller – die polisie verdink 'n jong ontsnapte misdadiger en twee tienderjarige makkers – en hulle het 'n gesteelde vuurwapen by hulle ge-had. Toe Karel probeer om hom teen te sit, het hulle hom paniekbevange in die bors geskiet. Of miskien was dit nie paniek nie, miskien sou hulle hom in elk geval geskiet het, of hy teenstand gebied het of nie. Miskien het hy dit aangevoel en besluit, te hel hiermee. *I'll go down fighting!*

Die rowers het sy polshorlosie en sy selfoon gevat en hom daar op die grondpaadjie tussen die fynbos gelos om hom stadig dood te bloei. Terwyl sy vrou by die huis haar tweede koppie sterk swart koffie van die dag drink en rustig in die bed deur die Sondagkoerante blaai. Nee, seker nie rustig nie, dink Tina. Haar ma word elke Sondag grensloos geïrriteer deur plaaslike sepiesterre en skoonheidskoninginne se jongste sottighede, swetsend vies vir korrupte en onbevoegde politieke leiers, moerig dat die regering dit nie regkry om misdaad en vigs behoorlik te bekamp nie. Dis in hierdie toestand van selfmartelende genot dat sy laas Sondag, soos gewoonlik, die koerante gelees het. Nie 'n benul dat haar man met 'n gat in sy bors en bloed in sy mond op 'n afgesonderde bergpaadjie lê nie.

Teen die tyd dat 'n groep vrouestappers op hom afgekom het, was hy nie meer by sy bewussyn nie, en in die ambulans op pad na die hospitaal het hy gesterf. Terwyl sy dogter, wat tot vroegoggend saam met haar vriende na 'n nuwe Afrikaanse punkgroep in 'n kroeg op die dorp geluister het, salig in haar tuinwoonstel lê en slaap.

Tina steek haar hand blindelings uit om die radio aan te skakel. Selfs die naarste nuus uit New York sou beter wees as hierdie versmorende beskuldigende stilte in haar pa se kar. Sy soek 'n stasie met maklike popmusiek, Michael Jackson, Madonna, enigiemand na wie haar pa nooit sou geluister het nie. Enigiets om nie heeltyd so obsessief aan hom te dink nie.

En waaraan sou haar sterwende pa daar op die bergpaadjie lê en dink het? Dís die vraag wat haar snags uit die slaap hou en donkeroggend deur die tuin terug huis toe laat sluip. Dat hy tog maar na sy vrou moes geluister het? Dat dit nie nodig is om 'n dom toeris met 'n duur kamera te wees nie, dat misdaad werklik demokraties geword het in die Nuwe Suid-Afrika, dat enigiemand op enige plek 'n slagoffer kan word? Vermoor vir 'n selfoon en 'n horlosie. *I'll go down fighting*?

Sy herken nie dadelik vir Charlynn nie. Sy sien iemand wat vir haar soos 'n elegante sakevrou van Gauteng lyk, een van die

Swart Diamante van die Nuwe Suid-Afrika, met 'n enorme Gucci-donkerbril wat amper die helfte van haar gesig bedek en stywe klein vlegseltjies wat perfekte simmetriese patrone oor haar hele kopvel trek. Sy kyk hoe hierdie vreemdeling, geklee in 'n swart snyerspakkie en skoene met hakke so hoog soos stelte, haar bagasietrollie behendig deur die skuifdeure van die aankomssaal stuur en in haar rigting stap. Eers toe die vrou vlak voor haar tot stilstand kom, besef sy dis Charlynn.

Hulle druk mekaar styf vas en staan lank woordeloos in mekaar se arms. Ondanks die hoogte van Charlynn se hakke is Tina steeds omtrent 'n halwe kop langer as sy. Vir die eerste keer dring dit tot Tina deur dat haar pa se dood vir Charlynn amper so erg moet wees soos vir haar. Charlynn was jare lank die tweede kind in hulle huis. Karel van Vuuren was waarskynlik die naaste aan 'n pa wat sy ooit geken het. Dis waarom Charlynn hierdie belaglike groot donkerbril dra, besef sy toe hulle weer na mekaar kyk. Om haar trane weg te steek.

"Ek het jou nie so . . . deftig verwag nie," sê Tina met 'n verleë laggie.

"Ek het sommer klaar my begrafnisklere aan," maak Charlynn verskoning. "Ek was bang die vliegtuig is laat en dan's daar nie tyd om aan te trek nie."

"Ek weet nog nie wat ek gaan aantrek nie. My ma sê my pa sou my nie in 'n swart rok wou sien nie. Maar ek kan seker ook nie só gaan nie."

Charlynn skud haar kop terwyl sy vir Tina in haar uitgewaste ligblou noupyp-jeans en wit T-hemp en tekkies bestudeer. "Seker nie. Maar jy lyk anyway altyd stunning, maak nie saak wat jy dra nie. En jou pa het nooit juis gebodder met klere en looks nie, nè."

"Dis nou vir jou 'n understatement," sê Tina en lag, verstom om te hoor dat sy nog kán lag, en skielik val nog 'n helder herinnering uit daardie deurmekaar laaikas iewers in haar kop. Haar pa tydens 'n seevakansie, kaalvoet in 'n kortbroek en 'n uitgerekte ou T-hemp, ongeskeer en met sy hare selfs meer onversorg as gewoonlik, visstok oor die skouer, salige grinnik op sy gesig. Sy gryp Charlynn se bagasietrollie voordat sy weer deur trane oorval word en begin dit na die uitgang stuur. "Kom," sê sy, "my ma wag vir ons by die huis."

"Hoe gaan dit met haar?"

Tina trek haar skouers op. "Sy cope. Soos altyd. Of anders maak sy of sy cope om dit vir almal om haar makliker te maak. Jou ouma Katie was haar grootste steunpilaar die laaste week."

"Tafelberg!" Charlynn staan 'n oomblik stil om die soliede blou massa van die berg te bewonder toe hulle buite kom. "Ek's mal oor Jozi. Maar ek verlang my morsdood na die Kaapse berge."

Tina staan langs haar en sê ingedagte: "My pa het mos altyd gesê hy sal nooit in Holland kan lewe nie. Herinner hom te veel aan die Vrystaat waar hy grootgeword het. Hy't nie van plat plekke gehou nie."

"Ek weet nie waar hy nou is nie, maar ek's seker daar sal berge daar wees," troos Charlynn.

"Ek wens ek kon so seker wees!"

Dit kom soos 'n kreet uit, wat haar nogal laat skrik. Maar dis eers toe sy voel hoe die gewoonlik spraaksame Charlynn swygend en hulpeloos oor haar rug staan en vryf, dat Tina besef sy het meer as net die hele oggend se stryd teen haar eie trane verloor. In hierdie swart week van September 2001 het sy alle sekerheid oor enigiets verloor.

# PLESIERVAART

"En as Ma nou so tittevate?" vra Tina toe sy uit die stort kom. Martine staan in 'n kamerjas van wit handdoekstof voor die spieël in hulle gesamentlike kajuit, besig om met groot konsentrasie maskara aan haar wimpers te smeer. Haar mond, klaar knalrooi geverf, hang effens oop, 'n gevolg van daardie onverklaarbare verslapping van die onderkaak waaraan die meeste vroue ly wanneer hulle hulle oë grimeer. Voordat sy kans kry om te antwoord, voeg Tina tergend by: "Of is hier 'n romantiese ontwikkeling op die Love Boat waarvan ek nie bewus is nie?"

"I'd be so lucky." Martine snork en gee 'n tree agtertoe om die spieëlbeeld van haar gegrimeerde gesig behoorlik in fokus te kry. "Die skaars alleenlopermans op hierdie skip kan kus en keur tussen vrolike jagse vroue van alle ouderdomme. Kan my nie voorstel dat een van hulle sal val vir 'n bejaarde en bedonnerde weduwee met 'n kaal kop nie." Sy tree weer nader aan die spieël om nog 'n laag maskara aan te wend. "Die gebrek aan hare kan ek nog vat, maar niemand het my gewaarsku dat my wimpers ook gaan uitval nie."

"Ma." Tina draai die skip se groot vlootblou handdoek stywer om haar kaal lyf en gaan sit op een van die twee beddens om haar hare droog te blaas. "Jy's nie 'bejaard' nie, jy's nie . . ."

"Ek het pas vier-en-sestig geword! Hoe gaan daai liedjie van die Beatles nou weer? *When I get older losing my hair . . .*" begin sy neurie terwyl sy die maskarabuisie pomp asof sy besig is om 'n miniatuur-fietswiel op te blaas.

"*Will you still need me, will you still feed me,*" sing Tina, "*when I'm sixty four?*"

"Presies! Dis hoekom ek so bedonnerd is. Ouderdom en siekte kom nie natuurlik vir my nie, kinta."

"Oukei. Kom ons sê jy's partykeer 'n klein bietjie bedonnerd. Sommige mans vind dit sexy . . ."

"Ha! Wys my een."

"En jy weet goed jy's nie kaalkop nie. Ek het jou al hoeveel keer gesê jou hare lyk stunning so kort."

Martine vryf skepties oor die staalgrys stoppels op haar kop. Toe sy laas jaar met die chemoterapie begin, het sy haar hare in 'n stomp manstyl laat skeer en opgehou om dit aanhoudend blinkbruin te kleur. Sy stap na die klerekas en haal twee rokke aan hangers uit. Een is 'n klassieke regaf slooprok van linne so rooi soos haar lippe, die ander een is 'n skepping van sagte voue en plooie in 'n glimmende syagtige pers materiaal.

"Ienie, mienie, maainie, mou, wat sou jy kies as jy ek was?" vra sy vir Tina terwyl sy albei om die beurt teen haar lyf hou.

"Is Ma in 'n rooi bui of in 'n pers bui?"

"Jy weet mos ek steur my nie so aan kleure en buie soos jy nie, Tina. Ek wil net graag vanaand op my mooiste lyk. Dis ons laaste aand op die skip, hierdie tien dae saam met jou was alles wat ek gedroom het dit sou wees en nog meer, en ek . . ." Sy trek haar skouers op en lyk skielik so verleë soos 'n tiener. "Wel, ek skop nog, nè."

"En hoe!"

"'n Paar maande gelede was ek nie so seker dat ek dit tot hier gaan maak nie."

Ek ook nie, wil Tina sê. Maar dis nie wat haar ma nou moet hoor nie. Sy laat sak haar kop laag en gooi haar nat hare vorentoe om 'n digte sluier voor haar gesig te vorm. Makliker om dit só droog te blaas. Makliker as sy nie in haar ma se oë hoef te kyk nie. En die klein droërtjie in haar hand maak so 'n lawaai dat haar ma dalk nie eens haar driftige versekering hoor nie. "Ek het altyd gewéét jy's 'n survivor, Ma."

"Hmm, ek dink ek sal vir pers gaan." Martine hang die

303

rooi rok weer op sy plek in die kas en laat val die ander een op haar bed. "Was altyd gek oor daai gediggie van die vrou wat wil pers dra as sy oud word."

"Met 'n rooi hoed wat nie daarby pas nie?" Tina grinnik en gooi haar hare weer agtertoe.

"Dis nie net ek wat oorleef het nie, kinta." Meteens kyk haar ma met soveel stralende liefde na haar dat Tina vinnig wegkyk, by die groot kajuitvenster uit, na die skitterblou water waarop hierdie luuksueuse skip die afgelope tien dae gevaar het. "Die laaste twee jaar moes vir jou ook 'n nagmerrie gewees het. Eers word jou pa vermoor en toe kry jou ma kanker. Jy's heeltemal te jonk vir soveel smart."

"Ek dink nie ek sal ooit weer jonk voel nie."

"Jy sal weer. Jy sal sien." Martine kom sit langs haar op die bed en streel oor haar wang. 'n Paar sekondes lank kan nie een van hulle dink aan enigiets om te sê nie. Hulle luister na die hoë geluid van die haardroër. Soos iemand wat weeklaag, klink dit vir Tina. Dan staan Martine vasberade op en trek die wit kamerjas uit. "Kom, vanaand gaan ons fees vier. Ons het baie om voor dankbaar te wees."

Sy buig vooroor om haar hangerige borste in 'n nuwe bra van swart kant te druk – omtrent soos jy twee kussings in hulle slope sou rangskik – en kom weer regop om die bandjie agter teen haar rug vas te knip. Elke keer as Tina haar kaal sien, is sy opnuut geskok oor hoeveel gewig sy verloor het. Sy's darem nog nie uitgeteer nie – sy was gelukkig voorheen 'n stewige vrou met genoeg vleis aan haar gebeente – maar dis asof haar spiere verdwyn het. Asof haar vel gerek het. Haar lyf wat altyd lank en sterk en atleties was, lyk nou broos en breekbaar. Seker ook deels te wyte aan die lelike letsel tussen die vellerige voue van haar maag, die sny nog vars, pienk, effens opgehewe. 'n Permanente herinnering aan 'n noue ontkoming. Of dalk was dit nie 'n ontkoming nie. Dalk het die operasie ses maande gelede haar bloot 'n blaaskans gebied. Sy is soos 'n moeë soldaat wat met 'n oorlogswond huis toe kom om bietjie te rus, welwetende dat die oorlog voortwoed, dat sy weldra verder sal moet veg.

Maar daaraan durf Tina nie dink nie. Elke keer as hierdie beeld van haar ma as moeë soldaat by haar opkom, begin haar hart in haar borskas rondspring soos 'n wilde dier wat uit 'n hok wil ontsnap. Sy skakel die haardroër af en stap haastig na die kas om 'n geskikte uitrusting vir die aand te kies, iets wat haar ma gelukkig sal maak. Enigiets om haar ma gelukkig te maak. Sy haal 'n wye wit katoenrok uit, dalk nie feestelik genoeg vir die geleentheid nie, maar as sy dit saam met silwer sandale en 'n klomp silwer armbande dra, sal dit wel deug. Haar ma hou van haar in wit. Sy sê dit pas by haar soel vel en haar swart hare en haar "ongekunstelde" voorkoms.

Met ongekunsteld bedoel Martine eintlik maar net dat Tina byna nooit meer grimering dra nie. In haar dae as heeltydse model is sy soms so oordadig gegrimeer dat sy haarself beswaarlik op die foto's in haar eie portefeulje kon herken. Noudat sy 'n doodgewone student probeer wees, in haar derde jaar met visuele studies as hoofvak, is haar grootste begeerte om met die ander meisies op die Stellenbosse kampus saam te smelt. Sy hou haar kleredrag so informeel moontlik – kortbroeke en sandale in die somer, jeans en stewels in die winter – haar gesig skoon gewas en kaal, haar hare meestal in 'n poniestert vasgebind. As sy ondanks al haar kamoefleerpogings nogtans raakgesien word, elke keer as 'n aantreklike ou haar tussen haar groep meisiemaats uitsonder vir aandag omdat haar lang bene of haar wye mond of haar groot oë hom opgeval het, voel sy asof sy in iets gefaal het.

Asof sy haar vriendinne verloën deur mooier as hulle te wees.

Maar vanaand, op haar eie saam met haar ma, sal sy miskien tog van haar ma se maskara en lipstiffie leen, waarom nie? Nog iets wat haar ma gelukkig sal maak, vermoed sy. Sy laat sak die wit katoenrok oor haar kop, steek haar voete in die silwer sandale, skuif 'n paar armbande oor haar polse en bekyk haarself krities in die spieël teen die kasdeur. "Die klingelingelinge van haar armringe," onthou sy terwyl sy haar hande soos 'n wulpse sigeunerin wikkel. "Wie't dit nou weer geskryf?"

"Eugène Marais," antwoord haar ma sonder aarseling, besig om 'n lang oorbel in die vorm van 'n persgroen pouveer aan haar linkeroorlel vas te haak. "*Mabalêl*. En dis die klingelinge van haar enkelringe. Nie armringe nie."

"Hoeveel Afrikaanse gedigte ken jy uit jou kop, Ma?" vra Tina geamuseerd. "Honderd? Tweehonderd?"

"Onthou, ek's gebore toe die taal nog in sy pioniersfase was. Ons was trots daarop, g'n skaamte of skande betrokke nie." Sy staar 'n oomblik peinsend deur die kajuitvenster, haar gesig gebaai in die gloed van die son wat reeds laag oor die see hang. "Wel. Dit was seker toe al die taal van die onderdrukker. Maar niemand het dit vir ons gesê nie. Ons het *Mabalêl* se woorde verander na 'Mabalêl, jou swarte hel' . . ." Sy skud haar kop sodat die pouveer aan haar oor stadig wieg. "Hoe op aarde het ons van daar tot hier gekom?"

"Jy lyk mooi, Ma," sê Tina sag. "Daai pers rok is gemáák vir jou."

Martine draai verras weg van die venster. "Dankie, kinta. Ek sê mos altyd pers laat my soos 'n koningin voel. Onthou jy die befaamde Purple Rain Protest in Kaapstad? Toe ons jou wou wys hoe demokrasie werk?"

"Ek onthou Pappa se pers hare." Sy onthou ook die reaksie van haar klasmaats toe sy vir hulle die persblou kol aan haar bobeen gewys het. Hoe verskriklik skaam en skuldig sy gevoel het. Sy knip haar oë om 'n onverwagse opwelling van trane te keer, maar toe sy terugkyk na die spieël, sien sy dat die maskara wat sy pas aangewend het, klaar swart smeersels begin maak. *Te lank het jy gewag te laat.* Nog 'n reël uit *Mabalêl*. "Ek mis hom nog elke dag, Ma!"

"Ek ook, kinta, ek ook," mompel haar ma.

In die lente laas jaar, enkele dae voor die tweede herden-king van haar pa se dood, het haar ma gehoor sy het kanker van die pankreas. "Pankreas?" het sy verslae opgemerk. "As dit my longe of my keel was, sou ek dit seker as 'n soort poetic justice kon sien. Ná veertig jaar van sigarette. Maar ek weet nie eens presies wáár in my lyf my pankreas sit nie. Nog minder wat dit veronderstel is om daar te doen."

In daardie stadium het Tina ook niks van 'n pankreas geweet nie – en minder as niks van pankreaskanker. Maar sy het die onderwerp dadelik en deeglik begin navors, op die internet en in die universiteit se biblioteek, en teen dié tyd het sy meer geleer as wat sy werklik wou. Die pankreas, in Afrikaans ook bekend – of eerder onbekend – as die al-vleisklier, is 'n langwerpige orgaan agter die maag. Soos 'n smal peer wat in 'n vrugtebak omgeval het en deur 'n spanspek weggesteek word, dis hoe dit vir Tina gelyk het toe sy die illustrasie in 'n mediese boek sien. Die omringende vrugte in hierdie rare bak is die galblaas ('n reusagtige aarbei), die lewer ('n vet tros pers druiwe) en verskeie ander waarvoor sy nog nie name kon vind nie. Toe sy haar ma van haar vrugte-metafoor vertel, het Martine haar met 'n wrang glim-lag herinner aan Billie Holiday se hartverskeurende lied "Strange Fruit".

Heelwat van haar nuwe mediese kennis het sy nog nie met haar ma gedeel nie. En tog weet sy dat Martine 'n ervare ondersoekende joernalis is wat lankal haar eie gevolgtrekkings sou kon maak. Wat ma en dogter albei die afgelope anderhalf jaar geleer het, is dat die peer in die vrugtebak veronderstel is om spysverteringsappe en hormone soos insulien te vervaardig, en dat 'n deel van so 'n vrot peer sjirurgies verwyder kan word mits die siekte betyds gediagnoseer word. Soos gelukkig in Martine se geval gebeur het. Die ingewikkelde operasie, waarin 'n bietjie van die omringende binnegoed ook uitgesny is en die spulletjie weer aan mekaar vasgeplak is (Martine se onmediese beskrywing), is gevolg deur 'n paar maande van chemoterapie en bestraling. Martine het al die nare newe-effekte moedig verduur; meestal bedonnerd, volgens haar eie getuienis, maar sonder om ooit heeltemal haar sin vir humor te verloor.

Toe die herfsblare vanjaar in die Boland begin val, is sy "skoon" verklaar – en op die koop toe bevry van haar nikotienverslawing – wat haar laat besluit het om elke dag wat vir haar oorbly ten volle te benut. Dis waarom sy hierdie plesiervaart tussen Spanje, Noord-Afrika en Portugal aangepak het. "Ek en Pa het mos altyd gepraat van 'n cruise as ons die dag aftree," het sy vir Tina verduidelik. "En toe gaan hy te gou dood. Ek's dit aan hom verskuldig om dit te doen voor ek ook doodgaan." Maar op haar eie sou die hele reis darem net te treurig wees. "Kom ons maak dit 'n ma-en-dogter-ding," het sy opgewonde voorgestel. "Wanneer laas het ek en jy tien dae saam deurgebring?" Die gedagte aan tien dae saam met haar ma in 'n kajuit – al is dit ook 'n luukse kajuit met 'n see-uitsig – het Tina effens paniekbevange laat teenstribbel. "Ek's heeltemal te jonk vir 'n cruise saam met 'n spul seniele oumense, Ma!" "En ek is nie?" wou Martine kamma gekrenk weet. "Ons kan dit in die universiteitsvakansie doen, Tina, in die Europese lente. Aag toe, kinta, jy kan nie nee sê nie."

Natuurlik kon kinta nie nee sê nie.

Van die onaangename statistiese inligting wat Tina die af-gelope maande ontdek het, is dat slegs twintig persent van alle gevalle van pankreaskanker vroeg genoeg gediagnoseer word om 'n operasie moontlik te maak. En dat skaars twintig persent van die pasiënte wat wel geopereer word, vyf jaar later nog lewe. Tina glo met al die wilskrag in haar lyf dat haar ma – so 'n buitengewone sterk en moedige vrou! – in daardie twintig persent sal val.

Maar intussen kan sy mos nie nee sê vir enigiets wat haar ma vra nie?

'n Ruk later sit hulle op die dek van die skip, elkeen met 'n glas koue witwyn, en kyk hoe die ligte van Lissabon in die persgrys skemer skitter. Hulle het vanmiddag reeds hier vasgemeer sodat die passasiers die stad kon verken voor die laaste ete aan boord vanaand. Vir Tina was die tremrit wat sy en haar ma deur die heuwelagtige stad onderneem het, een van die onverwagse hoogtepunte van hulle vakansie.

"Daar's darem net iets aan 'n stad met trems," sê sy met 'n sug oor die rand van haar wynglas. "Ek's bly ons is nog môre heeldag hier. Ek hóú van hierdie plek."

"Dis danksy jou dat ons hier uitgekom het," herinner Martine haar.

Martine het op 'n Mediterreense plesiervaart besluit, met 'n eiland of twee ingesluit, want 'n cruise sonder 'n eiland, beweer Martine, is soos 'n huis sonder 'n moeder, daar's net iets missing. Maar aangesien sy jare gelede saam met haar man op die Griekse eilande vakansie gehou het, wou sy nie weer in daardie rigting reis nie. Te veel herinneringe wat oopgekrap kan word in haar weerlose toestand. "Go west, old woman," het sy vir haarself gesê, en 'n skip gesoek wat in Barcelona vertrek, 'n stad wat sy én haar dogter graag wou sien. Sy wou via Madrid na Barcelona vlieg om vir haar dogter, wat kunsgeskiedenis as haar gunstelingvak beskou, die skatte van die Prado te wys. Maar skaars 'n maand gelede het tien treinbomme gelyktydig in Madrid ontplof, sowat tweehonderd mense gedood, amper tweeduisend beseer en grootskaalse verwoesting gesaai. Tina het geprotesteer dat dit miskien nie nou die beste tyd is om die Prado te besoek nie. "Asof daar nie genoeg sinlose geweld in ons eie land is nie, Ma. Waarom sal ons nou geweld op 'n ander plek gaan soek?" Die terroriste-aanval het egter die ou nuushond in Martine wakker geskud. Sy het dadelik die bloedspoor van 'n moontlike storie opgetel. "Dink net watse lekker human interest-artikel dit kan wees, kinta. Die nagevolge van 'n terroriste-aanval – selfs die regering het geval! – die atmosfeer in die stad, hoe die mense daaroor voel . . ." Tina het gemompel dat dit veronderstel is om 'n vakansie te wees. 'n Ma-en-dogter-ding? En tog kon sy nie anders as om verlig te voel dat Martine die eerste keer in maande weer 'n storie wou skryf nie. Daarom het hulle toe tog na Madrid gevlieg, waar Tina drie dae op haar eie deur die Prado gedwaal het, in 'n soort mistieke vervoering, terwyl Martine buite op straat met mense gepraat het en aantekeninge gemaak het en 'n heel ander soort vervoering ervaar het.

Ná Barcelona is die res van hulle skeepsroete, in 'n suid-westelike rigting rondom die skouer van Afrika tot by die Kanariese Eilande in die Atlantiese Oseaan, basies bepaal deur die feit dat Martine as jong meisie gek was oor die rolprent *Casablanca* met Bogart en Bergman. Toe die reisagent hulle vertel van 'n skip wat onderweg na die Kanariese Eilande by Casablanca in Marokko vasmeer, het sy nie 'n oomblik langer getwyfel nie. Maar toe hulle uiteindelik moes kies tussen 'n roete wat in Lissabon eindig en een wat hulle terug na Spanje sou voer, het Tina gebieg dat sy nog altyd nuuskierig was oor Portugal. Martine het verras gelag en summier 'n skip gekies wat by Madeira, Cascais én Lissabon sou vasmeer. "Sommer drie Portugese plekke vir die prys van een, hoe's daai?"

"Ek kan dit nie verduidelik nie," mymer Tina met haar lang bene uitgestrek op 'n leë dekstoel, "maar ek voel amper asof ek in 'n vorige lewe hier was. Moenie lag nie, Ma," waar-sku sy met 'n verleë laggie.

"Ek lag nie. Ons Afrikaanse volk sal seker nooit ons Euro-pese wortels uitgetrek kry nie. Hoe lief ons ook al vir Afrika is. Ek praat nou nie net die ou groot knoetsige wortels wat bo die grond uitsteek nie – Franse en Hollandse en Duitse en Engelse en Skotse vanne net waar jy kyk – maar ook die verskuilde wortels diep onder die grond. Ver terug in die verlede. Italiaanse, Poolse, Griekse, Russiese invloede. En natuurlik ook Portugees." Sy swiep haar arm voor haar, 'n dramatiese gebaar wat nie net die flonkerende ligte van

Lissabon insluit nie, maar sommer ook die ganse Europa wat daar iewers agter die donker heuwels lê. "Vasco da Gama. Bartolomeu Dias. En moenie vergeet van die ou kolonies op ons agterstoep nie. Jy's te jonk om Mosambiek en Angola se Portugese dae te onthou, Tina. Jy's dank die hemel te jonk om die oorloë te onthou waarin ons ook betrokke was . . ."

"Selfs die taal klink vir my vaagweg bekend. Dis weird, nè. Ek het dit tog nog nooit rêrig gehoor nie?"

"Cesária Évora." Martine glimlag. " 'Sodade'. Ek het in 'n stadium aanmekaar na daai CD geluister. Jy kon nie eintlik anders as om saam te luister nie."

"Maar ek het nog nooit geluister hoe iemand dit práát nie. Ek het nie geweet dis so 'n mooi taal nie."

Tina sluk ingedagte aan haar wyn. Dit het byna heeltemal donker geword. Die see onder hulle lyk blinkswart soos olie. 'n Sweem van 'n bries blaas 'n lang sliert hare oor haar gesig en vee oor haar ma se stompgeskeerde kop. Dis koel genoeg dat hulle albei truie oor hulle skouers gegooi het.

"Ek's bly hierdie reis het vir jou ook nuwe horisonne oop-gemaak," sê Martine, haar stem skaars 'n fluistering. "Ek's bekommerd oor jou, kinta. Jy's nog te jonk om alleen agter te bly."

"Maar ek gaan mos nie . . ." Tina se stem raak weg.

"Nee. Plan A is dat ek gaan bly lewe tot jou vyftigste ver-jaardag. Maar ons moet miskien aan 'n Plan B ook begin dink."

"Ma . . ."

"Wag. Laat my praat. Ek probeer al tien dae lank genoeg moed bymekaarskraap. Gedog dit sou makliker wees op 'n skip, in die middel van die see, tussen onbekende mense. Nou's dit die laaste aand, so dis nou of nooit."

Nooit, wil Tina smeek, nooit, nooit, nooit.

"Ek wil jou nie sonder familie agterlaat nie, Tina. Ek het nie broers of susters nie en Pappa het lank voor sy dood al weg-gegroei van sy oorblywende familie. Dis waarom dit my . . .

gerus sal stel as jy jou biologiese familie probeer opspoor. Dis 'n waagstuk, ek weet, ons het al daaroor gepraat, maar noudat . . . dinge verander het, dink ek tog dis die moeite werd om te probeer?"

Tina skep diep asem, snuif die souterige geur van die seebries in, luister hoe 'n groepie gryskoppe naby hulle op die donker dek lag. Die meeste passasiers is klaar in die eetsaal, besig om hulle aan 'n laaste uitgerekte vyfgangmaal te vergryp, maar die enkeles wat nog hier buite talm, klink meteens vir haar so ongelooflik sorgvry dat sy sommer weer wil huil.

"Mamma. As dit jou beter sal laat voel, sal ek belowe om dit te doen. Eendag. As jy nie meer daar is nie. Maar nou is jy mos nog hier? Jy't my nodig. Ek het jou nodig! Ek het nie nou die krag of die tyd of die begeerte om te begin soek na 'n vrou wat niks vir my gedoen het behalwe om my nege maande in haar maag te dra nie."

"Dis nie niks nie, kinta. Dis iets waarvoor ek haar ewig dankbaar sal wees. En as jy te lank wag . . . as jy dit bly uitstel . . . sê nou dis te laat?"

Gelukkig is dit so donker op die deel van die dek waar hulle sit dat haar ma nie haar gesig kan sien nie. Want dis 'n vraag wat Tina al voorheen vir haarself moes vra. Sê nou dis te laat as sy tog eendag besluit om haar ander ma te soek? Dink net aan die teleurstelling, die selfverwyt, die berou. Nee, moenie daaraan dink nie. Dit maak nie saak nie, antwoord sy haarself, soos altyd. Al wat saak maak, is dat hierdie ma haar nou nodiger as ooit het.

"Onthou Ma daai liedjie van Doris Day wat ouma Katie so graag sing? 'Ky seraa seraa,' soos sy dit noem? Wat sal gebeur, sal gebeur. En van ouma Katie gepraat, sy en Charlynn is nader aan my as enige biologiese familie, dit behoort Ma darem ook te troos." Martine se tande flits dankbaar in die donker. Tina sluk haar glas leeg en staan op. "Glo dit of nie, maar ek is al wéér honger."

"Ek ook," sê Martine. "Moet die seelug wees."

Dis wat hulle nou al tien dae lank met elke maaltyd vir mekaar sê. *Moet die seelug wees.*

"Dink Ma nie dis moontlik dat ons maar net twee skandalige smulpape is nie?" Tina steek haar hand laggend uit na haar ma. Haar enigste ma, op die oomblik, en so ver vorentoe as wat sy durf kyk. "Kom ons gaan eet ons vir oulaas trommeldik aan die skip se lekker kos."

# GRADEDAG

Die grootste deel van die seremonie gaan soos in 'n droom verby. 'n Hoogsomerse dagdroom. 'n Sweterige koorsdroom. Wat sy onthou, daarna, is die versmorende hitte onder die lang swart toga, die geskreeu van sonbesies in eikebome, die lawwe geskerts van die skare studente om haar oomblikke voordat die amptelike optog tot by hulle aangewese sitplekke in die saal begin. Haar klam hande en haar swaar hart.

Soveel gemengde gevoelens. Dit behoort tog 'n vreugdevolle geleentheid te wees? Selfs al is dit haar derde gradeplegtigheid in drie jaar – eers 'n BA in visuele studies (cum laude), toe 'n honneurs in illustrasie (cum laude) en nou 'n honneurs in Afrikaans – al kan niemand van haar verwag om die opgewondenheid van die eerste keer te ervaar nie, al sou sy waarskynlik verkies het om hierdie ene in absentia te ontvang as haar omstandighede anders was. Dit bly steeds 'n trotse dag – 'n taak wat vervul is, 'n begeerte wat bereik is – en sy ís verheug dat sy dit saam met haar ma kan belewe. Maar haar vreugde is 'n flou vlammetjie waaroor 'n swaar hand heeltyd dreigend hang.

Haar ma is siek, swak, sterwend. Sy weet Martine het haarself met ysere wilskrag aan die lewe gehou omdat sy hierdie gradeplegtigheid wou bywoon. Sy weet Martine wil oor twee weke nog 'n laaste Kersfees saam met haar dogter vier.

Sy weet nie hoe om haar ma te laat gaan nie.

*It's not dark yet*, het Bob Dylan in die motor op pad na Coetzenburg gesing. Tina het bestuur en haar ma het langs haar op die passasiersitplek buitentoe gestaar met die verwondering van iemand wat alles vir die eerste keer sien, die boomryke strate van Stellenbosch, die groen oewers van die Eersterivier, die wolklose blou lug. Dis nog nie donker nie. Haar ma dra vandag 'n pers rok en 'n rooi hoed wat nie by mekaar pas nie, soos in die gedig, en 'n enkele lang oorbel, soos gewoonlik.

Agter in Tina se tweedehandse Golf het ouma Katie kiertsregop gesit, uitgedos in 'n donkerblou baadjie en romp wat te warm vir die weer en te knap vir haar gesette lyf is, so swetend trots dat jy sou sweer dis háár dogter wat graad vang. En op 'n manier ís Tina seker haar dogter ook. Of dan in elk geval haar kleindogter. Sy is die enigste mens vir wie Tina ooit ouma genoem het, en hoewel sy te oud geword het om as heeltydse huishulp te werk, woon sy steeds naby genoeg aan hulle om gereeld te kom kuier. Die laaste maande, toe dit duidelik begin word dat Martine die oorlog gaan verloor, het ouma Katie haarself aangestel as die dapper soldaat se vrywillige agterryer, versorger, oppasser. In minder militêre taal amper iets soos 'n outydse geselskapsdame.

Martine se ander "geselskapsdame", ook 'n vrywilliger, het langs ouma Katie in die Golf gesit, haar skraal lyf omtrent die helfte van ouma Katie s'n. Letta is 'n statige gryskopvrou, sonder man of kinders, wat haarself 'n begeleier noem. So 'n mooi musikale eufemisme wat Tina aan 'n klavierkonsert laat dink. Letta se selfopgelegde taak in die lewe is om pasiënte met 'n ongeneeslike siekte na die dood te begelei. Sy doen dit so diskreet, met soveel warm menslikheid, dat die reis soms amper soos 'n avontuur voel. *It's not dark yet*, het Bob Dylan se somber stem geweeklaag, *but it's getting there.*

Tydens die sing van die volkslied ontwaak Tina vlugtig. Veral die vierde reël in Zoeloe – *thina lusapho lwayo* – sing sy luidkeels saam. Vandat 'n bekkige seuntjie jare terug vir haar gevra het of dít is waar haar naam vandaan kom, beskou sy dit as meer as net haar land se lied. Sy het dit haar eie gemaak. *Ons, haar kinders.*

Daarna, toe almal weer sit en iemand bid en die kanselier praat en die eregrade met eindelose toesprake aan 'n groepie grootkoppe in skarlakenrooi togas toegeken word, dompel sy weer in haar droom. Dis die enigste manier om nie oorweldig te word deur angs nie. Sy weet nie hoe om haar ma te laat gaan nie, sy weet nie wat sy met haar drie grade moet doen nie, sy het 'n vae droom om haar kwalifikasies te kombineer, kuns en woorde, om kinderboeke te skryf en te illustreer, maar sy weet nie hoe om aan die lewe te bly terwyl sy aan hierdie droom werk nie. Die probleem is nie hoe om letterlik, op materiële vlak, aan die lewe te bly nie – Martine het haar laat verstaan dat sy 'n stewige erflating kan verwag, dat sy én Charlynn albei finansieel goed versorg sal wees – maar wat máák sy met die res van die lang lewe wat vir haar op haar eie oorbly? As sy in 'n vaste verhouding betrokke was, sou sy dit dalk oorweeg het om die maklike uitweg te kies, om te trou en kinders te kry soos sommige van haar vriendinne – sy is darem al amper vyf-en-twintig jaar oud! – maar dis nie 'n opsie nie. En dis nie wat sy wil doen nie. Sy weet nie wát sy wil doen nie. Sy weet net wat sy nié wil doen nie.

Die eregrade is oplaas almal uitgedeel en die gewone grade word nou volgens fakulteit en in alfabetiese volgorde toegeken. Sy voel asof sy gaan omkap van die hitte, maar sy kry dit steeds nie reg om deel te voel van die verrigtinge nie. Dit bly 'n droom, 'n video waarna sy ná die tyd sal kyk om haarself tussen die skare swart togas te probeer raaksien, 'n onwerklike ervaring. *Sy gaan eendag net so alienated soos ons wees.* Is dít wat haar ma lank gelede met daardie opmerking bedoel het?

Oral om haar hoor sy die geritsel van papier, van programme wat soos outydse waaiers voor swetende gesigte geskud word, en daar ver voor op die verhoog word die volle doopname van studente een vir een aangekondig. Dank die hemel sy is net Tina, nie Martina Maria Petronella Gertruida

316

nie, ook nie Thina Lusapho Lwayo nie, net doodgewoon Tina van Vuuren, aan die stertkant van die alfabet onder die V's. En dan wonder sy skielik, so skokkend onverwags dat sy weer uit haar droomtoestand geruk word, wat haar van sou gewees het as haar ander ma haar nie weggegee het nie. Of sy dalk haar hele akademiese lewe aan die begin eerder as die einde van die alfabet sou deurgebring het. Of sy enigsins 'n akademiese lewe sou gehad het. En die vlietende gedagte aan hierdie ander ma vervul haar van voor af met angs omdat die enigste ma wat sy nog ooit geken het, besig is om dood te gaan.

Haar ma se lyf is 'n huis wat deur 'n onblusbare brand verteer word. Begin vanjaar het hulle agtergekom die kanker het weer vlamgevat, dié keer in 'n ander kamer, van waar dit onvermydelik, onkeerbaar, deur die res van die huis versprei het. Teen hierdie tyd is dit omtrent nog net die buitenste mure wat staande bly. Agter die fasade is alles as en roet.

Tina kon vroeg vanjaar 'n pos by die kinderboekafdeling van 'n uitgewery gekry het, maar dit sou beteken dat sy uit haar tuinwoonstel agter haar ouerhuis moes trek, haar eie woonplek in die stad moes vind, en dit kon sy tog nie doen terwyl sy weet dat haar ma se dae getel is nie. Daarom het sy ter elfder ure besluit om eerder nog 'n jaar te studeer, nog 'n graad te kry, meer tyd saam met haar ma deur te bring. Haar vriende en die jong regstudent met wie sy 'n jaar of wat vas uitgegaan het, het almal gedink sy is ongelooflik on-selfsugtig, groothartig, heldhaftig. Maar sy weet sy is nie 'n heldin nie. Sy het die pause-knoppie in haar lewe gedruk, dis al, sy het haar toekoms tydelik uitgestel, en sy het dit meer vir haar eie beswil as vir haar ma gedoen. Martine maak haar arms al hoe wyer oop om haar dogter los te laat, maar Tina is soos 'n vlieër wat nie die wind wil vang nie. Sy tuimel telkens terug grond toe om naby haar ma te bly. Sy het selfs haar verhouding met die regstudent laat doodloop. Dit het te ern-stig geword. Haar hele lewe het te ernstig geword. Sy wat van jongs af te oud vir haar jare was, het die afgelope jaar ouer as haar ma en ouma Katie geword.

Dis eers toe sy saam met die ander studente in haar ry sitplekke opstaan en na die verhoog begin skuifel dat sy daarin slaag om die dromerigheid van die afgelope uur of twee af te skud. Wat haar verstom, is dat sy haar eensklaps in 'n teenoorgestelde toestand bevind, 'n soort hiperbewussyn wat aan hallusinasie grens. Die swart van die togas om haar word 'n gitswart nag in 'n gitswart woud; die naellak van die meisie voor haar is spatsels van die pienkste pienk wat sy nog ooit gesien het; die naskeermiddel van die jong man agter haar is 'n ontploffing van eksotiese speserye en in die omgewing van sy mond ruik sy ook koffie en botter en tabak; elke tree wat sy vorentoe gee, word 'n sprong bo-oor 'n gapende afgrond waarvoor sy al haar spiere moet inspan; die applous van die gehoor knetter soos klappers in haar ore. Elke oomblik word oor 'n leeftyd uitgerek. Dis hoe dit moet voel om towersampioene te eet of LSD te gebruik, dink sy verwonderd.

En meteens maak dit ook nie meer saak wat sy volgende jaar gaan doen nie. Al wat tel, is elke eindeloos uitgerekte oomblik. Op die verhoog laat sak sy haar kop voor die kanselier, 'n waardige gryskopvrou wat haar aan die Britse koningin herinner, Elizabeth II wat 'n adellike titel aan 'n onderdaan toeken. Vryvrou Thina Lusapho Lwayo. Vryvrou is 'n onbekende sinoniem vir barones, het haar ma haar op 'n keer meegedeel, amper so onbekend soos alvleisklier vir pankreas. Vryvrou Tina van Vuuren draai na die gehoor sodat die dekaan van die fakulteit 'n goudkleurige band met 'n swart streep oor haar skouers kan drapeer. Sy verbeel haar sy sien haar ma se rooi hoed presies in die middel van die saal, tussen ouma Katie se donkerbruin gesig en donkerblou tabberd, en Letta se silwerwit hare en spierwit rok wat haar soos 'n verpleegster of 'n engel laat lyk. Martine se twee beskermengele aan weerskante van haar, dink sy dankbaar. Sy luister na die skamele applous en hoor drie paar hande

geesdriftiger as die res klap en glimlag vasberade in die rig-
ting van daardie drie mense terwyl sy wens dat haar pa ook
hier kon gewees het, dat haar ma nie siek was nie, dat alles
anders was. Dan stap sy van die verhoog af, trappie vir trappie
tot onder in die saal, waar die gehoor reeds weer vir iemand
anders hande klap.

Haar oomblik van glorie is verby. Nou lê die res van die
dag, die res van die jaar, die res van haar lewe voor haar. Soos
'n loodregte krans waarteen sy slegs met groot moeite – en
beslis nie alleen nie – sal kan uitklim. Só voel dit vir haar terwyl
sy terugstap na haar sitplek in die D.F. Malan-gedenksaal op
Stellenbosch.

Hulle talm nie buite die saal tussen die ander studente en
trotse familielede vir foto's en soene en omhelsings nie. Mar-
tine is bleek en bewerig van uitputting en hulle wil haar so gou
moontlik by die huis besorg. In die motor op pad terug speel
dieselfde CD van Bob Dylan, die musiek gans te swartgallig
vir die geleentheid, of dalk juis geheel en al geskik. Nie een
van die vier vroue in die motor voel vrolik nie. Dis nog nie
donker nie, maar hulle is amper daar. Net voordat Tina die
CD stilmaak, merk Martine ingedagte op: "Klink amper asof
hy van die Nuwe Suid-Afrika se elektrisiteitsprobleme sing,
nè. Met al die load shedding en kragonderbrekings weet ons
nie wanneer die donkerte ons weer gaan tref nie."

Dit laat hulle al vier lag – ouma Katie snorkend met swaar
skuddende borste, Letta se laggie hoog en verras soos 'n
kind s'n, Tina giggelend en effens skuldig, Martine kortasem
maar sigbaar verlig dat die atmosfeer in die motor dadelik
minder bedompig en bedruk voel. Asof iemand 'n ruit wyd
oopgemaak het.

By die huis weier Martine om op haar bed te gaan lê. Nee
wat, verseker sy hulle, sy sal haar lui lyf sommer op 'n rusbank
uitstrek, in die sitkamer waar hulle gemaklik rondom haar
kan sit. Dis in elk geval hierdie tyd van die dag koeler hier as

319

in haar slaapkamer, maak sy hulle stil voordat hulle verder kan protesteer. En sy dring daarop aan dat Tina dadelik die bottel sjampanje oopmaak wat Letta saamgebring het. "Regte Franse sjampanje, kinta," fluister sy met blink oë. "Gaan haal dit in die yskas."

"Jou ma het my vertel jy's mal oor sjampanje," sê Letta toe Tina verras na haar kyk.

"Wel, ek hou van borrels," erken Tina, "maar ek kry nie veel kans om regte sjampanje te drink nie."

"Dan moet jy beslis nie nou die kans deur jou vingers laat glip nie." Selfs wanneer Letta glimlag, bly haar wye blou oë bedroef. Tina wonder hoeveel mense sy al op hulle laaste reis begelei het. Sy is nie 'n smartvraat nie – inteendeel, sy is 'n vrou wat maklik lag en nog makliker glimlag – maar dis asof haar hart teen hierdie tyd so swaar soos 'n nat spons geword het van al die trane wat sy al moes opvee.

Tina laat die prop met 'n vreugdevolle knal afskiet en bewonder die fyn miswolkie wat soos Aladdin se towergees by die nek van die bottel uitstyg. "Your every wish is my command," prewel sy ingenome, maar toe sy die sjampanje wil skink, besef sy dis net sy en Letta wat dit gaan drink. Ouma Katie is steeds 'n geheelonthouer wat die bottel wantrouig dophou, asof 'n towergees met 'n bose streep inderdaad enige oomblik by die nek kan uitbars, en Martine wil skaars 'n druppel in haar glas hê, net genoeg om haar lippe nat te maak, bloot om nie ongesellig te wees nie. Daar was 'n tyd, lank, lank gelede, toe haar ma ook mal was oor sjampanje, onthou Tina. Sy skink vir Martine 'n katspoegie en vir ouma Katie 'n bietjie Coke in 'n sjampanjeglas. Darem ook 'n drankie met borrels.

Sy sou graag 'n heildronk wou instel, iets gedenkwaardigs wou kwytraak, maar sy kan aan niks dink wat nie treurig klink nie. Selfs die eenvoudigste heildronk op aarde, 'n enkele woord – gesondheid! – kry 'n onbedoelde ironiese lading terwyl haar ma uitasem daar op die rusbank lê met haar rooi hoedjie steeds op haar kop. Sy kyk hulpeloos om haar rond vir inspirasie, na die sitkamer waarin sy grootgeword het, die twee rusbanke van verweerde bruin leer, die twee leunstoele met bont etniese kussings, die Afrika-maskers teen die mure, die kaggelrak langs haar waarop enkele Kerskaarte reeds uitgestal is. "Mense stuur mos nie meer Krismiskaartjies nie," het ouma Katie nou die dag misnoeg opgemerk. "Vroeër jare was daai kaggel tóé onder die kaartjies. Nou's dit net boodskappe op computers." Een van die mooiste kaarte op die rak, in al elf amptelike tale van die land, kom van Letta – klaarblyklik 'n lid van die bedreigde spesie wat nog in papierkaarte en outydse koeverte met posseëls glo. *Feesgroete*, lees Tina, *Season's Greetings, Marungulo ya Khisimusi, Ndumeliso dza Khirisimusi* . . . En nog sewe ander vertalings van dieselfde blye boodskap. Maar dis seker te vroeg om 'n heildronk op Kersfees te drink, besluit Tina 'n bietjie wanhopig terwyl sy na haar ma se bleek gesig kyk. Wie weet wat nog alles tussen nou en Kersdag kan gebeur?

Dan kom ouma Katie tot haar redding deur haar keel te skraap en plegtig te verklaar: "Jy't almal om jou nog altyd trots gemaak, Tina-kind. Ek's seker jy sal aanhou om dit te doen lank ná ons drie ou ladies nie meer daar is nie."

"Ek kon dit nie beter gestel het nie, ouma Katie," fluister haar ma.

"Sonder julle sou ek niks gewees het nie," sê sy vir haar ma en ouma Katie en sluk die knop in haar keel vasberade weg met 'n groot sluk sjampanje. En om te keer dat Letta uitgesluit voel, voeg sy haastig by: "Dankie vir alles wat jy vir my ma beteken. En vir my ook natuurlik."

Letta glimlag haar hartseer glimlag en sê sag: "Julle beteken vir my baie meer as wat ek vir julle beteken, Tina. Ek hoop jy sal eendag verstaan wat ek bedoel."

Drie maande later, 'n week ná haar ma se begrafnis, lees Tina met bewende hande en 'n bonsende hart 'n brief wat haar ma vir haar agtergelaat het. Sy sukkel om die skewe skrif te ontsyfer en besef dat haar ma byna te swak was om 'n pen behoorlik vas te hou toe sy hierdie laaste scoop van haar lang joernalistieke loopbaan geskryf het. Dit was beslis die eksklusiefste storie van haar lewe, nie bedoel vir derduisende koerantlesers nie, slegs vir 'n enkele paar oë.

*Ek hoop jy sal eendag verstaan waarom ek dit doen*, lees Tina en dink terug aan wat Letta daardie dag in Desember gesê het. *Ek hoop jy sal eendag verstaan wat ek bedoel.* Want volgens haar ma se verstommende brief is die skraal gryskopvrou met die droewe blou oë blykbaar haar biologiese ouma. Gedoop Colette Cronjé, getroud as mevrou Hannes Niemand, en nou al dekades lank die weduwee Letta Niemand.

# FAMILIE

"**E**k wag al soveel jare vir hierdie oproep." Dit was Letta se eerste woorde toe Tina haar twee weke ná haar ma se begrafnis bel.

"Ek het vreeslik baie vrae om te vra," het Tina gewaarsku, haar keel so toegeknyp van spanning dat sy skaars haar eie stem kon herken.

"En ek moet jou dadelik waarsku dat ek nie al die antwoorde ken nie, Tina-kind. Maar miskien kan ons sommige van die onbekende dele saam uitpluis?"

"Ek hoop so," het Tina haarself hoor antwoord, hoewel sy steeds nie soos Tina van Vuuren geklink het nie.

Toe sy in die straat in Rondebosch parkeer, merk sy dadelik op dat die ry knoetserige ou bome aansienlik kaler as die vorige week lyk. Die sousreën van die afgelope paar dae het heelwat van die herfsblare losgeruk. Soos elke keer wanneer sy hier kom – en dis nou al amper twee maande dat sy elke week kom kuier – bly sy 'n rukkie roerloos agter die stuurwiel sit om die statige ou dubbelverdiepinghuis te bestudeer. Nie dat sy veel van die straat af kan sien nie; dis eintlik net twee van die kamervensters op die boonste verdieping en die leiklipdak wat bo die tuinmuur uitsteek. (Lank gelede was hier 'n heining toegerank met kamferfoelie en purperwinde, het Letta vertel, maar deesdae kruip almal mos agter hoë mure en elektroniese hekke weg.) En vandag word die uitsig boonop deur die swaar reënsluier en die motor se toegewasemde ruite belemmer. Maar teen hierdie tyd ken Tina die huis goed genoeg om haar alles te verbeel wat sy nie kan sien nie.

Agter die wit muur (wat gerus weer 'n slag geverf kan

word) en die staalhek met die interkomknoppie lei 'n ge-
kraakte sementpaadjie na die voordeur. Aan weerskante van die
paadjie lê 'n welig oorgroeide tuin waar die laaste geurige
geel rose van die herfs 'n week gelede nog geblom het.
(Die rose was Mammie se pride and joy, volgens Letta.)
Agter die huis is 'n vrugteboord met perskes en pere, vye
en lukwarte en kwepers, en 'n enkele moerbeiboom waarin
Letta kleintyd vir haar sywurms blare gepluk het. Die boord
was veronderstel om Deddie se verantwoordelikheid te wees,
maar hy het altyd eerder opgekyk na die sterre as om af te
kyk na 'n gat in die grond, dus moes die bome maar deur
die jare op hulle eie klaarkom. In die huis is 'n spierwit en
silwerskoon kombuis wat iewers in die jare tagtig "oorgedoen"
is, toe Letta ná Mammie se dood weer hier kom woon het, 'n
wye gang met 'n blink gepoleerde houtvloer en 'n breë trap
na die boonste verdieping.

Bo is die kamer wat Deddie veertig jaar met Mammie ge-
deel het en waar hy op die rype ouderdom van amper drie-
en-negentig rustig in sy slaap gesterf het. (Tina was elf jaar
oud, het sy reeds uitgewerk, aan die einde van graad 5 op
Stellenbosch. Minder as 'n uur se ry van hier af.) Tina sal ook
eendag ou bene kou, voorspel Letta, as sy hierdie grootjie se
gene geërf het. Wat Tina herinner aan haar pa se woorde van
lank gelede, dat sy waarskynlik Halley se komeet 'n tweede
keer sal sien.

Ook op die boonste verdieping is die "seunskamer", soos
Letta dit steeds noem, al het sy 'n kwarteeu tevore al haar
broers se gewese kamer oorgeneem. Tussen dié twee vertrekke
is die belangrikste ruimte in die huis, wat Tina betref: Letta se
ou kamer. Dis waar Nandi as kind geslaap het wanneer sy hier
kom kuier het. Dis waar Nandi kom skuil het terwyl sy vir Tina
verwag het.

Dan wás ek mos al voorheen hier, het Tina gedink toe
Letta haar vertel.

G'n wonder sy het van die begin af tuis gevoel nie.

Sy klim uit haar Golf, haak haar naweeksak oor haar skouer en slaan haar pa se groot swart sambreel haastig oop voordat sy na die hek skarrel. Vandag is sy van voor af senuweeagtig, amper so erg soos die eerste keer, want vandag steek sy 'n soort Rubicon oor in haar verhouding met haar biologiese familie. Vannag slaap sy vir die eerste keer sedert haar geboorte vyf-en-twintig jaar terug weer in hierdie huis. Nie in Letta en Nandi se ou kamer nie – waaroor sy 'n klein bietjie spyt is – want die kamer is veertien jaar gelede aan Sina gegee. Waaroor sy vreeslik verlig is.

Sina Valentyn, wat as kind van die plaas Somerverdriet na Rondebosch gebring is, moes tot ná haar sestigste verjaardag buite in die "bediendekamer" woon. Tina van Vuuren, wat in 'n ander era en in 'n ander soort huis grootgeword het, sukkel steeds om dié brokkie inligting te verwerk.

"Dit was vir Nandi net so onverstaanbaar," het Letta erken. "Toe ek in die jare tagtig weer hier kom woon, het ek vir Deddie gevra of Sina nie my ou kamer kan gebruik nie. Hy't gesê dit sal hom 'ongemaklik' laat voel."

"Was hy só 'n ou rassis?" wou Tina geskok weet.

Letta het haar kop stadig geskud, haar blou oë na binne gekeer, asof sy probeer terugkyk na 'n tydperk wat sy nooit aan haar kleindogter sal kan verduidelik nie. "Hy was 'n goeie man, 'n djentelmin, soos Mammie altyd gesê het, and a gentle man too. Maar hy was vasgevang in 'n slegte tyd. Dis makliker vir 'n slegte man wat in 'n goeie tyd lewe om later deur die nageslag geëer te word, weet jy, Tina-kind, as wat dit is vir 'n goeie man wat in 'n slegte tyd lewe?"

"Maar daar was tog altyd ook mense wat selfs in die slegste tye góéd kon wees?"

"Ons Afrikaanse volk het ook ons helde gehad, dankie tog, mense soos Bram Fischer en Beyers Naudé en baie ander wie se name ons nie meer onthou nie. Maar my familie . . . jóú familie, Tina . . . ons was nie helde nie. Ons was gewone mense wat op die musiek van ons tyd gedans het. Dit was net my jongste broer wat van die begin af kon hoor die musiek is vals. Die res van ons het soos die kinders van Hameln agter die rottevanger aan gewals."

Kleinboet is in 1995 aan kanker dood, diep dankbaar dat dit hom gegun is om aan die eerste demokratiese verkiesing in die land deel te neem. Dit was die jaar toe Tina dertien was en daardie boks met geërfde papierpoppe bo-op haar kas weggepak het. Te oud om langer pop te speel, het sy besluit, maar sy het steeds soms die boks van die kas afgehaal. Net om weer 'n slag na die outydse poppies te kyk en te wonder oor die name wat in verskillende handskrifte op hulle kartonrûe geskryf is. Vandag het sy die boks saamgebring, in haar naweeksak, sodat haar ouma vir haar kan verduidelik waar die name vandaan kom. Nog 'n stukkie van die legkaart waaraan sy en Letta nou al weke lank saam bou.

"Ouboet is in 1990 al dood. Gelukkig vir hom," het Letta met 'n lakoniese glimlag opgemerk, "want hy sou nie in die Nuwe Suid-Afrika geaard het nie."

"En wat van . . ." Tina moes swaar sluk voordat sy verder kon praat. Dit was tydens een van haar eerste besoeke, toe dit nog byna onmoontlik was om Nandi se naam hardop te sê. "Wat van jou dogter?"

"Sy was omtrent van geboorte af in opstand teen alles." Letta se laggie was treuriger as trane. "Sy't 'n swart kêrel na haar ouma se begrafnis op Somerverdriet gebring. Om jou 'n idee te gee. Sy't die ganse familie gereeld uit hulle sokkies geskok. Maar miskien is dit presies wat ons nodig gehad het? Iemand van binne ons eie kring wat soos 'hulle' daar buite dink?"

"En jy, Letta? Wanneer het jý anders begin dink?"

Letta het na Sina oorkant haar aan die kombuistafel gekyk, haar uitdrukking amper smekend, maar Sina het niks gesê nie, net vlytig verder gebrei aan 'n onidentifiseerbare voorwerp van oranje en rooi wol.

Die twee vroue wat nou al soveel jare lank soos beste vriendinne saam woon, saam gaan fliek en uiteet, mekaar oppas en help, bly vir Tina 'n vreemde paartjie. So statig en elegant soos Letta gewoonlik lyk, haar styl klassiek informeel, haar silwerwit hare in 'n byderwetse krullerige styl geknip, meestal met 'n vegie ligpienk lipstiffie op haar mond en 'n paar druppels Chanel No. 5 agter haar ore gespuit, so eksentriek bont en onbestudeerd is Sina se voorkoms. Omdat sy so klein en fyn gebou is, en die laaste paar jaar volgens haar boonop nog 'n bietjie gekrimp het, herinner sy Tina dikwels aan 'n kleurvolle kabouter, veral met die blink swart ogies wat so wegraak in haar beplooide gesig wanneer sy lag.

Soos nou weer, terwyl sy die voordeur wyd oopmaak sodat Tina vinnig uit die reën kan wegkom, en daarna haar arms nog wyer oopmaak om haar te omhels. Haar kop, bedek met 'n selfgebreide grasgroen mus wat vroeër moontlik 'n teepot warm gehou het, kom skaars tot by Tina se borste. "Wie sou nou kon raai onse klein Nandi'tjie se kind sou so 'n hemelbesem wees!" Dit was een van die eerste verheugde sinne wat sy kwytgeraak het toe Tina die eerste keer kom kuier.

"Kom, kom, kom, kindjie, kom maak jou warm in die kombuis. Ons het 'n pot boontjiesop op die stoof. En malvapoering in die oond."

"Ek het gesê julle moenie moeite maak nie . . ."

"En van wanneer af is sop en poering moeite?" wil Sina verontwaardig weet.

"Dis 'n gedenkwaardige dag vir ons," kondig Letta aan nadat sy ook vir Tina omhels het. "Ons het 'n oorslaapgas – en nie sommer só 'n gas nie – én ons kry nog gaste vir aandete ook. Kolletjie en haar kinders kom saam eet."

"So, ek gaan eindelik vir Kolletjie ontmoet!" roep Tina verras uit.

"Al onse kleinkinners saam onder een dak," sê Sina vir Letta en haar oë raak weer weg van lekkerkry. "Wie sou dit nou kon raai."

"Dit kan jy weer sê, Sina," sê Letta met 'n sug.

"Wie sou dit nou kon raai," sê Sina weer.

*Ek en Letta het nie toevallig by mekaar uitgekom nie,* het Martine in daardie laaste openbarende brief geskryf wat Tina ná haar dood gelees het. *Of dalk was dit juis die grootste toeval van ons almal se lewens. Toe ek besef dat my dae min word, het ek op my eie na jou biologiese ma begin soek. Vergewe my, kinta, maar ek kon dit net nie oor my hart kry om jou so alleen in die wêreld te los nie.*

*Omdat jy gebore is in die jare toe dit nog onwettig was vir 'n ma en 'n kind om mekaar te soek, kon die aannemingskantoor my nie juis help nie. Daarom het ek 'n soort "speurder" aangestel, 'n engel van 'n vrou wat spesialiseer in sulke aanneemsoektogte, en sy het my in verbinding gebring met ene Colette Niemand, wat toevallig – toevallig?! – ook al jare lank na haar kleindogter soek, nadat haar dogter kort ná jou geboorte uit die land gevlug het en kontak met haar familie verbreek het. Ek het vir Letta vertel dat ek sterwend is, sy het my vertel waar die hartseer in haar oë vandaan kom en waarom sy doodsbegeleiding begin doen het, en die res van die storie, nou ja, dit het jy self beleef. Ons het saam besluit om nie vir jou te vertel – tensy jy vra – terwyl ek nog hier is nie.*

*Al die jare van ervaring langs sterwende mense moes haar seker gehelp het om haar emosie te onderdruk toe sy jou die eerste keer sien, maar ek sal nooit weet hóé sy dit reggekry het om ons geheim te bewaar terwyl sy jou die laaste paar maande beter leer ken het nie. Al wat ek weet, Tina, is dat sy 'n merkwaardige vrou is. En dat sy 'n merkwaardige storie het om jou te vertel.*

*Ek weet nie waar ek sal wees as jy hierdie woorde lees nie. Onthou jy dat jy as klein dogtertjie gevra het waar ek en Pappa sal wees as Halley se komeet weer kom? Ek kon jou nie toe antwoord nie, kinta, en ek kan jou steeds nie antwoord nie. Maar as ek binnekort my oë vir die laaste keer toemaak, sal daar tog 'n soort vrede in my hart wees omdat ek jou nie sonder familie agterlaat nie.*

Sy wens haar ma kon haar nou sien, dink Tina terwyl sy die harde swart kartonblad van 'n ou foto-album omblaai, styf ingedruk tussen drie laggende vroue. Sy het soveel meer as net 'n ouma bygekry. Sy het verskriklik baie verloor ook.

328

Haar hartseer oor haar ma – oor albei haar ma's – is soos 'n betonblok in haar borskas gegiet. Maar die mense wat hier saam met haar in die sitkamer sit, help almal dat hierdie gewigtige verdriet haar nie onderkry nie. Dis aan hulle te danke dat sy nie wegsink in eensaamheid of swartgalligheid nie. Aan hulle en aan die hele familie, die lewendes en die dooies, meestal dooies, helaas, op die dowwe swart-wit foto's en verbleikte kleurkiekies in die ou albums, almal mense wat sy nou vir die eerste keer leer ken. Elkeen se lyf, elkeen se storie. Prentjies en woorde. Was dit nie van jongs af haar passies nie?

Saam met haar en Letta op die rusbank sit Sina en haar dogter wat Colette se naam dra, maar in hierdie huis nog altyd Kolletjie genoem is en in Duitsland, waar sy twee dekades lank gelewe het, as Frau Kolle Kühne bekend staan. Agter op die rugleuning van die rusbank sit Kolle se jongste seun, Gianni, 'n donker, broeiende agtienjarige wat na sy onbekende Italiaanse oupa genoem is, en op die leunstoele aan weerskante sit sy twee broers, Bruno en Hein. Kolle se Duits-Afrikaans-Engels-Italiaanse seuns. En moenie die Boesmanbloed vergeet nie, sê Sina. En wie weet watse bloed nog als aan hulle Duitse pa se kant, spot Kolle.

Herr Waldo Kühne, heelwat ouer as Kolle, is teen die einde van die negentigerjare in Berlyn oorlede. 'n Jaar of wat later het Kolle saam met haar seuns teruggekeer na haar geboortegrond. 'n Nuwe eeu en 'n nuwe millennium, 'n nuwe demokratiese land, 'n nuwe lewe vir die weduwee Kolle Kühne. Dis hoe sy haar tuiskoms geregverdig het. Die seuns het makliker aangepas as wat sy ooit sou kon hoop. Wie sukkel nou om by sonskyn en strande met spierwit sand aan te pas, vra Hein met 'n breë grinnik. Onthou, hulle het darem al 'n paar heerlike vakansies hier deurgebring teen die tyd dat hulle in Kaapstad kom woon het.

Hein is Tina se portuur. Kolle en Nandi was saam swanger, die een verkluim en vol verlange om huis toe te gaan in Duitsland, die ander een swetend en smagtend om weg te kom uit Suid-Afrika. Hein werk in die toerismebedryf, 'n swerwer wat met 'n ligte hart deur die lewe reis, volgens sy ma. Bruno is die enigste een wat sy pa se blonde Duitse voorkoms geërf het, asook "die Gotiese erns", soos Kolle hom graag terg. Hy's 'n slimkop en 'n voorbeeldige mediese student aan die Universiteit van Kaapstad, die kleinkind waarop Sina die trotsste is, het Tina agtergekom, hoewel Hein die een is wat haar die lekkerste laat lag. "Wie sou nou kon dink dat ou Sina Valentyn van Somerverdriet se kleinseun eendag 'n dokter sal word?" prewel Sina omtrent elke keer as hulle van hom praat. Gianni is in sy laaste jaar in die Duitse skool in Kaapstad, 'n stil en sensitiewe siel, baie geheg aan sy ma, vermoedelik gay. Hy herinner Tina aan een van haar pas ontdekte familielede in Letta se oudste foto-album: Mammie se broer, die dodelik aantreklike soldaat (selfs op die vergeelde foto'tjies kan Tina sien hy was inderdaad 'n lus vir die oog) wat na Australië moes vlug omdat hy nie aan sy familie kon erken dat hy homoseksueel was nie.

Nie dat Gianni êrens heen sal hoef te vlug nie, daarvan is Tina seker. Sy ma weet waarskynlik reeds. Kolle het 'n wêreldwyse en stylvolle vrou geword, kort en effens geset in haar vyftigerjare, maar met 'n byderwetse swartraambril en die soort versorgde voorkoms wat jy slegs met genoeg geld kan koop.

"Kyk," sê Kolle vir haar seuns toe hulle by Ouboet se troufoto's kom, "julle oupa was die fotograaf. Mens kan 'n stukkie van sy skaduwee op hierdie ene sien. Toe ek klein was, kon ek ure lank daarna staar."

Sy gee die album oor haar skouer aan vir Gianni, wat die groepfoto met intense belangstelling bestudeer.

Dis al wat Kolle van haar pa gehad het, dink Tina. Sy skaduwee op 'n ou foto. Miskien is dit nie só pateties dat sy wat Tina is net 'n boks met papierpoppe van haar ma gekry het nie. Aan papierpoppe kan jy ten minste vat. Wat maak jy met 'n skaduwee?

"Hy kon nie juis 'n goeie fotograaf gewees het as hy per ongeluk sy eie skaduwee afgeneem het nie," mompel Bruno toe hy die album by Gianni oorneem.

"Miskien het hy dit aspris gedoen," bespiegel Sina, wat Kolle verras na haar laat kyk. "Lat ons van hom kan wéét?"

"Het hy ooit . . . van sy dogter geweet?" Tina is nie seker aan wie sy die vraag stel nie, ma of dogter, daarom kyk sy nie na een van hulle nie. Sy hou haar oë op die album wat nou weer op haar skoot lê.

Sina skud haar kop beslis en pers haar lippe saam asof sy bang is dat sy iets gaan sê wat eerder nie gesê moet word nie.

Dis Kolle wat antwoord. "Ek het hom twee keer gesien voor ek destyds Duitsland toe is. Hy't al die jare so 'n sukkelende ou studio'tjie op Worcester gehad. Ek het hom deur die venster dopgehou – agter die uitgestalde foto's van bruide en verliefde paartjies en ma's met babas, agter my eie weerkaatsing in die glas, kon ek hom agter sy toonbank sien staan. Maar hy't nie van my geweet nie."

"Hoekom het jy nie met hom gaan práát nie, Mutti?" vra Gianni.

"*Ach*, Gianni." Kolle bekyk haar seun bo-oor haar bril, haar uitdrukking byna geamuseerd. "In daardie jare kon 'n meisie soos ek nie sommer na 'n wit man stap en sê 'hallo, Pa' nie. Dit was onwettig, verstaan jy? Hy sou dit *überhaupt* ontken het om sy eie bas te red. Ek het hom een middagete in die straat agtervolg – met sy mank been kon hy nie vinnig stap nie – tot by die Wimpy waar hy geëet het. Ek is nie toegelaat om in te gaan nie, so, ek het maar weer vir hom deur die venster staan en kyk. Ek kon nie eens by sy studio instap en hom vra om 'n foto van my te neem nie!"

"How weird is that," prewel Hein. "Hy kon nie 'n foto van sy eie kind neem nie?"

"Dit was 'n weird tyd, my seun," beaam Kolle. "Ná ek in 2000 teruggekom het, het ek hom weer probeer opspoor, daarvan weet julle mos. Maar toe's hy lankal dood," voeg sy by vir Tina wat oorstelp na haar kyk. "Hy't nooit getrou en kinders gekry nie. Nie kinders waarvan hy weet nie. Hy't al die jare alleen gelewe, ver van sy geboorteland, en hy's alleen dood in 'n land waarvan hy nooit die taal behoorlik leer praat het nie. Nie een van die elf tale nie. Soos Hein sal sê: How sad is that."

Tina sluk swaar. Nog iemand wat soos 'n verlore familielid voel. Al weet sy die Italiaanse fotograaf was nie bloedfamilie nie, al kry sy hierdie keer nie eens 'n gesig saam met die storie nie, net 'n skaduwee op 'n foto, is sy nogtans dankbaar vir die storie. Sy dink aan al die gesigte in die albums, vreemdelinge wat ná skaars 'n paar weke vir haar bekend begin lyk. En agter elke gesig wag 'n storie.

Letta se ma, eers plomp en blond, later vet en grys, maar vrolik op elke foto. In teenstelling met Letta se pa, die sedige djentilmin, eers met 'n stomp swart snorretjie, later met 'n welige silwergrys snor, altyd met 'n das en meestal ook in 'n baadjie, selfs op die laaste foto's toe hy al oor die negentig was. Ouboet en Kleinboet, eers nogal eenders in gestreepte Matie-baadjies met hulle donker hare glad geolie en agtertoe gekam, daarna toenemend verskillend op elke foto. Ouboet teen die einde ongesond vet en onverbiddelik belangrik, 'n adjunk-minister in 'n donker pak; Kleinboet se hare al hoe langer, sy baard al hoe wilder, sy kleredrag al hoe slordiger, maar met ondeunde oë wat Tina laat spyt kry dat sy hom nooit leer ken het nie.

En dan is daar Kleinboet se beeldskone Griekse vrou met die dik swart hare wat nooit die kind kon kry wat sy so graag wou hê nie. "Jy sou van haar ook gehou het," het Letta haar verseker. "Sy's drie jaar gelede in 'n motorongeluk dood." Net drie jaar gelede, toe Tina en haar ma daardie plesiervaart tot in Portugal aangepak het. Wáárom, wonder sy nou, het sy nie tóé na haar ma geluister en vroeër na haar familie begin soek nie? En tog weet sy ook. As jy 'n boeiende boek lees, los jy dit mos nie sommer ter wille van 'n volgende boek voordat jy die eerste storie se einde ken nie. Sy moes eers die einde van haar storie met Karel en Martine leer ken, dis hoe sy nou daaraan probeer dink, voordat sy hierdie nuwe storie saam met die Niemands en die Cronjés en die Valentyns en die Kühnes kon aandurf.

Daar ís natuurlik ook familielede wat sy nie juis gretig is om te ontmoet nie, soos Ouboet se voorbeeldige Elsa. Moenie bodder nie, het Letta gesê, sy's in 'n gevorderde stadium van Alzheimer. "Ook maar goed vir haar, want sy's nog een wat niks van 'n demokratiese land wou weet nie. Nou weet sy die meeste van die tyd nie eens meer wat haar naam is nie, wat nog te sê van wat in die land aangaan."

Elsa is die dogter van 'n ryk en vername man, het Letta vertel, wat vier orrelpypies met die hulp van vele bediendes grootgemaak het. Die twee vroulike orrelpypies – kyk, hier's hulle in hulle dae as studente-skoonheidskoninginne, het Letta in die album gewys, jy sou sweer hulle poseer heeltyd met denkbeeldige kroontjies op die kop – het net sulke flukse voortplanters en vrome eggenotes soos hulle ma geword. Die oudste seun het so ryk soos sy ma se pa geword en na Engeland uitgewyk. Die jongste boetie het van kleins af psigopatiese neigings getoon, volgens Letta, speelgoed verwoes en ander kinders afgeknou, en ná sy skooljare by 32 Bataljon beland. Hy's vroeg in die jare tagtig op die grens doodgeskiet.

"In Angola?" het Tina gevra, heeltemal meegevoer deur al hierdie verhale oor ooms en tantes en neefs en niggies van wie se bestaan sy twee maande gelede nie bewus was nie.

"Wel, dit was die jare toe die regering ontken het dat die weermag in Angola is. My broer was 'n grootkop in daardie regering. Ek wonder steeds hoe hy gevoel het oor die feit dat sy seun dood is in 'n oorlog wat volgens sy regering se amptelike beleid nie plaasgevind het nie."

Tina het vir die hoeveelste keer gevra wanneer Letta dan anders begin dink het. Sy kon tog nie die dinge kwytraak wat sy nou kwytraak as haar oë nie iewers langs die pad oopgegaan het nie? En dié keer het Letta probeer antwoord.

"Ag, Tina, ek was van jongs af op so 'n halfhartige manier opstandig. Nooit Nandi se oortuiging gehad nie. Kamtig oorsee gevlug omdat ek bang was vir wat hier aan die gebeur was, maar toe gaan trou ek met 'n diplomaat wat alles wat hier gebeur in die buiteland moes verdedig. En toe word my hele lewe een lang leuen. Ek was te lafhartig vir die waarheid. Voel soms vir my ek's van halfhartigheid en lafhartigheid aanmekaargesit."

"Wat jy vir my ma gedoen het – vir Martine," het Tina dadelik bygevoeg om verwarring te vermy, "wat jy die laaste ruk vir Martine gedoen het, was nie halfhartig of lafhartig nie, Letta."

"Dis Nandi wat my gedwing het om te verander." Letta het verder gepraat asof sy Tina nie eens gehoor het nie. "En die veranderinge in die land ook seker. Dis nie juis dapper om deesdae nierassisties te wees nie, is dit? Dis eerder andersom. Om nou 'n outydse rassis te wees, verg seker 'n mate van moed. As jy dink aan al die eertydse rassiste wat steeds hoë poste beklee deur eenvoudig alles te ontken waaraan hulle voorheen geglo het. Ek weet nie hoe hulle snags slaap nie. Nee, dis nie waar nie, natuurlik weet ek, ek het tog jare lank self in 'n leuen gelewe. Miskien het ek nie verander nie, Tina-kind. Miskien het ek net moeg geword van leuens?"

Van al die stories wat Letta haar vertel het, is die mooiste een steeds die sage van die Portugese romanse wat sy vir almal moes wegsteek waarvan daar geen foto's in enige van die albums is nie. Die geheim van Nandi se pa wat sy soveel jare alleen bewaar het. Dís waarskynlik hoe sy dit reggekry het om so kalm langs Martine se sterfbed te sit, in dieselfde kamer as haar verlore kleindogter, sonder dat Tina ooit enigiets vermoed het. Teen daardie tyd was sy immers al 'n ervare bewaarder van geheime. Soos omtrent alles in die lewe word dit ook seker makliker met oefening. En tog is dit juis die geheim wat sy vir haar dogter wou wegsteek wat veroorsaak het dat sy haar dogter verloor het.

"Ons het nooit juis 'n kalm verhouding gehad nie," het sy vir Tina vertel, haar oë selfs droewiger as gewoonlik. "Sy was nie 'n maklike kind nie. Ek was nie 'n maklike ma nie. Maar van die dag dat sy daardie ou reisjoernaal van my ontdek het, was ons soos twee drenkelinge in 'n stormsee wat al hoe verder van mekaar wegdryf. Sy kon my nooit vergewe nie. Ek sal myself nooit vergewe nie."

As Letta se lewe 'n elektroniese speletjie met verskillende opsies was, wou Tina weet, op watter punt sou sy anders kies? Letta het verleë gelag en erken dat sy nog nooit 'n elektroniese speletjie gespeel het nie. Maar stel jou net voor jy kon alles verander deur 'n knoppie te druk, het Tina volgehou, wanneer sou jy daardie knoppie druk? Vóór jy met Hannes getrou het? Vóór jou verhouding met Fernando? Of selfs verder terug, vóór daardie Portugese reis?"

Letta het stil voor haar uitgestaar terwyl sy met haar silwerwit kapsel vroetel. Iets wat sy doen as sy ongemaklik raak, het Tina agtergekom.

"As ek die drie weke saam met Fernando uit my lewe skrap, is daar nie veel van 'n lewe oor nie," het sy ingedagte geantwoord. "Net 'n bestaan. As ek nou terugkyk, voel dit of dit die enigste maand in meer as sewentig jaar was wat ek werklik geléwe het. Wat ek onthou, met my kop en my hart en my lyf, of ek wil of nie. Daarsonder kan ek nie. Daarsonder ís ek nie. As dit 'n speletjie was, sou ek dit presies net so gespeel het. Tot die dag terug in Engeland toe ek besef het ek's swanger. Dáár moes ek anders gekies het. Daar moes ek dapperder gewees het."

Sy het ernstiger as ooit tevore na Tina gekyk, asof sy ver in die toekoms probeer tuur.

"As ek één wens vir jou kan wens, Tina-kind, is dit dat jy eendag wanneer jy my ouderdom is, nie vol berou sal wees oor jy nie dapper genoeg gelewe het nie. Dat jy meer na jou ma as na jou ouma sal aard. Na albei jou ma's. Hulle was albei dapperder vroue as ek."

Tina onthou hierdie woorde toe sy 'n meer onlangse album oopslaan – taai wit kartonblaaie en velle kleefplastiek wat die foto's beskerm – en haar hart voel ruk soos 'n ou kar op 'n koue oggend. Sy kyk na 'n kleurfoto van 'n jong Nandi en 'n jeugdige Colette, koppe en bolywe van naby afgeneem, asemrowend naby, helderder as enige foto wat sy nog van hulle gesien het. Nandi se skerp blas gesiggie is nie meer kinderlik nie, maar ook nog nie volwasse nie. Letta is die ene blonde krulle en pienk wange, laggend, skynbaar gelukkig. Deur die groot venster langs hulle is die twee torings van die World Trade Center sigbaar. *New York, Thanksgiving 1973*, lees Tina onder die foto, in 'n krullerige handskriffie wat sy dadelik herken omdat sy dit al soveel keer op haar papierpoppe se rûe gesien het.

"Nandi se album uit die jare sewentig," sê Letta sag. "Teen die einde is foto's wat ek later ingeplak het."

Tina blaai deur die album, te oorstelp om 'n woord uit te kry, terwyl sy haar bloed in haar ore hoor druis. Foto's van Nandi in Amerika, Nandi in 'n skooluniform terug in Suid-Afrika, Nandi in klokpypbroeke en platformstewels met 'n woeste Afro-rige haarstyl in Pretoria, selfs foto's van Nandi saam met haar ouma en oupa langs die Kaapse see. Nee, wil sy vir Letta sê, ek is klaar meer soos jy as soos sy. Ek was nie dapper genoeg om haar te soek toe ek sewe jaar gelede agtien geword het nie. Ek was te bang vir wat ek sou vind.

Haar enigste troos – en dit kan tog nie werklik troos genoem word nie – is dat dit sewe jaar gelede reeds te laat was. Al was sy so dapper soos Herakles – en sy is nie, beslis nie, dit wéét sy mos nou – sou sy nie hierdie ma uit die onderwêreld kon terugbring nie.

Ná Letta haar vertel het wat van Nandi geword het, wou sy die storie oor en oor hoor. En elke keer as sy daarna luister, dink sy aan 'n boek van Ford Madox Ford wat sy as student moes lees. Dit begin met die sin: *This is the saddest story I've ever heard.*

Ná Nandi in 1983 uit die land padgegee het, het sy sewe jaar lank niks van haar laat hoor nie. "Die swaarste sewe jaar van my lewe," sê Letta gelate, soos 'n bekeerde misdadiger wat 'n tronkstraf uitgedien het. "Selfs swaarder as later toe ek haar vir altyd verloor het." Letta het so desperaat geraak dat sy na Londen gevlieg het en 'n speurder aangestel het om haar kind op te spoor. "Ek het nie eens geweet of sy nog in Brittanje is nie. Later het ek besef sy was basies daar vasgekeer. Sy kon nie haar pa in Portugal gaan soek voordat sy 'n Britse paspoort gekry het nie, anders kon hulle weier om haar terug in die land toe te laat. Sy't as fotograaf gewerk, maar sy moes maar altyd ander dinge ook doen om aan die lewe te bly. Kelnerin, kroegmeisie, kinderoppasser. Ek het aangebied om haar finansieel te help ná ek haar adres by die speurder gekry het – ek het haar gesméék om my toe te laat om te help – maar sy't my smeekbriewe geïgnoreer en na 'n ander adres getrek. Daarna het ek die speurder gevra om haar maar net so diskreet moontlik dop te hou en so nou en dan vir my 'n skelm foto van haar te stuur. Dit was rêrig 'n laagtepunt in my lewe. Ek het gevoel of ek 'n paparazzo betaal. Maar sy was my enigste kind! Ek kon tog nie net van haar vergéét nie?"

Teen 1990 het Nandi eindelik genoeg geld gespaar om 'n lang Europese reis met haar nuwe Britse paspoort aan te pak. Letta weet nie waar sy oral was nie, maar iewers tussen Engeland en Portugal het sy by Kolle in Duitsland 'n draai gemaak. Een van die laaste foto's in die album op Tina se skoot is van Nandi en Kolle en die drie seuns voor 'n oorblywende stuk van die Berlynse Muur wat met kleurvolle graffiti bekrap is. Hein is agt jaar oud, met lang gladde donker hare soos 'n meisie, sy twee boeties heelwat jonger, te jonk om Nandi te onthou. Maar Hein onthou haar, verseker hy vir Tina. Hy onthou haar omdat sy vir hom soos 'n maat gevoel het, al was sy nader aan sy ma se ouderdom as aan syne.

"Soos 'n kind?" vra Tina verbaas.

"Soos iemand sonder ouderdom," antwoord Hein onverwags ernstig.

"Dis waar, weet jy?" beaam Kolle. "Daar was iets *zeitlos* aan haar. Op die oppervlak so giggelend verspot soos 'n kind. Sy't ure lank met Hein gespeel, op die mat rondgerol en buite bollemakiesie geslaan. Maar net onder die oppervlak was daar 'n diepte en 'n donkerte wat jy gewoonlik net by baie ou mense na aan die einde vind."

"Seker oor sy aangevoel het haar einde is naby," sê Letta.

Tina kyk weer na die foto. Kolle moes in haar dertigerjare gewees het, haar hare langer en swarter as nou, haar figuur skraler, haar donkerblou jeans noupassend. Nandi lyk asof sy haar aspris vermom het, haar hare onder 'n blou bandanna ingedruk, haar oë onsigbaar agter 'n oorgroot donkerbril, haar tingerige lyf weggesteek in denim-dungarees wat soos 'n sak aan haar hang. Soos iemand wat aan 'n karnaval deelneem. In haar linkerneusvleuel blink 'n klein steentjie en op haar kaal arm is 'n tatoeëermerk wat vir Tina soos 'n blaarlose boom lyk. Dalk 'n genealogiese boom. Of die boom van die lewe. Die boom van kennis van goed en kwaad?

"'n Boom waarin 'n sekelmaan hang," verduidelik Letta. "Na aanleiding van 'n storie wat haar oupa vir haar vertel het toe sy klein was."

Al wat Tina dadelik herken, is die breë mond en die oordrewe glimlag. Haar eie mond, haar eie glimlag. Sy was agt jaar oud toe die foto geneem is, soos Hein, en sy voel meteens onredelik afgunstig dat Hein hierdie misterieuse vrou beter as sy leer ken het. Miskien, probeer sy haarself troos, het Nandi juis met hom eerder as met sy boeties gespeel omdat sy onthou het dat sy 'n kind van dieselfde ouderdom as hy het? Dis 'n strooihalm, besef Tina, so pateties soos om na 'n papierpop te gryp om jou uit 'n put te red. Maar haar verhouding met hierdie ma het nog altyd net uit strooihalms en papierpoppe bestaan.

Ná haar Berlynse besoek het Nandi, met haar ma se ou joernaal as gids, deur Portugal gereis. Miskien was dit 'n soort pelgrimstog wat dit moontlik gemaak het om haar ma oplaas te vergewe, want tydens hierdie reis het sy vir die eerste keer in sewe jaar vir Letta geskryf. Of miskien was dit net omdat sy toe reeds geweet het sy is zeropositief.

Dit was nie moeilik om Fernando dos Santos in die buitewyke van Lissabon op te spoor nie. Nandi het oral op haar roete teëls en teëlmakers en teëlversamelaars afgeneem vir 'n foto-artikel oor *azulejos*, en haar pa was teen daardie tyd 'n bekende naam in die bedryf. Sy het die *azulejos* as verskoning gebruik om hom met haar kamera in haar hand te gaan sien. "Sy't dosyne foto's geneem, meer van sy teëls as van hom, want hy was nie eintlik een vir poseer nie. Maar darem 'n paar van hom ook." Letta se uitdrukking toe sy hierdie inligting oordra – en selfs meer toe sy vir Tina 'n foto van Fernando wys wat Nandi later vir haar gegee het – het al die vrae beantwoord wat Tina nie gevra kon kry nie. Haar oë was enkele sekondes helder en hoopvol blou en sonder 'n sweem van hartseer.

Tina het die foto van haar oupa teen 'n muur vol blou *azulejos* saam met haar ouma bewonder. Die blas buitelug-gesig en forse skouers en sterk sonbruin hande van 'n kleinboer eerder as 'n kunstenaar. 'n Gekreukelde ou panama-hoed oor grys hare waarin heelwat swart nog sigbaar is, 'n stewige ken, hoë wangbene, 'n breë dog ietwat verleë glimlag. Die foto is geneem ná Nandi hom vertel het dat sy Colette Cronjé se dogter is. Hy het dadelik geweet wie Colette Cronjé is, al het hy dertig jaar laas van haar gehoor, en gretig uitgevra oor haar. Wel, het Letta met 'n skouerophaling opgemerk, dis wat Nandi gesê het. "Miskien maar net omdat sy gedog het dis wat ek wou hoor." En wou jy nie? het Tina gevra, maar Letta het nie geantwoord nie, net weer afgetrokke aan haar hare gevat.

Fernando het Colette se dogter dieselfde dag nog genooi om saam met hom en sy gesin te eet. Sy het sy vrou ontmoet, en twee van sy vyf seuns en een van sy skoondogters en selfs 'n paar van sy kleinkinders. "Hy't klaar drie kinders gehad toe ek hom leer ken het," het Letta verduidelik terwyl sy na die ouderdomsvlekke en plooie op haar hande staar. "En daarna het daar nog bygekom." Sy het lank stilgebly. "Op die ou end het Nandi meer as 'n maand in Lissabon deurgebring en 'n hele paar keer by hom en sy gesin gekuier. Sy kon seker nie in daardie omstandighede vir hom vertel . . . jy weet . . . dat sy vyf seuns haar halfbroers is nie. Maar hy't anders as ander mense na haar gekyk, het sy gesê, asof hy dinge kon sien wat sy vir niemand wou wys nie. Hy't geweet sy's siek sonder dat sy enigiets vir hom gesê het. Hy't haar probeer ompraat om terug te gaan na haar ma toe. Na my toe."

Nandi het hom vertel dat sy haar ma belowe het sy sou terugkom as die land eendag verander. En dit het eindelik begin gebeur. Mandela is 'n paar maande tevore vrygelaat, die verbod op die ANC is opgehef, die uitgewekenes het die lang pad terug huis toe begin vind. Soos posduiwe het hulle van oral op aarde nader gesirkel. Maar Nandi wou eers nog 'n paar kringe vlieg. Moenie te lank wag nie, het Fernando gesê toe sy hom die laaste keer gaan groet het.

*Belowe my jy sal nie te lank wag nie.*

"'n Jaar later het sy my laat weet sy's in die hospitaal. Ek het dadelik Londen toe gevlieg. Teen daardie tyd het ek geweet daar's probleme met haar gesondheid, maar ek het nie . . . ek het nooit gedroom . . . ek was soos gewoonlik nie dapper genoeg om my die ergste voor te stel nie. Eers toe ek haar daar in die hospitaalbed sien, het ek besef. Vandag is daar medikasie wat jou aan die lewe kan hou as jy zeropositief is, Tina, selfs in Suid-Afrika is die regering uiteindelik besig om iets aan die saak te doen, maar vroeg in die negentigerjare was vigs 'n doodsvonnis. Dead woman walking. Dis wat ek gedink het toe ek saam met haar deur die lang hospitaalgang stap. Ek het haar gesmeek om saam met my huis toe te kom, maar sy was so koppig soos altyd. Sy't nog 'unfinished business' in Engeland, het sy gesê. Maar sy't my belowe sy sou nie te lank wag nie."

Terug in Kaapstad het Letta haar begin voorberei om die enigste ding te doen wat sy nog vir haar dogter kon doen: om haar tot aan die einde by te staan. Sy het boeke oor sterwensbegeleiding gelees en kursusse bygewoon en by 'n hospies begin help. Toe Nandi eindelik in Desember 1991 terugkom om haar laaste Kersfees by die huis deur te bring, was Letta gereed. "Of so gereed soos 'n ma ooit kan wees om haar enigste kind af te gee." Dis hoe sy dit stel. Die volgende drie maande het Letta en Sina die sterwende vrou versorg, dag en nag, soos hulle haar 'n dekade tevore versorg het.

En nes 'n dekade tevore, ná Nandi se ineenstorting, het haar oupa weer ure langs haar bed gesit om vir haar outydse Afrikaanse gedigte te lees. Sy geliefde ou Totius wat dinge nie kon deurgrond nie, en Eugène Marais, natuurlik, en Elisabeth Eybers wat hy aan Letta bekendgestel het toe sy nog 'n jong meisie was, en soveel ander . . . Hoe jammer tog, het Tina gedink toe sy hiervan hoor, dat hy en Martine mekaar nooit ontmoet het nie. Hulle liefde vir die taal sou 'n brug bo-oor al hulle politieke verskille gespan het. Hulle sou saam kon sit en vir mekaar gedigte opsê. "Dis altemit wat hulle nou daar bo doen," het Sina opgemerk. "Soort soek soort. Selfs in die hemel."

Wanneer sy bejaarde oë moeg geword het – wat al hoe gouer gebeur het – het hy die digbundels opsy geskuif en sommer net stories vertel. Meestal het hy nie geweet of sy wakker is of slaap nie, maar hy het geglo sy hoor hom, en wat anders kon hy vir haar doen?

"Watse stories?" wou Tina weet.

"Kleintyd se stories," het Sina geantwoord.

"Volksverhale, Jakkals en Wolf-stories, sprokies," het Letta aangevul. "Daar was een oor vier ouens wat die maan in 'n boom ophang wat sy nooit genoeg kon hoor nie."

Tina laat sak haar kop tot baie na aan die Berlynse foto om die tatoeëermerk op Nandi se arm te bestudeer. 'n Sekelmaantjie wat aan 'n blaarlose boom hang. Nog 'n stukkie van die legkaart.

Wie Tina se biologiese pa was, kon Letta nooit vasstel nie. Miskien het Nandi werklik nie geweet nie. Miskien wou sy nie weet nie. Dis in elk geval 'n geheim wat sy tot die einde bewaar het. Dalk net om vir Letta te laat verstaan dat sy nie die enigste een in die familie is wat geheime kan bewaar nie. Dis vir Tina bitter moeilik om te aanvaar dat sekere stukke van die legkaart vir altyd verlore is, maar sy probeer haar troos met alles wat sy wel gevind het. Soveel name, soveel plekke, soveel verhale.

Eendag, neem sy haar hier op haar ouma se ingesakte ou rusbank voor, eendag sal sy hierdie verhale neerskryf. Om haarself met woorde aan die voorgeslag vas te knoop. Om hierdie reddende tou van woorde oor te gee aan dié wat ná haar kom. *Lat ons van hom kan wéét,* soos Sina van Mister Giuseppe gesê het. Dat die nageslag van die voorgeslag kan wéét.

Daar is geen foto's van Nandi se laaste maande nie. Sy was onherkenbaar uitgeteer, 'n velsak vol bene, sere op haar gesig en wat oorgebly het van haar lyf, haar oë half blind en diep in hulle kasse weggesak. "Sy't soos die oudste mens in die wêreld gelyk. Geslagloos. Of soos 'n baba wat van honger sterf. Is dit nie vreemd dat sterwende babas en sterwende bejaardes so eenders kan lyk nie?" Dis hoe Letta haar dogter se toestand teen die einde opgesom het.

Fernanda Niemand, soos sy haarself die laaste dekade van haar lewe genoem het, het op 12 Maart 1992 gesterf. Die volgende dag is die befaamde referendum gehou waarin wit mense moes kies of hulle 'n nuwe bedeling wil hê. Die tienjarige Tina het 'n boks met geskeurde papierpoppe uit

342

haar kas gehaal terwyl haar ouers gaan stem het, vreemd hoe goed sy dít onthou, en saam met Charlynn vir die poppe klere ontwerp. Sonder die vaagste vermoede dat die vorige eienaar van die papierpoppe pas dood is. In die kombuis het ouma Katie na lawwe popliedjies oor die radio geluister. Dit onthou sy ook.

"Ons het nogtans vir die nuwe bedeling gaan stem, ek én Deddie, want dis wat Nandi wou gehad het. Skaars 'n week later het Deddie voorgestel dat Sina na Nandi se leë kamer trek, seker ook Nandi se invloed, met die verskoning dat ek nie alleen in die huis moes agterbly as hy nie meer daar sou wees nie. En hy was nie meer lank daar nie. Hy's net 'n paar maande ná Nandi dood. Ons het hom op Somerverdriet gaan begrawe, waar Mammie al die jare geduldig vir hom lê en wag het, siestog. Nandi het ons duidelik laat verstaan dat sy nie 'n graf wou hê nie, maar sy't ons verstom, soos altyd, tot aan die einde, toe sy vra dat ons haar as op Somerverdriet gaan uitstrooi. Sal my nie verbaas as sy dit gedoen het net om die oorblywende familie op die plaas te tart nie."

"Is hulle nog daar? Die plaasfamilie?"

"Die plaas is 'n klompie jare terug aan 'n BEE-maatskappy verkoop wat dit in 'n luukse vakansieoord wil omskep. Die familiekerkhoffie sal glo behou word, seker vir 'n bietjie ge-skiedkundige atmosfeer. Nandi sou die ironie waardeer het. Van wit boere tot swart sakemanne. Base bly maar base."

Só het Letta, met of sonder Sina se hulp, die storie nou al wie weet hoeveel keer vir Tina vertel. En steeds kan sy nie genoeg kry nie. Elke vertelling lei tot verdere vrae.

"Kyk, hier's 'n laaste foto van Deddie en Sina saam," wys Letta vir haar in Nandi se ou album. Die tweetjies sit sedig langs mekaar op dieselfde rusbank waar die vier vroue nou sit, Sina soos gewoonlik met iets wat soos 'n bont teemus lyk op haar kop, Deddie soos gewoonlik gebaadjie en gedas. "Dit was vir Sina swaar om hom 'Meneer' te begin noem ná Mammie haar al die jare geleer het om 'Master' te sê."

"Shame, ja, my ou Meneer-Master," sê Sina met 'n sug. "Hy't nooit ophou treur oor Nandi'tjie nie, al die jare wat sy missing was, en toe kom sy terug net om dood te gaan. Toe treur hy éérs. Hulle't mekaar sonder woorde verstaan. Nou toe, kom ons gaan eet, kinners," stel Sina voor en staan swaar op, steunend op Gianni se arm. "Hoor net hoe kraak die ou bene in hierie nat weer."

Tina keer Letta met 'n hand op haar knie toe sy ook wil opstaan. "Letta, ná Nandi se dood . . . daar's iets wat ek nie verstaan nie . . ." Sy wag dat die res van die geselskap vir Sina kombuis toe volg voordat sy verder praat. "Hoekom het jy nooit probeer om haar pa te kontak nie? Of het jy?"

En skielik lyk Letta soos 'n ballon wat voor Tina se oë afblaas. "Ag, Tina-kind," sê sy, haar stem sag, met 'n smekende ondertoon. "Waarom slapende honde wakker maak? Veral sulke óú honde wat al so lánk slaap?"

"Weet jy of hy nog lewe?"

Letta vat-vat aan haar hare en speel met die stringetjie pêrels om haar nek. "Toe ek laas op die internet gekyk het, was daar nie 'n sterfdatum by sy naam nie."

Ironies, dink Tina, dat sý wat aan die sogenaamde Google-geslag behoort, nog nie daaraan gedink het om haar kuns-tenaar-oupa op die internet op te spoor nie. Maar daar was ook soveel inligting wat sy die laaste weke moes verwerk, soveel onbekende familielede, lewend en dood, wat sy moes leer ken. Dis eers nou, nadat sy weer aan Nandi en haar oupa Willie se hegte verhouding herinner is, dat haar nuuskierigheid oor haar eie oupa die oorhand begin kry.

"Hoe oud sal hy nou wees? As hy nog lewe?"

"Baie oud. Te oud."

"Te oud vir wat?"

Letta trek haar skouers op, 'n hulpelose, hopelose gebaar. "Hy's sewe jaar ouer as ek, Tina. En ek is vier-en-sewentig."

"Ek was een keer tevore in Lissabon," sê Tina ingedagte. "Ek kon nie verstaan waarom die plek so met my praat nie.

Of wat dit vir my probeer sê nie. Dis dalk tyd dat ek ook 'n Portugese reis aanpak?"

"En as hy dood is?"

"Dan gaan kyk ek na sy graf?"

Letta knip haar oë 'n paar keer vinnig, vat weer aan haar hare, trek haar hand vies terug. "Dis wat Mammie altyd gedoen het as sy verbouereerd raak. So aan haar hare gevroetel. Gene is 'n verskriklike ding, Tina. Ons kan nie daarteen stry nie." Uit die kombuis hoor hulle hoe Sina hulle met 'n ongeduldige stem roep om te kom eet. "Ek sal jou Nandi se Portugese foto's wys. Dit kan jou help om jou voor te berei as jy rêrig so 'n reis wil aanpak. En jy kan seker maar my ou joernaal ook saamneem. Ek's lankal nie meer verleë oor al die intieme gedagtes wat ek daarin neergeskryf het nie. Dis soveel leeftye gelede – omtrent 'n halwe eeu, kan jy dink? – dit voel asof dit iemand anders was wat daardie woorde geskryf het. 'n Vorige weergawe van Colette. Kom ons gaan eet voordat Sina vies word."

Teen die tyd dat Tina in die kombuis kom, is haar besluit geneem. Moenie te lank wag nie, soos Fernando vir sy dogter Fernanda gesê het. Sy hoef nie te wag nie. Daar's niks wat haar keer nie. Haar werk as vryskut-illustreerder kan sy doen wanneer en waar sy wil. Haar ouerhuis op Stellenbosch wou sy in elk geval verhuur om na 'n woonstel in die stad te trek. Sy sal haar Portugese oupa gaan soek. Sy sal hom vind, lewend of dood, ter wille van haar ouma. Ter nagedagtenis aan haar ma. En vir haarself ook, natuurlik, sodat sy die einde van hierdie storie kan leer ken.

# KUBERKOMMUNIKASIE 2007

Re: Lissabon!
- Tina van Vuuren 6/8/2007
To niemand@mweb.co.za

Liefste Letta (makliker as Ouma, vir eers)
Skryf en vertel als, beveel jy, maar daar's soveel om te vertel dat
ek nie weet waar om te begin nie. Miskien by Pessoa? Gister by 'n
buitelugkafee in Chiado koffie gedrink en raai net wie het by die tafeltjie
langs my gesit? Die einste en enigste Fernando Pessoa, gebaadjie en
gedas, met sy bekende hoed op sy kop en skerppuntskoene aan sy
voete. Wel, nie in lewende lywe nie, en ek het ook nie helder oordag 'n
spook gesien nie, hoewel Lissabon blykbaar die soort stad is waar jy nie
te verbaas moet wees as jy dwalende dooies raakloop nie. Dis bloot 'n
bronsbeeld, lewensgroot, wat op 'n bronsstoel by 'n bronstafeltjie sit,
opgerig lank ná jy in 1960 hier was, want die skugter digter het intussen
'n nasionale held en 'n internasionale toeriste-aantreklikheid geword.

So daar sit hy nou dag en nag, linkerbeen oor regterbeen gekruis,
een hand 'n entjie bo die tafel oopgevou en uitgesteek asof hy besig is
om iets aan iemand te verduidelik. Terwyl skares toeriste aanhoudend
langs hom vir foto's poseer, gruwelik familiêr, laggend hand om die lyf.
Party gaan selfs op sy skoot sit! Die arme Pessoa, so 'n eensame en
ernstige alleenloper in die lewe, het nou ná sy dood omtrent soos ons
eie David Kramer almal se pêl geword. Niks is so genadeloos soos
roem nie, nè.

Ek vermoed baie van die toeriste wat so gretig langs die beeld
poseer, weet nie dat dit 'n beeld van Pessoa is nie, het dalk nog nooit
eens van Pessoa gehoor nie, vir hulle is dit net 'n oulike foto-oomblik.
Die minderheid wat wel sy werk gelees het, sal hom nie aan so 'n lawwe

poseerdery blootstel nie. Ek sê dit omdat ek self laas maand probeer het om The Book of Disquiet te lees. Dit was my Plan B vir 'n gesprek met my onbekende oupa (ingeval ek nog nie genoeg oor azulejos geleer het nie), maar ek is waarskynlik nog te jonk en onnosel en oppervlakkig om soveel diepte werklik te waardeer. Of miskien net nog nie Portugees genoeg nie?

Maar ek sal later in my lewe weer probeer. My boekmal ma het vas geglo die regte leser en die regte boek moet op die regte oomblik bymekaarkom, dan kan jy vuurwerke en wonderwerke verwag, anders bly lees maar net lees. Ek praat nou natuurlik van my Martine-ma. Nandi het nie jou leeslus geërf nie, het jy op 'n keer opgemerk. Dit het blykbaar 'n geslag oorgespring en weer in jou kleindogter opgeduik. Maar dis veral Martine se voorbeeld wat van my 'n leser gemaak het. Ek mis haar verskriklik in hierdie stad waar ek laas saam met haar rondgeloop het.

En van rondloop gepraat, dis al wat ek vandag wil doen. G'n spesifieke planne nie, net deur die strate dwaal, wat is daardie wonderlike woord wat jy my nou weer geleer het? Lanterfanter? Ek wil in Lissabon lanterfanter, dalk 'n paar teëlwinkels besoek, dalk begin navraag doen oor Fernando. Ek het jou gewaarsku ek wil hom nie dadelik opsoek nie, ek wil eers die omgewing leer ken voordat ek die oupa leer ken wat deur hierdie omgewing opgelewer is, maak dit vir jou sin?

Of dalk soek ek net verskonings omdat ek bang is om hom te ontmoet. Soos ek jare lank te bang was om my biologiese ma te ontmoet? Ai, liewe Letta, jy sê altyd jy's lafhartig, maar vergeleke met my is jy die ene durf en daad! Ek kan soos Hamlet wroeg oor doen of nie doen nie. Wees of nie wees nie. Hierdie impulsiewe besluit om my oupa in Portugal te kom soek, is die dapperste ding wat ek nog ooit in my lewe gedoen het! Maar nou voel dit amper of my moed my wil begewe. Skryf tog asseblief gou sodat ek kan onthou dat ek dit nie net vir myself wil doen nie maar ook vir jou?

Liefde
Tina

Re: Lissabon!
■ Tina van Vuuren 8/8/2007
To niemand@mweb.co.za

Boa noite Letta

Nee, moenie vir my sê dit maak nie saak as ek hom nie vind nie. Dis wat ek hier kom doen het, en dis wat ek hier gaan doen. My vertwyfeling en vrees is nou eers weer onder beheer. Ek sal waarskynlik weer oor 'n dag of drie bewerig raak en desperaat om hulp roep op die internet, maar teen die tyd dat jy terugskryf, sal die bewerasie hopelik weer deur koerasie vervang wees.

Maar dankie in elk geval vir jou raad. Dit maak nie saak as ek nie my verlore oupa vind nie, die belangrikste is dat ek myself begin vind – en jy reken dis reeds aan die gebeur? Sjoe, Letta, dis groot woorde, hoor. Ek hoop ek kan jou vertroue waardig wees.

Intussen het ek tog 'n brokkie goeie nuus oor my oupa om met jou te deel. Ek weet nou, sonder enige twyfel, dat Fernando dos Santos nie dood is nie, nie Alzheimer of 'n ander aftakelende siekte het nie, nog nie eens amptelik afgetree het as keramiekkunstenaar nie. Of tree kunstenaars nooit af nie? Hy hou hom steeds met teëls doenig, werk deesdae saam met sy jongste seun in sy ateljee, en word steeds wyd bewonder deur mense wat weet van azulejos. Dit alles het ek geleer deur Nandi se voorbeeld te volg, teëlwinkels en teëlfabrieke te besoek, met teëlmakers en teëlhandelaars te gesels, en ná skaars twee dae het ek 'n posadres en 'n telefoonnommer in die hande gekry. Vroeër vanaand ook die jongste seun se e-posadres en 'n skakel vir 'n webwerf opgespoor. Wonder wat hy van my sou wees, hierdie halfbroer van Nandi wat toe ook 'n teëlmaker geword het omdat hy nie teen sy genetiese lot kon stry nie. My halwe oom?

My ander groot ontdekking van die afgelope twee dae is Lissabon se Metrostasies! Ek was so gefassineer deur die outydse geel trems oral in die stad dat ek nog geen ander openbare vervoermiddel beproef het nie, maar gisteroggend het 'n onverwagse donderstorm my ondergronds gedryf – en toe sien ek dat ek selfs onder die grond nie van azulejos kan wegkom nie. Die meeste van die Metrostasies is met teëlkuns versier, party pragtig tradisioneel, ander amper skokkend modern, maar almal 'n fees vir die oog.

Toe jy in 1960 hier was, was die Metro skaars 'n paar maande oud, baie van die stasies is eers ná die jare tagtig gebou, lees ek in my gidsboek, so ek weet nie of jy ook ondergronds gaan rondkyk het nie. Maar as jy ooit weer hier kom kuier – en ek hoop steeds dat ek jou kan ompraat, Letta, jy's dit aan jouself verskuldig om hierdie stad weer 'n keer te belewe – kan jy gerus soos Orpheus afsak na die onderwêreld.

Een van my gunstelingstasies, ag, ek weet ook nie, daar's so baie, maar een wat my bybly, is Alto dos Moinhos op die Blou Lyn. (Azul is die Portugees vir blou, besef ek toe daar in die Metro, en dis natuurlik waar die woord azulejos vandaan kom!) Ieder geval, by Alto dos Moinhos is daar lieflike blou lyntekeninge op blinkwit teëls, minimaal en modern, van beroemde plaaslike skrywers. Die enigste een wat ek kon eien, is onse Pessoa. Met sy hoed wat altyd effens te groot vir sy kop lyk en sy klein ronde brilletjie het hy sowaar een van die onmiddellik herkenbare simbole van Lissabon geword, soos die Eiffeltoring in Parys of die Statue of Liberty in New York Bay.

Nog iets wat nie hier was toe jy laas hier was nie, is die enorme Brug van 25 April oor die Tagusrivier. En die ewe enorme Christusbeeld op die suidelike oewer van die Tagus, so 'n massiewe jubelende Jesus met sy arms boontoe uitgestrek soos 'n sokkerspeler wat 'n doel aangeteken het, was dít destyds al hier? Sien jy, Letta, jy sal maar net weer moet kom kyk wat van Lisboa geword het terwyl jy weg was. Jy sal nie gló hoe alles in vyftig jaar kan verander nie. En tog ook dieselfde bly nie.

Of miskien weet jy dit reeds?

My oë val toe. Ek het laas nag heelnag glansende blou en goue teëldrome gehad. Weet nie waaroor jy droom nie, maar ek hoop dis so mooi soos myne.

Liefde van jou Tina

Sintra
- Tina van Vuuren 9/8/2007
To niemand@mweb.co.za

En die skielike stilte? Het jy jou woorde skoon weggeskrik toe jy hoor ek het Fernando se spoor opgetel? Toe maar, Letta, ek sal jou kans gee om die nuus te verwerk voor ek hom kontak. (Wel, om heeltemal eerlik te wees, eintlik wil ek net myself kans gee om genoeg moed bymekaar te skraap.) Skielik onthou ek weer hoe verskriklik bang ek was voor ek jou daardie eerste keer gebel het. Is dit moontlik dat dit net vyf maande gelede was? Dit voel dan vir my of ek jou my hele lewe lank ken! Miskien omdat jy een van die eerste mense was wat my pas ná my geboorte vasgehou het, miskien het my lyf nooit daardie eerste aanraking vergeet nie?

Ai, Letta, ek's vanaand weer vol smagting en weemoed, so Portugees jy kan met my toor. Ek verlang na my ma – albei my ma's, die een wat ek geken het en die een wat ek nooit weer na my geboorte gesien het nie – en na jou en na my onbekende oupa en na al my ander familie hier in Portugal. So naby en tog so ver.

Vroeg vanoggend het ek 'n trein gevang om jou spoor tot in Sintra te volg. Ongelukkig het ek nie 'n kêrel wat my in 'n rooi kombi kan karwei nie, maar gelukkig is omtrent al die plekke in jou joernaal met 'n trein bereikbaar. Volgende week wil ek Coimbra en Porto besoek, dalk daar oorslaap ook, maar tot dusver kon ek dit nog nie regkry om langer as 'n dag uit Lissabon weg te bly nie. Sintra is steeds so pragtig soos jy dit beskryf het, die torings en die tuine, die paleise en die pleine, maar ná ek teen sonsondergang 'n heerlike bord seekos by 'n taverna geëet het, het Lissabon my teruggeroep. Soos 'n ma wat haar kind huis toe roep as dit donker word.

Is dit omdat Fernando in Lissabon woon? Omdat ek die verspotte idee het dat ons dalk toevallig op straat by mekaar sal verbyloop as ek net lank genoeg hier vertoef? Nie dat ek hom sal herken as ek hom moet raakloop nie! Die enigste foto's wat ek nog ooit van hom gesien het, is dié wat Nandi amper twintig jaar terug geneem het, en 'n paar ander op die internet wat selfs ouer is. Dis moontlik dat ek reeds iewers in die stad 'n bejaarde man met stewige bruin buitelughande gesien het sonder om te besef ek kyk na my oupa. Wat 'n vréémde gedagte.

Ieder geval, Sintra se torings en teëls het my betower. Veral die paleis van Pena hoog teen die berg waar die laaste Portugese koninklike familie gewoon het. In een van die vertrekke wat so oorvol is dat ek teen 'n ligte aanval van noutevrees moes stry – die meubels, die teëls, die skilderye, die ornamente, you name it – het ek in my gidsboek oor horror vacui staan en lees. Vrees vir leë spasies. Toe onthou ek dat Fernando gesê het hy kom dalk eendag vir jou in Afrika se leë spasies kuier en toe wonder ek . . .

Hoe lank het jy vir hom gewag, Letta? Wag jy nie dalk steeds, iewers diep in daardie donker solder waar jy jou geheime bêre, dat hy op 'n dag in Afrika sal opdaag nie? Ek weet jy sal sê nee, nee, nee, dis die verlede, dis lankal vergete, maar ek wonder tog. Daar's mos dinge wat mens vergeet, selfs al wíl jy onthou, en dan's daar dinge wat mens onthou al wil jy vergeet.

Laat hoor van jou, asseblief. Laat weet my of jy steeds wil hê ek moet hierdie reis met jou deel. As dit vir jou te pynlik raak omdat ek te veel rowe afkrap, te veel ou koeie uit die sloot grawe en slapende honde wakker maak en geraamtes uit kaste laat tuimel, kan ek op my eie voortgaan sonder om aan jou verslag te lewer. Solank jy net verstaan dat ek nie meer kan omdraai nie. Ek het die pad tot hier gestap, ek het die hekke agter my toegemaak, nou moet ek doen wat ek hier kom doen het.

Al is ek nie aldag seker wát ek hier kom doen het nie.

Coimbra
- Tina van Vuuren 12/8/2007
To niemand@mweb.co.za

Bom dia Letta

Wonderlik om weer van jou te hoor. Nog wonderliker dat jy weer van my wil hoor. Verlig dat dit toe net 'n nare griepaanval was wat jou van jou rekenaar weggehou het. Wel, ek bedoel natuurlik nie ek's verlig dat jy griep gekry het nie, jy weet wat ek bedoel. Dis so wurgend warm hier dat ek bly vergeet dis winter in die Kaap van Storms. Inniebedblyweer soos jy sê. Pas jou mooi op, Letta. Jy mag miskien dink jy's besonder gesond en bedrywig en onafhanklik vir 'n ouma van oor die sewentig, maar onthou, ek wil hê jy moet nog laaaaank lewe.

Wil net vinnig 'n paar woorde skryf voor ek my ontbyt by die pastelaria op die hoek van die straat gaan eet. Hulle ken my al daar. Sodra ek instap, skink die omie agter die toonbank vir my 'n groot swart koffie, dan drink ek dit saam met een van daardie tradisionele vlatertjies waaraan ek vinnig besig is om verslaaf te raak. Pasteis de nata, onthou jy dit? Seker te soet vir jou smaak, maar ek het mos 'n skandalige suikertand. En dit herinner my aan ouma Katie se melktert waarmee ek grootgeword het.

Terloops, ek het gisteroggend via Charlynn in Johannesburg vir ouma Katie op Stellenbosch 'n e-pos gestuur en teen gisteraand weer via Charlynn gehoor dat dit goed gaan met ouma Katie en dat sy groete stuur vir jou. (Sy sal altyd my ander ouma bly.) Maar hierdie blitsige kuberkommunikasie het my net weer laat wonder hoe op aarde julle in die ou dae sonder internet gereis het? Toe jy in 1960 in Portugal was, het dit seker weke gevat om 'n poskaart huis toe te stuur, en teen die tyd dat jy jou familie se antwoord kon lees, was jy klaar weer in 'n ander land! Maar miskien ook maar goed so. Wat jy hier belewe het, wou jy in elk geval nie met jou familie deel nie, nè.

Gister in Coimbra deurgebring, na die azulejos in die universiteitskapel gaan kyk, my probeer voorstel hoe die stad gelyk het toe Fernando in die jare veertig daar studeer het. Onmoontlik, natuurlik. Die eeue oue geboue is nog daar, maar daar's net te veel internasionale klerewinkels en Amerikaanse kitskosplekke en advertensieleuses en logo's oral. As ek vir Fernando leer ken – ek bedoel wánneer ek hom leer ken – sal ek hom vra of hy nie vir my 'n paar foto's uit sy universiteitsjare kan wys nie. Ek sien al hoe meer uit daarna, Letta, om hom eindelik te leer ken. En terselfdertyd word ek al hoe meer benoud.

Gister in die trein op pad na Coimbra was ek verbaas oor al die bloekombome, wat my skielik met so 'n skerp steekpyn huis toe laat verlang het. Selfs na Somerverdriet, kan jy glo, waar ek nog nooit eens was nie. In Sintra laas week was dit weer die aalwyne wat sulke oranje vlamme voor die Pena-paleis brand wat my onverwags aan fado en saudade laat dink het. En in die binnehof van die teëlmuseum in Lissabon is ek deur 'n enkele manjifieke oranje strelitzia oorrompel. As hierdie plante almal ewe goed in Portugal en in Suid-Afrika aard, kan party mense seker ook in albei lande aard, of wat dink jy?

Wat práát ek weer alles, dink jy seker.

Verlange

Van jou Tina


Porto

■ Tina van Vuuren 15/8/2007

To niemand@mweb.co.za


Ek's al twaalf dae in die land. Dis tyd dat ek vir Fernando bel. Dis wat ek vanoggend besluit het, in Porto se São Bento-treinstasie, terwyl ek my staan en vergaap aan daardie enórme blou-en-wit teëlpanele. En toe ek vanaand terug in my hotelkamer weer deur jou joernaal blaai, besef ek môre is die dag waarop sint Rochus gedenk word. Beskermheilige van teëlmakers en dalk wie weet miskien ook van teëlmakers se kleindogters. En toe's dit vir my soos die teken waarvoor ek heeltyd gewag het. Môre moet ek my oupa kontak.

Ja, ek weet, dis simpel, ek's nie Katoliek nie, ek's glad nie godsdienstig grootgemaak nie, ek glo nie aan heiliges nie – maar wat kan ek sê? As jy vir hom 'n boodskap het, Letta, moet jy my vóór môre laat weet. Speak now or forever hold your peace.

Verstaan jy wat ek sê, my liewe ouma?

Ek wou nog verder van Porto vertel, maar nou's ek so benoud oor môre dat ek niks verder van Porto kan onthou nie. As ek weer skryf, sal ek kalmer wees. Belowe.


Fernando
■ Tina van Vuuren 16/8/2007
To niemand@mweb.co.za

Kalmer? Wat het my besiel om so 'n onmoontlike belofte te maak? Noudat ek oplaas met hom gepraat het, is ek in 'n veel erger toestand as gisteraand!

Ek hoor al weer niks van jou nie, Letta. Beteken dit jy't niks vir hom te sê nie? Of beteken dit jy't té veel om te sê?

Ek het half verwag die telefoon sou heeldag lui sonder dat iemand optel, of die verkeerde mens sou optel, sy vrou of een van sy kinders, of ek sou net 'n stem op 'n antwoordmasjien kry. Maar alles het droomglad verloop. Ek het gebel en hy het na skaars drie luie geantwoord, asof hy langs die telefoon vir my oproep sit en wag het. Ek het onmiddellik sy stem herken. Al het ek dit nog nooit voorheen gehoor nie. Is dit nie vreemd nie?

Bom dia, het ek gesê, my naam is Tina en ek is Colette Cronjé van Suid-Afrika se kleindogter. Nandi Niemand se dogter. Ek wil jou baie graag kom sien. Ek het iets belangriks om jou te vertel.

Hy het so lank stilgebly dat ek gedog het ons is dalk afgesny. My hart het soos 'n drum solo in my ore geklink. Hy kon dit sweerlik aan sy kant van die lyn ook hoor.

Is dit goeie nuus of slegte nuus? vra hy toe. Ek weet nie, het ek geantwoord. Ek hóóp dis goeie nuus, maar ek weet nie wat jy daarvan sal dink nie. Hy wou weet waar ek is en wanneer ek wil kom en ek het gesê in 'n hotel in die Chiado-buurt en so gou as moontlik. Toe stel hy voor dat ek môre by hom kom koffie drink en verduidelik vir my hoe om by sy huis aan Belem se kant van die stad uit te kom.

En net voordat hy aflui, het hy gesê: "Tina? Is dit jou naam? Ek wag vir jou, Tina." Dis al. Dis genoeg. Dis meer as waarvoor ek gehoop het.

So jy het nog kans om van jou te laat hoor voor ek hom sien, Letta. Letta??? Is jy daar???

Ek kan nie eet nie, ek kan nie slaap nie, ek kan nie kalmeer nie. Ek het 'n teken van jou nodig, ouma Letta. Asseblief?


Re: Fernando
▪ Tina van Vuuren 18/8/2007
To niemand@mweb.co.za


Letta! Ek gaan jou vanaand bel, want ek kan jou stilte nie langer verdra nie. Jy dink aan my, skryf jy vir my. Niks verder nie! Ek weet dis vir jou swaar dat ek so aanhou krap aan al die ou rowe, maar ek het goeie nuus vir jou, Letta. Altans ek hóóp dis goeie nuus.

Ek het my oupa ontmoet. Ek het hom vertel dat ek sy kleindogter is, Nandi se weggeekind, en dat Nandi sy dogter was. Hy het meer verslae as verbaas gelyk. Veral toe ek hom vertel dat Nandi dood is. Dit was die enigste keer in die drie ure wat ons gesels het dat hy nie sy trane kon keer nie. Hy't heeltemal verwese na sy hande gestaar, dieselfde sterk bruin hande wat jy so bewonder het, maar nou gekreukel en vol donker vlekke soos vuil wasgoed, terwyl die plooie op sy wange slootjies vir sy trane gevorm het.

Hy's steeds 'n mooi man, weet jy? 'n Gesig en 'n lyf waarin iemand lank en voluit gelewe het, dis duidelik, maar nie bewerig nie, nie kromgetrek nie, sy hare staalgrys maar nog taamlik welig, sy donker gesig vol plooie gekerf, kruis en dwars soos die merke van 'n skerp mes op hout. Wat my die meeste opgeval het, is sy oë, sulke intense gloeiende donkerbruin oë wat elke emosie duidelik wys, sulke léwendige oë, soos jy ook vyftig jaar gelede in die kerk van São Roque moes opgemerk het.

Ons het in sy ateljee tussen die azulejos gesels. Hy maak steeds die mooiste kunswerke van teëls, meestal tradisioneel in blou, maar met meer oorspronklike patrone, in 'n onmiskenbaar persoonlike styl. Soos ek El Greco se lang maer figure of Goya se monsters oral op aarde kan uitken, so sal ek van nou af hierdie Dos Santos se azulejos uitken. Ons was alleen, want die seun met wie hy sy ateljee deel, is met vakansie. Dis waarskynlik 'n wonderwerk dat Fernando nie ook met vakansie is nie. Hy gaan elke Augustus weg, sluit die ateljee en reis iewers heen, maar vanjaar was hy vir die eerste keer nie lus nie. Hy't gedog dis oor hy te oud raak, maar nou meen hy dis oor hy vir my moes wag. Dink net, as hy weggegaan het, sou ek binnekort huis toe gevlieg het sonder dat ons mekaar ooit ontmoet het.

Hy en sy seun Marcel werk saam in die ateljee en woon saam in 'n groot dubbelverdiepinghuis langs die ateljee. Fernando se vrou is sowat sewe jaar gelede oorlede en Marcel is intussen geskei. Party naweke kom Marcel se twee dogters by hulle kuier, maar meestal is dit net hulle twee wat vir mekaar huishou.

Hy's 'n wewenaar, Letta. Ek bedoel nou nie dis goeie nuus dat sy vrou dood is nie, maar dis tog, wel, goeie nuus dat hy op sy eie is? Nou hoef julle nie meer 'n verhouding van vyftig jaar gelede weg te steek uit vrees dat dit 'n derde persoon sal seermaak nie, of hoe?

Wag, ek het te veel om te vra, te veel om te vertel, ek sal jou net eenvoudig vanaand moet bel.

Mooiloop tot ons later gesels.

Tina


Re: Fernando
■ Tina van Vuuren 21/8/2007
To niemand@mweb.co.za


Liewe Letta

Ná ek met jou oor die foon gepraat het, ná ek uiteindelik 'n soort erkenning uit jou kon trek (en wat 'n gesukkel was dit nie, omtrent soos 'n onervare tandarts wat 'n vrot tand moes trek!) dat jy die afgelope vyftig jaar nooit ophou wonder het oor Fernando nie, het ek iets gedoen wat ek nog heeltyd wou doen. Maar ek was te bang om met jou daaroor te praat. Ek kon aanvoel hoe bang jý was. Nee wag, ek gaan nie verder verskonings soek nie. Ek het dit gedoen en dit het gewerk.

Altans, ek dink dit het gewerk.

Wel, ek kan maar net hoop jy sal ook dink dit het gewerk

Ek het gister weer vir hom gaan kuier, die hele dag saam met hom deurgebring, en môre gaan ek by my hotel uitboek en by hom in sy groot leë dubbelverdiepinghuis intrek, tot ek oor bietjie meer as 'n week terug huis toe vlieg. Dit was sy voorstel (wat ek dankbaar aanvaar het) nadat ek vir hom jou brief gegee het om te lees. Daardie eerste en laaste en enigste brief wat jy ooit vir hom geskryf het nadat hy jou op die stasie van Vila Real de Santo António op die Spaanse grens afgesien het.

Onthou jy?

My liefste, so begin jy, laat my toe om jou name te tel, vir oulaas, terwyl ek hulle een vir een in die wind wegblaas. Ek het jou woorde na die beste van my vermoë in Engels vertaal, wens hy kon dit eerder in sy eie taal lees, maar Engels is tog die taal wat julle met mekaar moes praat. Voorwaar ek sê vir jou, Fernando, jy is die liefde van my lewe. Dís die sin wat my laat huil het toe ek die brief die eerste keer lees. Ek vermoed dis die sin wat hom ook gister laat huil het. Ek het hom dopgehou en iewers voor die einde moes hy ophou en sy leesbril afhaal en sugtend oor sy oë vryf voordat hy verder kon lees.

Daarna het ons lank gesels. Hy het jou nooit vergeet nie, Letta. Maar hy het sy vrou en kinders hier gehad. En hy het gedog jy het jou man en kinders daar. Die verlede is die verlede, het hy vir homself gesê, kyk eerder vorentoe.

Toe Nandi hom in 1990 kom opsoek, het hy besef die verlede bly nie altyd die verlede nie. Dis 'n geváárlike slapende hond wat enige oomblik sy oë kan oopmaak om weer te begin grom en blaf en byt. Veral ná hy gehoor het dat jy intussen 'n weduwee geword het en nooit ander kinders kon kry nie. En nog méér ná Nandi hom gesê het dat sy op 31 Mei 1961 gebore is. Nege maande ná julle mekaar die laaste keer gesien het. Dis toe hy begin vermoed het dat Nandi dalk sy dogter is, sy enigste dogter tussen vyf seuns, maar hy het nie geweet of sy dit sou weet nie. En hy was te bang om te vra.

So bang soos jy vir daardie hond wat dalk weer sy tande sou wys.

Ná Nandi terug Engeland toe is, het hy gehoop hy sou eindelik weer van jou hoor. Maar dit het nie gebeur nie, en ná twee jaar het hy ook nie meer van Nandi gehoor nie. Hy het geweet sy is nie gesond nie, maar hy het nie gedink sy is só siek dat sy nooit weer vir hom sou kon skryf nie. Toe sê hy maar weer vir homself die verlede is die verlede. Kyk vorentoe, Fernando.

En toe daag ek laas week op, vyftig jaar ná jou en twintig jaar ná Nandi, en nou wéét hy die verlede is nooit net die verlede nie. Die ou hond het hom ingehaal, sê hy. 'n Hond wat heeldag grom en snags so hard blaf dat hy nie meer kan slaap nie.

Dis hoekom hy my genooi het om by hom te kom bly tot ek huis toe gaan. Ons het net 'n week om te vergoed vir al die jare wat ons mekaar nie geken het nie, al die gesprekke wat ons nie gevoer het nie, al die vrae wat ons nog wil vra.

Weet jy wat is oupa in Portugees? Vovô of avô of sommer net vô. En weet jy hoe vertaal my vovô vir my die onvertaalbare saudade? "Die liefde wat bly" nadat die voorwerp van die liefde verdwyn het. Is dit nie waaraan julle albei vyftig jaar lank gely het nie?

Liefde van jou half-Portugese kleindogter


Re: Fernando
■ Tina van Vuuren 25/8/2007
To niemand@mweb.co.za


Liefste Letta

Teen hierdie tyd moes jy al die brief gelees het wat hy vir jou op die internet gestuur het. Hy wag angstig op 'n antwoord. Moet hom nie te lank laat wag nie, asseblief? Daar het klaar soveel jare tussen julle verlore gegaan. Dis nog nie te laat om mekaar weer te leer ken nie. En ek sê dit nie net omdat ek jonk en simpel en redeloos romanties is nie. Ek sê dit omdat ek jou die laaste vyf maande leer ken het, en hom die laaste tien dae, en ek is seker julle het meer as genoeg om vir mekaar te sê.

Ek het toe nie jou spoor verder suid deur die land gevolg nie. Dit was belangriker om by my oupa te bly en voort te gaan met daardie "eindelose gesprek" waaroor jy in jou joernaal skryf, die ene wat julle twee in die kerk van São Roque begin het en 'n halwe eeu lank elkeen op julle eie verder gevoer het. Snags as julle slaap. Bedags in onbewaakte oomblikke. Dit weet ek teen hierdie tyd. Ons gesels nou al drie dae lank dag en nag. Hy's oud genoeg om sonder veel slaap klaar te kom, sê hy. En ek's jonk genoeg om sonder veel slaap klaar te kom.

Ek sal wel eendag die suide van Portugal leer ken, die barre binneland en die kusdorpe aan die Algarve. Lagos, Sagres, Albufeira. Ek weet mos nou ek sal terugkom na hierdie land waar ek soveel meer as 'n verlore oupa gevind het. Jy was reg, Letta, ek het begin om myself te vind.

Ons wag albei angstig om van jou te hoor.

Tina en Fernando


Re: Fernando
■ Tina van Vuuren 26/8/2007
To niemand@mweb.co.za


Letta! Jy't 'n ou man en 'n jong vrou so verskriklik gelukkig gemaak! Jy sê hy mag maar vir jou kom kuier. Hy sou in elk geval gekom het, ons het eergister reeds sy kaartjie gekoop, hy vlieg saam met my terug Kaap toe, want hy sê selfs al weier jy om hom te sien, is hy dit aan jou verskuldig om jou land te sien. Die leë spasies van Afrika. En aan sy dogter natuurlik.

Ek het hom genooi om in my woonstel te kom bly en belowe ek sal hom die leë spasies van Somerverdriet gaan wys. Of wat ook al van Somerverdriet oorbly noudat dit in 'n luuksueuse vakansieoord verander word. Ons hoop albei dat ons jou kan oorreed om saam te ry, om ons gids te wees, om vir my te wys waar ek vandaan kom en vir hom te wys waar jy vandaan kom. Ek het selfs laas nag gedroom ons drie staan daar in die verlate kerkhoffie langs die bloekombome, ek en my Afrikaanse ouma en my Portugese vovô, saam op die plek waar Nandi se as gestrooi is.

Vreemd genoeg was Martine ook in die droom. Of miskien vind jy dit nie vreemd nie. Sy het onder 'n bloekomboom sit en lees en toe ek haar nader roep, sê sy nee, wag eers, sy wil eers die einde van haar storie lees. En toe sê Fernando vir haar maar het jy dan nie geweet dis 'n storie wat nooit eindig nie? Dis al wat ek onthou.

Ai, Letta, hy kom net vir 'n maand, en wat is 'n maand nou in 'n leeftyd? Aan die ander kant, julle het lank gelede 'n maand saam deurgebring wat julle albei vir die res van julle lewe onthou het. Ek wens ek kon jou verseker dat hierdie maand weer jou lewensloop sal verander. Ek wens ek kon vir jou sê wees dapper, die volgende lewe van Colette gaan begin.

Maar ek weet nie wat gaan gebeur nie.

Toe ek 'n tiener was, het ek vreeslik gewroeg oor "diep" vrae soos hoekom ons die verlede kan onthou, maar nie die toekoms nie. Nou dink ek dankie tog ons weet nie wat voorlê nie. As ek op agtien moes weet dat my pa én my ma binne 'n paar jaar dood sou wees, sou ek heeltemal wanhopig geword het. As ek vandag die toekoms kon "onthou", sou ek jou kon vertel hoe jou en Fernando se herontmoeting verloop het, asof ek eendag in die verre toekoms daarna terugkyk. Maar ek kan nie, ek weet nie, ek verstaan nie. Ek verstaan nie eens alles wat reeds gebeur het nie. Daar is dinge wat ek nooit sal deurgrond nie, waarsku jy my, selfs al word ek so oud soos jy. Ek hoor jou, Colette Niemand née Cronjé. Ek hoor jou.

Pas jou mooi op tot ons mekaar oor drie dae op die lughawe sien. Jy sal my herken, natuurlik, ek het nie van buite verander in 'n maand nie, net van binne. Langs my sal jy 'n stewige gryskopman met 'n bruin beplooide gesig en die hande van 'n boer sien. Jy sal verstom wees oor hoe hy in 'n halwe eeu verander het. En tog ook dieselfde gebly het.

Jy sal hom onthou. Glo my, Letta, jy sal hom onthou.

# ERKENNINGS

Die erkenningsbladsy aan die einde van 'n boek is soos 'n bedankingstoespraak op 'n troue. Dit verveel almal behalwe dié wat bedank word – en soms selfs vir hulle – maar dit moet gedoen word.

Laat ek dus probeer om my 'toespraak' nie so onnodig uit te rek soos oom Frans Louw LV iewers in hierdie boek nie.

Ek wou *Die blou van onthou* al jare gelede skryf, maar omdat ek op die Franse platteland woon, ver van universiteitsbiblioteke of navorsingsentrums, moes ek wag tot blitsige internet-kommunikasie en bekwame soekenjins dit oplaas vir my moontlik gemaak het. In my internet-navorsing het ek veral staatgemaak op ou nuusrolprente en TV-programme, ou radio-uitsendings en die argiewe van vele koerante en tydskrifte, wat alles gehelp het om die kulturele en sosiale atmosfeer van meer as sewe dekades te verstaan. Webwerwe soos *YouTube* het wonderlike amateur-videomateriaal opgelewer, wat ek kon benut om karakters se kleredrag en algemene voorkoms te visualiseer, en op *Flicker* het ek byvoorbeeld honderde geskiedkundige foto's van Kaapstad en omgewing ontdek, wat die skryf van sekere tonele aansienlik vergemaklik het.

Maar mens kan net só ver reis met Google Earth en die internet. Sommige van die plekke waaroor ek skryf, moes ek tydens die skryfproses ook fisiek besoek. Daarom wil ek dankie sê aan my gawe familie, Ingrid en Gavin du Toit, wat my tydens 'n besoek aan New York gehuisves het, en aan my skrywerskollega José Eduardo Agualusa, wat nie net 'n bekwame gids en gasheer in Lissabon was nie, maar my boonop voorgestel het aan Portugese vriende en kennisse by wie ek meer oor die land in die algemeen en *azulejos* in die besonder kon leer.

Ek is dank verskuldig aan Petra Müller en Kerneels Breytenbach wat 'n eerste weergawe van die manuskrip gelees het en uiters waardevolle kritiek gelewer het. Daarna het redakteur Francois Smith my met takt en geduld deur twee verdere weergawes begelei, terwyl my nooit volprese uitgewer Riana Barnard praktiese raad en broodnodige morele steun verskaf het. Vir Annelize Visser moet ek bedank vir die geesdriftige en professionele manier waarop sy die Engelse vertaling aangepak het selfs voordat ons nog die finale Afrikaanse manuskrip gereed gehad het; en vir ontwerper Laura Oliver en fotograaf Lien Botha vir hulle aandeel in 'n treffende omslag. Ook vir die kunstenaar Liza Grobler by wie se tentoonstelling (*White Termite* in die kunsgalery Brundyn + Gonsalves in Kaapstad) die foto op die agterplat geneem is.

'n Spesiale dankie aan Ronelda Kamfer vir haar toestemming om die gedig "oorvertel 5" uit die bundel *Grond/Santekraam* (Kwela, 2011) aan te haal. Die ouer Afrikaanse gedigte waaruit los flardes aangehaal word, is geskryf deur Eugène N Marais, C Louis Leipoldt, Boerneef, Jan FE Celliers, Totius, ID du Plessis en NP van Wyk Louw. Al die gedigte behalwe Leipoldt se "Oktobermaand" is opgeneem in DJ Opperman se *Groot Verseboek* (Tafelberg, 1951; sesde druk, eerste uitgawe, 1975).

Die aanhaling uit "Die maan" kom uit my eie onlangse verwerking, *Die mooiste sprokies van Grimm*, wat in 2010 deur Human en Rousseau uitgegee is.

Die woorde van Ford Madox Ford wat aangehaal word, is die openingsin van *The Good Soldier: A Tale of Passion* (Bodley Head, 1915).

Die argitek van die Twin Towers, wat in die hoofstuk "Torings" aangehaal word, was Minoro Yamasaki (1912 – 1986).

Benewens die lirieke van alombekende Afrikaanse volksliedjies, het ek ook 'n frase of twee uit die volgende musiekopnames aangehaal: Die Andrews Sisters en Danny

Kaye se "Civilization" *(Bongo, bongo, bongo)*, wat deur Bob Hilliard en Carl Sigman geskryf en in 1947 deur Decca uitgegee is; Dean Martin se "That's Amore", geskryf deur Jack Brooks en Harry Warren (Capitol, 1953); die Beatles se "When I'm Sixty-Four", geskryf deur John Lennon en Paul McCartney, op die album *Sgt Pepper's Lonely Hearts Club Band* (Parlophone, 1967), asook "Ob-la-di, Ob-la-da", Lennon-McCartney, *The White Album*, Apple, 1968; en Bob Dylan se "Not Dark Yet", deur hom geskryf as deel van die album *Time out of Mind* wat in 1997 deur Columbia uitgegee is.

'n Laaste liefdevolle *merci* aan my gesin – Alain en die seuns Daniel, Hugo, Thomas, en ons dogter Mia – vir hulle geduld en begrip deur die vele maande waarin ek soms meer aandag aan die karakters in my manuskrip as aan die mense in my huis gegee het.

Enigiemand wat meer wil weet oor "die storie agter die storie", kan my webwerf besoek en die blog lees wat ek geskryf het terwyl ek aan die roman gewerk het (www. maritavandervyver.info).

Ek is ook beskikbaar op Facebook: Marita van der Vyver – official group (www.facebook.com/groups/78346169084/ ).

# Marita van der Vyver
# wegkomkans

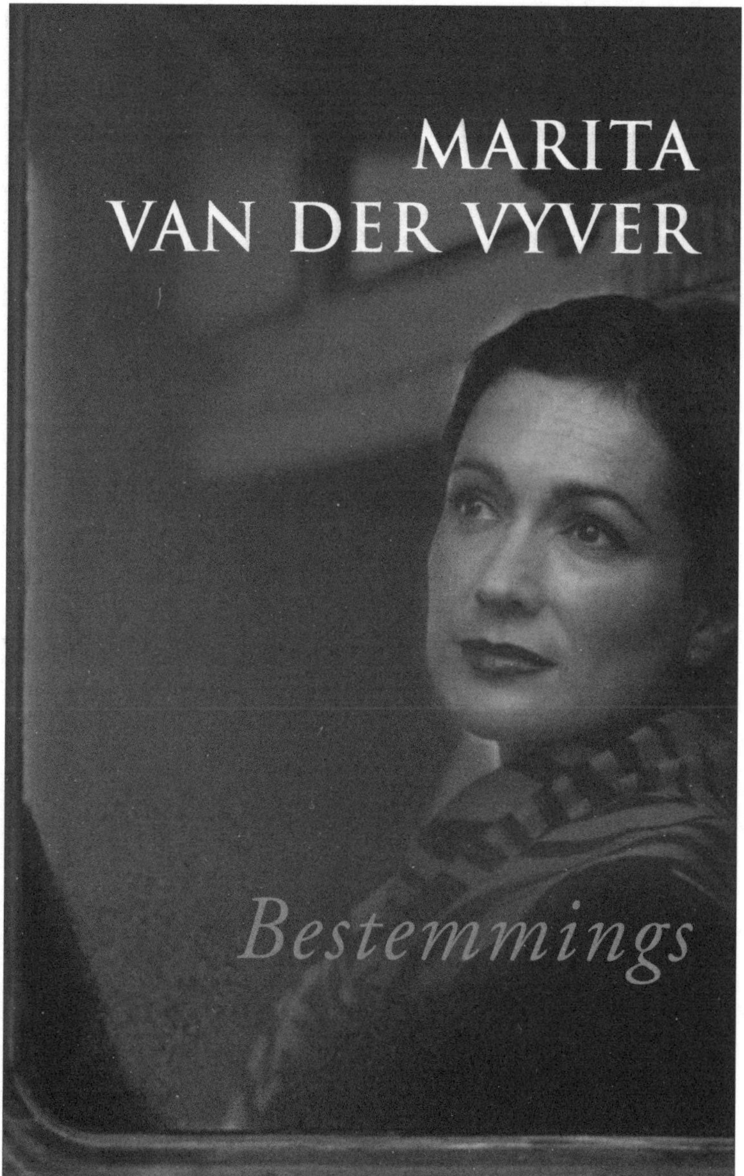
MARITA
VAN DER VYVER
Bestemmings

MARITA VAN DER VYVER

# FRANSE BRIEWE
## *Pos uit Provence*

# MARITA
# VAN DER VYVER

*Stiltetyd*

# Marita van der Vyver

# Dis koue kos, skat